贝页

ENRICH YOUR LIFE

QUE MI
CORAZÓN

SE
TIÑA DE MORENO

著 索飒

染棕 把 我 的 心

文汇出版社

# 目　录

# 第二章 秘鲁

*El Perú*

# 第三章　墨西哥

*México*

# 第四章　古巴
*Cuba*

# 小引

也许又要追溯到草原。

人有两个年龄：呱呱坠地那天，计算生理年龄；给心塑型那年，启动心理年龄。我们的心理年龄，大概是在草原启动的。

无论当年的遭遇怎样不同，不管今日的境况如何差异，大多数曾经草原的同代人，都对那段生活怀着某种眷恋。草原给我们的许多馈赠——这词可能太甜了点儿；草原留给我们的无数刺激之一，是地平线。

终于返城了，但却莫名其妙地感到别扭：看着用竹签子穿着肉丁的一根羊肉串，就想起了在草地上宰完羊，用井水洗洗带骨的肉，扔进蒙古包外支起的大锅；或者用薄得像一张棉网似的羊肠油裹住一块冒着热气的沙肝，架在牛粪火上烤至半熟……看着在楼群缝里被挤瘦了的落日，就想起了那两头望不着边的地平线。在那些平淡的日子里，我写过一篇习作，歌颂挂在墙上的旅行背囊。Z最初选择学考古，竟因为那是个可以到处跑的专业。

是大草原的地平线，惹得人心野了。

多少次望着远山纵马驰骋，体会着"望山跑死马"的味道；多少次回首向西，读懂了"大漠孤烟直，长河落日圆"的诗句。

也是地平线教给了我们带有质感的"视野"的含义。

地平线隐喻着无限和未知，地平线引诱人上路追求。

人生如"两头燃烧的蜡烛"者，都主动写下过"在路上"的履历。切·格瓦拉在转战古巴、刚果、玻利维亚前的青年时代，四次旅行着体会拉丁美洲。毛泽东在两万五千里长征前，有过与同学萧瑜身无分文游历湖南五县的传奇经历。

游学是一个富有魅力的词汇，走路和学习隐含着联系。孔子的治学思想无疑与告别父母之邦、周游列国的生平有关；被迫辗转的穆圣并没有忘记留下"学问虽远在中国，亦要前往求之"的箴言。

学问的两头连着生活。精致的文化是人不同于动物的特征，但文化的本源是生命，文化的目的也是生命。当文化与生命发生抵触，文化就走向异化。

脚步迈向心所向往的地方，脑随着心的活跃而丰富；文化意义上的视野跟着瞳孔里的视野寸寸拓宽。

俗话说，人的一生如同行路。一个人如果在返土归真、走向坟墓时，仍然充满学习的欲望，那么他就战胜了死亡，因为他腐朽的肉体里依然跳动着一颗年轻的心。

并不需要学好了再上路，也不是必须走完了路再总结。边走边学，于是我们积攒了一大摞旅行日记。把我在近年到美洲短游长旅的几本日记录入电脑，就有了如下日记式的文字。

El Ecuador

厄瓜多尔

## 01 | 飞越火山国度

超长的黑夜里，翻阅着张星烺的《欧化东渐史》。荷兰飞机向西飞行，进入大陆时，天亮了。

俯视中出现了海一样的山地，我意识到，阔别十年重返美洲的机遇已经实现。几十年里，只要有机会飞抵大陆，从它一进入视野，我总压抑不住暗暗的激动，挤到窗前，习惯地带着遐想俯瞰，倾听阑入美洲大陆的马蹄声，让感觉回到五百年前。

15世纪末的那一页历史不仅改写了一块大陆的命运，从此也宿命般地左右着世界扭曲的航线。

已经在空中经过了委内瑞拉、哥伦比亚，从东向西横穿安第斯山脉。

短短的一生与如此辽阔的大陆结缘，其丰富的纹理，恐怕至死也无法看清。

可不是，这是30年来第一次进入安第斯山区。Los

Andes，世界上最长的山脉，南美洲的脊梁，印卡人安顿在白云间的家乡。

途中，飞机曾在博奈尔（Bonaire）加水加油，人员换班。这是一个古怪的热带小岛，连风都热乎乎的。它紧贴委内瑞拉的加勒比海岸，却是荷兰的领地。机上有荷兰人从此地转机去库拉索（Curaçao）：当年的黑奴贸易重镇，今天荷兰领养老金者的度假村。

五百年前的那个怪胎生出了一个荒谬的世界，像这个博奈尔一样，马尔维纳斯岛明明在阿根廷的鼻尖前，但被远在天边的不列颠帝国控管；一个同名的圭亚那，却复杂地分成法属、英属、荷属；荷兰飞机上航空小姐黑白分明的情景，同样牵动着沉重的历史。

机组提醒乘客注意，基多（Quito）快到了。漫长的夜行之后，眼前灿烂的阳光和堆积的云海耀眼夺目。分秒之间，刷刷掠过海市蜃楼般的场景：云团中露出富士山一样的银白山尖，美丽而又冷峻。没定神，又一座雪峰滑过机翼。与白色宫殿群做伴，远处一面银镜似的高山湖泊稍现即逝。

难怪呢，我们的西向飞行，已经飞到了东"太平洋火圈"的上空！

**火山**  环绕古老浩瀚的太平洋，坐落着地球上85％的活火山。从我们生活的太平洋西岸的花彩列岛，到太平洋东岸的美洲科迪勒拉山系，是世界上火山和地震活动最剧烈的地带，被形象地称作"太平洋火圈"。

眼下的安第斯山脉是科迪勒拉山系的南段，仅在厄瓜多尔这片山地里就埋伏着20多座海拔5000米以上的火山锥。

如银宫冰厦钻出云层的，是科托帕希（Cotopaxi），卡亚姆贝（Cayambe），还是钦博拉索（Chimborazo）？这些火山名称全都来自原住民语言。科托帕希海拔5897米，一说是世界上最高的活火山；钦博拉索应该更向南；卡亚姆贝则坐落在这一带赤道线上。在它的附近，古代基多人建起了许多太阳神庙，那些神庙是印第安人观察太阳轨迹、测定"太阳之路"的观象台。

此刻，我正飞行在火山国度的上空。这样的地理，应该养育相应的民族。十年前，我曾凭感觉在《丰饶的苦难》[1]里描述过：

> 安第斯山区一带的山系仍处在地理概念上的造山运动过程之中……在这块仍在生长的大陆上，30多个国家也如同一座座活火山。当地火腾空时，灼热的熔岩像是从迸裂的血管里溅涌而出的血流；当岩石巨人沉默时，地心的潜流不安地蠕动，酝酿着新的喷发。很难给这样的大陆换血，也很难预料它生动的行为轨迹。

垂眼望去，山谷郁郁葱葱，城镇星罗棋布。这里是与亚

---

1 《丰饶的苦难：拉丁美洲笔记》，1998年云南人民出版社初版，2003年广西师范大学出版社修订再版。

马孙雨林接壤的安第斯山脉东侧，从基多驱车两小时就能抵达亚马孙河（Amazonas）的支流。厄瓜多尔地图用三种颜色标识三大地理区域：沿海（costa）、山区（sierra）、热带雨林（selva）。这一南美洲的地理大视野，在哥伦比亚、厄瓜多尔、秘鲁等三个沿海安第斯国家找到了微型代表。

安第斯山脉南北走向，逶迤9000多千米，最宽处达700多千米，厄瓜多尔境内的这一段宽120千米，分成东、西两大山系，夹着10多个盆地。飞机低飞时，甚至可以看见起伏的山头上简朴的农舍和印第安人破碎的田地。

飞机掠过基多上空，长长的山谷里，蜂窝似的房屋沿山谷一溜排开，显然是座不小的城市。记得几次飞越1700万人口的墨西哥城，人口的规模借房屋给人以强烈的冲击力：飞机贴着巨大盆地的边缘盘旋，密密麻麻的建筑鳞次栉比，填塞着每一个缝隙。越往高处，房屋越破败，住着从山那边涌入都市的穷人大军。

拉丁美洲是一个资源富饶、人民贫困的大陆，但它从来又是一个生命旺盛的大陆，500年前被欧洲人"发现"的古代墨西哥城、古代库斯科城，当时就是10万人口[1]的世界级人口大城。欧洲人那时不愿意强调这一点，他们希望美洲能被渲染成荒无人烟的土地，以便证明非法占领的合法性。由于殖民主义的各种作用造成减少了7000万原住民的这片土地，今天又生活着6亿多人口，如今人口又被夸张成贫穷的

---

1  一说当时墨西哥城已有30万人口。

原因。

　　对于过去的宗主国来说，这支穷人大军已经成了麻烦。完成了原始积累、进入高度发达的欧洲，再也不需要一双双挖银子、收咖啡、砍甘蔗的手[1]，更怕他们利用"全球化"成为移动之民，将脚踏上昔日主子的优雅国度；或者在这贫、富连带的时代里，成为危及富人的"非传统安全"因素。

---

1　Mano de obra，西班牙语用"干活的手"来表达"劳力"。

## 02 ｜ 在基多逛工艺品市场

　　基多，海拔2850米，南美洲除拉巴斯外的最高首都，人口120万，虽处赤道，空气凉爽。城里长着各类修长挺拔的松杉类亚热带树木，四周是峻美的山峰。当地人向我们指着远处说："天气晴朗时，可以看见雪山，那年火山喷发，就像原子弹爆炸的蘑菇云一样……"

　　火山是厄瓜多尔人的家庭一员，与火山相处的民族该是一种什么样的民族呢？

　　**玫瑰**　当然，除了男性的火山，这里还盛产女性的玫瑰。

　　由于日照充沛，基多不仅遍地鲜花，而且栽培各色高山玫瑰，空运出口海外，当地人啧啧地说："一支蓝玫瑰运到欧洲的花市上能卖3欧元呐，相当于产地的10倍！"近20年来厄瓜多尔已经成为世界上最大的玫瑰出口国，压倒了传统上的玫瑰大国哥伦比亚和肯尼亚。玫瑰出口也给厄瓜多尔带来了仅次于石油和香蕉的外汇收入。来时换机曾停留在阿姆斯特丹，机场里到处是郁金香。那个低地之国（País Bajo）也是一个鲜花大国，但那个国度的人已经有了充分的余裕，节日里奢侈地把无数朵鲜花在广场上铺成巨大的花毯。

直射的阳光是玫瑰花盛开怒放的秘诀。基多附近有一座小城叫卡亚姆贝，坐落在同名火山的脚下，那里的玫瑰生产包揽了全国的70%。卡亚姆贝不仅有赤道位置带来的阳光，还处于玫瑰花所需要的理想海拔，全年恒温，所以这里出产的玫瑰茎长、色泽浓艳、花瓣挺拔持久，两三周经久不谢。

然而，"没有不带刺的玫瑰。"（No hay rosa sin espina.）

空气清新的山城基多

这是一句古老的西班牙语谚语，遗憾的是，它依然是事实，象征着玫瑰花产业农工的命运。卡亚姆贝镇8万居民中，47%是印第安人，他们并没有随着3欧元一支的玫瑰花过上温馨的日子。就像一位墨西哥教育家说过：安第斯山区"是世界上唯一对动物比对人还好的地方"；在卡亚姆贝的种植园、加工厂里，玫瑰花所受到的关照大大优于农工所受到的待遇。

玫瑰在分类成捆后被放进保湿的冷房，然后被存放在5摄氏度的室内，直至进入机场跑道边的大型恒温冷库，再搬上飞机，三天后到达马德里，或一个半星期后到达西伯利亚，70%的玫瑰销往富裕的近邻美国。娇艳的厄瓜多尔玫瑰盛开在马德里的餐桌上，怒放于纽约的五星级酒店里，玫瑰花公司的工人们却在农药污染、危险的重型机器、粉尘、潮湿、过冷过热的温度中煎熬。全国400家玫瑰花公司（许多是跨国公司）中，只有两家公司有工会组织。从事玫瑰花业的工人中，大多数是女工，20%是童工。女工经常受到工头的性剥削，而孩子小小年纪出外干活，在印第安人家庭里司空见惯。

旅馆对面的公园里有一个民间工艺品市场，我兴致勃勃地逛着，热情绝不亚于逛巴黎或罗马珠宝商店的暴发户。大红大蓝的棉毯织进了海洋国家喜爱的鱼类图形，巴拿马草帽的花边展示着手艺人的匠心……最别致的，是用亚马孙地区的"象牙果"（tagua）刻制的工艺品。象牙果是棕榈树的种子，纹理、硬度、颜色与象牙相似，俗称"植物象牙"，在印度南部也有这样的植物。真巧，这三类引我注目的工艺品正代表了厄瓜多尔的三大地理区域：沿海、山区和雨林。

我对拉丁美洲的爱情，大概有三分之一与他们的民间艺术有关，其余的三分之二各自归于他们的民歌和斗争史。

美洲的古代人一定是富于想象力的人群，大自然的恩惠给了他们编织梦幻的余暇，风土的壮观鼓舞了他们粗犷的审美能力。古巴诗人何塞·马蒂（José Martí）说过，"对装饰的喜好始终是美洲儿女的天性"。

"世界之中"文化园里的马蒂像：马蒂用坚实的双臂把大陆人民拥抱在一起。

我从不花高价在商店买回摆设，家里的每一件艺术品差不多都藏着一个小故事。特别有一块十字挑花小桌布，总让我想起一个场景：

那一次我为中国云南省的扶贫代表团作译员，在墨西哥城郊区参观扶贫工程。流落城市的无地农民在垃圾深沟两边修出平台，搭起赖以栖身的简易房，每日与垃圾做伴，苟活之状触目惊心。那一天我曾因一过性脑缺血在烈日下晕倒，醒来后周围一大群棕色面孔。据说是他们七手八脚把我抬进了棚屋，灌了可口可乐（内含的印第安"古柯"可以提神）。临走时，一个妇女一边说着"可怜啊"（pobrecita，类似蒙古族妇女挂在嘴边的"呼勒嘿"），一边塞给我那条她亲手缝制的、用来卖钱换口粮的鲜艳桌布。

我一直珍藏着这块小桌布，就像珍藏着草原阿爸在牛蝇疯跑的季节送给我的一块裹头巾。

公园外的广场上，很多人支着画架卖油画。在安第斯山民中，厄瓜多尔人素有热爱艺术的名声，这种情趣可能是这个国度风光明媚所致。但我所喜欢的是那种独特的美洲风格，对比强烈的重彩，夸张的形象，变形的构图。比如那些广漠的原野，粗硬的仙人掌；还有穿白衣裤的农夫，蒙黑披肩的农妇，大多只有轮廓，不露脸形。美洲的风土人情可能不适于作现实主义的雕琢，倒与超现实主义天然默契。

**瓜亚萨明**　不少作品带有奥斯瓦尔多·瓜亚萨明（Osvaldo Guayasamín）的画风。他是厄瓜多尔已故画家，名声极大，联合国里挂着他的作品。1999年瓜亚萨明去世，伊比利亚美洲国家会议在哈瓦那宣布他是"全伊比利亚美洲的画家"。他爱画骨节嶙峋的枯瘦双手捂掩着扭曲的面孔，那组系列画曾使我过目不忘。其中一幅叫《血泪》（*Lágrima de Sangre*）：两大颗红褐色的泪滴从那样的手指缝间流下来。

瓜亚萨明父亲是印第安人，母亲是混血人，他坚持自己的印第安画家身份。我专门去了城北画家本人设计的"人的博物馆"（Museo del Hombre），里面陈列着画家本人和他

瓜亚萨明所画的基多

收藏的大量拉丁美洲画家的作品。博物馆的外形像一座尖顶小教堂，所以它也被称作"祭奠人的教堂"（Capilla del Hombre）。瓜亚萨明曾表示要在此展出"拉丁美洲一生一世的悲剧"。博物馆在瓜亚萨明去世后的 2000 年开幕，他的好友菲德尔·卡斯特罗践约参加了剪彩。瓜亚萨明对菲德尔的描写很有意思，真不愧是基多人，连形象比喻都离不开火山："菲德尔是一座永远喷发的火山，饱含原生态的力量。不过他并不喷火破坏，他是一座喷发智慧和柔情的火山。"

无独有偶，卡斯特罗与哥伦比亚作家加西亚·马尔克斯、美国作家海明威、美国导演奥利弗·斯通、天才球星马拉多纳的交往和友谊，也世人皆知，这让他的宿敌酸溜溜，很不是滋味。我猜这是一个使西方体育界有意识地排斥马拉多纳的原因，中国的体育转播也卷了进去，鹦鹉学舌地诋毁马拉多纳的"上帝之手。"而加西亚·马尔克斯呢，不久前还写了一篇"我眼中的菲德尔"。

拉丁美洲艺术家素来有同情人民的左翼色彩，典型的如墨西哥壁画家迭戈·里维拉（Diego Rivera）和他身残美丽的妻子弗里达·卡洛（Frida Kahlo）。两人曾在墨西哥城的家中收留流亡中的托洛斯基，甚至还为此引起感情纠葛。再比如智利画家何塞·万徒勒里（José Venturelli），他曾为聂鲁达的《漫歌集》作过版画插图，还在拉美介绍过齐白石这位木匠出身的中国画家。

瓜亚萨明很爱他的故乡，画过绿色的、黑色的、红色的、白色的、蓝色的基多。我所见到的一幅基多是用黑、白、红色线条勾勒出的平面变形印象，如果我没有从飞机上俯视过基多，不会对他的"印象"有所感触。

## 03 | 太阳"正坐"在基多

在西班牙人抵达之前的古代，今天的厄瓜多尔一带叫"基多"，此名称来源于比印卡[1]文化还早的"基图王国"。这片土地之所以叫了"厄瓜多尔"，与人类对天体认识的丰富历史有关。

一般认为，公元前五六世纪古希腊哲学家想象地球是球形的，但他们根据的是"球形最完美"的哲学概念。后来，亚里士多德观察月食，发现了月球上的圆形地影，他的根据有了科学性质。战国时期的中国哲学家惠施从东方智慧出发，也曾萌发过地球呈球形的朦胧感悟[2]。1519年，麦哲伦以

---

1　关于inca的译法有"印卡"和"印加"两种，本文作者采取了白凤森所译《印卡王室述评》（*Inca Garcilaso de La Vega:Comentarios Reales de Los Incas*，商务印书馆，1993年，北京）中的译法，并赞成译者在查证克丘亚语字典后的分析。

2　惠施主张广泛分析世界上的事物，从中总结世界的规律。他所列举的"历物十事"中有一例为："我知天下之中央，燕之北，越之南是也"。燕国的北面在北方，越国的南面在南方，惠施为什么说燕北越南是大地的中央呢？如果按照现在人的知识来解释，也可以解释得通：从燕国一直向北走，就是北极，从越国一直向南走，就是南极；两极点相连，就是地轴，这不是地球的中央么？这好比猜出了大地是球形的，而且地轴贯串了燕国之北、越国之南的两极。有人据此认为，这可能是人类历史上关于地球是圆形的最早论断。

环绕地球的航行实证了地球的球形之状。从此，我们所生活的世界被称为"地球"。

17世纪末，牛顿从理论上推测地球不是一个标准的球形，而是一个赤道处略为隆起，两极略为扁平的"桔子"。1735至1744年，巴黎科学院派出两个测量队分别赴北欧和南美进行弧度测量，测量结果证实地球确实为椭球体。

南美考察团选择了基多以北24千米处的卡拉卡利镇（Calacalí）。1774年，那里有了世界上第一座赤道碑，人们开始称基多为"赤道的土地"——厄瓜多尔。

"赤道"一词在西班牙语中是ecuador，其音译为"厄瓜多尔"，辞源来自拉丁语中的ecuo-，含有"相同"之意，意指南北半球的等量性。1830年，摆脱西班牙殖民统治、取得独立的厄瓜多尔正式成为一个单独国家，国名就定为"厄瓜多尔共和国"。

赤道纪念碑有新旧两座，均位于首都基多所在的皮钦查省。从基多驱车向北，山间云雾缭绕，但据说赤道附近雨水罕见。旧赤道测定点卡拉卡利是一个美丽的山区小镇。旅游者被现代化的新赤道碑吸引走了，卡拉卡利人坚持说这里的测定是准确的。

旧赤道碑四周刻有E、S、O、N四个表示东、南、西、北的西班牙字母。顶部放有石质地球仪，一条象征赤道的白色中心线，从上至下与碑东西两侧台阶上的白线相连，这条白线把地球分为南北两部分。每年3月21日春分和9月23日秋分，太阳从赤道线上经过时直射赤道，全球昼夜相等。

新赤道碑位于距基多14千米的圣安东尼奥镇，小镇因赤道碑有了一个新名字——世界之中。"世界之中"在西班牙语里是Mitad del Mundo，但当地人用萨契拉（tsáchila）语称它"Quitsa To"（Quitsa，中间；To，世界）。

正值周日，"世界之中"人山人海。一个小乐队在演出，正中的乐手面前立着一只大鼓，乐手的两脚和鼓的两个支架都跨越一条将地球分成南北两半球的黄色赤道线。

赤道碑前方有一条石砌大道，道旁矗立着13位曾为测定赤道位置做出贡献的法国、西班牙和厄瓜多尔科学家的半身雕像。虽然13尊塑像中没有一个人属于西班牙殖民者到达之前的印第安部落，但是这个神秘地点的"发现者"是无名的原住民。

赤道碑位于巍峨的卡亚姆贝火山附近。火山旁的一座小山岗上，有一处静谧的"前哥伦布"[1]遗址，无言地向人们传达着印第安先民对宇宙充满好奇的观察。此地名叫"Pucará de Rumicucho"，这个克丘亚语地名意味着"石头角落里的堡垒"。这是由五个形状不一的无顶台级式围子组成的建筑群。它们与周围山峰的位置关系，它们在春分、秋分、夏至、冬至时与太阳光线的关系，周围那些形状奇妙、位置特殊的大石块，至今引来学者考察。

---

[1] Precolombino，意为"哥伦布发现新大陆"之前的；这是个经常要提及的、具有文化意味的美洲史词汇。

与卡拉卡利居民坐在旧赤道碑前

厄瓜多尔街头带有瓜亚萨明风格的美术作品

这一带还曾有许多圆柱体，有些圆柱体的外壁贴有银箔，银箔后来被西方入侵者刮去了。人们猜测这些属于8世纪至15世纪的文物很可能是印第安人的日晷或年历，它们形成了一个互相关联的体系。

16世纪时，秘鲁出现了一位第一代混血人学者，名叫印卡·加西拉索·德拉维加（Inca Garcilaso de la Vega），他的父亲曾是西班牙督办，母亲是印卡末代公主。加西拉索·德拉维加写了一本《印卡王室述评》，追述正在逝去的母族历史，记下了印卡人对自然界的直观认识，尤其是丰富的星相学知识，他的这本书对于后人了解美洲印第安文明水平是一个巨大的佐证。

书中说赤道附近的印第安人在春分、秋分时用鲜花、香草装饰柱体，再把太阳的椅子安放在柱体之上，因为

> 太阳在那一天携带着他的全部光华，正襟危坐在石柱之上……他们对于立在基图城和直到沿海那一带的石柱的尊敬，超过对于其他所有石柱，因为太阳在那里铅垂照射，正午时分一点影子也没有。他们说，那里的石柱是太阳最喜欢的座位，在别处是侧坐，在那里是正坐。[1]

直至今天，每年到"太阳回归"的日子，印第安人仍会在这些特殊地点献上鲜花美酒、金银宝石，迎接太阳神的来临。

1534年，占领了基多的西班牙殖民者塞瓦斯蒂安·德·贝拉尔卡萨尔斥责用于观察太阳和地球运动的石柱是印第安人的偶像崇拜，命令全部推倒在地。不仅卡亚姆贝火山一线的柱体，而且整个古老基图王国境内的全部类似石柱都遭遇了同样的命运。不同的是，因为赤道附近的柱体倍受原住民崇敬，因而所遭受的破坏更加惨重。

---

1  加西拉索·德拉维加：《印卡王室述评》，商务印书馆，1993年，第144页。

## 04 | 与费尔南多谈论印第安人运动

五月份是厄瓜多尔的雨季之末。晚上我们去市中心的"小面包山"观看城市夜景。基多城被联合国宣布为人类文化遗产，除了明媚的自然环境、赤道之都的地理位置，还因为全城保留了殖民地时期的建筑风格。当年西班牙人立足之后，按照宗主国的样子，在市中心建起了四方格子的老城，又在每一个格子里修一座天主教堂，因此基多市中心号称有40座教堂。远方小雨朦胧的夜幕下，一座由灯火勾勒的方格城熠熠闪烁。

其实，偌大一个拉丁美洲，各个国家旧城的布局基本一个模式。殖民地时期，连巡夜的梆子敲几下，都要由大洋彼岸的塞维里亚殖民地管理机构决定！

**印第安人运动** 晚上与研究印第安人运动的费尔南多·加西亚交谈。

在经历了人类历史上最大的人种屠杀之后，拉丁美洲仍然生活着近4000万讲400多种不同语言的印第安人。在阿根廷、乌拉圭等欧洲移民国家里，他们是极少数；在墨西哥、智利、委内瑞拉等混血人口众多的国家里，他们是少数；而在厄瓜多尔、玻利维亚、秘鲁这几个安第斯山国家里，他们分别占到了20%、40%甚至50%以上。当然，他们主要居住在人迹罕至的高山秘境、热带雨林。几个世纪以来，一直像幽灵一样生活在社会的边缘。厄瓜多尔贫困人口达60%。在基多，到处能看见卖口香糖的乞讨者，有很小的孩子，也有青壮年。

近十几年来，这些影子般的下里巴人居然真的像地下涌动的岩浆，不断喷发出冲天火焰。这些"红脸直发人"涌上街头，在好几个国家把总统拉下了马。十几天前在基多的中心广场上就发生了导致总统卢西奥·古铁雷斯（Lucio Gutiérrez）下台的群众示威，至今广场中央突兀立着的骑警仍然提示着空气中的紧张。刚刚过去的四月抗议运动中，抗议者以"逃亡者"自我命名。我看见高楼玻璃窗上贴着"逃亡者之家"（casa de los forajidos）[1]的字样，并听说刚出版的《四月的逃亡者运动》已经脱销。

这一切象征性地开始于1992年。在那个邪恶起点的"500周年"之际，拉美许多国家爆发了以印第安民众为主体

---

1　Forajidos 在古代是指"逃亡者"的词汇，如在一份1819年的文书里，古巴岛的殖民军军官称逃跑的黑奴为"negros forajidos"。抗议者如今选用这个词汇，表示继承美洲历史上的反叛者、起义者传统。见 Diego Bosch Ferrer, José Sánchez Guerra: *Rebeldía y Apalencamiento*, Centro Provincial Patrimonio Cultural, Guantánamo, 2003, p.104。

的抗议运动，一次官方筹划的对"哥伦布发现新大陆"的隆重纪念在拉丁美洲变成了一场大规模的民众抵制。

早在1990年6月初，厄瓜多尔就已经爆发了一场"太阳神节起义"（Levantamiento del Inti Raymi）。在那个扬眉吐气的六月，难以计数的厄瓜多尔印第安人曾涌上大小城镇的街头巷尾，红色、黑色的"篷乔"（poncho，印第安斗篷）浸漫视野。大城市的白人、混血人第一次惊异地发现，厄瓜多尔有这么多影子般的印第安人。

拉丁美洲印第安人的抗议运动成为世界反"资本主义"全球化运动的重要一环。在连续召开的"世界社会论坛"中，印第安人组织是重要的成员，而2004年第一届"美洲社会论坛"就曾选择在眼下这个高山国家厄瓜多尔举行。

费尔南多与他人合写了一本《生存的权利：多样化、民族特性与变革（印第安人与非洲裔厄瓜多尔人的法律民族志）》[1]。书名听起来学究气十足，其实是一本很有正义感、人情味和学术价值的考察报告。研究者征得了部落的同意与合作，得到了部落派遣的助手的支持，在一年多的时间里，考察了几个有代表性的印第安人村落。他们直接用当地原住民语言采访当事人，对印第安人社会中诸如领土资源、财产争端、仇杀、酗酒、奸情、首领谋取私利等案例进行跟踪观察，了解部落居民如何在传统法和部族权威的指导下，有效

---

1  Gina Chávez V. Y Fernando García: *El Derecho a Ser: Diversidad, Identidad y Cambio* (Etnografía Jurídica Indígena y Afroecuatoriana)，FLACSO Sede Ecuador-Petroecuador, Quito, Ecuador, 2004.

地解决争端，实行自我管理。

难能可贵的，是这群学者敢于在学术中表达爱憎：

> 西方的自由主义原则是可憎的，它规定不懂法律的人不能免于罪责。不懂什么法律？当然是国家的法律！但是，从原住民的角度，我们同样可以说：先生们，你们不懂得我们的法律，因而同样不能免于罪责。

想起国内那些被驯化并自律的"学术"文章，连问号、叹号都不敢使用，还敢质问什么"先生们"！

费尔南多说，印第安人问题主要是农民问题、土地问题。随着新自由主义经济政策的步步逼近，借拉美国家统治集团的恭让，国际财团的手已经伸向多为印第安人居住的大陆腹地、雨林纵深。关于中国，他直言不讳：

"中国将成为与美国并列的经济大国，在亚马孙地区开采石油，修建两洋公路。中国如果与'美国佬'（gringos）一样行事，将成为新的殖民主义者，尤其在该地区开采石油将会引发与印第安人的严重冲突，拉丁美洲人正拭目以待。"[1]

好一个"拭目以待"，昔日被列强欺辱的中国，今天居然正被他人警惕！当古老的中国打开国门时，正面对着一个不容喘息的全新世界。

形势从两头逼迫我们，加速研究殖民主义的本质。

---

1　2006年11月、2007年7月，在厄瓜多尔发生了印第安人与中国石油公司的冲突。

## 05 | 攀登修饰了"门面"的圣安娜山

　　瓜亚基尔（Guayaquil）位于瓜亚斯河右岸离太平洋出海口50千米处，是首批由西班牙殖民者建立的城市之一，曾是殖民地时期南美洲最重要的造船基地。

　　同属一个国家，这里风景迥异。海滨农民已经不是古铜色的"indio"，而是混血的"montubio"。

　　最早的瓜亚基尔城建在圣安娜（Santa Ana）和卡门（Carmen）两座山包上，以防海盗。圣安娜山顶上今天有一个"海盗公园"，公园里真人大小的雕塑站在高高的瞭望哨上，再现当年情景。从那里可以看到城市赖以命名的瓜亚斯河和它流入的太平洋。

　　圣安娜山与许多拉美国家的山城相似，前山往往是富人区，既能享受到安静和好空气，又能迅捷地驶向市区，而高处则是穷人苟延残喘的地盘。圣安娜前山的"巨石区"（Las Peñas）就是这样的古老富人区，建筑物弥漫着19世纪、20

世纪初的味道，有些快坍塌的木及修复，更有苍凉之感。如今是艺术家云集的"波希米亚区"，艺术人借此处风景，爬着艺术市场化的山坡。

再向上便是贫民窟，一共400多级台阶，必须拾级而上。

今天这一带贫民区，经过政府为发展旅游从2000年开始的大规模改造，成了十分别致的"民居"：门口挂着修复前的旧"门脸"照片。

但可笑可悲的是，只粉饰了门面[1]，内院贫穷如故。如果从高处往下看，后院没有一丝可看之处，依然是穷人惯住的铁皮顶纸板房。

铁皮顶的纸板房已经成了拉丁美洲的贫穷符号。

曾看过一个讲述内战背景下萨尔瓦多贫民窟儿童的墨西哥电影《无辜的声音》（*Voces Inocentes*），其中有一首感人的背景歌曲，是委内瑞拉已故黑人歌手阿里·普里梅拉（Alí Primera）的作品，名叫《纸板房》（*Casas de Cartón*），Z一直非常喜欢，歌的开始唱道：

| | |
|---|---|
| 那雨声听着多么凄凉 | Qué triste, se oye la lluvia |
| 落在纸板房的屋顶上 | en los techos de cartón |
| 我的人民多么悲伤 | qué triste vive mi gente |
| 住在纸板房里度过时光 | en las casas de cartón |

---

1　la fachada 的直译和转义与"门面"十分一致。

圣安娜山上的贫民区过去小偷盗匪出没，晚上没人敢来，现在仍是警察重点防范的地段，今天警察更有了保卫旅游者的重任。土匪区之说无疑掺上了富人的偏见和渲染，人们照样生活，从屋里传出叮叮咚咚的热带音乐声，平衡着清贫的生活。这样的地段无法行驶汽车，富人不居此处，穷人天天习以为常地爬上爬下。台阶上有人背着没有双腿的残疾老人上山，扛着自行车攀登的男人背心上印着本·拉登像。拐角处一个小饮料店里，破旧的墙面上，与音箱、酒瓶、瓜达卢佩圣母像做伴，挂着一张特大的切·格瓦拉画像。

　　虽然厄瓜多尔紧张的政治局势暂告一段落，晚间的电视新闻依然消息密集。除了正在进行的出租车司机罢工的镜头

挂着格瓦拉像的小店铺

外，还播放了对两个被主教暂时停职的神父的采访。因为他们在教区内建立了为印第安穷孩子开办的学校，属于"越职行为"，他们被问及是不是同意"解放神学"或支持共产党。其中一个叫米格尔·安赫尔·奥尔梅多，他明确表示赞同解放神学，并引证耶稣说过，富人进天堂更难。

电视里还出现了采访身穿迷彩服的哥伦比亚游击队领导人劳尔·雷耶斯的镜头。[1]

这条消息出乎我的意料。"哥伦比亚革命武装力量"（FARC）被美国定为恐怖主义组织，我的一篇文章曾因在民众运动的论题下提及它，被编辑部鉴于"影响不良"删去，而它的领导人在拉丁美洲的电视里被公开采访。

上述电视采访结束时有一个有意思的对答：

——切·格瓦拉搞革命，但从不搞绑架。

——那是切·格瓦拉的运气，他生活在一个与今天不同的时代。

---

1 Raúl Reyes 已于 2008 年 3 月 1 日清晨被在美国支持下的哥伦比亚军方飞机炸死于哥伦比亚-厄瓜多尔边境地区厄瓜多尔境内的游击队营地，同时被炸死的还有其他游击队员及前去访问的墨西哥大学生。此事曾引起哥、厄两国关系紧张和拉美地区各派政治力量的激烈争论。

## 06 | 香蕉与可可

来厄瓜多尔之前，我并没有意识到会撞见满视野的香蕉树，就像当年没有准备地闯入了西班牙的橄榄林。

**香蕉** 在沿海的瓜亚基尔，当一个又一个的香蕉园闪烁而过，我才明白来到了香蕉王国。舒缓变调的绿色像泼墨的晕染，与湿热的气息一起扑面而来。我们走进一个园子，被砍去的老蕉树留下了剥露的老根，旁边又长出新生的"儿孙"（hijos）。朋友说，从第二代子蕉树开始，香蕉的味道才好；好像中国的好茶要尝第二道。香蕉就这样生生不息，全年收获，每周奉献果实，养育热带人民。

香蕉王国并不是香蕉的故乡。

香蕉原产于东南亚，中国已有两千多年栽培历史。汉代古籍《三辅黄图》记载，武帝元鼎六年（公元前111年）建扶荔宫，"以植所得奇草异木，有芭蕉二株。"香蕉可能经印度尼西亚人之手被从中国带入非洲，公元7世纪进入地中海地区，又由葡萄牙人于15世纪传到西班牙南部的加那利群岛，1516年香蕉被带到美洲最早的西班牙殖民地"西班牙岛"（La Española，即今天的海地岛）和古巴。殖民地的土壤、气候和几乎无本的奴隶劳动使中南美洲一跃成为香蕉主要产地，尤以厄瓜多尔为最，使人误以为这里是香蕉的故乡。直至今天，全世界消费的1200万吨香蕉中，有1000万吨来自拉丁美洲和加勒比国家。

20世纪60年代，厄瓜多尔香蕉出口占世界第一位，是为闻名的"香蕉之国"。厄瓜多尔人与香蕉有着酸甜苦辣的不解之缘。乌拉圭作家爱德华多·加莱亚诺（Eduardo Galeano）在那本20世纪70年代进步青年几乎人手一册的《拉丁美洲被切开的血管》里写道：

> 香蕉在《古兰经》里是一棵天堂之树。但是，危地马拉、洪都拉斯、哥斯达黎加、巴拿马、哥伦比亚和厄瓜多尔的香蕉化，却让人们怀疑它是一棵地狱之树。[1]

获得诺贝尔文学奖的危地马拉作家米格尔·安赫尔·阿斯图里亚斯（Miguel Angel Asturias）在小说《绿色教皇》里描写了把天堂之树变为地狱之树的美国联合果品公司。2002

---

1 爱德华多·加莱亚诺：《拉丁美洲被切开的血管》，王玫等译，邓兰珍校，人民文学出版社，2001年，北京，第110页。

年厄瓜多尔大选，卢西奥·古铁雷斯当时在印第安人支持下打败了右翼竞选人阿尔瓦罗·诺沃亚，后者就是该国的"香蕉大王"。[1]

香蕉有两种，生吃的甜蕉和要加工的菜蕉。

菜蕉可以用炸、煮、烤等多种方式烹制，它如今已经成了美洲热带地区百姓的主要食品之一。沿着海滨，我们到了渔民捕捉牡蛎的"白角"（Punta Blanca）海湾，在海风中品尝了地道的海鲜饭，外加炸青香蕉、烤玉米粒，北京卖20多元一个的油梨在这里被切成大片当小菜吃。

香蕉的命运很像咖啡和甘蔗，来自异乡却喧宾夺主，成了美洲的传统作物。唯"利"是图的资本主义早就开始了全球化运作。


**可可** 瓜亚基尔市中心过去有一片沼泽地，它被改造成一个植物园。在这个"历史公园"里，我们看到了厄瓜多尔另一种经济作物可可。

可可是仰仗雪松、芒果等大树的荫凉生长的高大灌木，种植五年、甚至三四年就能结果。我们正赶上三月到六月的收获旺季，农业工人将树上褐黄色木瓜般的可可瓜用长把刀

---

1 让"大王"扫兴的是，在2006年的大选中，他又败给了一位名叫拉斐尔·科雷亚（Rafael Correa）的青年左翼。2007年11月21日，我在北京聆听年轻英俊的总统演讲"21世纪社会主义"。这位政治家结束演讲时所引用的却是文学家爱德华多·加莱亚诺的一段话：

乌托邦远在地平线上，我靠近两步，它就后退两步；我前进十步，它就向更远处退十步。无论我如何迈进，永远够不着它。那么，乌托邦为什么存在呢？它存在的作用就在于——让我们前进。

小心摘下，用钢刀破开木质的瓜，从一个瓜里挖出50粒左右乳白色的可可豆，将带着白瓤的可可豆放在香蕉叶子上发酵、晒干，然后将装入麻袋的可可豆出售给中间商。从一只普通可可瓜里剥出的可可豆经过干燥不到58克重，确切地说，制造1磅巧克力需用400粒可可豆。

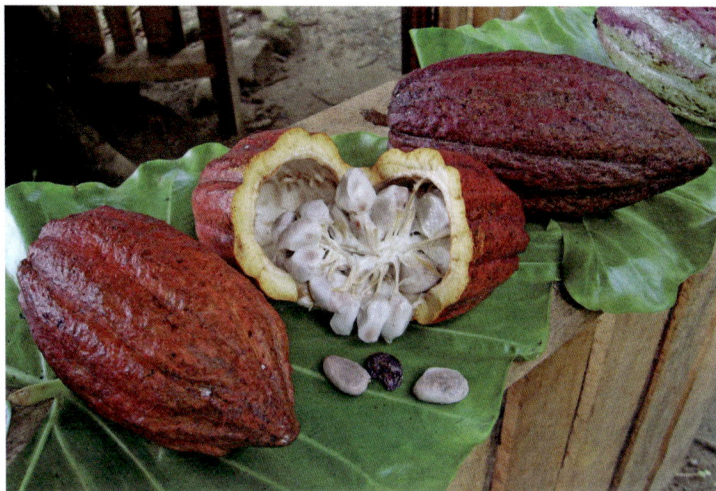

砍开和没砍开的可可果，嚼过和没嚼过的可可粒

　　可可是地道的美洲原产。两千多年前，墨西哥印第安人就会食用可可。他们将可可豆连瓤带籽一起磨碎，与玉米粉、香料或蜂蜜一起熬成浓香微苦的饮料。"可可"连同可可饮料"巧克力"这两个词，都来自墨西哥印第安人的纳华语cacáhuatl和xocolatl。16世纪西班牙大殖民者埃尔南·科尔特斯（Hernán Cortés）手下的小兵贝尔纳尔·迪亚斯·德

尔卡斯蒂略在他的《征服新西班牙信史》[1]中记叙了阿兹特克人的君主蒙特苏玛如何在宴席上用金杯喝巧克力，如何用50个装满巧克力饮料的大罐子款待西班牙人。可可豆在墨西哥王国还曾作货币使用，连科尔特斯也用可可豆作军饷发给西班牙士兵。

可可起初在欧洲受到抵制，被看作是刺激性欲的野蛮人食品。19世纪，欧洲人将牛奶和糖加入脱脂的可可粉，制成美味的巧克力块。从此，巧克力食品工业蓬勃发展，对巧克力的热爱也成了欧洲风尚。如今，由西方科学家推销的巧克力不仅有利于大脑、心脏，还能杀菌、减轻疲劳，甚至降低"由爱情挫折带来的不适"。

19世纪末，瓜亚基尔商人靠可可豆发了大财。但是1929年的世界经济危机给厄瓜多尔可可出口带来了灾难性的打击，曾使该国在10年中更换总统12人。

在以农产品和原材料出口为经济支柱的拉美国家，这是似曾相识的共同命运。

可可豆需要在烤炉中烘干，压碎，加糖和牛奶才能变成巧克力。第三世界国家很难摆脱原料或初级产品出口国的命运，制成品的增值利润总是落入工业化富国的金库。写过香蕉的加莱亚诺在他的新著《时间之嘴》[2]中也写到了可可和巧克力，这是他写下的333个微型故事之一，题目叫《全球化

---

1 贝尔纳尔·迪亚斯·德尔卡斯蒂略:《征服新西班牙信史》，江禾、林光译，商务印书馆，北京，1988年。

2 *Bocas del Tiempo*, Ed. Siglo XXI, 2004, México.

市场》：

桂皮色的树，金色的果实。

桃花心木色的一双双手，把白色的种子包装在用大绿叶子做成的袋里。

种子在阳光下发酵。然后，拆去了包装的种子，在露天被太阳晒干，慢慢地，染成了铜色。

这时，可可开始了它在蓝色海洋上的旅程。

从种植它们的手转移到品尝它们的嘴，可可在 Cadbury, Mars, Nestlé 或者 Hershey[1] 的工厂里加工，并销售到全球的超市。

理查德·斯维夫特，一个多伦多的记者，曾经在加纳山区的一个村庄待过。

他走遍了那里的可可种植园。

当他坐下休息的时候，从背包里取出了几块巧克力。

当他要咬第一口的时候，发现周围围满了好奇的孩子。

孩子们从来不曾品尝过这东西。他们非常喜欢巧克力。

---

1 分别为跨国公司名称。

## 07 | 厄瓜多尔的"巴拿马草帽"

在海边小镇巴尔蒂维亚斯（Valdivias），有一座草棚式考古博物馆，门票仅1美元。馆内那位自称曾在哥伦比亚参加过发掘的业余"考古学家"，希望借我的"高级"数码相机拍一些展品的近景来制作宣传材料，但没有可供下载的电脑。然而存放的物件，涉及神秘的巴尔蒂维亚文化，据说这是可以上溯到公元前4000年的沿海文化，有人猜疑巴尔蒂维亚人来自随季风漂流而来的日本文化。

巴尔蒂维亚人有将亡人遗骨入瓮、再次下土埋葬的瓮棺葬习俗。在展室的一个角落里我看见了慕名已久的泥坛。最初我是从一首厄瓜多尔民歌中得知了它的存在，并一直以为这是安第斯山区的习惯，没想到在海边看见了它的原型。那首低沉的歌哼起来抑扬顿挫，平静中有一种揪心的忧伤：

| 当我死去的时候， | Yo quiero que a mí me entierren |
| 希望也像祖先一样， | como a mis antepasados, |
| 被葬在一个泥坛里， | en el vientre oscuro y fresco |
| 紧贴着它黑暗、清凉的腹壁。 | de una vasija de barro. |

瓮棺葬

  草棚博物馆用相当多的图片和资料介绍"巴拿马草帽"从草到帽的过程，我不禁迷茫了：

  "巴拿马的草帽与你们厄瓜多尔有什么关系？"

  "必须郑重声明：巴拿马草帽是地地道道的厄瓜多尔传统手工艺品。"

  直到今天我才惊奇地发现了一个颇有意思的天地：

  "巴拿马草帽"用厄瓜多尔的"托基亚棕叶草"（palma de toquilla）编结而成。它主要生长在厄瓜多尔安第斯山区。厄瓜多尔人编织这种草帽的历史很长，普通草帽一顶花一天时间，国际市场价在30到60美元之间；高级的编织一顶要两个月以上的手工，市场标价能达600美元。

  至于为什么叫成了"巴拿马草帽"，说法不一。

有厄瓜多尔人告诉我，厄国19世纪末、20世纪初两次出任总统的埃洛伊·阿尔法罗出生于草帽之乡蒙特克里斯蒂镇。他曾政治流亡巴拿马，娶巴拿马女子为妻，并一度以经营家乡的草帽在巴拿马谋生。也有人说，19世纪中叶，淘金热中的东部美国人穿越巴拿马地峡前往加利福尼亚，大量购买这种厄瓜多尔草帽，传开了"巴拿马草帽"的名称。

美洲大陆崇山峻岭，陆路交通困难，运河开通之前，巴拿马地峡曾是连接西班牙美洲殖民地东西海岸贸易的重要通道。历史悠久的厄瓜多尔草帽经太平洋海岸的近岸航运抵达巴拿马城、再靠牲畜驮运穿越地峡至巴拿马加勒比海岸"美丽港"（Portobelo）、最后于古巴岛上的哈瓦那上船——被运回西班牙，并被叫作了"巴拿马草帽"，也未可知。

因劳动而灵巧的手指编结着高贵的"巴拿马草帽"

历史上，拿破仑、杜鲁门、罗斯福、丘吉尔，赫鲁晓夫对巴拿马草帽的热衷曾为它的名声推波助澜。据说，推行现代化的土耳其总统凯末尔曾在1925年禁止本国人继续戴传统的礼拜帽，强行推广"巴拿马草帽"。二十世纪四五十年代，经好莱坞的渲染，此一草帽更名噪天下。虚虚实实的传闻，给巴拿马草帽平添风采。1944年，"巴拿马草帽"成了"厄瓜多尔"首屈一指的出口产品！

渐渐像古巴雪茄一样，这种厄瓜多尔草帽成为上层和名流炫耀的装饰，同时被冠以"巴拿马"之名，从此，没有人再记得编织它的厄瓜多尔山民。这种草帽在厄瓜多尔被称作"西皮哈帕"（jipijapa），有人认为原住民发音不适应好莱坞艺人的盎格鲁–撒克逊发声器官，后者更喜欢称它"Panama Hat"。

在网上，有巴拿马人惊叹："我是巴拿马人，竟不知其中原委"，并豁达地说"这说明我们拉丁美洲兄弟民族关系源远流长。巴拿马万岁，厄瓜多尔万岁，巴拿马–厄瓜多尔草帽万岁！"

如今，巴拿马草帽遇到了中国对手。厄瓜多尔人抱怨：在国际市场上，最便宜的手工"巴拿马草帽"5至8美元一顶，而中国的半机制稻草帽一打才5美元。

那一年在里斯本街头，我们曾遇到一个安第斯山小乐队，那些在欧洲漂泊了数年的古铜肤色青年，穿着兽皮裤，吹着排箫，弹着"恰兰戈"[1]，他们正是厄瓜多尔人。2003年在马德里豪华街区，南美面孔的女佣搀扶着当地中产阶级老人。交谈之中，得知厄瓜多尔妇女是在西班牙做家务的主要拉美移民，她们与她们的男性同乡共60万人奔波在昔日宗主国的广袤土地上。

---

1 Charango，一种小五弦琴。

Z 的速写：里斯本街头的厄瓜多尔印第安人小乐队

El Perú

秘鲁

## 01 | 经波哥大深夜到达利马

　　问遍墨西哥城的航空公司，比较价格，权衡利弊，最后决定铤而走险乘哥伦比亚的飞机，从一再证实"不要过境签证""中国人也不要过境签证"的波哥大转机，向南美的利马进发。

　　乘地铁到达华雷士国际机场，登上哥伦比亚航空公司的飞机。邻座是一位在墨西哥工作的哥伦比亚工程师，听说我们去秘鲁，瞬间爱国热情焕发："为什么不去我们哥伦比亚，美极了，到处都是绿色。没听说过么，我们有——

　　　　最柔的咖啡（El café más suave），

　　　　最纯的祖母绿（la esmeralda más fina），

　　　　最美的女人（la mujer más hermosa），

　　　　——最老的游击队（y la guerrilla más antigua.）！"

咖啡和绿宝石的名声倒是早有所闻，但据他说，后两项也有根据。哥伦比亚沿海一带有很多以黎巴嫩人为主的阿拉伯移民，黑人、白人、印第安人，再加上阿拉伯人，这样的混血女人难道不是世界上最漂亮的吗？

说到游击队，不是指现行的"革命武装力量"，而是指二十世纪三四十年代就活跃在农村的游击队伍。当然，他没有提到蜚声世界的"麦德林贩毒集团"：拉美人富于民族自尊心，他们厌恶把自己的祖国仅仅与贫困、贩毒或跳舞、踢球联想在一起。

比起墨西哥城的机场来，波哥大的"黄金国"（El Dorado）国际机场简朴得多，人好像比较可爱，不像墨西哥机场移民局让人毛骨悚然。后来才听说，美国给了墨西哥一大笔钱，让墨西哥给美国当看门的，严格审查包括所有中国人在内的各类"可疑国"国民！

深夜飞抵利马豪尔赫·查维斯国际机场，来接我们的是图米：毋庸置疑的印第安姓氏，典型的安第斯面孔。图米很认真地把带来的出租车司机介绍给我们，据说利马的中等阶层为了方便和安全，都有自己联系的出租车司机。我和Z会意地相视一笑：我们会找到我们的方式。

图米帮我们在"望花区"（Miraflores）预订了一家旅馆，70索尔[1]一天，估计是秘鲁中等阶层能接受的小康标准。图

---

1 索尔（sol），秘鲁货币单位，约3.5个索尔合1美元。

米还不了解我们。我们从来一无官方靠山，二不是时髦的"自助游者"。但凭着学习的热情、尚存的体力、熟练的语言，以及与底层相处的习惯和能力，我们自信能写一本《如何最便宜地旅行世界》。

在欧洲，朋友们找好的旅馆常被我们在第二天退换。一次，巴伦西亚的朋友在我们抵达后郑重介绍找好的旅馆：这是在我们这个城市里能找到的最便宜的、能叫做旅馆的地方。当第二天跟着我们转弯抹角来到了更便宜且条件不坏仅门口环境比较破旧的新所时，巴伦西亚的朋友不禁对这样的价格惊呼："哇，真不可思议！"（¡Es como de película!）

后来再也不麻烦朋友。下了车，先找到可爱的旅游问事处，要到一张附有旅馆介绍的地图，经验丰富地问下去："双人床房间价格（双人床往往比两个单人床便宜）、卫生间、热水淋浴、离市中心多远、有无地铁站、连住三天何种优惠……"，五个公用电话打完，我们已经可以拖着小箱子走过去了。

那次深夜到达里斯本，凭经验往火车站走，那种地方往往经济旅馆云集。小箱子身经百战的轱辘在坎坷不平的石块路面上颠簸着，黑人的面孔越来越多。Z照看着箱子，我爬上旅馆高高的楼梯，里面已经住着几个黑人，有一个因为热甚至赤裸上身露出浓重汗毛，身如巨塔矗立在我身后。旅店老板连忙对我说："别害怕，都是好人！"我礼貌地问完价钱，下来对Z说："不像坏人，不过我们再找一家吧。"

如今是在第三世界的拉丁美洲，我们应该更加如鱼得水。

## 02 | 访问"国际土豆研究中心"

　　早晨与图米在遥对中国的利马海滨会面。没说几句，图米就掏出笔，在我们的记录本上画简图，讲解秘鲁地理。这是第二次秘鲁人为我们画图描述。Z的直觉很准确，秘鲁是一个地理区分清晰的国家。Z认为想用一个月了解一个国家，最好选这样的国度。

　　第一次是临行前在墨西哥拜访秘鲁学者卡门罗莎。她坐在我们对面，刷刷两道线，将纸倒过来，一张秘鲁地形图出现在我们眼前。三大地区：沿海、山区、热带雨林。不仅是地形区划，这里面学问很多。就像深谙祖国国情的秘鲁共产党创始人马里亚特吉（José Carlos Mariátegui）所说："一张秘鲁地图比任何含糊或抽象的理论都更能说明秘鲁的地区特点。"

　　完成了对国情的介绍，图米问我们：

——我能为你们做些什么呢？

——国际土豆研究中心。


要做一点解释。不远万里来到美洲，是为了了解宝贵的真实。而探觅真实需要一个入口，为此我匠心用尽，设计了一个研究计划："全球化进程中的拉丁美洲传统作物"。具体内容是：墨西哥玉米、秘鲁土豆、古巴的烟草加甘蔗。我希望这条线索能引我古今结合，找到一条深入拉丁美洲的路。当然这个计划里，更包括了我们摆脱城市、接触底层的意图。

学者图米拿出了他"前记者"的功底，迅速拨通了电话，为我们联系好当天下午前往交流。临行前图米提醒：

"对接待者，不问其真实头衔，一律称señor ingeniero（工程师先生），就像对文科人士一律称doctor（博士），最起码也要称licenciado（学士）。"

我们笑了，早在不少拉美电影中领会了这条前殖民地的遗产。

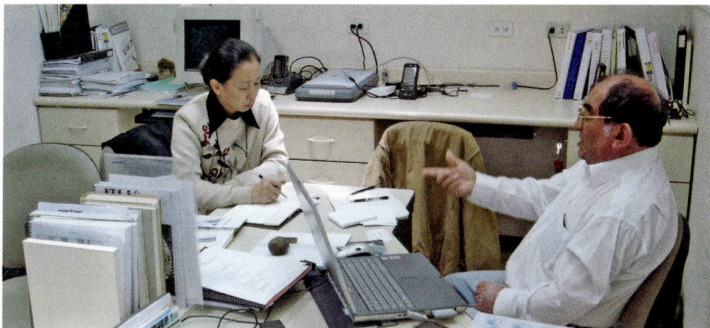

听秘鲁国际土豆研究所萨拉斯先生讲课

图米把我们送上出租车，说好15索尔单程，并嘱咐我们：土豆中心地处偏远，初来乍到，一定小心。

**土豆起源**　很幸运，接待我们的萨拉斯工程师先生既认真又和气，还非常权威。秘鲁是土豆的发源地，因此这个国际研究中心地位很高，已过花甲之年的萨拉斯是这里最重要的研究人员之一。与他的一夕谈，对我们的知识是一次刷新：

土豆的科学名称是solanum tuberosum。我们拉丁美洲人称它为papa，这是一个克丘亚语[1]词汇，在西班牙，它被叫做patata。

北起美国的亚利桑那和新墨西哥州，南到阿根廷，整个美洲都有土豆，但在秘鲁和玻利维亚一带最集中。不像玉米发源地至今扑朔迷离，土豆的发源地已经得到确凿证实。根据我们与美国威斯康星大学教授共同研究的最新成果：土豆的发源地具体在位于秘鲁的普诺（Puno）与库斯科之间的地区，也就是世界上最高的淡水湖的的喀喀湖（Lago Titicaca）一带。

正是萨拉斯最近在秘鲁电视台首次公布了这一消息。

土豆已有1万年历史。印第安先民在安第斯山复杂的地理条件下培植了丰富的土豆品种，它们可以在从海平面到海拔4500米的不同高度上生长。野生土豆有188个品种，从其中的一种中产生出人工培育的8大类土豆，又从这8大类中产生了4000个不同品种，而在普诺和库斯科之间的地区就有2000个品种。也就是说，世界上所有土豆品种中的50%都能

---

1　Quechua，安第斯山区主要印第安语言之一。

在这个地区找到，这也是发源地的证据之一。这4000个品种中的每一种都含有丰富的蛋白质，每一种都产生了文化价值。有一种说法：在人类发展史上，两河流域的小麦、中国的水稻、玛雅人的玉米和秘鲁的土豆是四大文明支柱。

我们一起感叹道：都是穷人国度！

作为土豆专家，萨拉斯工程师认真对我们进行普及性讲解，这倒真是一种第三世界知识分子的态度，尽管从他的口中不断冒出"花色甙"（antociánico）、"分子"（molécula）、"生物碱"（alcaloide）一类费解的专业词汇。

当他听说papa在中国沿海地区被称作"土豆"，在西北山区被称作"洋芋"，还有山药蛋、地蛋、荷兰薯等多种别名；当他听说我们经常在中国的土豆之乡旅行，有很多种土豆的朋友，那里的农民以土豆收入估算一年的开销，更加兴趣盎然。

"你们等一会，"身材矮小但很敦实的工程师转身走出去，不一会，几个稀奇的土豆样本出现在桌上，有一个切开的土豆，呈现出一圈圈晕染似的蓝色内瓤。Z惊呼道："呵，可真想让我们的农民兄弟见识一下啊！"

让我们大开眼界的安第斯山土豆

"尽管所有的国家都有土豆，但安第斯山区的黑色土豆和蓝色土豆含有更多的抗氧、抗癌物质。目前世界上倾向于发展有色土豆，现在美国的blueberry有色土豆价格昂贵，而安第斯山有色土豆抗癌成分高出美国这个品种10倍。"

"为什么白土豆传播得这么普遍呢？"我们不约而同地问。

"是因为炸土豆片食用法促进了白色土豆的传播。"

提起土豆的食用方法，萨拉斯不仅是内行，还是一个很有感情的本土主义者。

"欧美的炸土豆片实际上是最不可取的食用方法，它产生出有害物质，目前美国已经禁止在炸土豆片的包装上做针对儿童消费者的宣传。而在我们安第斯山区，自古以来就有烤、煮和风干等多种传统吃法。比如，在土豆收获季节，农民们在地边挖个土坑，放上烧热的石头来烤熟土豆，也可以在里面加上白薯、玉米、南瓜等。在克丘亚语中，watia就是'土坑烧烤'的意思；pacha-manca的意思是'地锅'，前者是'大地'，后者是'锅'。"

哦，大地上的锅！我终于又在一个语境中听到了pacha这个克丘亚语词汇。记得阅读切·格瓦拉的旅行日记时，读到他在通往库斯科的安第斯山路上，目睹了印第安人在山顶上膜拜Pachamama的情景。开始我把它译成了"土地母亲"，现在我似乎对这个词有了语感，pacha，那就是被原住民及他们的后代尊为母亲的大地啊。[1]

---

1 最近，学习又进了一步，听说pacha的确切含义不止于"大地"，而是"大地–时间"，因为这两个概念在安第斯山文化中是关联的。

词汇学习不是对字典的攻克，而是在环境中与词汇一次次相遇。那样记住的词汇不仅是字母的联结、语法的解析，而且是手上的汗珠、嘴里的盐味一样可触可感的东西。

　　"至今人们在土豆收获的季节里还说：'嘿，我们来挖个地锅吧'（¡Vamos a hacer la pacha-manca!），或者'请我吃烤土豆吧'（¡Invítame a la watia!）。"萨拉斯说起来的时候绘声绘色，好像回到了他的安第斯山老家。萨拉斯在向我们介绍一系列可以瞻仰印卡人梯田、"前哥伦布"时期水利工程和土豆盛况的地点时，确实没有忘记他的故乡帕里纳科恰（Parinacocha）。

　　Z说，自己写过一个小说，结尾的情节即农民在碎石片上烤洋芋，并且画过一幅这样的油画，萨拉斯高兴得像遇见了他乡知音。我想，在某种层次上，萨拉斯与我们这样的土豆学准文盲，也许比与威斯康星的教授有更多共同语言。

Z的西北农民烤土豆油画

萨拉斯对土豆的痴迷充满了蛊惑力，什么煮土豆的水能治肾结石，土豆皮中的维生素C比柠檬中还多……我开始考虑以后吃土豆不削土豆皮。

**风干土豆** 然而，这堂课里最大的收获还是关于"风干土豆"的知识，它有一个发音很别致的、克丘亚人和艾马拉人（aymara）共同使用的名称，"丘纽"（chuño）。作为高山民族，安第斯山人能够在海拔四五千米的高度常年生活，因而他们的食物具有高山特点。不同的海拔造成了土豆的类别，生长在3600米以下的是甜土豆，3600以上至4500米的是含有生物碱的苦土豆，而3000米以上的土豆就能抗冻。

在夜晚零下10摄氏度、白昼日下35摄氏度的高海拔上，农民发明了以苦土豆为原料的"风干土豆"：白天把土豆摊开在阳光下风干晾晒，夜晚让它们在寒冷中接受冰冻，再经过脚踩进一步脱水，只能储存一年的新鲜苦土豆就变成了可以保存20年的风干甜土豆。这样的脱水食品对自远古以来的原住民，对在一个世纪里养育了100万平方千米地域里的1200万人口、囊括了半个南美的印卡古国"塔万廷苏约"（Tahuantinsuyo，即"四方之国"）至关重要。各处的粮仓里储备的是它，漫长的寒冬靠的是它，经年的征战靠的是它，间或的灾年靠的还是它！据此，有一位研究前哥伦布时代秘鲁食品问题的德国学者汉斯·霍克海默尔（Hans Horkheimer）在《前西班牙的秘鲁：饮食及对食品的获取》[1]

---

1 Hans Horkheimer: *Alimentación y Obtención de Alimentos en el Perú Prehispánica*, Ed. Instituto Nacional de Cultura, Perú, 2004.

一书里认为安第斯山的印卡人是一个"居安思危"的民族：

> 与那些屠宰动物取乐、无必要地耗尽储备的西班牙人不同，也与今天那些竭尽自然资源、埋葬自身权力之基础的现代国家不同，印卡人总是想着明天。

16世纪文献记载了一个塞维里亚士兵的描述，殖民地时期的许多西班牙人靠把风干土豆运到"秘鲁总督区"的波托西银矿卖给矿工发了大财。

对应如此可爱的食物，有一则美丽传说：一万年前，一个古代人行走在八月的骄阳下，饥渴难忍，发现土底下有块茎状植物，挖出来一尝，太苦，扔在了地面上。经过漫长的日晒冰冻，第一块风干土豆就这样诞生了。至今秘鲁南部20%的人口，即300万人和相当一部分玻利维亚山民仍然食用风干土豆。

嘿，这不就是最早的压缩食品技术嘛！二次大战中德军和盟国军队先后发展了脱水食品以适应战时条件、减轻行军装备，还有今天的压缩食品大战。难道印第安人不是早有了这样的智慧吗？

萨拉斯说，前不久印度尼西亚海啸灾难之后，土豆歉收，中心把保存的印尼土豆种送了过去，真好比是雪中送炭。萨拉斯指着展览中的文物图片给我们解释着："有不少考古发现也证明了土豆是古代秘鲁人食品构成的重要部分，你们看这几张照片中带有土豆形状的器皿就是属于公元1

世纪至6世纪的莫切文化和公元9世纪至13世纪的奇穆文化。在秘鲁沿海的墓葬里还发现了距今7000年的最早的块茎残物。"

"秘鲁有土豆博物馆吗？"我忽然感兴趣地问道。

萨拉斯迟疑了一下："将来会有的！"

然而我知道，在接受了这一美洲馈赠的欧洲，比如德国，有土豆博物馆、土豆纪念碑，有与土豆关联的旅馆，在土豆产区每年还要选举"土豆皇后"。

太阳西下，已经成了朋友的萨拉斯老头用他的餐券请我们在内部餐厅用便餐。我们从自助餐里挑选了米饭、沙拉、果汁，还有——煮土豆和白薯泥！萨拉斯余兴未尽，席间继续说明土豆与安第斯山人民的关系。他告诉我们，有些传统山区的农民仍习惯用"煮开一锅土豆的时间"来说明做一件事情大约需要多少时间。他还兴致勃勃地又介绍了几种风干土豆的食用方法："吃前先泡一夜，然后可以做汤；或者切成片，两片'丘纽'间夹上菜肴，放到烤箱里一烤，嗨，那就是上等的三明治啊！玻利维亚的首都拉巴斯有一道菜，内有风干土豆、新鲜土豆、玉米粒（choclo）、蚕豆，叫做'拉巴斯烩菜'，不过秘鲁正在与他们争夺此项菜肴的专利权。"

告别了土豆研究中心，我们没有再乘出租车。打听了线路和车站，登上满座百姓的公共汽车，换了两次车，在暮色中一路顺风，返回了利马市区。

## 03 | 在利马遇上了节日

上午与 Z 一起去参加尔德欢庆。

利马寺位于玛格达莱娜区一个美丽、僻静的小院。院子里已经摆满样式不一的、大概是从各处拼凑而来的桌子，大树间拉着"新年快乐"的阿拉伯语横幅。形形色色的青年们正出出进进于厨房，忙着准备丰盛的食品。在一个月的自我约束之后，这是喜庆的一天，也是美餐的一天。

人群中有一批非洲青年，正在热闹地吹气球装点庭院，漆黑的皮肤在白色布袍和炯炯目光的衬托下格外显眼。细一打听，他们是来自冈比亚的足球运动员，利用球赛的机会留在了秘鲁，与富裕的阿拉伯食品商人签了一年合同，以替他们按规定方法宰鸡为生。Z 喊道，还真有比秘鲁人更穷的非洲哥们！尽管身份为非法移民，他们似乎很开心，分发着自己的 e-mail，怀着在美洲大陆开开眼的心情，四处打听着更好的国度。

10 点钟左右，散落在利马城的朵斯提从各处涌来。有在秘鲁做生意的阿拉伯富商，带着家眷和保镖；有印度尼西亚等国家的使馆官员；有秘鲁本国的新加入者，他们或因为婚姻，或因为信仰，成了大家庭新的成员。许多人从家里带来了自制的传统食品，精制的托盘上罩着保温的锡纸，这节日不啻国际美食节。礼拜后，人们争相品尝吃不过来的美味佳肴，互相介绍食物的名称和内容，使用的是何种正宗佐料。旅行中饱受多重吃饭困难的我们，更是尽情享受一番。

在利马的尔德上

当然，我们更关心的是抓紧机会与各种人交谈。装束五花八门的人们围着头戴绣花小帽的Z，话题围绕着对他们来说不可思议的中国兄弟和对我们来说百般新鲜的美洲兄弟。

**美洲的隐秘故事**　不觉间谈起了伊斯兰文明与早期美洲历史关系的种种蛛丝马迹。有人用神秘口吻告诉我们：曾有一整村的西班牙人是潜入拉美大陆的隐秘"摩里斯科人"[1]，

---

1　Morisco，即15世纪天主教"光复"西班牙后被迫改宗天主教、遂又被驱赶出其祖国的西班牙穆斯林。

后来被"宗教裁判所"发现，派士兵灭了整个村子，只剩下流云般的口头传说。

拉丁美洲虽是一个天主教压境的大陆，但远非没有缝隙的铁板一块。

1492年1月西班牙最后一个伊斯兰王国的都城格拉纳达陷落，与哥伦布1492年10月在"天主教国王"支持下"发现"美洲同在一年，这是一个耐人琢磨的貌似巧合。八百年里滋润过欧洲的伊斯兰文明从此讳莫如深，"光复战争"（La Reconquista）成为不容置疑的主流话语。这一历史的上下篇，至今古怪地孤立成章。

一个在场的秘鲁新弟兄说，伊斯兰文明在伊比利亚半岛生存了八百年之久，接踵而至的西班牙天主教殖民统治在美洲的时间不及其半：伊斯兰文明在"新大陆"的影响怎么可能是零呢？有16世纪美洲宗教裁判所文件说明，曾有摩里斯科人与犹太人不顾禁令、秘密潜入"新大陆"。殖民时期被贩卖到美洲的黑奴中也有一批穆斯林，其中一些人参加了著名的逃奴"西马龙"（cimarrón）运动，藏匿于深山老林，与逃亡的印第安人一起坚持抵抗。

有学者论证过拉普拉塔河（La Plata）流域"高乔人"[1]的骑马文化与伊斯兰文明的承继关系，认为高乔人史诗《马丁·菲耶罗》[2]里显露的一神论和文化习俗有伊斯兰文明的

---

1 Gaucho，阿根廷历史上潘帕斯草原一带的混血骑马民族。

2 Martín Fierro，阿根廷著名叙事长诗，有中文译本：《马丁·菲耶罗》，译林出版社，1999年。

影子，连19世纪末的阿根廷大文豪莱奥波尔多·卢贡内斯（Leopoldo Lugones）也断言："高乔人骑马的行头和备马的方式无疑有摩里斯科之风"。

早期"闯美洲"的西班牙人多来自半岛南部，那里穆斯林文化影响最深；安达卢斯时代移民的人员构成影响了语言。今天，拉丁美洲人普遍将字母"c"发音如"s"，"ll"发音如"y"，这种有异于宗主国中心马德里的"美洲西班牙语调"抑或是受了"摩里斯科人"的影响！

西班牙移民还带来了建筑艺术中的"穆德哈尔"风格[1]。比如，受伊斯兰淡漠外表注重内里文化性格的影响，拉丁美洲许多地区的古老宅院一如西班牙安达卢西亚的建筑，外部看似简朴，内院美丽考究，果木成荫，渠水潺潺，窗户内开，攀登的楼梯设在室外旁侧，等等。最明显的特征是从穆斯林礼拜洗净之需要变化而来的庭院中央的喷泉水池。

19世纪末以来，美洲陆续接纳了一大批因种种原因来自中东的移民，包括战乱中的巴勒斯坦人、叙利亚人、黎巴嫩人。近20年，拉丁美洲还出现了天主教徒改宗穆斯林、无神论者加入穆斯林的"新穆斯林"现象。许多"家传"天主教徒发现可以在伊斯兰教中继续他们对于耶稣和圣母玛利亚的热爱。"9·11"之后，由好奇心带来的求知结果，以及出于对穆斯林反帝勇气的敬佩之情，拉丁美洲"新穆斯林"人数呈上升之势。这种现象与美国本土的情况类似。

---

1 Mudéjar，即西班牙中世纪基督教地区的穆斯林居民。

## 04 | 沿着海拔逐渐升高的路线

旅行者的志向决定着旅行的地点，我们渐渐明确：目标是去南方。

马里亚特吉在他关于秘鲁国情的名篇里写道：

> 南方，确切地说就是库斯科、阿雷基帕（Arequipa）、普诺和阿普里马克各省的地方感情，比任何地方都更加真挚、更加深厚。这几个省是我国划分得最明确、组织得最和谐的地区。这几省之间的交流和联系依然保持着一种古老的统一：印卡文明时代遗留下来的统一。在南方，"地区"牢固地建立在历史的磐石上。安第斯山就是它的城郭屏障。[1]

---

1 何塞·卡洛斯·马里亚特吉：《关于秘鲁国情的七篇论文》，白凤森译，商务印书馆，北京，1987年，第160页。

仔细询问了每个地点的特殊性，海拔高度，几种可能的走法，公交车费，车况路况，有无熟人接应等因素，我们最后决定了逐渐升高海拔的路线：Arequipa-Puno-Cusco。

上午去买开往阿雷基帕的长途车票。下午去市中心看了主广场。又乘四通八达的小公共，到拥挤的华人区电器街检修随身携带的电热杯。刚两天，我们已熟悉了城市的梗概、大小公共车，我们为自己的适应能力感到吃惊。晚上用蔬菜和汤料在电热杯里做了美味浓汤。

略过泛美公路上的旅游热点平原纳斯卡（Nasca）——那里有大名鼎鼎的纳斯卡巨型地画，我们把时间留给仰慕已久的安第斯山。

为了在白天赶到下一个城市，并节约一夜住宿费，决定坐夜车。车上的影碟机几乎整夜播放美国垃圾片，充满赤裸裸的色情镜头。乘客中有十四五岁的女孩，我很愤怒她们的父母为什么不抗议。全球化是一个畸形怪物，它在把技术和时髦传遍全球时，也把美国排泄的大众文化垃圾（¡mierda!）撒向世界。

车过卡玛纳（Camaná）后拐弯上山，离开了漫长的太平洋海岸线。海拔迅速升高，这种没有"前山"过渡的感觉，迎合着关于"南美西海岸紧挨着山脉"的地理学阐释，也印证着"安第斯山像太平洋海岸一道屏障"的文学性描写。

**阿雷基帕（Arequipa）** 位于利马南750千米，海拔2600米，此行的第一座安第斯山城。虽然是秘鲁第二大城市，阿雷基帕其实很安静。没有高楼大厦，建筑以白色为主调。

拉丁美洲的许多传统小城都有一种建筑主色调，类似音乐主旋律，让人即使忘了其他，也难忘一个城市的调子。这或许就是建筑美学上的个性吧。比如墨西哥的瓦哈卡城是孔雀石绿的，圣米格尔-德阿连德斯城是粉红的，瓜纳华托（Guanajuato）是白色的——色调往往与就地可取的石材有关。

阿雷基帕城附近矗立着巍峨的恰恰尼雪山（Chachani）和米斯蒂（Misti）雪山。著名的米斯蒂海拔近6000米，是亚马孙河的源头。城里有很多以火山岩为材料的城市雕塑。

Z已经迫不及待地打扮成了安第斯山人模样，买了一顶当地的黑毡帽，一件普诺人穿的蓝布衬衫，领口绣着花，有些像维吾尔族人的衬衫样式。我也忍不住买了一件大众等级的灰色羊驼毛毛衣，领口和袖口也都有图案点缀。我们左打听右打听，居然还在这安第斯山深处，找到了一家土耳其人开的小饭馆。

按照利马朋友的介绍，我们找到了巴基斯坦朋友沙萨尔和阿里，两个人都娶了秘鲁妻子。听说我们的愿望是到农村走走，阿里决定邀请我们到他在"乱石滩"（Pedregal）的小农场去做客。

一路满眼沙漠，山谷中有些绿洲，能看见喷灌和小河。这里的农民传统上种土豆和玉米，由于收成不佳，价格低，很多人改养奶牛，卖牛奶给附近的乳品厂。沿途不时闪过齐刷刷的低矮仙人掌，人们说那是专门种植的，用来采集附在上面的胭脂虫（cochinilla），一种美洲原产的昆虫，从中提取出大红染料，出口美国，价格不菲。

邻座是一个技术员模样的中年人，刚一交谈，他就拿出纸笔画地图——这是第四次有人给我们画图。边画边解释秘鲁的沙漠化现象，山区的缺水、缺灌溉、缺乡村公路问题，讲解在秘鲁存在"两个秘鲁""两个世界"。至此，画图讲解法给我们留下了深刻印象。但印象更深的，是一个国家内各种意义上的巨大差别。

长途车，是一个神奇的剧场或舞台。

无论在南美或者在北非，漫长的旅途中，不断有演说者上车。这些变换的行乞者，个个口若悬河。

今天上来的第一个，自称属于某基督教组织，演说长达半小时，我只听见演说辞中一连串的"兄弟"（hermanos），"兄弟"。接下来是一个穿着较体面的阿根廷女人，她用摸彩来筹集资金，卖了不少张自制彩票，有中奖者得了一副耳环。一个打扮成小丑的青年口才极好，演讲内容也别致，他说："我不是要你们的'dinero'（钱），是要你们的'corazón'（心）。"

汽车在乡间公路上颠簸。乘公共汽车旅行天下，并不仅为了节约开支。买票、探路、聊天、观察，这里有真实的生活，有人的热乎气（当然不排除嘈杂和汗味），有偶尔发现真知的运气和喜悦。我们愈来愈乐此不疲，闲暇时也喜欢回忆那些快乐也惊险的往事。第三世界的长途车里，格外充满消息和热闹。

那一次在非洲西北隅的摩洛哥。一个男人举着一个录音机上了车，放一段《古兰经》诵读，中途"啪"地一声按下暂停键，自己接上节拍，与录音带毫无二致地接下去读。他并不解释，只是如此反复。人们明白：他是一个诵经人、在推销自己的《古兰经》诵读。还有一次是在哪里？坐在身后的一对夫妇说了一路：在城里打工的男人安慰并鼓励刚走出家乡的妻子，悄声细语，极富戏剧性。

我们还常忆起摩洛哥路上炎热的一天。我们坐在破旧公共汽车最后一排，上来一个满头大汗的卖冰棍者，他不懈地吆喝，冰棍却无人肯买。"朋友，来两根！"我们的喊声给他带来一线喜悦，于是，他高举着两根夏日里快要滴水的冰棍，从挤得密不透风的车门处，艰难地一路挤来，送到我们手里。我们至今还为那执着的小伙子难过：当时应该多买他几根，或者送给邻座的人。而在西班牙境内，长途车上人们矜持，一言不发。哪怕Z在长途车里唱了一路，也没有唤起能歌善舞国度的共鸣。在日本就更不用说了，东洋人一个个低头发短信，手机设在静音，生怕有碍他人。

终点站到了。叫做"乱石滩"的小镇，一副第三世界乡村的破败景象。摆着廉价日用品的摊位，与尘土共飞舞的垃圾，可口可乐的广告标牌，拉客的司机们。人们忙碌着，不知是在盖房子，还是在拆房子。

我们如在熟悉的故乡，与陌生人拼乘出租车向阿里的"恰克拉"驶去。称作chacra或parcela的，实际上就是一个农户。

阿里也由务农改作养奶牛。他有15头奶牛，一天挤两次奶，共出6桶，每桶30升，1升能卖60分索尔。我算了一下，一个月能卖出近1000美元，除去苜蓿等饲料地的喷灌费用65索尔，付给雇工月薪500多索尔等开支，阿里的大致月收入是可以估计的。

阿里的雇工塞拉芬是一个上了年纪的当地农民，据说被妻子赶出了家门，估计是因为酗酒。他一人挤着阿里的15头奶牛。我看着他挤奶的姿态，感到很亲切。那时候我们的牛群也有五头产奶的牛。每天清晨，我穿上满是奶渍的蒙古袍，跪坐在母牛身边，将一只小木桶放在一屈一盘的两腿间，在流畅的"唰唰"声中满足着18岁"新牧民"日趋老练的得意。

安第斯山的夕阳给原本静谧的空气又镀上一层懒洋洋的橙红色。我们伫立在阿雷基帕省最普通的田野上，听着奶牛此起彼伏的哞叫，和塞拉芬拉拉家常，不经心地琢磨着秘鲁。

阿里拥有一个小小的院落，但不像中国北方的农村，它是开放式的，没有院墙。院子里有一条大狗，一群鸡，夏天搭的凉棚还没有拆去，Z坐在凉棚下随手涂抹，画一张速写。沙萨尔带来了两个大得罕见的油梨。阿里以纯粹的合法方式宰了鸡，又从他不大的园子里摘下新鲜的柠檬、西红柿，由沙萨尔做了一顿巴基斯坦式土豆炖鸡，外加西红柿、洋葱、柠檬、油梨凉拌沙拉。两个故乡遥远的巴基斯坦汉子，绝对不曾想过会在这大山腹地招待他们的亚洲朋友。

也许是情景特别，面对着秘鲁的巴基斯坦兄弟和巴基斯坦炖鸡，Z今天的西班牙语勇敢地脱口而出。

## 05 | 在科尔卡大峡谷看到了两只神鹰

尽管艰难，我们力争在安第斯山腹地多接触几个地点。

阿雷基帕省的东北角流淌着一条叫做科尔卡（Colca）的河，它发源于安第斯山，向西流入太平洋。科尔卡河是秘鲁流入太平洋的最长的河流，也是南美西海岸少有的河流之一。

这里曾有过一次位于火山群间的巨大地表断裂，加之河流千万年的切削，形成了一条100千米长的大峡谷，最深处达3400米，是秘鲁最深最美丽的峡谷。据未经证实的说法，它比美国科罗拉多大峡谷还要深。

这里还是"神鹰""孔多尔"（cóndor）的故乡，中午10至12点，这种世界上体重最重的鸟类常三三两两地在令人眩晕的深谷上空盘旋。科尔卡河谷两岸坐落着19个印第安村庄，住民是比印卡人还要古老的印第安民族。

抵达阿雷基帕的旅游者多半是慕大峡谷的名声而来，也是为了观看传奇的"孔多尔"。从阿雷基帕乘公共汽车，经三个半小时即可到达被称作"神鹰十字架"（Cruz del Cóndor）的旅游观景台。

观景台位置很高，随着汽车盘山攀援，我们一步步接近羊驼的领地、苦土豆的海拔和神鹰出没的世界。

车窗外，高原景色步步浓烈。远处，澄净的空气中雪山巨影不断。眼前，灰褐色的山体一座座扑面而来，前山荒裸的坡地上长着些高寒带的低矮草丛，半球形的蘑菇，似羊似驼的羊驼闪烁其间。无奈班车不为我们停下，隔着车窗，我只能拍下模糊的雪山和羊驼群。

见到羊驼，你就算到达了安第斯山；就好像见到了牦牛，就意味着到了青藏高原。


**羊驼** 比羊脖子长，比驼腿短个子矮。其实它属于驼类，是唯美洲才有的高寒地带反刍哺乳动物。羊驼是美洲人驯化的家畜，能驮物，肉能食，毛能做织物。安第斯山人的衣食住行，四样中有三样与它有关。细分起来，羊驼分大羊驼、羊驼、小羊驼。当然这都是中文翻译问题，它们的名称分别是llama（克丘亚语）、alpaca（艾马拉语）和vicuña（克丘亚语）。驮物主要是大羊驼的任务，满身满脸全是卷毛的便是（中）羊驼，小羊驼是族中的公主，身材纤细，毛发柔软，其毛织物价格昂贵[1]。

---

1 2008年11月在秘鲁召开的亚太经合组织会议，迟迟亮相的"会服"应该就是小羊驼毛织成的"篷乔"。

加西拉索·德拉维加在《印卡王室述评》中形容过 16 世纪大羊驼驮队的规模：

> 由库斯科运出的主要是古柯叶（hoja de coca）。当我在库斯科时，城里驮队一般拥有大羊驼六百多头、八百多头，有的甚至达到千头或更多一些。少于五百头的驮队没有人看得起。

他还这样深情地写道：

> 这种牲口真是仁义之至，即使不吃粮食也照样干活。它们也不需要钉马掌，因为它们属于偶蹄类，而且前后蹄的后面都长有软肉而不长蹄甲。鞍具和驮具也不需要，因为它们身上长着厚厚的一层毛，足以经受负载的重量……到了宿夜的时候，就卸下货物任它们在田野走动，觅草寻食，一路上都可以这样放养，不必喂草喂料。当然，如果喂玉米，它们会吃得很香。[1]

据说，西班牙人出现之前，美洲没有奔驰的马（或在某个古气候时代绝迹），只有敦厚的羊驼。但是，羊驼除了温顺的一面，也有尊严。所以古巴爱国志士何塞·马蒂说，秘鲁的羊驼在被强加驮不起的重负时，就倒地死去，人至少应该像羊驼一样懂得自尊。记得一位热爱安第斯山的西班牙考

---

1 两段引文分别见加西拉索·德拉维加：《印卡王室述评》，商务印书馆，1993 年，第 606，609 页。

虽然模糊，但毕竟是自然环境中的羊驼群

古学家对我说过她的观察：安第斯山人民很温和，然而一旦愤怒，那力量就像火山爆发！

**马** 如果羊驼是印第安人的形象，那么马在殖民时期就成了统治者的标识。

印第安人最初以为西班牙人带来的马是和武士长成一体的神骥，敬畏之至。殖民者将错就错，宣扬马是神圣的，因为西班牙中世纪"光复战争"中的反摩尔"英雄"圣地亚哥骑的就是一匹小白马。天主教神话宣扬他一个人砍杀6万摩尔。今天在拉丁美洲许多国家的教堂里还可以看到圣地亚哥骑白马的形象。

殖民时期有过不许印第安人骑马的禁令，殖民时代消失后，秘鲁作家巴尔卡塞尔（Carlos Daniel Valcárcel）在小说《安第斯山风暴》中第一次写进了"骑马的印第安人"形象。

接近奇瓦伊镇（Chivay）时，有一段海拔4800米的地带，心跳略为加速，呼吸稍感沉重。启程前含上了从药店里买的抗"索罗切"药。我从卡门罗莎那里满怀新鲜感地记住了"高山反应"（soroche）这个克丘亚语词汇。它迟迟出现在我的个人词库中，大概是因为第一次正式进入安第斯山区之故。我们还像印第安人一样灌上了一壶古柯叶茶，再配之以中国的清凉油、金嗓子喉宝，行前的担忧被宣布解除。

我们欣喜终于到了印第安人的故乡！

**古柯** 兴奋中有一分来自随身的那壶古柯叶茶。从农民的自由市场上买来橘子叶大小的淡绿色干古柯叶，用沸水沏好，灌进随身的日本保温壶。此刻一小口一小口地品味着——其实上路前已经预防性地灌了不少。古柯，可卡因，这被渲染得让人谈虎色变的东西，在安第斯大山里，竟如此普通和普遍！

古柯并不等于可卡因。

古柯是一种南美洲原产的灌木，由安第斯山人经漫长时期的栽培、驯化而成，一年收获三四季。加西拉索·德拉维加在《印卡王室述评》里写道：

> 古柯是一种高矮和粗细均与葡萄相仿的小树，树权不多，上面长有很多一拇指宽、半拇指长的纤细叶片，味香但不太柔和，印第安人和西班牙人把这种叶子叫做古柯。[1]

如今在牙买加、斯里兰卡、印度尼西亚、澳大利亚等热带和亚热带国家也有种植。

古柯一身兼容仙女与魔鬼的禀性。把它从仙女变成魔鬼的，是异化的现代西方社会。古柯富含维生素A与C、钙、铁、纤维素、蛋白质、热量和多种生物碱。现代人根据它的化学成分命名其为erythroxylon。可卡因是古柯所含多种生物碱之一，仅占1%左右。毒品就是靠用化学方式提取可卡因制造的。

而对古柯的传统利用在安第斯山区历史悠久。

印第安人把古柯叶略为晾干，不让其失去绿色，也不让其干成碎末，然后放在嘴里和着唾沫轻轻咀嚼，将汁液徐徐下咽，精力倍增，耐饥抗寒，没有多少毒品的麻醉感。正因为如此，古柯叶从来被印第安人视作神圣植物。术士用它敬天卜卦，百姓用它治病养伤。山区人总是随身带一个盛满干叶片的小口袋，或一块用碎叶和灰烬制成的固体，反复咀嚼，大概有点像今天的美国人嚼口香糖。所不同的是，印第安人将嚼剩的渣滓啐向神圣地点，以示对大地母亲的归顺。他们还在亡人嘴里塞入古柯叶，企盼亲人在冥府快乐。加西

---

1 加西拉索·德拉维加：《印卡王室述评》，商务印书馆，1993年，第601页。

拉索·德拉维加在《印卡王室述评》里引述一位天主教神父的观察说，"印第安人非常喜欢古柯叶，他们宁肯舍弃金银财宝也要选择古柯叶"。

早期西班牙殖民者禁止这种印第安人的"邪恶习惯"，但随即开禁。不让印第安人嚼古柯，带来的是生产效率的急剧降低。后来，不仅西班牙人自己沾染了这种土著习惯，而且大肆做起了古柯叶生意，有人因此发了横财。

"可口可乐"（Coca Cola）一名中的"coca，可口"，就是克丘亚语的"coca，古柯"。美国"可口可乐"公司，正是从印第安人的文化和物产中，攫取了启示、商机，掠夺了从原料到知识的古柯财富！

同样，把coca一词翻译为"可口"的中文译名，折射着媚俗的商业心计，译者也当然不会懂得沉重的文化遗漏。

自20世纪70年代西方盛行吸食毒品的文化时髦以来，穷困的安第斯山区农民大量、甚至单一种植古柯，让昔日的仙女通过魔鬼之手解救自己脱离贫瘠的苦海。但是真正的巨额利润落入毒品制作者和毒贩手中；充其量，安第斯农民依然像他们的国家一样，是原料出口者。

1988年，维也纳会议禁止了除传统利用之外的一切古柯种植和古柯贸易，但毒品贸易的巨额利润却阻止不了由此产生的阴谋、暴力和悲剧的恶性循环。当美国要求拉丁美洲国家根除古柯种植并亲自派飞机参与督察时，不仅毁灭着一种古老的文化，也怀有不可告人的政治、军事和商业目的。

面对这一复杂的世界局面，拉丁美洲的合理良策是：反对古柯"零种植"，禁止毒品贸易，合法种植古柯，合理开发古柯制成品，彻底改善贫穷山地印第安人的生活境遇。[1]

——就这样，我们泡上了安第斯山生产的古柯袋茶，一路啜饮着神秘的感觉，越过了海拔5000米的雪山。

**大峡谷** "神鹰十字架"到了。站在海拔3000多米的悬崖上，四周层峦叠嶂。极目远眺，高低错落的山峰像一道道铁灰色的浪头滚向遥远的天际。向下探望，此处1200米深的峡谷左右延伸，真像是"地球的一道重伤"。我没有见过美国的科罗拉多大峡谷，在我见过的美洲景象里，只有阿根廷、巴西边境绵延数千米的伊瓜苏大瀑布（Iguasú）曾给过我这样的震撼，同样的震撼大概还有少年时代在纪录影片中见过的岩浆翻滚的火山口、青年时代放牧牛羊的茫茫草原、

---

1 勇敢的玻利维亚印第安人总统莫拉莱斯执政以后，"禁忌"般的古柯问题浮出水面。总统的勇气鼓舞了科研人员的直言，人们终于提出了一个多年来不敢涉及的皇帝新衣般的简单问题：美国每年从安第斯山国家进口大量古柯叶，却又愚蠢地否认"可口可乐"中含有古柯叶成分，那么海量进口的古柯叶用在了何处？美国一面大量进口古柯叶，一面禁止安第斯山人民种植古柯、合理利用开发古柯，其隐藏的目的难道是控制古柯叶和古柯制成品的国际市场吗？

2009年3月11日莫拉莱斯总统在维也纳召开的联合国麻醉药品管理委员会会议上大嚼古柯叶，并说："如果这是毒品，你们就该把我关起来。"莫拉莱斯告诉与会53个会员国代表："古柯叶在安第斯山区已经有3000年的种植史，对当地人民来说，古柯叶是文化认同的一部分。古柯叶不是古柯碱，不会损害健康，也没有任何心理作用，更不会上瘾。"他呼吁大会将古柯叶从1961年订定的禁药名单上移除。他并说，应该列入禁止名单的是古柯膏。

2010年年中，在莫拉莱斯总统的支持下，玻利维亚已经开始生产以古柯叶为原料的古柯可乐（cocacolla）。

古柯叶

干古柯叶

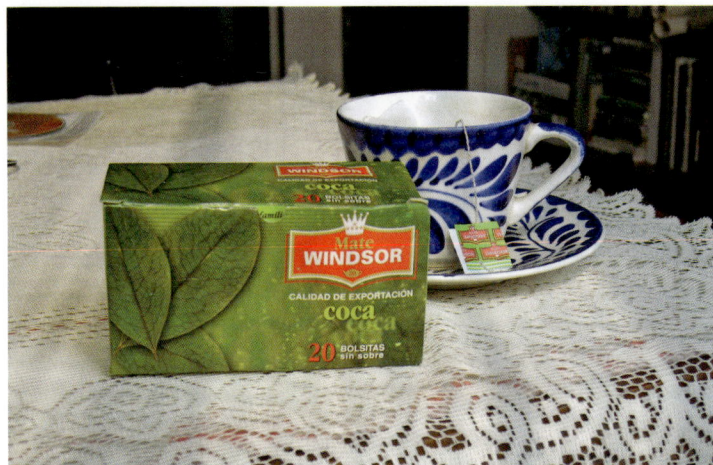

古柯袋泡茶

中年在青藏高原见过的雪域。真是，见过这样的风景后，就很难再满足于亭台楼阁、根雕盆景。

据说，"科尔卡峡谷"是在20世纪20年代被"再度发现"的。

一天，一个名叫罗伯特·希比的美国飞行员和名叫乔治·琼森的摄影师偶尔飞过峡谷的上空，被奇特的景象惊呆了：一道百十千米的大峡谷深不见底，四周围绕着高耸入云的雪山。后来他们再次鼓足了勇气，飞回拍摄，将"未知印卡山谷"的消息传向外界。注意：在他们发现的景观中还有——峡谷两岸约8000公顷的梯田和蜿蜒于山头梯田之间的古老水渠！

原来，甚至早于15世纪灿烂的印卡文明，在这3000米高度的世界里就居住着善于耕作的人群。他们与雪山白云做伴，世世代代种植土豆、基努阿（quinua，本土谷类作物），用他们发明的水渠把科尔卡河水引入云端的梯田。这一方为"魔幻现实主义"文学提供想象的天地，这些被文学家比作古希腊"阶梯竞技场"（anfiteatro）的层层梯田，只是他们每日劳作歇息的家园。

现代文明总是本末倒置，把"文化"剥离出孕育它的母体，把文化主体司空见惯的"生活"变成被精心发现的"奇迹"。被如此"捏-造"过的文化便让捏造者获得了文化的专利和主人身份，而真正的主人则渐渐被忘却，永远默默地伫立于物质和文化的边缘。

**孔多尔神鹰**　中午时分，我仰望天空，神鹰"孔多尔"真的为我们出现了。

只有两只，盘旋而过，平展着两扇巨大的鸟翼。据《印卡王室述评》记载，当年：

> 西班牙人打死很多这类秃鹰，为了准确地说出大小，对它们进行了测量，结果是两翅尖端之间的距离为十五或十六西班牙尺，按巴拉计算则合五又三分之一巴拉（四五米——译注）……秃鹰头上有一个像折刀似的平冠，不像鸡冠那样有尖。当它从天空扑下来时，发出的呼呼声响足以令人心惊肉跳。[1]

我总觉得它们是孤独的，像它们俯视的印第安人。

当神鹰被折断了翅膀时，它们和倒地死去的羊驼一样孤傲吗？

想起那首举世闻名的安第斯乐曲《神鹰飞过》（*El Cóndor Pasa*），居然被配上英语歌词演唱，真是串了味！那曲调忽而飘悠升腾，忽而直落谷底，像神鹰的盘旋。写过《绿色教皇》的危地马拉作家米格尔·安赫尔·阿斯图里亚斯还有这样一段文字：在安第斯高山上开放着一种"康杜塔花"（kantuta，印卡帝国国花），这花也叫"血串花"，是大红色的，它只有在听到排箫和飞流直下的瀑布声时才会开放。

---

1　加西拉索·德拉维加：《印卡王室述评》，商务印书馆，1993年，第618页。

这是人和自然的交流。

我想，《神鹰飞过》的曲子也只有在神鹰的羽翅下才能诞生吧。

砾石纵横的山头上长着些粗野的仙人掌、剑麻类植物。几块邻近悬崖的大石头上垒着用小石块叠放而成的祭祀堆，像蒙古人的"敖包"。我是在一本怀念切·格瓦拉的书里读到这种习惯的：他的游击队失败后，玻利维亚农民自发为死难者垒起小石堆，因为根据当地人的说法，人会死，雪会化，水会变形，花草会枯败，风吹来又刮走，只有石头永恒，连火也烧不毁。

对于印第安人来说，石头不会死，它只是——睡着了。

科尔卡峡谷的石头祭

我们决定今晚在19个村庄之首的奇瓦伊镇住宿。午后等来了从卡瓦纳孔德返回的公共汽车，车上基本都是印第安农民。一个活泼的小姑娘在车上来回走动卖酸奶。也许是对外国人好奇，她主动问我们的名字和e-mail地址，并告诉我们，她叫凯莉，这里的土豆1公斤只卖10分索尔，所以必须干点别的什么。在奇瓦伊镇下车后，我们没有零钱付5索尔的车费，在秘鲁换开100索尔的票子很费事。售票员让我们离开车去人群熙攘的站里边换钱，完全没有不信任的感觉。

奇瓦伊镇被四周高耸的灰褐色山峦包围，小广场上矗立着高大的松柏。印第安妇女爱使用大披肩，并用这披肩在背后裹背小孩和物件。有一个妇女很健谈，裹背着一只可爱的羊驼羔，那羊驼的亮眼睛和那女人小女儿的大眼睛真是美丽的一对。我们聊了几句，忽然意识女人的装扮是为了向旅游者要小费，感到很扫兴。但愿她的女儿在未成年前就摆脱这种命运。

钻进奇瓦伊镇的小农贸市场，大开眼界。不仅看到了五颜六色的玉米，土豆和风干土豆，并增长了一个新知识：风干土豆分两种，黑的才叫"丘纽"，白的则叫"蘑拉亚"（moraya是克丘亚语，它在艾马拉语中的对应词是tunta）。制作"蘑拉亚"与"丘纽"的不同之处在于要挑选优质土豆，经过水煮，因此它色白而甘甜，是比"丘纽"更讲究的风干土豆品种。农民们还颇带点神秘地告诉我们，白风干土豆需要经过一个有明月的晴夜晾冻，"只要一夜，两夜反而不好，我们会看天选择。"。我们还吃惊地看到了新鲜的羊驼肉，卖肉的告诉我们："祖先靠着风干土豆和新鲜羊驼肉能渡过任何难关。"

白色的是风干土豆

奇瓦伊街上有卖草药茶的，50分索尔一杯。五颜六色的瓶子里泡着不同的草叶。有我在厄瓜多尔认识的路易莎草（hierba luisa），有母菊花（mazanilla），有苜蓿，还有一种是"基努阿"，据说各有各的功效。有点像广东人五花八门的药茶，不同的是由买主自己现点现调兑。

在村子的小饭馆里我们一小口一小口地品尝了用3.5索尔买下的一块基努阿糕。"基努阿"在植物学上的中文名字是"昆诺阿藜"，发源于秘鲁安第斯山，营养价值极高，现代人正在时髦地开发这种未被充分认识的、无污染传统作物。由于它像糜子、小米，Z说回去要查查，因为这与谷类作物的黄河流域起源说有关。

在这里我们又一次喝到了在利马就已熟悉的"印卡可乐"（incakola），这种淡黄色的温和饮料不知是用安第斯山的什么草或什么叶做成的，反正我们喝它的时候充满了感情，为的是它敢于挑战被美国人窃取和打造的"可口可乐"。

回来后，在15个索尔的小旅馆里，以小市场上买来的安第斯山物产为原料，用电热杯做了一顿意味盎然的饭，Z的日记上写着：

煮玉米，撒盐加家制奶酪，为第一道；

煮安第斯土豆，撒盐涂上油梨，切上奶酪，为第二道；

土豆皮汤中煮"丘纽"，不加佐料喝，为最后一道。

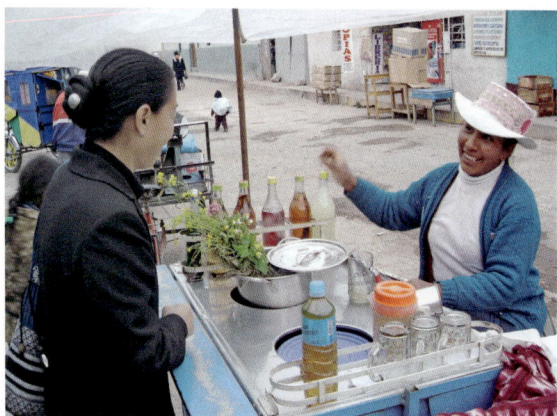

卖草药茶的妇女

## 06 | 跟随羊改村的老头看古代梯田

沿着科尔卡河谷且行且住，关注的主要是生活在这里的人。

天亮得很早，五点多小广场上已经响起了村政府的高音喇叭。虽然在这条河谷里我们谁也不认识，但我们决定再走一个村庄。羊改（Yanque）比较近，名字也比较好听，就去那儿吧；其实这一带的印第安地名都很上口，如Achoma，Maca等等。

大山腹地，无名小村，然而自殖民地时期遗留下来的格局大体雷同：中心一个小广场，四围有高耸着十字架的天主教堂、村公所（municipalidad）、邮电所、派出所，白色的建筑材料取自不远处的雪山。廊檐下，光着脚的印第安妇女席地而坐，出售粗糙的黑凉鞋和成堆的褐色大陶罐，手里缝制着旅游工艺品。

本想找本村神父聊聊，但听说他是一个住在奇瓦伊镇的

美国人，于是我们直接找到村公所。有一个上面来的什么机构下来宣传男女平等、生态保护，村民代表正在开会。待我用熟练的西班牙语自我介绍一番后，村长决定派一个"村里了解情况最多的老人"接待我们。

老人戴一顶小毡帽，又瘦又小，言语不多，但有一种耐人琢磨的做派。我很早就觉得，拉丁美洲下层人好像有一种下意识模仿上层人的殖民地遗风。他把我们领到一间有电脑的办公室里，坐在一张大办公桌前，掏出一个大笔记本，把自己的名字"Videl"规规矩矩地写在上面，写完把本递给坐在对面的我们，要求我们也写下名字。然后开始有板有眼地讲述：

"羊改建于18世纪末，因为教堂的大钟上刻着这个年代。羊改是这一带19个村子中唯一在科尔卡河两岸都有土地的村子，河水上涨的时候，要用石头垒起桥来过河。"

**印卡水利**　据老头介绍，这里的灌溉用水来自25千米之外的米斯蒂雪山。有水渠靠山势把水引过来。"这些水渠嘛，谁也说不清最早是什么时候修建的，有年头啦，它在我们的语言中叫 yarka。我们村里有一个7人组成的'用水户委员会'，在奇瓦伊镇有一个'水管理联合委员会'，因此在用水方面没有太大的冲突。每个村还有一个'给水管理员'（regidor del agua），负责给水和看管'涝坝'（老人用的词是克丘亚语中的 koqia），从山上来的水晚上就积蓄在涝坝里。村里的水委员会每年照例组织一次4天的义务劳动，集体清理水渠，这项劳动在我们克丘亚语里叫做'yarka jasbi'……"

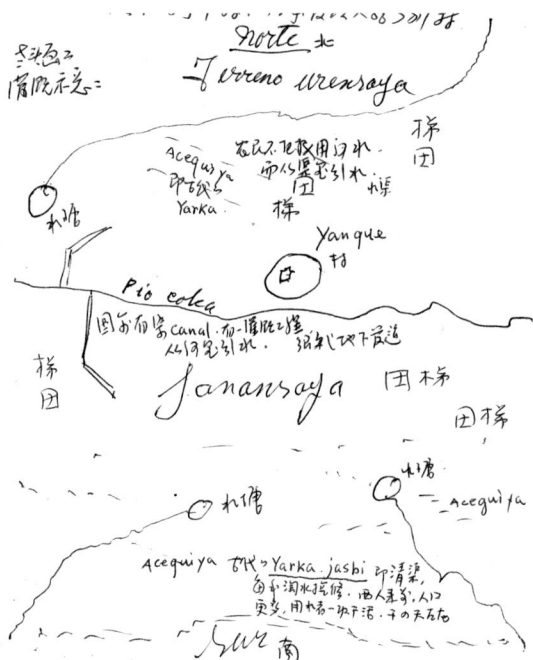
羊改村老头灌溉示意图

老人的叙述虽然很简朴，但话语的背后连带着一个巨大的传统，而这巨大的传统又联系着与"文明"命题有关的无数次论战。

西班牙人到来之前的美洲究竟是蛮荒之地呢，还是与"欧洲中心"有别的异样文化？涉及安第斯山区印第安人的农业水利，有不少历史文献。据《印卡王室述评》：

那里的人必须在高山峻岭中开渠引水，他们没有钢铁工具，全凭脊力以石击石来打碎硕大的石头……这些水渠完全可以与世界上已有的最宏伟建筑相媲美，而且可以名列前茅。

如果遇到溪流挡住水渠的去路，他们就绕过遇上的所有山岭，追溯到源头以阻断水流。遇有山岭时就劈山引水，近山之处的水渠深达10至12西班牙尺。水渠外面覆以宽大石板，石板六面均经打磨……依次排放，互相黏合，板上盖土，植以草被，以利坚固，免得牲畜穿过时踏坏。[1]

近代考察者也以丰富的实例证明，现代秘鲁的水利设施无论从水渠的长度上，还是从利用率上，仍没有超过"前哥伦布"时代的工程。一些水渠的名称来源于早于印卡人的mochica语，估计已有1500年的历史。

土豆研究所的萨拉斯老头曾热情地推荐我们去他的家乡——帕里纳科恰省的科拉科拉（Coracora）参观富有印第安传统的水管理系统，去孔蒂苏尤省的丘基潘帕（Chuquibamba）探访古老的农业灌溉网。

假如我们有时间，一定能在印卡古国的广袤土地上发现一处处奇迹。

19世纪著名的阿根廷政治家巴托洛梅·米特雷（Bartolomé Mitre）曾言简意赅地说："上秘鲁（指今天的玻利维亚）和下秘鲁的印第安人是天生的水利专家。"[2]

比德尔老头简短的村况介绍，还涉及了**印第安人的社会组织和生产制度**。

---

1 加西拉索·德拉维加：《印卡王室述评》，商务印书馆，1993年，第351页。
2 Hans Horkheimer: *Alimentación y Obtención de Alimentos en el Perú*, p.173.

秘鲁史学家马里亚特吉在著名的《关于秘鲁国情的七篇论文》[1]里曾以大量的篇幅论及印卡帝国中的"艾柳"（ayllu，可以译为"村社"）组织形式和"明加"劳动形式所包含的共产主义成分。minga，即互助义务劳动，老人提到的yarka jasbi应该属于minga的一种。秘鲁作家卡斯特罗·波索在《我国的土著村社》中对"明加"进行了著名的总结：

> 土著村社保存了两个伟大的社会经济原则，无论是社会学，还是大工业家的经验，至今都未能令人满意地解决这些原则问题，即：多样的劳动合同办法，和以较少的生理消耗在愉快、竞赛和亲密友爱的气氛中实行这种合同。[2]

殖民主义和大庄园制破坏了印第安人的生产和社会体系，但是传统并没有消失殆尽。因此马里亚特吉、卡斯特罗·波索、冈萨雷斯·普拉达（González Prada）等二十世纪三四十年代的著名秘鲁知识分子才有可能在"印第安人出路何在"的命提下讨论"印第安共产主义"的启示。也因此，当今的墨西哥萨帕塔游击队，埃沃·莫拉雷斯（Evo Morales）领导的玻利维亚印第安人复兴运动，才有可能在21世纪建立印第安绿洲，探索"共同体社会主义"（el socialismo comunitario）前途。

---

1 何塞·卡洛斯·马里亚特吉：《关于秘鲁国情的七篇论文》，白凤森译，商务印书馆，北京，1987年。

2 何塞·卡洛斯·马里亚特吉同书，第62页。

跟随着比德尔老头的脚步，我们走进了羊改村。漆成天蓝色的铁门，锁住了一处处火山岩垒成低矮院墙的小院。简陋的土屋上，"藤森顶"[1]在骄阳下泛着刺眼的白光。一块块稀疏的庄稼地里，大鹅卵石垒成了田埂。

比德尔告诉我们，过去羊改村每家能有10托博土地[2]，现在土地比过去少了。不可思议的是，老人口中的"托博"这个面积计量单位竟然源自500年前的印卡帝国。《印卡王室述评》第五卷"分给每个印第安人的土地量"一章中专门介绍了"托博"的含义。

老人说，不少人外出务工，但很多人找不到工作又返回家乡。人们种土豆，种玉米、蚕豆和大麦。如果选用优质土豆品种，精心管理，在这里的土地上，一棵土豆秧能结五六公斤土豆。粮食仅够维持生活，需要用钱时，就做面包卖，有时也靠实物交换解决生计。

比德尔老头没有像有些人那样夸赞大搞自由主义经济并疯狂镇压游击队的藤森，他怀念20世纪70年代的左翼军人贝拉斯科将军（Juan Velasco Alvarado）："将军搞了土改，把大庄园的土地分给农民，出现了很多小农户（chacra），还给农民提供技术咨询。"

**梯田**　走出村庄，随老人来到一大片开阔的谷地，远处是高耸的雪山，四周是荒芜的原野。静谧，高原烈日下死一

---

1　我们给秘鲁前总统藤森为贿赂选民在农村推广的金属皮屋顶所起的外号。
2　Tobo，1托博相当于三分之一公顷，约每家有50亩地。

样的静谧。

"看，那层层山坡上都是古代的梯田啊，那时候的农业养活了多少人！"

在比德尔的指点下，我们如梦方醒，眺望着依稀可见的梯田痕迹，想象着古代印卡帝国农业的繁荣景象。根据我曾读过的一条消息，考古工作者曾在秘鲁发现过一座4000年前储藏玉米的仓库，由46个石结构的大型储藏室组成，当时的农业规模之大可见一斑。

老人引领我们下到沟里，熟稔地指点着一些风化的石头，提示我们昔日梯田的痕迹。"西班牙人把人们赶到矿井下挖金银，水渠荒弃了，梯田也成了旱渴的废墟。"今天，秘鲁的土豆田，80％靠雨水，只有20%是水浇地。

哥伦布"发现"美洲的说法只在下列意义上是积极的：美洲大陆的原住民曾在"与外界没有交流"的古代，发展了自己的文明，许多文明果实的印第安名称就是证明。梯田也有印第安名字，人们称它waru-waru。

尽管在世界"正"史中，美洲原住民的文明从没有得到足够正视，但有识之士没有停止考察和"再发现"。早在20世纪30年代，美国人富勒·库克（Orator Fuller Cook）在论文《秘鲁：驯化中心》中，称古代秘鲁人是"改造土地的专家"（soilmakers），认为梯田不仅有效地利用了破碎的土地，更反映了耕作者保持水土、持续发展的农业意识。[1]

---

1　Hans Horkheimer: *Alimentación y Obtención de Alimentos en el Perú*, p.198, 214.

1936年，一位考察了安第斯山梯田的美国技术人员曾估计，倘若在这一年用现代化的方法修建那些梯田的话，每1英亩就要花费大约3万美元。引用这个例子的乌拉圭作家爱德华多·加莱亚诺在《拉丁美洲被切开的血管》中补充道：

> 在当时那既不会使用轮子，又没有马匹和铁器的帝国，修建梯田和灌溉水渠之所以可能，全靠的是由明智的劳动分工而产生的惊人的组织程度和技术成熟程度，当然也靠了主宰着人和土地关系的宗教力量。印第安人认为土地是神圣的，因而也是永远具有生命力的。[1]

看完了梯田，我冒昧地提出，希望到比德尔老人家看看。他迟疑片刻便同意了。我们跟着他走回村庄，来到一间破旧的草房前，墙是用石头和泥砌成的，有一扇矮小的木门。比德尔用钥匙打开铁锁，昏黑的屋里只有一张破旧的木床，床边堆放着盖着草的土豆。比德尔告诉我们，储存土豆时要在地面上铺一层燕麦秆，土豆上面再盖上一种草，以防虫防霉。人们还种植一种带薄荷味的花muña、蓝桉等树木，用于同一目的，这些方法都来自传统。

我好奇地问比德尔："您怎么没用那种亮闪闪的金属板做房顶？"没想到引起他一段辛酸回忆：他曾被前妻诬告为

---

1 爱德华多·加莱亚诺：《拉丁美洲被切开的血管》，人民文学出版社，2001年，北京，第36页。

"恐怖分子的朋友"，先受审，后假释，每两个月须去警察局汇报，并丧失了全部财产。获释后，比德尔起先靠给游客吹笛子讨小费为生，一个月前在村公所得到了一个看门人的职位，睡在村公所，每夜可得到5个索尔。所以，我们早上在那里遇见了这位看门老头。

分手时，我们真心诚意地向比德尔道谢，而比德尔向我们要"一点小费"。我想了一下，把5个索尔放在他的手心。

同路回程有一群放肆的法国游客，肆无忌惮地在路边撒尿，在车内吵闹。车过岔路口，上来一个印第安小伙子，干净的衬衣，熨过的旧裤子，擦亮的皮鞋，修剪过的头发。胸前挂一支排箫，怀抱一把小五弦琴"恰兰戈"，从上车几乎一直弹唱到阿雷基帕。他表演得相当专业，间或说几句克丘亚语，还用气吹出、用手指拨出各种特殊的声音。车上的法国佬扭摆着上身，吹着口哨，一点也体会不出年轻艺人的辛酸。快到阿雷基帕时，小伙子掏出一个羊毛编织的小挂袋，还有一袋普通的奶糖。他手持两个小袋，走过每一位旅客的身旁，礼貌地请大家"凑个份子"（colaborar），5块糖1个索尔。Z用刚学会的几句西班牙语对他说了称赞和感谢的话。

让想象唤醒雪山下当年的梯田景象

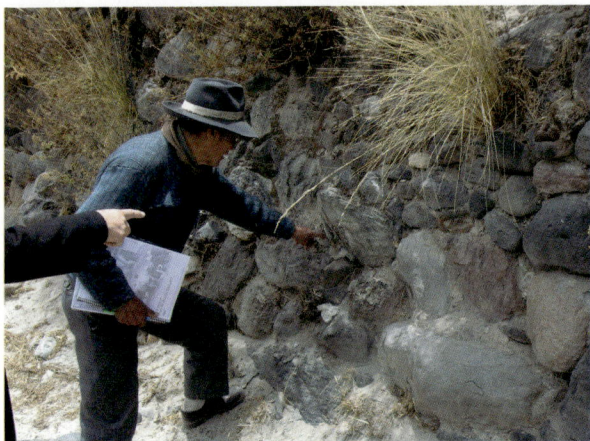

老人指示着古老梯田的痕迹

## 07 ｜ 在神秘的的的喀喀湖畔

普诺的海拔比阿雷基帕又升高了1000多米。

在这片宽阔的谷地里隐藏着更纯真的印第安文化，还有举世闻名的的的喀喀湖——世界上最高的通航淡水湖，南美洲第二大湖泊[1]。

如果是坐飞机，从阿雷基帕到普诺仅需25分钟，我们的班车之旅行程5个小时。步步攀升的公路上，沟渠水道你隐我现，间或有沙漠和星星点点的粗矮草丛。我说有点像内蒙古草原，Z说更像青海高原。

秘鲁所处的中段安第斯山是仅次于青藏高原的世界上第二个有大量人口聚居的高原地区。接近普诺时，人、牛、羊驼渐渐多了起来，预示着天际云端的印第安人故乡就要到了。在经过了一个叫做乌马尤（Umayu）的湖泊之

--------

1 第一大湖是委内瑞拉的马拉开波湖。

后，赫赫有名的的的喀喀便为我们展现出辽阔水域的一角水面。

的的喀喀湖是大自然的造化，它夹在安第斯东、西两条山脉之间，坐落于远古地壳运动成就的山间盆地之上，四围的冰峰雪岭用25条雪水河为它灌输湖水，只有一条"放水河"（Desaguadero）将百分之五的湖水带向300千米以外的咸水湖"波波"（Poopó）。的的喀喀湖水虽然蒸发很大，但由于主要盐分被"放水河"带走，它仍然是一个含盐度很低的淡水湖。湖区方圆8千多平方千米，湖面海拔3800多米。

的的喀喀湖覆盖秘鲁和玻利维亚两国的边界。银波袅袅的大湖是大自然的女儿，完全不理会水面下现代国家可笑的边界。

与自然、时间和生命相比，国家是渺小的。

在的的喀喀湖上，操不同本土语言的克丘亚人和艾马拉人是更自然的区分。位于同一湖区的两国人民互相通婚，不少人白天在一侧工作，晚上在另一侧睡觉。随着湖彼岸玻利维亚艾马拉族政治领袖埃沃·莫拉莱斯当选下届总统的可能性日益增大[1]，此岸的统治者忧心忡忡，监视着本国艾马拉人以及所有印第安人的动向。较之玻利维亚和厄瓜多尔的印第安民众，秘鲁印第安人的政治觉悟和组织程度相对落后。但是，就像这湖水无法被割裂一样，整个

---

1 2005年12月18日埃沃·莫拉莱斯已经以压倒多数当选玻利维亚总统。

安第斯山底层民众渴望变革的心情已经是一锅等待沸腾的热水。

面对着这样一片"无政府"的湖水，我们动心了：乘小船从印第安人的的喀喀湖上驶向玻利维亚，经过世界上海拔最高的首都拉巴斯，再打听路途走向切·格瓦拉牺牲的"无花果树村"（La Higuera），像那些无名的追随者一样，在切·格瓦拉牺牲的地点放上一束山野的鲜花，在布满繁星的夜空下，点燃一支守夜的蜡烛……

在一座普通的楼房里找到了玻利维亚驻普诺的领事机构，果然不出所料，其他外国人可以在秘鲁和玻利维亚间自由进出，唯中国人和某些非洲国家的"不可信任"国民须花37美元办一份只允许停留三天的签证。

虽然对照地图、问讯司机，仔细打听了从陆路以及经太阳岛、月亮岛从水路到达秘、玻边境的路线，但是我们不可能在三天之内到"无花果树村"打一个来回，跟随旅行团高消费低收获地跑一圈景点也不是我们的风格，我们最终割舍了这项心爱的计划。

但我要把这条线路推荐给有热情有血性的中国年轻人，相信他们中一定会有人踏上这条路。

**浮岛**　那就把心思移到眼前这片水面上来吧。早晨去湖面上乌罗人（uro）的浮岛。一切都被旅游污染得俗不可耐。我们套上了红色救生衣驶向湖心，同船有一对印第安肤色的青年男女，那个会说克丘亚语和艾马拉语的姑娘叫梅利，正巧是羊改人，还认识比德尔老头。

的的喀喀湖上四五十个大小岛屿几乎都有人居住。湖上还生活着一支居住在"浮岛"上的"乌罗人"。乌罗人与的的喀喀湖里的托托拉芦苇（totora）有不解之缘。这种芦苇晒干后可做燃料，嫩芽可食用，乌罗人主要用它作建造草船和浮岛的原料。托托拉芦苇在腐烂后会产生一种气体，充斥在芦草经纬间的气体有助于船的浮动。乌罗人把托托拉芦苇根扎成小捆，用草绳将小捆连接成一大片，上面铺以干草，便成了赖以栖身的浮岛，浮岛上的房屋也是用托托拉草盖的。

　　"靠山吃山，靠水吃水"这句颇具"文化人类学"意味的谚语在乌罗人的生活里足见一斑。浮岛人家捕鱼，猎飞禽，编织物件，与陆地人交换其他物产。今天的浮岛多半定锚停泊，方法是用木杆扎透岛基、插入湖底淤泥，一来因为往日的游猎生活日渐被固定的旅游业取代，二来竟是为了防止大风把浮岛吹过边境！

　　**乌罗人** 的来历至今不甚明了。有学者认为，这些语言异于当地印第安人、眉眼细长的乌罗人是来自太平洋上的波利尼西亚人后代。

　　为了证明美洲原住民在远古与太平洋的交流，著名的挪威航海探险家索尔·海耶达尔（Thor Heyerdahl，1914—2002）在1947年与5个同伴一起从秘鲁的卡亚俄港出发，乘坐用托托拉芦苇制造的船只（以印第安神灵"康提基"Kon-Tiki命名）航行6920千米，抵达太平洋法属波利尼西亚群岛的土阿莫土群岛（Tuamotú）[1]。1970年他又从北非乘坐用纸莎草[2]建造的船只，航行57天，渡过大西洋，抵达加勒比海域的巴巴多斯。

尽管海耶达尔的立论仍为一家之谈，但我们在奥斯陆的康提基博物馆（Kontiki Museum）里，的确可以亲眼看见那条从理论和实践上大胆挑战"哥伦布发现美洲"之说的"康提基"草船。

16世纪的《印卡王室述评》中也记录了在哥伦布踏上美洲大陆之前，"曾有一些身材高大的人从海上乘坐一种类似大船的高莎草筏子来到这里"的传说。[3]也就是说，在哥伦布之前，世界不同地区的人类可能从多个方向到达美洲：太平洋岛屿的亚洲人、古代非洲人都有可能驾简陋的草船到达美洲。

当一代代有良知的知识分子汇聚力量，擦去统治者对"文化"的污染、将它归还给真正的创造者之日，"哥伦布发

---

1　墨西哥教授恩里克·杜塞尔（Enrique Dussel）在与我们的交谈中提到了"印第安美洲是远东的远东"的思想：尽管欧洲人经大西洋抵达了美洲，把西方文化强加给美洲，但印第安美洲与东方的联系是一个深刻的历史、地理、文化和政治命题。教授从研究美洲殖民史出发，将解构"西方中心论"的研究扩大到更广阔的地理范围。他提及太平洋波利尼西亚群岛、新西兰与美洲太平洋海岸文化中的共性印记。同时我也想起在厄瓜多尔沿海神秘的巴尔蒂维亚文物展览，据说该文化可以上溯到公元前4000年，有人猜疑巴尔蒂维亚人来自随季风漂流而来的日本文化。

2　纸莎草（papiro），尼罗河三角洲生长的一种类似芦苇的水生莎草科植物，古埃及人崇拜的三种植物（纸莎草、荷花、枣椰树）之一。它被用来盖房、造船、织席、编筐。据说，《圣经》中的摩西被抛入尼罗河时所坐的筐子就是用纸莎草编的。它也被用来造纸，这种纸称"莎草纸"，英文称谓是"Cyperus Papyrus"，这也是英文"Paper"一词的来源。莎草纸在干燥的环境下可以千年不腐，曾一度成为古埃及最重要的出口商品。

3　加西拉索·德拉维加：《印卡王室述评》，商务印书馆，1993年，第667页。

现新大陆"的西方意识形态神话将不攻自破！ [1]

　　的的喀喀湖上有20多个浮岛。我们登上一座浮岛，岛上的居民只要见有人照相就伸手要钱。我们在一个磨大麦的老妇人身边席地而坐，借助梅利的艾马拉语听老人说说日常生活，她的小孙子在一旁生吃磨碎的大麦。老妇人把大麦放在一块宽石板上，上面再放一块三指厚的半月形石板，双手抓住半月形石板的两个边角，在大麦上碾轧。此情形简直与《印卡王室述评》中描写的一模一样。

　　年轻的乌罗妇女们一边做着绣活一边叫卖她们的产品。虽然赶不上我们操多种外语的摊贩同胞在秀水街、颐和园表现出的进攻性，她们也自有一套柔软的谋生本领：先亲切地问"你叫什么名字"，然后说"我叫什么名字"，最后才说"这是我用三天时间缝制的'我们的'的生活，帮帮忙，买一个吧！"

　　然而，在西班牙殖民者到来之前的漫长历史中，的的喀喀湖一直是原住民的圣湖。美洲本土居民是依恋大自然、敬畏大自然的民族，的的喀喀这样一个神奇造化给他们提供了天然的想象空间。关于湖和湖中岛屿的生成，至今留有许多版本不一的传说，我们能据此觉出对这一山巅大湖的崇敬，

───────────

1 在挑战"哥伦布发现新大陆"之说的西班牙重要参考著作《非洲–美洲》的前言里，一个这样的有良知者写道："在超越了不可避免的历时观（即与'共时观'sincronismo相对的diacronismo）后，大写历史的'另类'主角将跳出时间的障碍，把伟大的历史叙述归还给我们，把那场历史悠久的争论再次展现在我们的面前：究竟是谁创造了历史？是各民族人民和他们所代表着的文化，还是那些带着高傲的选民思想、企图控制历史、编纂历史的人？当精神、或曰知识分子在各自不同的道路上，跟上真理的脚步时，他们的语言将永远表述美丽的内容……"

甚至感受到对天地裂变、山崩海现的集体记忆。

走下驳船，码头上迎面走来一个背着书包的六七岁男孩，他向我伸开手掌，每个指头上套着一个彩色毛线编结的小玩偶，有羊驼，有印第安娃娃，一个索尔一个。我问他"谁做的"，他说"妈妈"。我问他"你怎么不上学"，他说"今天星期日"。

次日在城里逛。普诺城很繁华，但给人的感觉如同西班牙的塞维利亚，商业气息、旅游味道十足。步行街上到处是各年龄层次的擦皮鞋者，看来男人也没有什么更多的谋生手段。进入一个书店找书，Z的衣角被人轻轻拉动，一个五岁模样的黑瘦男孩面无表情抬头望着，低声喃喃地说："面包，面包"（"pan, pan"），似乎再没有多余的力气提高点嗓门，或补充点别的话。Z拉着他的手，来到食品部给他买了一块蛋糕。小男孩无声地走了，我们若有所失望着他的背影。出了书店，对面是一个五星级豪华宾馆，高大明亮的橱窗外，一个入学年龄的男孩子向里面的黄毛男女伸出手掌，晃动套着编织羊驼的五个手指，玻璃另一侧的人不知因什么话题放肆笑闹着，无人理会这小小的身影——而今天是星期一。

仍然是用那种古老的方法磨粮食

## 08 | 终于到了伟大的库斯科

库斯科对于我们来说，一直是梦寐以求的地点。

普诺到库斯科389千米。7个小时的长途虽是"走马观花"，却也贪婪地看足了安第斯农村风景。在别处难得一见的巍峨雪山，沿途接二连三地闪过，雪山俯瞰着宽阔的山谷，一处处破旧简陋的土坯房大多涂成白色。家境好些的用红瓦铺顶，二等的用刺眼的"藤森顶"，最差的就是杜甫诗里的"茅屋"。农舍盖以有山墙的斜顶，远看也有一番说不出的韵味。路边的小站摆开了一溜摊位，印第安农民衣着花花绿绿，我仿佛听见他们满怀希望地叫卖着深山里难得有人问津的农副产品或手工艺品。

走马观花留下了无限遗憾，我们依恋地回首眺望接二连三被甩在车后的大小村镇，直到它们消失在路的尽头。奥科邦帕一带茂密的植被和庄稼，瓦罗小镇上"新左派运动"张贴的切·格瓦拉的画像……早就听说这一路，尤其是乌鲁潘帕（Urubamba 或 Urupampa）河谷的大粒白玉米天下闻名。果然，玉米地多了起来。苗壮的茎叶随风摇曳，绿得惹人喜爱。

下午三点到达库斯科，第一眼就明白：已经爱上了这座魅力古城。

高大的旧宅，幽暗的窄巷，石板路面两旁有古老的排水沟。白色高墙的街角挂着中世纪式的铁艺街灯，嵌在白墙上的天蓝色小窗与赭红色的瓦屋顶搭配相宜，大大小小的各式广场面对着带拱形门柱的回廊。是西班牙科尔多瓦的影子，还是龙达老街的印象？窄巷的尽头露出了铁灰色的安第斯山峰，高原澄净的天空上缀着洁白闲云。

一说库斯科的意思在本土语言中意为"肚脐"：如果把整个秘鲁的地形看成一个人形，库斯科就好像位于"脐"上。也有附会之说，认为古代秘鲁人把库斯科看成世界的"中心"。不过，作为印卡帝国故都，库斯科是美洲本土文化的缩影，也是美洲原住民抗击西方入侵者的中心之一。

对于这后一点，世人远未了解细致！

**塔万廷苏约**　印卡人崛起于12世纪末，历经13代印卡王的统治，绵延三百多年。1438年，勇武的印卡王印卡·尤潘基（Inca Yupanqui）在军事上大获全胜，随即向周边扩张，同时对四方的文化兼收并蓄，雄心勃勃地建立新帝国——"塔万廷苏约"，即"四方之国"。他在自己的名字上添加了一个词——帕恰库蒂（Pachacuti），意为"改变世界"。[1]

西班牙人来临之际，帝国进入极盛，版图向北囊括今厄瓜多尔全境，南至今阿根廷东北部，东到今玻利维亚中部，西到大海，面积约100万平方千米，人口达1200万，成为确确实实的"四方之国"。

"塔万廷苏约"这个响亮的克丘亚词汇是印卡帝国的真正名称，而"秘鲁"则来自殖民史上一则可笑的插曲：1513年，西班牙殖民者巴斯科·努涅斯·德·巴尔沃亚穿过巴拿马地峡，发现有一个从未见过的浩瀚海洋，即当时被传说的"南海"（后来被麦哲伦命名为"太平洋"），进而开始向南沿海航行，在赤道附近抓住一印第安人，用西班牙语比手画脚发出询问。后者战战兢兢答曰："问我的名字，叫'贝鲁'（Berú），问我刚才在什么地方，在'秘卢'（pelú，即'河'）里。"后来，阴差阳错地，这个幅员辽阔的"四方之国"就成了"秘鲁"（Perú）。当然，这只是"秘鲁"的释义之一。

最后一位印卡王在世时，已经听说有陌生人出没于海岸的消息。他去世时，帝国因王位之争陷入内乱。此时，沿太平洋海岸南下寻找"黄金国"的西班牙武夫弗朗西斯科·皮萨罗（Francisco Pizarro）利用印卡王国内乱局势，逼迫当时已是印卡王的王子阿塔瓦尔帕交出满屋的黄金后将其杀害，占领了库斯科，印卡帝国走向倾覆。

---

1 对于印卡人来说，地震、自然变异、大变革都是"帕恰库蒂"。今天在厄瓜多尔等国，那些名为"帕恰库蒂"的印第安政治运动，就是取这位国王名字中"颠倒乾坤"的含义。

## 09 | 在萨克萨瓦曼城堡与种土豆农民相遇

库斯科城郊有一座萨克萨瓦曼城堡（Saksayhuaman）。

远远就望见了沿山势用巨石修建的三道城墙，最高的外圈高达9米，周长约500米。别说第一次踏上南美土地的Z，我也大开了眼界。

从16世纪起，已经有无数人描写过这"建筑的奇迹"。

那是真正的巨石，专家估计有些重达90至128吨，加西拉索·德拉维加在《印卡王室述评》中称之为"山岩"。大小不一，形无规矩，棱角分明，但块块拼砌得丝严缝合。观望着巨石表面年深日久的风化，抚摩着石与石之间的缝隙，确如人们所言，几乎插不进一枚刀片。据说工程没有使用任何黏合剂，也有说印第安人用了一种他们称之为lláncac allpa的红色乳状泥浆，或者什么诡秘的黏性植物液体。

面对这浑然天成的古代作品，每个目击者都陷入赞叹和迷茫。人人百思不得其解：五六百年前，在只有石器工具的印卡时代，人们是怎样拉来巨石、切割打削、对缝落叠的呢？早期的西班牙殖民者把这类建造归功于魔法，认为印第安人天生与魔鬼亲近。

眼前的城堡只是一个代表，莽莽安第斯的崇山峻岭、密林深处，乃至整个拉丁美洲的广袤大地上，处处点缀着这类叫人不可思议印第安建筑奇葩。

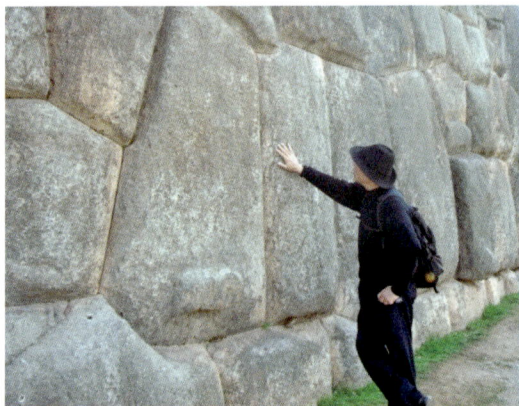

萨克萨瓦曼城堡不可思议的巨石堆砌

工具和技术手段只是问题的一个方面，不可思议的建筑规模同时反映了不可想象的管理规模。华裔秘鲁历史学家欧亨尼奥·陈-罗德里格斯在《拉丁美洲的文明与文化》里提出过这样一个观点，很早就使我留心：

> 传统观点……不适用于美洲印第安文明。位于中部美洲的特奥蒂瓦坎（Teotihuacán）的发展就没有从冶炼技术中得到帮助。欧洲人认为文字对文明的出现是必不可少的条件，而

印卡帝国的繁荣就没有从文字方面受益。对印第安美洲的研究如同对其他洲的研究一样，都要求对"文明"一词确定新的定义并对某些观点予以修正。在新大陆，古代文明更多的是建立在社会结构而不是建立在技术或物质成就上。[1]

陈-罗德里格斯博士提出了对既定文明标准的质疑。面对世界众多地区丰富复杂的文化发展模式，单一标准够用吗？

印卡时代留下的建筑奇迹反映了那个高度组织化的神权帝国水平。正如上述史家之见，"在新大陆，古代文明更多地是建立在社会结构而不是建立在技术或物质成就上"。

《印卡王室述评》里记叙了有几千人参加的巨石运输，一些没有能到达目的地的巨石被印第安人称作"倦石""血泪石"。在印第安人的眼中，石头也有人性，也会倦怠，不仅参加拖运的苦力流血哭泣，中途被辍的石头也会伤心。

对有着交流倾诉渴望的人来说，会不会"搭茬儿"，是有无能力与人交流的分界。我们是见了会议上和宾馆里的精英就哑口失语、一见到老百姓就兴奋话多的人——所以，当走下城堡的高坡，迎面来了一群农民模样的秘鲁人时，我们兴奋地迎上前去。

一搭上话就聊得火热。原来他们是来自库斯科西北部

---

1 欧亨尼奥·陈-罗德里格斯：《拉丁美洲的文明与文化》，商务印书馆，北京，1990年，第35页。

山区万卡维利卡（Huancavelica）的一家人，领头的男人有一个明显的印第安姓氏 Quispe。基斯佩告诉我们，他们生活在海拔4600米的高山上，那里有2500多种土豆，其中有卡门罗莎说到的世界上唯一的黄土豆。基斯佩的口气中充满了自豪感，这使我欣慰。但是种土豆收入微薄，每公斤的售价仅20到30分索尔，市场上的价格是50分。因此，虽然家乡离此地不太远，尽管秘鲁本国人从库斯科到马丘比丘（Machu Picchu）的往返火车票只要花60个索尔（即20美元，不到外国人车票的三分之一），但一直没有攒够钱来"看看我们的民族遗产"。

随一家人同行的还有一个当地女教师，快活健谈，"我们的价值没有得到应有的承认。"毕竟是老师，会表达觉悟。我问他们家乡有无关于土豆的传说，"太多了！"这是一个异口同声地即兴回答，我据此确信它的真实性。秘鲁不愧为土豆的故乡！

以女老师为主角，一家男女老少主动用克丘亚语外加西班牙语翻译问我们"你们来这里干什么？"，对我说"你的眼睛真漂亮"，还教给我们用克丘亚语"bay"说"谢谢"。一种缘于母语（如同缘于土豆发明者）的骄傲溢于言表。我不由想起了《印卡王室述评》的作者、那位印卡公主的儿子曾说过，"克丘亚语是如此优美，耶稣会以及其他教派的神父们为了准确掌握它曾经花费了巨大精力"。

万卡维利卡的农民争相给我们递橘子，倒可乐，七嘴八舌地与我们交换 e-mail，让我说一段"中国话"，再用西班牙语翻译，由基斯佩录像并录音。一手拿着橘子、另一只手端着盛满可乐的纸杯，Z也快乐地说着他那几句满是语法错误但天天向上的西班牙语。最后，女教师领头，众人用克丘亚语向我们道"再见"，并约定"在马丘比丘相见！"

跟随考古出身的Z，我也尽力从各个角度观察着古堡遗址，退到远处，走上对面的高坡，打量它与环境的关系。我们已经习惯于在每一处地点尽量登高望远，观察地理形势。在西班牙的哈恩，我们曾登上有一座伊斯兰时代城堡的高山，久久不愿离去；在摩洛哥的非斯（Fez），钻出那些天方夜谭的街巷后，我们也曾爬上城外的山坡，从那里看高低错落的城市结构。

传说，印卡人最早的国王、王后受太阳神的派遣，从的的喀喀湖中走出，依神启寻找能把金杖插入土地的地方建都。面对着山谷里迷茫一片的橙红色屋顶，我想，与其说印卡人祖先在这里用金棍插进了土地，不如说库斯科是一片适于生存的高山谷地。加西拉索·德拉维加曾描写过"谷地中央有一个美丽的山泉，其水味咸，可以晒盐"，"气候不是炎热而是偏冷，但还不到必须生火取暖的程度，只要进入没有风的房屋，从室外带来的寒意就会消失"，"而且从冬到夏，毫无变化"，"肉一般不会变质"。这后一条，在没有冰箱的古代，应该是很重要的。

拉丁美洲比较发达的文明大多坐落在高原和山谷。今天的墨西哥城、危地马拉城、波哥大、基多、拉巴斯、圣保罗，前身都是古代人口聚居地；而美洲的沿海城市大多是殖民时期以来的近代城市，如利马、瓜亚基尔、布宜诺斯艾利斯。如果不是出于控制阿兹特克文化中心的目的，科尔特斯本来更情愿定都于大西洋海岸的韦拉克鲁斯（Veracruz）。这样做，一来是殖民地经济与海外宗主国的关系使然，二来是出于殖民者对山区潜在的心理恐惧。

深谙秘鲁国情的马里亚特吉说过：

> 殖民者几乎只关心开采秘鲁的金银。我不止一次地谈到，西班牙人喜欢在沿海低地定居；也曾谈到他们对安第斯山一致怀着又敬又畏的心理，他们从来没有认为自己真正征服过安第斯山。山区的土生白人村镇，无疑是由于开矿而建立的。要不是他们贪图埋藏在安第斯山下的金属，那末对山区的征服一定会更加不彻底。[1]

山区和沿海的二元对立延续至今。

这对立的丰富含义，包括历史成因、政治地位、经济发展、交通便利、人口构成、语言差别、价值取向、心理素质、党派倾向等多个层面。这一点与当今的印第安复兴运动关系密切。

库斯科城的地位透过当年百姓的态度可见一斑。加西拉索·德拉维加举了个有趣的例子：两个同等身份的印第安人

---

1 何塞·卡洛斯·马里亚特吉：《关于秘鲁国情的七篇论文》，白凤森译，商务印书馆，北京，1987年，第237页。

在路上不期而遇，一个离库斯科而去，一个往库斯科而来，离城而去的仅仅因为到过城里，就受到奔城而来的人的尊敬和服从。这个例子有真实感。

城市规模是文明水平的一个重要标志。其实，只要不怀偏见全面考察古代印卡文明，就不得不为"结绳记事"之国的效率震惊。《印卡王室述评》中"印卡诸王造福百姓的法律规章"等章节以连篇累牍的史实和事例描述了"不仅超过中国人、日本人、印度人，同时也超过亚洲和希腊那些当地异教徒"的印卡人口头法典和法律实践。即便加西拉索·德拉维加有夸张之嫌，但他同时作为西班牙地方长官和印卡公主之子，没有理由单方面过分美化土著文化。

结绳记事是一种需要"绳不离手，研习不辍"的复杂技能，但由于结绳记事"只能说出数目，不能说出语言"（也有学者认为，印卡人的数字有文化含义），印卡国有专人负责把历史事件、法律法令等"归纳成三言两语牢记心间，再用口头方式传给后代，由父及子代代相传"，并用诗歌形式在祝捷大会和盛大节日时演唱，在给应试的印卡青年加封武士头衔时朗诵给他们听，以这样的方式记录自己的历史。

也许印第安人历史的悲哀之一就在于离"创造文字"几步之遥的时间差，而他们万劫不复地失去了历史机会。

何塞·马蒂曾对殖民者做出过这样的判语：

> 他们侵犯并用铁蹄践踏的正是这样一些孕育中的民族，一些处于开花期的民族。并不是所有的民族都以同样的方式

定型，也不是几个世纪的时间就足以使一个民族成型。这是一场历史的浩劫，是一桩弥天大罪！纤细的嫩芽本当让它挺直，这样才有可能在以后显露出无限美妙的、完美无缺的、锦绣般灿烂的成果。征服者们将宇宙万物中的这一灿烂的扉页撕去了！[1]

1650年的大地震曾使库斯科城化为废墟。尽管这里雨水不多，但重建的库斯科仍然保持着赭红瓦斜屋顶的安达卢斯时代伊斯兰建筑风格，使熟悉西班牙南部一带的外来人初来乍到便有似曾相识之感。

自身就是多重文化结晶的西班牙，为什么不懂得尊重他人的异样文化呢？

库斯科鸟瞰

---

1　毛金里、徐世澄编：《何塞·马蒂文选：长笛与利剑》，云南人民出版社，1995年，第237页。

## 10 | 徜徉在库斯科城里

我们打听了下山的步行路，来到了库斯科中心广场，直译为"兵器广场"（Plaza de Armas），也可以译为"礼仪广场"。这个主广场在印卡时期称Huacaypata，有人说它的意思是"武士广场"，广场上有草顶大棚屋。每年六月夏至的太阳节Inti Raymi于这里盛装开始，到萨克萨瓦曼城堡狂欢结束。庆典活动如逢雨日，就在大棚屋里举行。

呼吸着高原清风，恍惚中，阳光明媚的天空上落下了哀泣的雨点，透过雨帘，朦胧中天主教堂变成了昔日印卡的草顶大棚屋。雨丝里夹杂着血滴，雨帘落地汇成红色的血水河。

500年前，皮萨罗就是在这个广场上宣布了对库斯科的占领。屠杀、劳役、瘟疫、恐慌和极度悲哀使1000多万人的印卡帝国人口锐减。不得不从非洲进口黑奴以补充挖掘金银的劳力之缺。

西方著名学者贡德·弗兰克在其1996年的新著《白银

资本》中提及，到1650年，中部美洲[1]阿兹特克和玛雅文明的人口从原来的大约2500万萎缩到150万。安第斯山脉的印卡文明人口从原来的大约900万减少到60万。这是一个比较保守的估计。

曾有过几次声势浩大的安第斯山暴动，库斯科是众矢之的。

1536年初，印卡王曼科·卡帕克二世（Manco Cápac II）率领10万大军围困库斯科达6个月以上。他身穿夺来的欧洲人服装，熟练地驾驭着西班牙人的战马，手持长矛，指挥起义者冲锋陷阵，坚持抵抗8年之久。他死后，年轻的王子图帕克·阿马鲁继续领导游击战争。1572年图帕克·阿马鲁（Túpac Amaru）就在眼前的这块广场上被西班牙人处死。他的头颅被砍下时，广场上密密麻麻的印第安人匍匐跪地，发出一片悲鸣，像长空里滚过了一阵雷。印第安人每天都到示众柱下朝拜他的头颅，西班牙人不得不取下那颗头颅，掩埋了尸体。

两百年后，自称图帕克·阿马鲁二世的印卡王嫡亲、混血人何塞·加夫列尔·孔多尔坎基发动起义，再度围困库斯科，陷库斯科于一片火海之中，大教堂被带火的飞箭击中，20多座茅草屋顶被引燃……战败的图帕克·阿马鲁二世全家及主要随从被判极刑，他本人被四马分尸，躯体被烧，骨灰被扔进瓦塔

---

1　中部美洲地区，即包括地理概念上处于北美洲的墨西哥和中美洲在内的文化概念Mesoamérica。

纳依河，一直到他的第四代子孙都被判处斩尽杀绝。

惊魂未定，思绪被一个老妇人的声音打断："买我的羊驼吧，一共才10个索尔，我有许多孩子要抚养啊。"印第安老人稀疏的灰白色头发编成小辫，枯萎的手掌上托着四只大小不一的铜制羊驼，羊驼背上用青铜绿色点缀着驮物，可爱之极。

我买下了它们一家四口

"我买这只小的吧，"

"哦，夫人，它们是一家啊！"

望着她企盼的目光，我最后买下了这一家四口。

回头一看，Z正热情地用那几个不多的西班牙语词汇向一个老头打听着什么。老人退休前在政府的畜牧部门工作，所以对羊驼数量之类的事情门清。他在一张小纸上工工整整写下自己的通信地址，"以后有这方面的问题，尽管给我来信。"

秘鲁以及拉丁美洲一般百姓的朴实热情经常给我们烙上美好的记忆，抵消着官僚、警察给人留下的不快。

我们向老人打听库斯科城内有什么最值得去看的地方（必须精打细算对付一处处的门票），他说，"科里坎恰（Coricancha），太阳神殿啊！那是最值得我们秘鲁人骄傲的地方。"问及门票，老人忿忿不平地说，过去的旅游套票包括16处遗址和主教堂，但后来，来自西班牙的神父以他们拥有"征服权"（Derecho de la Conquista）为由，要求对其中六个带有宗教性质的地点单独收取门票，其中大部分收入归教会所有。

　　面对如此公开的殖民主义情绪，我们惊奇地问："为什么不抗议？""我们已经懒得抗议。""懒得抗议"包含着更大的抗议情绪。在秘鲁，我们虽然没有直接接触身处前沿的斗争者，却在大量的真实情绪中感受到了拉丁美洲新一轮抗议浪潮的成因。

　　**科里坎查神殿**　夕阳懒懒地斜射着昔日神殿、今日教堂。

　　已近闭馆时分，门缝里露出一个管理人员的身影，我心血来潮，抢在他缩回去之前，劈里啪啦甩给他一串西班牙语："先生，我们来自遥远的东方，古老的中国，但明晨就必须启程返回，请慷慨地帮帮忙，让我们进去看一眼伟大印卡帝国的太阳神殿！"大概是东方脸型和标准西语之结合产生了特殊效应，年轻的管理员想了一下，居然绅士般地侧身，让我们免票走进了教堂高大的门洞。

　　天色晚了，教堂内部已经一片昏黑。我们贪婪地观赏着，学习的真诚感动了管理员，他不但打开了已经关闭的灯光照明，还义务为我们简单讲解了几句："这里是月亮和星宿神殿，那里是雷鸣电闪殿，哦，还有彩虹神殿……过去，这些墙面上曾覆盖着700块各重达2公斤的金箔、镶嵌着无数璀璨的宝石！"

"科里坎查"，Coricancha，在印第安人的语言中的意思是"黄金区"，它供奉着印卡帝国最大的神——太阳神，今天还被人们称作"太阳神殿"。

1534年，西班牙占领者在"太阳神殿"的台基之上，修建了今日的多明我会教堂和多明我会修道院，以显示高高在上的"征服"。殖民者扒走了神殿内的所有金银箔面，分配了一切金银物品，只留下裸露的石头神殿，被包裹在了天主教堂内部。

原来，这是一座殿中之殿，堂中之堂！

"四方之国"内万人崇敬的太阳神的象征遭遇了一个卑琐的命运。在西班牙人进入库斯科城时，这件神像经抽签分给了一个名叫曼西奥·塞拉·德莱吉萨莫的首批征服者之一。而那个大赌棍用神像作赌注，一夜之间就输掉了神像。后来因此而有了一句西班牙语谚语："一夜天还没亮，赌输一个太阳。"

塔万廷苏约文明陨落的悲剧，一个很大的原因在于它曾拥有丰富的黄金——至今秘鲁国内还有那么多的黄金博物馆。这真是一个荒谬的原因！

印第安人喜爱金银，只因为它们璀璨夺目。有人说，安第斯山人把金子看成太阳的眼泪。对于墨西哥高原的阿兹特克人来说，金子并不比"盖察鸟"的精美羽毛更珍贵。

印第安人并不知道，他们从此就要被裹挟进一个陌生的"全球化"时代，这个以重商主义开始的时代，将以癫狂的"黄金拜物教"取代他们虔诚的太阳崇拜。阿兹特克人无法理解，印卡人也无法理解这新的一页历史，他们只是下意识地把昨日喜爱的、今日造孽的黄金白银抛入了的的喀喀碧蓝的湖水，在那片土地上留下了殖民者淘河寻宝的悲喜剧般的传说。

天已近黑，山城的路上仍有游人在抚摩印卡王罗卡宫殿外墙上那块严合嵌入的、有"十二个棱角"的巨石，不厌其烦地数着"一、二、三、四……"昨天向我们推销"印卡圣经"的书店老板又向我们热情地招手致意；昨天答应给我们编好那根蓝白相间腰带的印第安妇女忠实地坐在同一个石阶上，似乎在等着我们，手里仍然不停地编结着，这新的一根仍是那样带着个性的美丽。

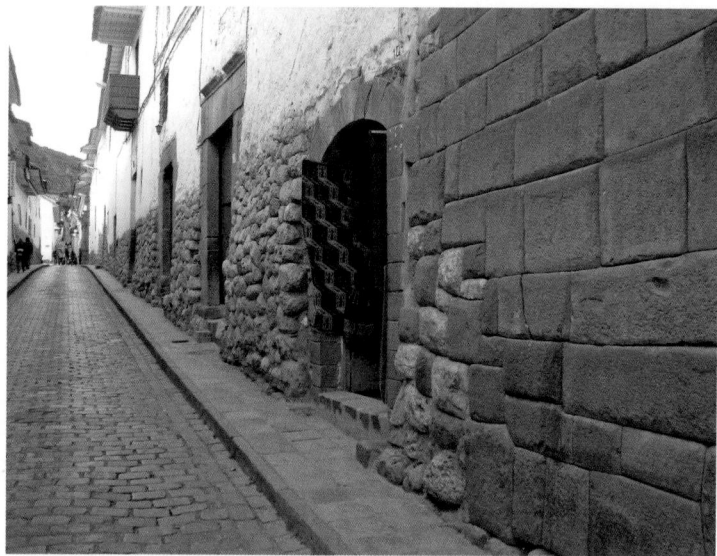

库斯科城内

## 11 ｜ 比奥莱塔领我们拜会土豆专家

选择土豆主题真是个不坏的主意。漫步于藏在安第斯山怀抱里的土豆故乡，永远有学不完的知识，不断可以会晤由土豆引来的各种人群。

比奥莱塔前来与我们接洽，她是农学系的学生，曾与利马国际土豆研究中心的萨拉斯教授合作过。老头热情地把他的助手介绍给了我们。

比奥莱塔是个朴实的印第安姑娘，父母都是印第安人，会讲克丘亚语（在库斯科一带很普遍）。他们住在离库斯科相当远的圣赫罗尼莫镇，那里很多居民都保留着印第安姓氏，过去大概是印第安人相对集中的村落。比奥莱塔告诉我们，印第安姓氏不同于西班牙姓氏，一听就知道，如 Tumi（意思是宰牲畜的小刀），Wilca（意思是"神""灵"），还有 Quispe，Incaruca，Huamán……比奥莱塔姓 Quispe，与我们在萨克塞瓦曼城堡见到的万卡维利卡那家农民一个姓。比奥莱塔好像很以自己的印第安父母自豪："我爸爸现在喝奇恰酒前，还要先向天后向地点酒祭祀'阿普'和'帕恰妈妈'呢！"

在安第斯山区，人们崇敬"阿普"——众多神圣的山头——就像崇敬大地母神"帕恰妈妈"一样。

"你父亲现在做什么呢？"

"他过去是农民，现在搞旅游。他今天来送我们去大学。"

不一会，我们见到了叫做莱昂德罗的比奥莱塔的父亲，一位极朴实的印第安中年人，他培养了四个大学生。莱昂德罗祖祖辈辈是农民，他这一代来到城里闯天下，在水电站当过工人。水灾后，电站裁员80%，他就干起了旅游。所谓"旅游"，就是买了一辆半新的小公共，找些接送旅游者的零活。今天他为女儿开来了这辆"旅游车"。

大学很远，一路上我们和莱昂德罗愉快地闲扯。他说："你们要是三月到六月收土豆的季节来就好了，我们可以到野外去吃'pacha-manca'。到时候，漫山遍野飘着白烟和香味！"

**地锅**　这次我们才闹清了萨拉斯老头满怀深情所说的"地锅"具体有什么内容：

在地上挖个坑，加入烧热的石头，中间放上一锅配有胡椒（pimienta）、枯茗籽（comino）、辣椒（locoto）、盐等佐料熬熟的"丘纽"、鸡肉、羊驼肉浓汤，围着锅边码一圈刚挖出的新鲜土豆、嫩玉米、白薯、包上锡纸的南瓜，然后用苜蓿草或嫩玉米叶盖严，再罩上几个湿麻袋，最后堆上泥土。一个小时后起锅，就着凉拌莴笋、水田芥（berro）开吃——我已经闻到了浓烈的醇香！

"还要喝上一杯奇恰酒吧，听说您喝奇恰之前先要敬'阿普'和'帕恰妈妈'？"

"是啊，阿普斯（Apus，阿普的复数）是克丘亚人的保护神，西班牙人来后，看我们忘不了'阿普斯'，就把圣母玛利亚的身体画成了山头的形状。"

我想起了厄瓜多尔瓜亚萨明展览馆收藏的圣母像，那位圣母穿衣裙的下半身完全就是印第安人"阿普斯"的写照。

莱昂德罗还告诉我们，直到今天安第斯山人每年8月1号还过"帕恰妈妈节"（Pachamama Raymi），给"大地母亲"献古柯叶、长芽玉米酒（chicha de jora），还有"瓦依鲁罗种子"（huayruro），一种亚马孙丛林地区的神秘种子。这一天也是安第斯山区新年的开始。

那位在小说《安第斯山风暴》中描写"骑马印第安人"形象的秘鲁作家巴尔卡塞尔曾就这种习惯分析道：

> 在我国居民的传统中，土地是共有的母亲，不仅食物，而且连人都是从它的腹中产生的。土地提供一切财富。崇拜"帕恰妈妈"和崇拜太阳是完全一样的，而且正如太阳不属于任何个人一样，地球也不属于任何个人。这两个观念在土著人的思想意识中兄弟般地和睦相处。[1]

---

1 何塞·卡洛斯·马里亚特吉：《关于秘鲁国情的七篇论文》，白凤森译，商务印书馆，北京，1987年，第38页。此刻我想起玻利维亚出身艾马拉人的总统莫拉莱斯解释资源国有化政策的理由："自然是神的财产，而人是神在大地上的代理。因此，自然资源不能私有化。"

这是一个需要我们反复体会的观念，不理解它，就无法理解今天的印第安人抗议运动。

大学到了，农学家拉米罗·奥尔特加热情接待了我们。几十年来，除了教课，农学家经常往周围的农村跑（库斯科周围有1000多个村社，每个村社大致有40家农户），拍了大量照片，积累了无数资料，其中包括很快就要失传的传统农业技术，但没有什么人重视他的工作。见我们千里迢迢来访，他兴致勃勃，恨不得把所知道的一股脑倒给我们。

农学家讲述的土豆传播，引起我们很大兴趣。

西班牙人来到秘鲁30年之后才开始吃土豆。很长时间内，西方人一直鄙视土豆，认为它是"印第安穷鬼"的食品，《圣经》上没有提到这种作物。土豆最先由哥伦布带到了西班牙的加那利群岛，再传到意大利，1600年左右传到英国。在当时的法国，有人称土豆有"刺激性欲的危险"，是"雌雄合一"的化身，因为土豆由可以看见的根茎中长出。还流传着土豆"是麻风病、梅毒和淋巴结核病的致因"等等说法。

我想，这种现象一方面反映了"全球化"初期种种变异引起的恐慌心理，但更重要的是，它反映了欧洲根深蒂固的、随着美洲的"发现"格外流行起来的文化偏见和优越论。比如黑格尔也如此荒谬地指责：

> 这样一种特殊的文化，在"精神"向它走近的那一刻，

它就会死亡……这些人在各方面的低下是显而易见的。[1]

这里所说的"精神"就是欧洲自由精神，看来黑格尔是20世纪末流行的"历史终结"论的鼻祖。黑格尔借地球上最后一块"新大陆"和一群"野蛮人"被欧洲人"发现"，宣布"欧洲绝对是世界历史的终点"，从而达到了从政治上和哲学上确立"欧洲中心"的目的。

然而，对土豆的发现和驯化是"南美取得的巨大农业进步"。托马斯 H.古德斯皮德（Thomas H. Goodspeed）在《农业的起源与文明的发展》里指出，"如果没有认识植物性（通过块茎）繁殖的原则，土豆的进化不可能取得今天这样的成功。"因为这种繁殖方式使被选品种得以原样保持。

欧洲最终还是接受了下里巴人的土豆。农学家告诉我们，普遍流传着这样一种说法，土豆在欧洲的推广者是18世纪的法国药剂师帕尔芒捷（Antonio Augusto Parmentier）。他在自己的园子里种上土豆，严加看管，夜间却故意让人去偷，以便传播。一天，帕尔芒捷举办了一个盛大的土豆宴，一切菜肴、饮料均以土豆为原料，邀请那个时代的名流要人品尝，乃至法王路易十六也对他说，"法国有一天会感谢你为她发现了穷人的面包。"路易十六是否说过此话不得而知；但是，土豆得以传播的深刻原因，在于它有效地解决了欧洲

---

1 Enrique Dussel: *El Encubrimiento del Otro*（《论对"他人"的遮盖》），Ed. ABYA-YALA, Quito, 1994, p.22.

和世界的饥馑问题。

19世纪爱尔兰的例子从反面说明了土豆在当时欧洲食品构成中的地位。1845年与1850年间，爱尔兰爆发了一场严重的土豆病虫害，造成几百万爱尔兰人死于饥饿，150万爱尔兰人流亡北美、澳大利亚，今天4000万爱尔兰人后裔成为这些国家重要的移民群体。卡尔·马克思在《1848年至1850年的法兰西阶级斗争》一文里提到加速社会不安、促成动乱的两大世界性经济事件，第一件就是"1845年到1846年的土豆虫害及土豆歉收"。

日本岛根县以红薯代官为主题的餐馆

还有一个亚洲故事，虽然涉及红薯，但其意味并行不悖：

1731年日本人井户平以60岁高龄出任岛根县石见的代官。次年长雨冷夏，作物减产一半，发展为饥荒，饿死12000人，史称享保大饥馑。代官井户平减免年贡积极救灾，因听一游方僧说日本岛最西面的萨摩藩引进外国薯，当即派人前往，不顾禁止红薯运出萨摩藩的禁令，设法运出红薯60公斤。分发八个村庄，唯一户农民侥幸栽种成功，获得了薯种。又摸索了储存方法。饥馑中，石见银山领无人饿死。井户平被百姓称为"红薯代官"，颂德碑仅岛根县就有490处。2006年我们在日本岛根县旅行时到过一个以红薯代官为主题的餐馆，读到的说明上还写着，这个代官因违令被下令切腹自杀。

说到土豆病虫害，农学家告诉我们，世界上三百多个科学家多年来对付不了病虫害，于是人们又把目光转向秘鲁。秘鲁南部山区有1000到2000多个土豆品种，病虫害无法侵入所有的品种。

"也就是说，美洲土豆继续在为人类贡献自己"，农学家忽而提高了声调，"然而，贡献着财富的我们依然贫穷，我们的科学家甚至没有足够经费来继续研究。秘鲁山区人口占全国36%，在这里集中了全国主要的贫困人口。"

"听说土豆是通过西班牙当年的殖民地菲律宾传入你们中国的？"

话题转到了中国。我们告诉他，有人考证土豆是在17世纪末，具体来说，是在1650年左右从菲律宾传入中国的。由于土豆对环境和土壤没有特殊的要求，迅速种遍全国，成了百姓度荒的主要食物之一。

你是被掩埋的

白色的玫瑰

你是饥饿的敌人

无论在哪个国度


你是地下的

黑夜里的英雄

各民族人民

取之不竭的宝藏


　　说着说着，智利诗人聂鲁达的句子从农学家嘴里脱口而出——拉丁美洲的知识分子，无论属于哪个领域，似乎都能背诵上几句诗歌。

　　我知道，诗句来自那首《土豆赞》。

　　"真是几天几夜也说不完呐！"农学家真心地说，"走吧，我带你们回库斯科，正好我也要进城里办事。"于是，我们坐上了那辆他经常开着下乡的带拖箱的小面包车。

　　一路上，农学家言犹未尽，他指着路边或隐或现的水渠、梯田说，"安第斯山人保留了各个方面的传统农业手段，不过，它们只是过去的一个影子，西班牙人来后大部分被荒废了。"

　　马里亚特吉在《关于秘鲁的七篇论文》里曾谈到，土地的荒废不仅造成了农业破产，还带来了印第安人文化、心理的崩溃。16世纪以保护印第安人著称的巴托洛梅·德·拉斯卡萨斯（Bartolomé de las Casas）修士曾坚决主张帮助印第安人在原有村社的基础上发展农业生产，通过与印第安人通婚创建共存的社会。

我们曾在两次西班牙南部之旅中考察了8至15世纪的安达卢斯文明时代农业、水利的繁荣景象。那是在西班牙大地上，从罗马时代、西哥特时代直至伊斯兰时代文明传递的结晶。为什么在经历了所谓辉煌的"文艺复兴"之后，来自同一个西班牙的殖民主义者会如此背弃理性而行动呢？为什么孤军奋战的拉斯卡萨斯们终究敌不过滚滚如潮的开矿大军呢？答案只有一个：随着15世纪殖民主义在"地理大发现"的凯歌声中登场，自然发展的古代走向结束，一个技术日益发达、社会日益扭曲、文明日益异化的新纪元开始了。

手里握着农学家赠送的照片——他拍下的印第安妇女在田间劳作的情景，我们带着不尽的思考，告别了这位有"几天也说不完的话"的秘鲁学者。

安第斯妇女种土豆

## 12 | 走入乌鲁潘帕河谷

在祖国我常自问："此生有缘造访马丘比丘吗？"

如今身在库斯科，马丘比丘近在咫尺。

当我们再三听说，得知千里迢迢寻觅至它脚下的印卡圣地，竟要敲诈每人100美元的路费：70美元往返专用火车直达山脚下的"热水镇"（Aguascalientes），12美元专用大巴上山，25美元门票。"没有别的可能！"浸透着商人气的雇员们面无表情地说。

几乎要忍痛放弃时，绝路逢生，一个好心的旅行社职员告诉我们，如果乘坐汽车先到奥扬泰坦博（Ollantaytambo），再从那里坐火车去马丘比丘，能节省一部分路费。我们当即买下了从奥扬泰坦博到马丘比丘的往返火车票，两个人一下子节省了60美元。

这样，须乘汽车先到奥扬泰坦博。

清晨，与比奥莱塔进入了流淌着乌鲁潘帕河的"印卡帝国神圣山谷"——昔日印卡帝国的谷仓。

乌鲁潘帕河谷土地肥沃、气候适宜、水量充沛，一直是印第安先民居住的佳境，两岸留下了大量印卡时代的石头神庙、住宅、仓库、堡垒。早已听说乌鲁潘帕的白玉米，粒大甜嫩，全秘鲁首屈一指，出口国际市场，号称全世界最嫩、颗粒最大的玉米。

请从人手和玉米的比例体会乌鲁潘帕大白玉米

抵达的第一个小村叫钦切罗，海拔3772米，有两座雪山静静地守护在身边。钦切罗的周日集市很有名，除了眼花缭乱的乡村贸易，还可以看到古老的实物交换。

安第斯山人对彩虹情有独钟，喜欢她的五彩缤纷。传说钦切罗是彩虹诞生的地方，当地人称彩虹为kuichi，认为她是雨的女儿，有抓获太阳和月亮的功能；农民们见到彩虹都要捂住嘴，认为否则会掉牙齿。这就应了《印卡王室述评》中关于彩虹的记录。贴近大自然生活的印第安人有让艺术家羡慕的独特想象力！已故当代乌拉圭作家在《火的记忆I：创世记》里有这么一段记录印第安人语言表达绝妙个性的文字：

> 居住在人间天堂周边的瓜拉奥人称呼彩虹为项链蛇，称苍穹为上面的海。闪电是雨的光芒。朋友是我的另一颗心。心灵是胸脯的太阳。鸱鸮是黑夜的主人。要是表达"手杖"就说持久的孙儿，表示"原谅"则说我忘了。

它们不能不让才思枯竭的现代派诗人折服！

钦切罗街巷里，农宅瓦屋顶上立着奇怪的小雕像：两头牛，太阳和月亮，梯子，有的以插着植物的花瓶代替了牛的形象。总之这是一种不那么天主教味道的装饰物。妇女们头戴圆盘似的大帽子，身着红色土布上衣，蓝色土布短裙。她们历来用天然染料染线织布装扮自己，如今正试图"开发"，加入全球化大潮。

居民种植土豆、玉米和蚕豆，正在备耕的土地上有剑麻作田埂。农学系学生比奥莱塔告诉我们，在气候条件差别很大的秘鲁，土豆种植分三个时期，沿海在四到七月间，中等高度的山区在七八月间，高寒地带在九月到十一月间种下土豆，来年的三到六月间收获。此刻，正是安第斯高山区最后的种植期限。

极目远望，一幅油画般的安第斯山腹地风光。红褐色的土地上，传统的二牛抬杠犁铧下，翻耕过的土地露出更深的颜色，赭红瓦顶的小泥屋紧贴着铁灰色的大山，山峦顶着滚

滚云团的华冠，天、地、人显得如此接近。

　　一个农民扛着他的木铧犁正要去平整土地。比奥莱塔说，安第斯山的许多地方还保留着传统的农耕法。比如种土豆仍像16世纪绘画中那样，三人一组，一人挖坑，一人下块茎，第三人放粪肥。这种来自古代的种土豆方法在印第安人语言里称作chuki，对此，秘鲁编年史家波马·德·阿亚拉曾在书里留下图画说明。[1]问那人地里都种什么，他说土地被划成方格，每两年在不同的地里轮种土豆和蚕豆，为了"让土地更肥沃"。

他刚用这样的木铧犁平整过土地

---

1　波马·德·阿亚拉（Poma de Ayala），在西班牙人教育下长大的印卡贵族后代，秘鲁编年史家，游历秘鲁全境，于1615年完成长达1180页《第一本新编年史兼论好政府》（*Primer Nueva Coronica y Buen Gobierno*），用文字和398幅图画揭露了西班牙人对印第安人的欺压。

Z已经独自走到了我们的前面，正与一个盖房子的农民聊着什么，我接上去细问。农民说，盖一间房要2300块土坯，草是自己上山割来的，但当地缺水，打300块坯就需要一罐车水，这一罐车水要花上30个索尔，因此盖一间房得花240索尔（即80美元）。种土豆换不来钱，他每年要去吉亚邦巴一带打短工，收咖啡。我们与他聊了十几分钟，临走时，我掏出一个中国小挂件送给他身旁的小女儿，但他说想要一点小费，"喝几口奇恰酒"。看来缺现钱极为普遍。

秘鲁16世纪波马·德·阿亚拉作

　　有研究证明，现在全世界一年的土豆收入要超过整个殖民时期从拉丁美洲开采出的全部贵重金属的价值。安第斯山人民对世界功不可没！但是安第斯山人民至今生活在穷困之中。无论如何解释，其中都有一种无可辩驳的不公正。有人说，缺少土地是贫困的原因，但是，他们的祖先早在十五六世纪就懂得开梯田、兴水利，节约土地，提高产量。今天，农业科学日新月异，而秘鲁的土豆产量却减少到30年前的四分之一！

选择了一条岔路去看神秘的莫拉伊（Moray）遗址。公共汽车站上，开一辆破旧小面包的印第安司机在守候顾客，他没有说话，只是微笑地看着我们；明白了我们是要省钱乘公交车，他热心地为我们确认远处开来的一辆班车。

只要去过那个叫做莫拉伊的地方，梦绕魂牵都要琢磨那曾经是个什么场所，都会咀嚼什么叫做安第斯山神秘。苍天之下，雪山环绕，荒凉的大地上，四个巨大的古罗马竞技场式的圆形建筑凹进地面，向着一个同心圆深深下陷。它们由一层层整齐的土面石壁台阶组成，每层高约1.8米，层间有突出的石榫，似乎是供人；据考证，这是印卡时代的遗址，但用途不甚明了。有说是宗教场所，用来祭祀大地之母的生育能力。还有一种让人难以置信的、但更为广泛采纳的说法：这是一个古代农业试验场所，每层间有一定温差，人们借以试种不同的作物，观察不同的反应。

告别了玄秘的地点，走向神圣的河流。

**乌鲁潘帕** 亚马孙的源头之一。既已接近，就一定要走近她的身边；像以往在中国，努力一步步紧贴长江，争取一次次靠近黄河。

在村里找到了一辆农民的三轮摩托，我们和比奥莱塔向河边进发。漆成天蓝色的摩托在河滩地上颠簸着，涛声渐渐可闻。

临近浩瀚的亚马孙之前，站在了为它输送不尽源泉的河流边。这一段乌鲁潘帕紧贴铁色山体，河边有密集的民居，

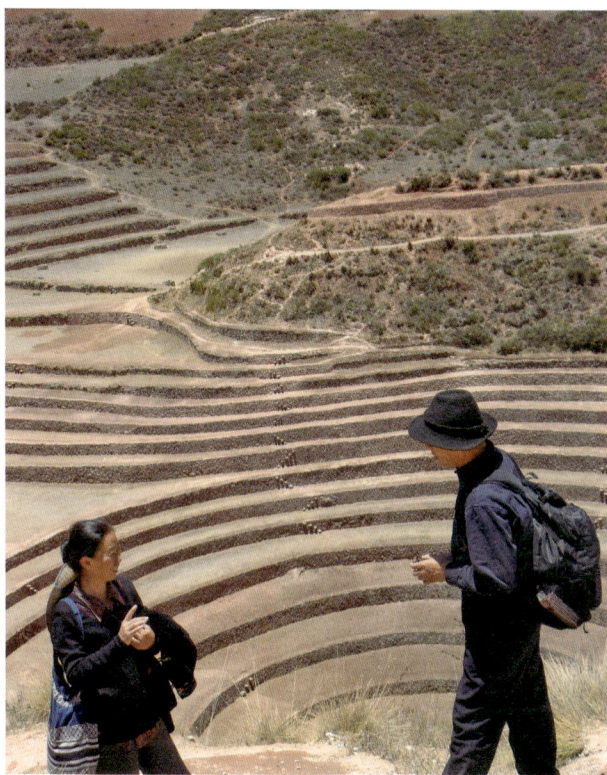

在神秘的莫拉伊

黄河般褐色的河水映着红色的农舍瓦顶，缓缓流淌。

要理解眼前的这条河流，必须设想我们正从卫星上俯视。

南美洲地理板块比较清晰：沿太平洋海岸纵贯南北的安第斯山脉-大西洋一侧的高原-夹在安第斯山和高原之间的几块大平原。安第斯山在南美境内分成西、中、东三条山脉，西安第斯山脉是太平洋和大西洋水系的分水岭。从这里的冰山雪峰间形成的水系往东、西两个方向送水。西向流程短，很快流入海洋。向东的大河则绵延千里，灌溉平原。拉丁美洲的四大河流马格达莱纳河（Magdalena）、奥里诺科河（Orinoco）、亚马孙河以及拉普拉塔河，均流入大西洋或加勒比海。

乌鲁潘帕河流程862千米，海拔2700米高处的乌鲁潘帕河有几处水流湍急的河段，将闲情逸致的富家子弟引来"漂流"。

对于古代居民，乌鲁潘帕河是一条神圣的生命之河，它经常与四周的雪山窃窃私语，行为轨迹受到星宿的神秘指引。

## 13 ｜ 奥扬泰坦博是必经之路

在乌鲁潘帕镇与比奥莱塔分手，踏上为节省旅游火车票钱而必经的中转站奥扬泰坦博（Ollantaytambo）之路。仍然是搭乘方便经济但条件简陋的小公共。这次除了秘鲁本地居民，还有两个法国佬同行前往。等候之间，我听到了一段喜剧般的对话：

秘鲁司机："我了解巴黎。"（Yo conozco París.）

法国人："哦，你到过巴黎？"（¿Ah, estuviste en París?）

秘鲁司机："不。我在地图上知道巴黎是法国的首都。"（No, yo sé que París es capital de Francia por el mapa.）

法国人："我们那儿有很多机器，但很少劳力。"（Tenemos mucha máquina, poca mano de obra.）

秘鲁司机："我们这儿有很多劳力，但很少收入。"（Tenemos mucha mano de obra, pero poco ingreso.）

小公共一直沿着乌鲁潘帕河行驶，乘客中的秘鲁妇女已从钦切罗的大圆帽换成了小毡帽。走着走着，"哐啷"一声，有人喊叫"车门掉了"，司机蹦下车，拣起车门，"哐啷"一推，"乒乒"一敲，继续赶路。走着走着，又有人喊叫，原来是一个乘客放在车顶上的一大包爆米花被甩落在公路上。轻盈的爆米花随风飘舞，天女散花般洒落一路。失主下车拾捡，小公共停在路边等候，没有一个人讥笑或反对。司售和几个热心人下车帮助一粒粒拾捡，我也差点下车。迎面、背后开来的大轿车、小汽车一一绕开散落的爆米花而行。我们惊奇地看着这一场面，乐不可支。两个法国佬不知是同样惊叹，还是压抑着不敢抗议。这可是乌鲁潘帕的大玉米花啊！

奥扬泰坦博距马丘比丘40千米，从库斯科始发的旅游火车中停此站。

夕阳斜照着古老的山村，潺潺渠水在村里辗转流淌，流经家家门前，波纹里映着残阳余晖。走在胡同似的石头路面小巷中，玫瑰红色的三角梅从院墙后探出，夹杂在招揽食客的红蓝小旗之间，记得好像蓝的表示有酒，红的表示有酒兼有菜。妇女身着黑红色的衣裙，头戴向上翘着的红毡帽，横披一块长方形织锦布，或斜背装有各种物品的大花布包袱，低头默默地走向小巷深处。

比奥莱塔已经给我们讲解了家喻户晓的传说：

勇士奥扬塔在这里出生，他爱上了印卡王"改造世界者"帕恰库蒂的爱女并向印卡王提出求婚，国王不允，幽禁了女儿。勇士反叛，打败了大将军率领的军队。帕恰库蒂死后，继位的印卡王应允了这桩婚事，皆大欢喜。

奥扬泰坦博村：还是当年的渠水在流淌

　　我发现很多克丘亚语地名都带有-tambo的尾缀，意思是"仓储之地"或"临时栖息之地"。"奥扬泰坦博"这一克丘亚语地名可以拆解为Ollanta-y-tambo，意思就是"奥扬塔休息的地方"。村中心小广场上有一尊高大的奥扬塔石雕像，是旅游兴盛之后立起的。

　　广场上还有一棵高大的橄榄树——我们猜想它是随西班牙人的到来栽种的，因为橄榄树可以活几百个甚至一千个年头。据说，整个小村是全秘鲁屈指可数的、保留相对完好的"印卡村落"，区域布局、道路走向基本原封未动。远处的山上有一处遗址，疑为太阳神庙或军事堡垒，立有七块巨大的红色花岗岩，上有神秘纹路。

在小广场上认识的一家哥伦比亚混血人评论道："瞧这些印第安人，慢条斯理的，要在我们哥伦比亚，早就被偷遭抢了！"有人碎步跟上我们，拉动我的衣角。低头一看，一个仅有五岁的印第安女孩，头发零散，衣衫破旧，只有两只因瘦削而格外明显的大眼睛是她身上唯一的亮处。她像卡住的录音磁带似的反复说着："我给你用克丘亚语唱一支歌吧。"（Te voy a cantar una canción en quechua.）然而，从比奥莱塔那里我们已经知道，今天的秘鲁年轻人，多半已经耻于说克丘亚语，羞于穿印第安服装，跳"瓦伊诺"舞（huayno）。克丘亚语正在成为被遗忘的传统、新兴的旅游资源。

　　每张照片都可能招来"一点小费"的索要。像旅游者那样习以为常地掏出一丁点小费，放进穷人的手，是一种尴尬和害臊的行为。

　　我不能赞同那个写下"坦然走过乞丐"的作家，我更不能赞美如此这般创造就业机会的现代旅游业。它把金钱供为上帝，把人性当奴婢，它亵渎了旅行的意味，它豢养的是对享乐的追逐。它是富国对穷国、富人对穷人的文化剥削。通往天下大同的前途，不能经由这样的道路抵达。不要说这是大势所趋，只要坚持先做批判者，就能再当"改造世界"的帕恰库蒂。

　　走进奥扬泰坦博的小火车站，男男女女，黑白黄褐。原来，想省钱的不只是我们，精打细算的行者，都聪明地聚到了这个中途小站上！

## 14 | 拜谒马丘比丘

　　在美洲的土地上，有一些地点极富象征性。由于与逝去的印第安文明有关，这是一些感伤的地点。我走向它们时，心中涌涨的心情应该称之拜谒。比如在墨西哥的帕伦克（Palenque），秘鲁的马丘比丘。

　　多少我们崇敬的人物也都怀着拜谒的心情在马丘比丘留下足迹。

　　切·格瓦拉年轻时代曾两度来到马丘比丘，抚摸着一块块灰色的石头流连忘返，甚至萌发过当一名印第安文明考古学者的念头。他发表过一份题为《石头之谜》的报道，文章在结尾处大声疾呼："印第安美洲的公民们，起来夺回过去吧！"

　　1973年7月，智利"人民歌手"维克托·哈拉（Victor Jara）登上了马丘比丘。同行之友坚持为维克托拍下了一张意味深长的照片：着印第安人"篷乔"的维克托，怀抱吉他，迎风伫立。英姿成了遗照：这时离他与阿连德一同被害仅仅两个月。

马丘比丘位于库斯科东北100千米处的乌鲁潘帕河畔。乌鲁潘帕河在这里进入了崇山峻岭，河谷狭窄，涛声澎湃，风景一改昨日的旱渴安第斯山印象。已经是安第斯山的东部，空气湿润，植被茂密，再向东，便是深不可测的热带雨林。这一大片山岭、密林、河流穿插的地区叫维尔卡邦巴（Vilcabamba），按照比奥莱塔教给我们的克丘亚语，这个印第安地名的意思应该是"神圣的空地"。

马丘比丘为什么惊世骇俗，名扬天下？

在这片人迹罕至的山海密林中，有两座拔地而起的山峰，高的叫瓦依纳皮丘（Huayna Picchu），意为"年轻的山峰"，矮的叫马丘比丘，"年老的山峰"。两山之间有一片海拔2430米的开阔平地，视野之内四处是悬崖绝壁。然而就在这诡秘的地理环境中，一座保存完好的印卡古城沐浴着高原的阳光，垂首俯瞰500米之下蜿蜒流淌的乌鲁潘帕河。

据说这座古城从来没有被占领秘鲁全境的西班牙殖民者发现，几百年销声匿迹，直至1911年被一个名叫海勒姆·宾厄姆（Hiram Bingham）的美国历史学家"发现"。由于没有任何历史文献，围绕马丘比丘的种种猜测更增加了这座山巅城池的万般奥玄。

从奥扬泰坦博登上旅游列车，抵达马丘比丘山脚下的"热水镇"时已经入夜，小镇依然灯火通明。不只是灯火，镇上的一切活动都随旅游火车时刻表而兴衰，贫困之中的儿童在旅游业的气氛中长大。

翌日清晨大雨。我们吓坏了，以为前功尽弃——百姓的旅游总是受限于严格的时间表。幸好天很快放晴，朝阳煦煦，山顶云雾缭绕。我们以最快的速度跳上专用旅游巴士，汽车盘旋而上，乌鲁潘帕河在山脚下蛇一样扭来绕去，越见细小。咬咬牙缴上Z所称"世界上最贵的"25美元一张的门票，走进了神秘的天地。

仔细留意了进门处镶在山体上几块意味深长的石匾，按照时间顺序，上面的铭文们依次是：

"库斯科感谢海勒姆·宾厄姆，1911年发现马丘比丘的科学家"，立于1948年10月；

"纪念海勒姆·宾厄姆发现马丘比丘50周年"，立于1961年7月24日；

"1911—1986：人类纪念修建了马丘比丘——美洲文化的辉煌标志——的能干的太阳的子孙，库斯科工业-旅游-统一规划部于科学发现马丘比丘75周年之际"，立于1986年7月24日；

"库斯科国立文化研究所纪念梅尔乔·阿特亚加·理查特（Melchor Arteaga Richarte）和阿尔瓦雷斯（Alvarez），他们在海勒姆·宾厄姆之前就曾在马丘比丘居住"，立于1993年10月。

铭文的变化反映出觉悟的提高。

人们说瞻仰马丘比丘的好时分是清晨和黄昏，也就是当天第一班旅游火车到来之前和最后一班火车离去之后。此刻我们正享受着清晨的相对宁寂。找到一个观察全景的好角度，久久不愿离开，心里琢磨着切·格瓦拉和维克托·哈拉可能站立过的位置和也许会产生的感觉。

眼前已经出现了那个多少次从画册和影视上熟悉了的场面，但历经千山万水后脚踏实地的感觉依然激动人心！左右打听，才知道我们以往熟悉的照片上并没有名叫"马丘比丘"的那座"老山"，我们面对的陡峭山峰是"年轻山"，而"老山"正处在拍摄者的脚下。

四周海拔五六千米的雄峰侧立，云雾间的山峦绿荫迷蒙。眼前俨然一座完整的微型城市，占地约20公顷，中间有一长条开阔的广场，两边散落着200多间房屋遗址，房屋失去了昔日的草棚屋顶，但留下了石垒墙垣、屋脊台梯和巨石地基之上的坚实地面。城市划为农区和市区，房屋有宗教、世俗功用之分，外围是壮观的层层台地，残留着几百年前的灌溉体系。走下高地，进入内圈一一细察。带有神秘地下室的半圆形塔楼，在同一块巨石上凿出圆底盘和一立柱体的"拴日台"，"三窗神殿"和它所面对的男性生殖器形状的山峰，依山峰剪影砍凿而成的"圣石"……神奇建筑无法笔述，它们在当年的功用更是云山雾罩。巨石修砌的高超技术一如沿途古城遗址所见，但这是在四面绝壁的高山之巅，其讲究的设计和精致的工艺也使人感到不是一般的城池。

从清晨的朦胧看到午后的明媚，从人影飘渺到人头攒动再到人迹寥寥，我们用尽了50美元的门票，猜够了四五百年的谜语。其间，还见到了我们亲爱的万卡维利卡农民一家——他们仍举着录像机拍摄我们；也见到了活泼的哥伦比亚兄妹，年纪半百的大哥雄心勃勃地说："只要有人愿意攀登青年峰，我就与他做伴同行！"

马丘比丘给我留下难忘印象的，是农业区内那些每层间隔高过一人的齐整"梯田"，这些如今长满青草、羊驼漫步的台地，当年是种植玉米、土豆、基努阿的庄稼地吗？当年有多少人居住呢？还有南边高坡上那条"印卡之路"，沿着悬崖，用大块的石头铺砌而成。古路的另一头隐入山野，直通库斯科，今天的步行者们仍可沿着这条路用5天时间从库

终于站在马丘比丘

斯科走到马丘比丘。沿途密林中有一处处古代遗址，宛如一座座驿站。

这么说来，马丘比丘并非"四面绝壁"，不仅有"印卡之路"通往库斯科，附近还有三个重要的印第安遗址。神秘的马丘比丘并不是孤立的建筑，它与周围的环境共同谱写过一段未揭秘的历史。究竟是先有马丘比丘呢，还是先有库斯科？

我们也加入了"马丘比丘猜想"。

秘鲁国内外学者们对马丘比丘曾做出各个不同的判断，关于年代，有认为属于古老的旧石器时期，但更多的人认为它是印卡时代的建筑。但具体到印卡帝国的哪个阶段，有前库斯科、后库斯科等不同看法。关于它的功用，有自给自足的城市、印卡政治军事中心、宗教中心和星相学校不等说法。

那位痴迷于马丘比丘的"发现者"美国人宾厄姆又是怎样判断呢？

他认为马丘比丘在被"发现"之前历经了几个世纪的沧桑；在库斯科城遭到西班牙殖民者的"亵渎"之后，印卡人将星相崇拜移至马丘比丘；这里同时也是献身于太阳神的"贞女"[1]的最后庇护所，她们因此而逃脱了劫难（这个学者把不少"贞女"木乃伊带回了美国）。

---

1 贞女在某种意义上类似天主教的修女。按照印卡人的想法，太阳应该有妻子，太阳神的妻子必须与太阳同一个血统。因此贞女是一些8岁以下开始入宫的印卡王室的处女。这类贞女通常有1500多个，她们主要从事纺线织布，为印卡王和他的妻室制作衣物头饰和祭祀太阳神时所用的所有精致衣物。贞女的贞洁在印卡帝国受到严格保护。

**马丘比丘之谜** 在众多关于马丘比丘的研究著述里，有一本书格外引起我的注意，即费尔南德·萨伦蒂尼（Fernand Salentiny）的《马丘比丘》[1]。这是一本严谨的学术书，作者介绍并分析了百家之说，提出了自己的独到观点。扉页的引语意味深长：

> "让我们回到起源的地方，从那里站起来，并再次获胜。"
>
> 曼科·卡帕克二世，维尔卡邦巴的印卡王，1544年夏

曼科·卡帕克二世是1536年领导反抗西班牙殖民者起义、坚持抵抗8年之久的印卡王。传说起义失败之后，曼科二世对他的战士们说了这句话，作者以这句话作为提纲挈领的中心思想，提出：

马丘比丘是先于库斯科城的印卡人的故乡，是库斯科陷落后印卡战士退守并进行抵抗斗争的大本营。

这本书的重要价值在于作者没有拘泥于细节考证。他高屋建瓴，首先倾注大量笔墨描述印卡文明的历史变迁、文化特点，继而以他人少有的关注详尽介绍印卡人反抗西班牙殖民者的斗争，展现出后者是前者的必然逻辑。

即便关于马丘比丘的结论有误差，仅反抗史部分已经使该书功不可没。

由于浅薄的胜者书写的历史成为主流话语，失败者的历

---

1　Fernand Salentiny: *Machu Picchu*, Ed.Noguer, S.A., 1980, Balcelona.

史难逃被淹没的噩运。世界史典籍中，印第安人的抵抗被轻描淡写一带而过，致使很多当代人至今奇怪：他们为什么不抵抗？似乎美洲的"征服"是一项西方人所向披靡的英雄行为，印第安人落得一个温顺的弱者形象。

然而史实并非如此！曾有过殊死的抗争，曾有过血腥的镇压。

皮萨罗1533年占领了库斯科。从那时到大规模的抵抗之火熄灭，经历了近半个世纪的搏斗，其间，西班牙人死亡1万5千至2万人，印卡战士死亡10万人。

1533年，印卡最后一位老国王瓦依纳·卡帕克去世，皮萨罗立王子曼科·卡帕克为印卡王，希望他成为一代傀儡，史称曼科·卡帕克二世。曼科二世表面应酬，心中凝聚着复仇的怒火和重建帝国的决心。在酝酿数年之后，他借口祭奠亡父和为西班牙人寻找黄金，逃离库斯科，向着奥扬泰坦博和马丘比丘的方向走去：

　　1536年4月18日，曼科二世与他的随从向着Yucay（在库斯科通向奥扬泰坦博的路上——译注）山谷的伟大逃离（éxodo）启程了。根据西班牙编年史家的报告（以及印卡传说），曼科二世带着2000到3000搬运工、全部朝廷人员，1000左右的嫔妃和太阳神贞女，数目不明的宗教人士，5000只大羊驼——它们肯定驮着punchao（黄金制成的太阳神像）和其他没有落入西班牙人之手的珍宝——离开了库斯科，向着奥扬泰坦博方向走去。当这支人马从这个帝国故都的视线里消失之后，埃尔南多·皮萨罗（弗朗西斯科·皮萨罗的一个兄弟——译注）接到了关于起义的最初消息。[1]

从此，印卡人的"八年抗战"开始了。

义军曾谱写了10万大军围困库斯科达6个月之久的光辉篇章，一度兵逼利马城下，几乎收复塔万廷苏约帝国，直至曼科二世突然死亡。《马丘比丘》的作者认为："如果曼科二世的事业成功，拉丁美洲的历史发展会完全不同于今天。"

曼科二世死后，三位印卡王子先后继任王位，在维尔卡邦巴地区与库斯科和利马的西班牙殖民者分庭抗礼。至1572年，西班牙人进入维尔卡邦巴地区，最后一位印卡王图帕克·阿马鲁被诱骗到库斯科，于1572年5月在大广场数万印第安人的目击下被斩首。二百年后独立战争前夕的印第安起义领袖之所以自称图帕克·阿马鲁二世，1996年被秘鲁总统藤森剿杀于日本驻秘鲁大使馆官邸的游击队员之所以属于"图帕克·阿马鲁革命运动游击队"，都源于这位末代印卡王的名字。

当代阿根廷哲学家恩里克·杜塞尔在《论对"他人"的遮盖》一书"抵抗"一节里尽述美洲大陆上与殖民主义史同时延续的印第安人抵抗史，指出"抵抗的激烈程度和漫长历程远远超过我们的了解"。这本受赠于作者的书也成为我此行一路的夜读书。应该注意的是，这本出版于1993年的书

---

1 Fernand Salentiny: *Machu Picchu*, Ed.Noguer, S.A., 1980, Balcelona, p.111.

也认为"马丘比丘是从未被征服的安第斯山印卡人留下的避难所遗址"。

在国内曾奉命看过一份论当今拉美"非传统性安全"硕士生论文，文章把殖民地时期的抵抗运动也列在"恐怖主义"这个帝国主义发明创造的恶毒术语下……我不知这位硕士生是昏了头脑，还是直接译抄了西方殖民主义者的"学术"言论。

在广阔的历史背景下，《马丘比丘》的作者展开了他对马丘比丘的全面分析：

马丘比丘的建立先于库斯科城，是早期印卡人的重要城市，可能由第一位印卡王领导重建，曾有6000人到8000人居住。马丘比丘地处战略位置，向西南可进入广阔的平原地区，向东可退隐茫茫的热带雨林，符合早期印卡居民的防卫心理。但马丘比丘不仅限于军事防御，它是可供生存的第一座印卡重镇，遗址区内各种式样的房屋、设施说明了这一点。

这里宁静安全，具有气候的多样性，深藏的山谷适于古柯、木薯生长，梯田上可以种植玉米、土豆。1911年美国人宾厄姆初访马丘比丘时，亲眼见到过在山顶上生活的居民。

随着印卡文明的扩张，印卡人开始在平原（作者认为"库斯科"之名并不是"肚脐"，而是"平原"，即印第安词汇cusca）上建造了新城库斯科，所以马丘比丘的大门面对着库斯科，"印卡之路"通向库斯科。西班牙人到来之际，马丘比丘仍约有500名士兵及其家属留守。

1544年，曼科二世在起义失败之后流亡此地准备反攻。正是此时，他发出了上述"让我们回到起源的地方，从那里站起来，并再次获胜"的号召。

在整个维尔卡邦巴地区，只有马丘比丘能容纳曼科二世的几千武士。

30年之后，最后一位进行抵抗的王子图帕克·阿马鲁在库斯科被处死，留守在马丘比丘的起义人马逃亡到了人迹罕至的雨林。出于大局已定和对山区的畏惧，西班牙人可能没有追击到马丘比丘，但他们一定知道马丘比丘。由于半个世纪里屡屡军事失利，西班牙历史学家不愿提及马丘比丘。

当代乌拉圭著名作家爱德华多·加莱亚诺在拉丁美洲历史三部曲《火的记忆》里，用优美的文学笔调阐述他的历史判断：

> 印卡王穿越乌鲁潘帕河谷，出现在云雾迷蒙的山尖。石阶引领他抵达群峰中的秘密处所。在射垛和塔垒的掩护下，马丘比丘要塞在世界的尽头实施统治。

也许，这是深思熟虑的学术结论，也许，这只是无数人发自善良和正义的美好猜想。

关于马丘比丘之谜为什么久久不获破解，《马丘比丘》的作者还提出了一个耐人寻味的说法："所有访问南美的人都需要一定的时间才能熟悉这个国家和它的人民，只有很少的人能理解印第安人。"也就是说，缺少与原住民的真正沟通，也许是马丘比丘日益扑朔迷离的原因所在。

作者坚决主张：马丘比丘从来是已知的，不是"秘密"，也没有"消失"过。当然，海勒姆·宾厄姆也绝谈不上是伟大的"发现者"。

早从1814年起，就陆续有考察者开始寻找曼科二世去世之后印卡王室在维尔卡邦巴地区的最后都城。

1875年，法国旅行家夏尔·韦纳（Charles Wiener）受法国公共教育部委托到南美考察，途经奥扬泰坦博时被一个当地印第安人告知"马丘比丘"的消息。安第斯山丰富的宝藏使夏尔·韦纳最终走到了别处，与马丘比丘失之交臂，但是这个地名却被他随意记录在旅行笔记本上。

1894年，本地印第安向导奥古斯丁·利萨拉加（Agustín Lizarraga）引领秘鲁寻宝人路易斯·贝哈尔·乌加尔特（Luis Béjar Ugarte）到达了马丘比丘，发现了乌鲁潘帕河床下有一条从奥扬泰坦博通往马丘比丘的地下隧道，但他们没有将此消息公布于世。这条隧道可能就是曼科二世和他的战士们出击和退隐的秘密通道。

1901年，印第安向导利萨拉加带领两个秘鲁寻宝人再次到达马丘比丘，可能带走了几具干尸等文物。他们在那里认识了在"高山顶上"[1]的梯田里种庄稼的印第安人阿尔瓦雷斯——库斯科国立文化研究所1993年所立之碑上纪念的人物之一。

---

1 Alta cumbre，奥扬泰坦博一带农民一直这样称呼马丘比丘遗址所在的地方。

那些年里，库斯科的考古学者和历史学家一定听说了走向马丘比丘的行踪消息，但是不知为什么他们没有振奋起精神，就这样把历史机会拱手让给了美国人宾厄姆。

马丘比丘从来是"已知"的，从来没有"消失"过，阿尔瓦雷斯一直在"高山顶上"上种田。关键在于作为文化的主人，阿尔瓦雷斯们从来是现实文化中的"边缘人"。

1911年7月，海勒姆·宾厄姆和他的同伴们离开库斯科，他们了解法国人在1875年留下的关于马丘比丘的信息。在离奥扬泰坦博40英里的乌鲁潘帕河畔，一行人被当地骡夫梅尔乔·阿特亚加告知，在陡峭的"马丘比丘"和"瓦依纳皮丘"山顶上，有一片印卡废墟。24日清晨，淫雨霏霏，

1961年和1993年碑文间的重大变化

宾厄姆许诺给阿特亚加一个索尔（合50分金币）——如果他能领他们登上马丘比丘。梅尔乔·阿特亚加是库斯科国立文化研究所1993年所立之碑纪念的人物之二。

被阿特亚加领上马丘比丘的宾厄姆一行不仅受到居住4年之久的山顶农户的热情款待，还在一座庙宇废墟里发现了利萨拉加刻于1902年的名字。

1952年，年轻的切·格瓦拉在《石头之谜》的报道里呼吁"印第安美洲的公民们起来夺回过去"时，并非心血来潮。他曾写道：

> 辉煌的文明中有一片阴影。石头古城的每一寸土地都被清扫得没有一根杂草，都被仔细研究过、描写过了……一切能弄到的，都落到了研究者的手中，他们带着200箱文物凯旋回国……今天我们在哪儿能欣赏到这座印第安古城的珍宝呢？答案很明显：在美国的博物馆里。[1]

次日凌晨五点，与那些已经熟悉的面孔一起登上火车，

---

1 2007年秋季，我们从世界各地轰动一时的报道中读到了下列有关消息：
1911年，毕业于耶鲁大学的美国探险家海勒姆·宾厄姆将包括陶瓷、首饰、木乃伊、人骨在内的4000多件马丘比丘古城遗址文物带回了美国。这些文物一直到21世纪初才第一次在美国展出。多年来秘鲁一直在积极索讨这批被掠夺的文化遗产，耶鲁始终抗拒。最后秘鲁政府扬言要将耶鲁大学告上法庭，后者才表示妥协。秘鲁方面称，当年只是同意把这批文物租借给耶鲁大学18个月，但耶鲁大学以秘鲁不懂文物保护为由至今不予归还。经过一年多的谈判，耶鲁大学承认秘鲁政府拥有所有的文物。依照双方协议，耶鲁将把取自马丘比丘的文物全部归还给秘鲁，而秘鲁政府同意以出借的方式，让耶鲁大学继续保留少量文物作为研究之用。

我们回到奥扬泰坦博中途站。

天还未亮，汽车站人声鼎沸，叫喊乘客的，叫卖乌鲁潘帕大白玉米的……但到了这个节骨眼上，一切东西都贵起来了。旅游汽车拉走了一车车疲倦的外国游客，我们登上了当地小贩返程的、价格便宜的公共汽车，同车的也有少数几个西方人。

引人注目的是一群身上带着汗味的小伙子。他们把沉重古怪的器械、包括煤气罐架子放上车顶，然后一直站在车前部。途中聊天才知道，他们是为"漂流者"扛活的。扛活者中途在靠近一条小河的墓地下车，为"漂流者"洗干净全部器械，下午乘另一班车去库斯科，把洗干净的东西为"漂流者"扛回库斯科富裕的家中。干这个活，一个人一天挣不到10个索尔。

当然，漂流者不仅扮演了勇敢、买得了刺激，而且用钱免去了洗刷行头工具的平庸。

## 15 | 背离阿亚库乔的行进

下午6点从库斯科出发，乘长途汽车踏上20个小时的返利马之路。

犹豫再三，最终放弃了阿亚库乔（Ayacucho），选择从阿班凯（Abancay）折向南、沿海边的泛美公路回利马。不是因为阿亚库乔的"暴力"阴影。恰恰相反，我们渴望亲临被百般渲染的荆棘之地，哪怕些微让视觉嗅觉感受。

是因为那一段路。从阿班凯到阿亚库乔山高路险，是一段至今没有铺沥青的旧路。从地图上看，红色的柏油公路线断了。正值雨季，人们对不久前车落山涧的事故心有余悸，有钱人采取乘飞机从库斯科前往。我们不是鲁莽的武夫，出身草原，尤其深知不能与季节赌博。

从库斯科向阿班凯，一路盘山道，人感觉在晕车的边缘。头靠在椅背上不敢动，忍不住回头看上一眼，就想起了云南的横断山脉，沟壑狰狞、群峰壁立，真觉得车要向后翻过去。

20世纪80年代结束两年墨西哥留学生涯时，一位有左翼思想的学生管理协调员组织我们走进了墨西哥的深山老林，想让我们看看"真实的墨西哥"。深山里的盘山土道几乎让20多个中国留学生一律晕车呕吐，20多个人几乎异口同声："下次组织这样的旅行我一定不来了。"后来额外安排了海滨旅游城市阿卡普尔科（Acapulco）作为弥补。

不知是否只有我一个人在心里暗暗说："下次组织，我一定还来。"因为在奇异的大山里，我看到了印第安人几片芭蕉叶支顶、一块黄土卧身的窝棚，抵达了同一座大山上不同高度讲不同语言的印第安村落。那年的女协调员好像姓帕斯，我想她今天一定是个理解恰帕斯起义农民的进步知识分子。

车经夜色中的阿班凯，在不宽的石头路面上颠簸。两旁是低矮的民房，显然不是一个富裕地区。街上寂静冷清，听不见一声狗吠。昏暗的路灯下，墙壁上似乎还有被涂抹过的昔日标语。向西北前行400千米，就能到达阿亚库乔。割舍一般，看着远去的方向，只留下无限的想象。

早在墨西哥，秘鲁学者卡门罗莎提供的信息中，使我们全神贯注的就是"阿亚库乔"。在我的知识库里，阿亚库乔之战是拉丁美洲独立战争的最后一仗，作为我的"学者"案头书，《阿亚库乔文库》是囊括了拉美人文经典的大型文选。然而卡门罗莎提及阿亚库乔，是因为"光辉道路"（Sendero Luminoso）曾从那里起事。

"光辉道路"在二十世纪七八十年代名声如雷贯耳，如今已被描画成恶贯满盈的超级恐怖组织。卡门罗莎为了研究

"光辉道路"曾追随熟悉情况的当地记者A，在阿亚库乔住了很长时间。

"今天许多人出于害怕都离开了阿亚库乔，但A仍然留在那里……他的地址么，不用记，到市中心小广场上一打听，人人知道。"

远在北美洲的墨西哥，我曾想象过崇山峻岭之中那个人群熙攘的小广场。

当地人用克丘亚语旧名称阿亚库乔为瓦曼加（Huamanga）。这座安第斯山纵深的城市在20世纪60年代只有5万人口，但城里有殖民时代留下的33座天主教堂。1959年，古老的瓦曼加圣克里斯托瓦尔国立大学重新开放，给这座小城带来了巨大冲击，但从本质上改变小城命运和节奏的，是"60年代"的形势。鼓吹革命思想的大学文化电台与大主教区电台针锋相对，"圣周"的宗教游行队伍在大学门口示威，咒骂"教室里的马克思主义魔鬼"。

瓦曼加大学的激进哲学教师阿维马埃尔·古斯曼（Abimael Guzmán）原是秘鲁共产党领导人之一，在关于世界革命和修正主义的中、苏论战中拥护毛泽东思想，建立了"秘鲁共产党–何塞·卡洛斯·马里亚特吉光辉道路派"。1965年，12名"光辉道路"成员在安第斯山丛林"登陆"（运送古巴革命者的"格拉玛号"原本也只能乘载12人），开展"从农村包围城市"的游击战争。

"光辉道路"的成员主要来自青年学生和贫穷的山区农民，规模最大时达3至5万人，外围组织分布全国各地。

1982年3月，"光辉道路"占领阿亚库乔城半个小时，释放了狱中犯人，夺取了大量武器，返回山区。后来他们曾多次抢劫银行，把钱财分给穷人，破坏大选，袭击警察，高潮时军事行动每月达400次。

1990年藤森上台，直接调动军队，把镇压游击队作为首要政务。1992年古斯曼被抓，"光辉道路"领导核心被破坏。在狱中，古斯曼与秘鲁政府签署了和平协议。但是，"光辉道路"中部分成员反对和平协议，继续活跃在丛林。

2006年，秘鲁法庭依据"真相与和解委员会"的证据，判处古斯曼终身监禁，罪名为恐怖活动、谋杀和破坏国家等。包括中国在内的许多媒体都进行了如下报道："据秘鲁'真相与和解委员会'证实，在秘鲁20年内战中丧生的近7万人中，54%是'光辉道路'进行的恐怖活动的牺牲品。"

在整个审理过程中，控方提出的最惊心动魄的罪证，是"1983年该组织成员残酷杀害了包括23名孩子在内的69名卢卡纳马尔卡村村民"。审理过程的实况直播镜头下，受害者家属泣不成声，所述残暴令人发指。我想，在一般人的眼中，戴眼镜的古斯曼与西方电视画面中常见的、铁笼中的杀人狂没什么两样。

至此，仿佛美国纽约证券交易所一锤定音，"西半球最残酷的恐怖主义组织"的字样雪片般全世界飞舞。关于"光辉道路"，左翼阵营众口缄默。

然而点开网页，人们读到的并不是千篇一律的结语。20多年深陷暴力和动荡之中的秘鲁人激烈地争辩，痛苦地思

索。不协调音冲击着主旋律，"起因"和"真相"是反复在视野中闪现的两个字眼，也有在"大写的真相""真相的真相"题目下的重要阐述。当然，这些文字比起铺天盖地的"官方说法"只是杯水车薪。

在我所接触到的人中——大多数并不是左派，话语间充满分析和犹豫，没有国内"专家"那种浅薄的自信。想起几年前与某国使馆官员的一次餐桌谈话：单位的学术领导人为该国政府抓获了游击队头目向他们的武官表示祝贺，而对方却冷静地回答：游击队事出有因。

卡门罗莎曾勉为其难地为我们做过小结："印第安人的悲惨境遇是'光辉道路'崛起的基础，但'光辉道路'偏重阶级斗争、忽略种族权益的路线也许是导致失误的一个原因。农民被游击队和政府军夹在中间，成了牺牲品，或许也是一个原因……"

左翼一般认为，"光辉道路"用外来的阶级斗争理论套秘鲁现实，用军事路线代替政治斗争并发展为领导人的个人崇拜，最终导致失败。但也有人认为，瓦曼加大学的生源里有许多阿亚库乔地区子弟，"光辉道路"以本土印第安居民为主要力量，用克丘亚语宣传，了解并利用印第安文化传统。比如，他们在内部遵印第安部落法，惩罚酗酒、通奸和偷窃牲畜。

一位阿根廷记者在发表于1986年的一篇文章中提及：

根据印卡文化习惯，人们给被下葬的死者穿上他最好的

衣服，并将死者的狗葬在一旁。当光辉道路成员宣判一个告密者死刑时，会同时杀掉一只狗，将它吊挂在被宣判者住宅附近的一棵树上。给下葬者穿上其最华丽服装的习俗有助于人们分辨受害者死于光辉道路之手还是死于政府军刀下。后者将他们的猎物剥光了衣服，埋入公共墓穴。

许多有识之士提出秘鲁形势背后隐藏的复杂历史和矛盾冲突。除去殖民统治的深刻烙印，还有贩毒集团的势力，部落仇杀的前缘。与发生惨案的卢卡纳马尔卡有关，上述文章还提出了这样一种历史背景：15世纪强势的印卡人占领阿亚库乔地区后，为了行之有效地统治，实行分而治之策略，让远处外部落向这里移民，因而给这一地区埋下了本地人和外来户部族仇恨的种子，"一个例子就是两年前在圣萨马尔卡的万卡人与卢卡纳马尔卡的卢卡人之间的争斗。在那场真正的屠杀中，死亡者达六七十人。"

大量的质疑文字指向"反恐"中的"越界"。藤森用的是"宁可错杀一千，不可放过一个"的铁腕政策。他曾坚决支持军方的"反颠覆战争"，并下令赦免因违反人权受到审理的军方人员。藤森的结局与失信于立法、司法机构不无关系。

"光辉道路"并非一个于遥远的国度无关痛痒的外国组织。在遥远的"六十年代"，他们熟悉中国，在被他们谴责的八十年代，大使馆浅尝过"光辉道路"的炸弹。更荒谬的是，八十年代的秘鲁政府为镇压这支游击队曾向下列外方寻

求军事合作：美国、以色列，和中国台湾地区。1981年，秘鲁军官在台湾战争学校接受了军事训练，尤其学会了如何在反颠覆战中进行"政治宣传"。

汽车离开阿班凯后向西南折去，下一站是近海的纳斯卡。黑夜中，我们离阿亚库乔真的越来越远了。毛泽东的阶级斗争也好，古斯曼的个人崇拜也好，武装革命也罢，和平协议也罢……都随着"光辉道路"的折戟而渐渐沉寂。人们告诉我们，一切都过去了，现在阿亚库乔和平了，安全了。

在被当地人称呼为瓦曼加的阿亚库乔，有一座高山墓地。群墓中有一块石碑，碑上刻着："一切都会留下"。这块碑属于"光辉道路"的一个年轻成员——艾迪特·拉各斯（Edith Lagos）。

艾迪特是阿亚库乔市一个富商的女儿，私立大学法律系学生，"光辉道路"最早的成员之一。在一次行动中，艾迪特被警方抓获，年轻的面庞出现在阿亚库乔各大报纸的头版头条，脸上带着被拷打的伤痕。在1982年3月"光辉道路"占领阿亚库乔市的行动中，艾迪特越狱逃脱，又于同年9月在与警方的遭遇战中被杀，时年19岁。艾迪特的葬礼有成千上万人参加，成为那个年代里一件里程碑级的事件。葬礼由天主教会主持，棺椁却覆盖着镰刀斧头的旗帜。

在艾迪特死前的几个月，有人亲眼看见北部万卡约的集市上，人们在出售一种自制的小木像：游击队员装束的艾迪特靠在一棵新枝绿叶的小树旁，俨然一个手持弓箭的女神狄安娜。

那首刻在墓碑上的诗是艾迪特·拉各斯生前所作：


在高高的山顶上

一块无言的石头旁，

迎着野草的芬芳

我问河流：

还要等多久

河水才会上涨？

排山倒海般冲走

这残酷的现状？


我问旋风：

你为什么吹向南方？

你想卷走什么？

过去的不公正

就蜷居在山下这块地方。


……

让高山为我遮蔽

让河流为我应答

让草原燃起大火

让旋风返回家园，

让道路休息，

那么石头呢？

> 那石头成了永恒的墓碑，
>
> 碑上刻着：
>
> 一切都会留下！

这首诗又一次印证了印第安式的思维：石头是大自然永恒的象征。

在那个选择革命为道路的年代里，秘鲁有两支影响比较大的游击队。除了"光辉道路"，另一支叫"图帕克·阿马鲁"。1997年底，"图帕克·阿马鲁"劫持了多国人质，占领了日本驻利马大使馆，要求交换狱中的同伴。正当他们在官邸里和人质踢足球之际，藤森领导的"反恐"小组从挖掘的地道出击，打死了全体游击队员。藤森的"谋杀"罪名，至今仍在审理之中。

出现游击队，在拉丁美洲不足为怪。奇怪的是，游击队为什么能持续到21世纪的今天？

山影在黑夜里退缩，海拔逐渐降低，该是告别山区的时候了。

白云仍在心头缠绕，排箫还在脑际徘徊，那则克丘亚传说寻找着更优美的词句翻译：

> 在安第斯山一个偏远的地方，印卡王被肢解的尸体开始生长，在大地之母帕恰妈妈的腹中渐渐长大。帕恰妈妈有一天生下了新的救世主，他正是复活的印卡王，印卡王将帮助

他的子民挣脱世代的锁链。

不同部落、不同语言的印第安人用他们各自的方式为传说刻画情节，添枝加叶。在有的版本里，肢解印卡王的刽子手，就是今天当地老爷的Awichis（祖先）。

## 16 ｜ 白天行驶在泛美公路上

等到迷迷糊糊一觉醒来，窗外放亮，我们已经行进在著名的泛美公路上。

从利马出行的那天，乘的是夜车，次日醒来，就像被空降在了大山深处。今天总算能看到一点秘鲁海岸的景象。

安第斯山西侧的泛美公路

司机吊在挡风玻璃上的一只"印卡可乐"空瓶晃来晃去，左手是浩瀚的太平洋，右手是荒凉的沙漠。在安第斯西坡，再也见不到东部安第斯的苍松翠柏，这里的山连石头都没有，只有灰褐色的流沙，涓涓小溪般沿着倾斜的山体下滑。海浪接着沙浪，这样贫瘠的沿海沙漠，我们只在西班牙南部的阿尔梅里亚（Almería）见过，所以那里盖起了白海洋般的塑料大棚发展经济。如今暖房里的西红柿出口欧盟国家，但环境问题却受到许多非议。

　　与沙漠密不可分的，是干燥无雨的气候。在国内我翻译过那位写尽贫穷的秘鲁诗人塞萨尔·巴列霍的《雨》：

> 利马……利马下雨了，
> 污浊的雨水来自撕肝裂胆的
> 痛苦！利马下雨了
> 雨水是你爱心的渗露。

　　下笔时我并不知道这"雨"对于利马有什么特殊意义，今天我才明白了"雨水"对于利马人来说，简直是上帝的恩赐。诗人在无雨的利马想象着电闪雷鸣、滂沱大雨。

　　在秘鲁两千多千米的海岸线上，大部分地区为沙漠。安第斯山脉犹如一道不可逾越的屏障，阻挡了来自大西洋的暖湿气团，太平洋海岸常年降雨量仅10到15毫米，太平洋沿岸的秘鲁寒流也使沿海地区气温显著降低。

　　利马经常阴沉着面孔，冬季多雾潮湿，但就是不下雨，年降雨量不到40毫米，是世界上降雨最少的首都。在这座"无雨之都"里，街道上没有下水道，大量居民住宅都是土坯房，有些穷人的住房居然没有盖房顶。利马市民很少购置雨伞、雨衣等雨具。

安第斯山脉西坡上的雨水汇合成52条河流，由于雨水不富，河流多短促，其中只有10条流向太平洋，其余因蒸发和灌溉绿洲而失去水分。城镇位于河流形成的52个绿洲上，利马是绿洲城市之一。沿海有少量水浇地种棉花、烟草、甘蔗、咖啡、葡萄。著名的长絮棉就在北部沿海皮乌拉（Piura）的沙地上种植，秘鲁名酒皮斯科（Pisco）、伊卡（Ica）葡萄酒也出自沿海的沙丘地带。

汽车行驶在山海之间，景色单调。但泛美公路名气很大，其发想由来已久。

工程始于1923年在智利首都圣地亚哥召开的第5届美洲国家国际会议。如今它是一条连接着美洲17个国家近3万千米的公路，从北美的阿拉斯加到南美的火地岛。秘鲁境内这一段近两千千米，是秘鲁公路的轴心。这条公路对于长条形的智利意义更为重大。当年右翼军人颠覆阿连德政府的种种手段中，美国中情局支持的卡车主罢工起了重要作用。

**鸟粪与硝石**　平直的海岸线缓缓向前延伸，遐想中出现加西拉索·德拉维加笔下海鸟孵卵的盛况：

> 海鸟黑压压一片铺天盖地飞来飞去，若非亲眼得见，真

令人难以置信。海鸟生活在沿海几座荒凉的小岛上，排出大量粪便，逐渐堆积成山，远远望去，犹如座座雪山巍然屹立，蔚为奇观。印卡诸王统治时期，为保护海鸟总是严加戒备，繁殖期间，不准任何人进入岛屿，以免把海鸟惊吓出窝，违者处以死刑。而且任何时候也不准在岛内岛外捕杀海鸟，违者也要以死论处。[1]

那是个人与自然相依为命的世代。秘鲁沿海岛屿，尤其是钦查群岛盛产鸟粪。鸟粪由海鸟的粪便和尸骸堆积而成，富含氮、氨、磷酸盐和盐碱，是上好的农家肥料。由于秘鲁沿海地区终年无雨，这些海鸟粪的质量没有丝毫的变化。

西班牙人到来之前，沿海的印第安人靠鸟粪养地，靠"坎儿井"（由暗渠、明渠、竖井组成的水渠网，与我国新疆地区很相似）蓄水，种植玉米，辅以近海捕捞的鱼虾得以生存繁衍。全力以赴采掘金银的西方殖民者把这些古老的传统抛之脑后，直到19世纪新一轮资本主义浪头改换了潮流，在秘鲁经济史上造就了"鸟粪与硝石时代"。

马里亚特吉在《关于秘鲁国情的七篇论文》中这样写道：

当开拓者的权杖在美洲发现了加利福尼亚黄金的时候，秘鲁的黄金正在失去它的吸引力。相反，鸟粪和硝石则几乎是唯我独有的资源，它们对以往的种种文明并没有什么价值，但对

---

1 加西拉索·德拉维加：《印卡王室述评》，商务印书馆，北京，1993年，第293页。

工业文明却具有非同寻常的意义。正在发展盛期的欧洲或西方的工业主义，需要从遥远的南太平洋沿岸得到这些原料。[1]

19世纪，马尔萨斯人口论的阴云笼罩欧洲，人口急剧增长，土地肥力耗尽，亟待改良土壤，利马海岸的鸟粪引起了注意。在1840至1880年秘鲁经济史上的"鸟粪时代"，秘鲁的鸟粪出口占出口总额的50%以上。不久，欧洲的农业化学家又发现，硝石富含硝酸钠，到1850年，用硝石当肥料的做法在欧洲农村已十分普遍。马里亚特吉写道：

> 硝石和海鸟粪就蕴藏在太平洋海岸，对寻找他们的船只来说几乎是唾手可得，欧洲饥荒的幽灵就这样被赶走了。

首先觊觎于此的是老宗主国西班牙，他们深深了解这块美洲肥肉的油水。1864年，西班牙以旧日债务问题为借口，派舰队占领钦查群岛并威胁卡亚俄港，企图卷土重来。1866年，秘鲁联合智利、厄瓜多尔和玻利维亚，共同打败西班牙远征军，维护了国家独立。

**太平洋战争** 但是仅仅10年之后，已经在中国制造了罪恶的"鸦片战争"并参与"英法联军"对中国再次掠夺的英帝国主义插手了。他们不满秘鲁对硝石资源的国有化政策，极力企图把富产硝石的地区并入允许土地自由买卖的智利。

---

1 马里亚特吉：《关于秘鲁国情的七篇论文》，商务印书馆，北京，1987年，第9页。

在帝国主义的压力和怂恿下，一场兄弟相煎的战争在太平洋海岸打响。

1879至1883年，为争夺盛产硝石的阿塔卡马沙漠，英国支持下的智利为一方、秘鲁与玻利维亚为另一方，爆发了拉美近代史上著称的"太平洋战争"。美国对英国支持下的智利连续获胜深感忧虑，干预未果。"太平洋战争"使智利夺取了太平洋沿岸的硝石产区，成为世界上最大的硝石出产国。玻利维亚丧失了出海口，成为一个内陆国家。秘鲁被攻破了首都，丧失世界最大硝石产地塔拉帕卡省，并被迫将塔克纳-阿里卡交给智利管辖10年，直至1929年才收回塔克纳。塔克纳位于秘-智边界，今天那里聚集了很多从事进口日本旧车的巴基斯坦移民，有一座秘鲁屈指可数的清真寺。

"太平洋战争"的真正得利者是英国。

英国人利用三国的战争局势，用极低的价格从智利银行贷款买下了秘鲁手中跌落至十分之一的硝石矿债券，迫使秘鲁在战后33年间每年向英国偿付8万英镑。英国将秘鲁国营铁路、的的喀喀湖上的航运业、鸟粪资源置于自己的控制下达66年之久，全面渗入秘鲁的经济命脉部门。

智利虽然通过战争垄断了世界的硝石，但是硝石之王却是英国冒险者约翰·托马斯·诺斯。硝石矿债券中有40%的利息都是由他的一家名叫利物浦硝酸盐公司的企业支付。1890年，英国在智利的投资增加了两倍多，硝石产区变成了英国的大工厂。战后，智利在贸易上依赖英国的程度比当时的印度还要深，而那位衣兜里曾只有10英镑的冒险者，像中世纪受到英国女王奖赏的英国海盗一样，成了近代英国贵族俱乐部的成员。

这真是一种人间的"螳螂捕蝉，黄雀在后"！

英国在拉美国家的这种垄断地位一直到第一次世界大战后才被美国取代。

近来国内有知识人称西方的崛起不是靠掠夺，而是靠制度，尤其是金融制度。批判的声音说，西方的崛起不是靠简单掠夺，而是靠有制度的掠夺，或曰制度化的掠夺。早年的英国殖民者用24美元从印第安人手中立约"购买"曼哈顿的例子，英国金融家、商人从太平洋战争中获利的例子，以及许许多多的例子，可以充当上述争论的注脚。

太平洋战争严重伤害了拉美兄弟国家的感情。在利马大广场与人聊天时，我们亲耳听秘鲁人将智利比作"拉丁美洲的以色列"，谴责它是在"马岛战争"中唯一支持英国的拉丁美洲国家。"太平洋战争"中，智利人攻入利马后烧了乔里略（Chorrillo）区，至今这里的国际海上运动俱乐部不接受智利人参加。

秘鲁的鸟粪、硝石就像厄瓜多尔的香蕉、可可，浓缩着拉丁美洲国家的辛酸历史。爱德华多·加莱亚诺从矿物脉络、作物经纬中解剖大陆的秘密，确实找到了一个绝妙的切入口。

我们的沿海旅行在接近利马时，迎来了一个触目惊心的景象。单调无彩的沙漠上，散落着成千上万个"房屋"，它们用草席或硬纸壳搭成，有的有顶，有的无顶，向着缓缓上升的海岸山坡弥漫铺设。间距很大，因为在这海边上，沙地无限。它们是做什么用的：海滨浴场？太寒酸了；贫民大军的居所？太简陋了；季节性棚屋，什么用场呢？我只觉得它们像一个巨大的难民营，在干旱的沙地里，倾听着永恒的涛声。

写下上述这段文字的几年后，我才在台湾好友舒诗伟写的《拉美地志：魔幻行脚》里读到，那片幻景包含着一个秘鲁民众自建家园的动人故事：1971年，胡安·贝拉斯科左翼将军执政时期，无房穷人抢占国有沙漠空地Pamplona Alta，建成"救世者村"（Villa El Salvador）。它在九十年代凋敝，留下了一个民众斗争、社会声援、政府撑腰的时代风云遗迹。

拉丁美洲真是一块神奇的土地，连故事也无法穷尽！

## 17 | 与印第安人同船行进在亚马孙河上

为了完成对"山区、沿海、雨林"三大地理区中雨林的了解，为了亚马孙，第一次在一国内乘飞机旅行。否则，两天汽车，四天水路，我们没有那么多的时间了。

从利马一个半小时的飞行后，抵达秘鲁亚马孙河流域最大的、也几乎是唯一的城市伊基托斯（Iquitos）。

虽然多次从照片、电影上见过热带雨林中一条蜿蜒的亚马孙河，但亲眼从飞机上目睹这浩瀚的场面，还是震惊得哑口无言。如此规模地吞碳吐氧，真是世界的肺！

黄河长江根本无法与之比较，亚马孙河太大了！它不是一"条"河，它是一张移动不定的大网，拖拽着充盈巨大的水量，裹挟着无数小岛、泥潭，在无边无际的原始雨林中缓缓前行！

飞了很长时间，都没有逃离出绿视野。发动机嗡嗡作响，伴着无声的绿色狂想曲。恍惚中，不知是绿色的雨林中

我们乘坐一条这样的小船游历了亚马孙河

与我们同行的旅伴是小船的常客

流淌着一条黄色的河，还是一条黄色的大道在绿色的海洋上徐徐向前。

一位16世纪西班牙神职人员曾这样描述他初逢的亚马孙："当我们驶近岸边时，看到岸边满布着不可逾越的原始密林，无数小溪及支流出现在我们面前。一种使人难以忍受而又是不可抗拒的灾难——蚁虫，经常折磨着我们。"这位乘坐小船的神父不可能想象，他面前的景象应该无数倍地放大，直至形成一个地狱般的墨绿世界！

我们决定先去瑙塔（Nauta）看马拉尼翁河（Marañón）与乌卡亚利河（Ucayali）的汇合处，亚马孙河的主干道始于那里。

早晨乘三轮摩托来到车站，与另两个乘客拼一辆小车向100千米外的瑙塔出发。一路上被绿色熏得晕头转向，芭蕉树连着芭蕉树，还有数不清、认不得的热带林木，间或有些草屋顶的小村落。

瑙塔是个贫穷小镇，"码头"上破败不堪。遍地垃圾，黄顶蓝帮子的三轮摩托在赤脚或穿拖鞋的人群中穿行。但是很热闹，因为亚马孙两岸的居民把这里当做交易的中心，运来香蕉、水果，买回粮食、百货。河边停靠着各色小船：靠人工划桨的细长小舟，由发动机带动船舵的木船，撑竿的筏子……多数小船搭着篷，篷顶或用塑料布或用雨林里的一种长叶树枝做成，可以看见船内的吊床，有些小船还挂着两红夹一白的简易秘鲁国旗。

现在不是旅游旺季。打听了一圈，仍在上岗的旅游船要收200到300索尔一人次，别说连影子都没看见，就是近在

咫尺，我们也不会问津。眼前只有水路一条，没有陆路可供沿河行走。但是有一些沿岸航行、往返村落的小船，只向当地人收3个索尔，旅游者一般不敢坐，而且这些船多半当天不返回。

正于无奈之中，一个年轻的船老大主动上前搭话，谈到30个索尔往返两河汇合处就再也谈不下去了。

"你们很清楚，相当远啊。"（Ustedes se darán cuenta de que es bien lejos.）

据他说，考虑到要拉我们回来，一般是要收50索尔的。我们有《水浒传》的历史经验，加之Z对小船老大的相貌有所怀疑，于是决定去码头的"航行稽查站"确认一番。

稽查站坐着个看来是吃惯贿赂的警察，他职业化地问清了船号，很权威地说："带他过来，我会告诉他你们是我的长官的亲戚。"但我们在搞清楚只有船和航行本身的问题、没有什么其他安全问题后，也就没有什么兴趣去充当"长官的亲戚"了。

上船后，我们与拖家带口、衣着随便的当地农、渔民在同一张纸上登记：姓名、年龄、国籍、证件号……秘鲁在安检方面真有特色，稍稍长途一点的出租车出行都要如此登记，我想，大概是"反恐"意识在"后光辉道路"时期的发酵吧。

在发动机的"嘟嘟"声中，草棚小木船出发了，敦实的小个子船老大坐在船尾，我们现在知道了他叫佩德罗。满船十几个乘客清一色印第安人，脚踏拖鞋、凉鞋或高腰塑胶雨

鞋，身旁堆满鼓鼓囊囊的大小口袋。一个女人轻轻地拍着膝上的孩子，一个挎着木箱的老头，Z说是个"老村长"。只有一个人有些扎眼，虽然肤色也很深，但装束不一样：翻毛皮鞋，雪白的袜子，牛仔短裤，旅行包，一种很干练的样子。

就这样，我们挤在平和的印第安农民中间，开始了一生可能仅此一次的亚马孙河航行。也许是湿度大，也许是雨季即将来临，乌云压得很低，像印第安人肤色一样的褐色河水缓缓向前流动，两岸浓密的高树矮草屏障般夹着约有3千米宽的河面。

**亚马孙河** 发源于阿雷基帕省的米斯蒂雪山，全长6000多千米，沿途接纳来自安第斯东部山脉大大小小雪山的1000多条支流，其中包括7条1600千米以上的河流，流经秘鲁、厄瓜多尔、哥伦比亚、委内瑞拉、圭亚那、苏里南、玻利维亚和巴西等国，中游主要在秘鲁、哥伦比亚和巴西。

我们曾在发源地靠近过亚马孙重要的源头之一乌鲁潘帕河。乌鲁潘帕河与另一条秘鲁大河阿普里马克河汇合后称作乌卡亚利河，乌卡亚利河一直向北，在瑙塔附近与西来的马拉尼翁河汇合后，形成亚马孙河主干道，流向巴西，汇入大西洋。

设想在巴西入海口330千米的壮阔河面上，它难道不像是大海吗？

此刻，我们正航行在最后一段马拉尼翁河上，驶向与乌卡亚利河合龙的地点；也就是说，我们在一个月的秘鲁之行里，不仅到过亚马孙河发源地米斯蒂雪山脚下，而且抵达了

这条伟大河流的主航道起点。

在接近秘鲁之行终点的今天，山区、沿海、雨林这三大地理单元已经跃然于纸质地图之上，成为我们的鲜活感受。

亚马孙的原始居民来自安第斯山东侧。或许，从马丘比丘城堡下来的印卡王的最后一批战士也融入了其中？交通困难使得许多雨林居民从来没有见过外面的世界，空运成为与外界唯一便捷的联络途径。伊基托斯是除首都利马以外唯一有国际航线的城市，有班机飞往迈阿密。

这一段亚马孙有两条水路与外界沟通：乘船到乌卡亚利河上的普卡尔帕（Pucallpa），或乘船到马拉尼翁河上的尤里马瓜斯（Yurimaguas），再上公路长途跋涉，进入秘鲁其他地区。不管在哪条河上航行，都需要几天时间，还要考虑季节、河水水位等因素。20世纪50年代，年轻的切·格瓦拉就是从普卡尔帕上船，沿乌卡亚利河航行了四天抵达伊基托斯的。

同船的印第安农民没有与我们搭话，也没有表现出诧异，一如他们世世代代的沉默不语。我们则开始与周围的人套近乎，问些水有多深、河里的鱼、岸上的树等无关紧要的问题，目的是拉近距离。

身旁的一个妇女告诉我，河里有7到10米的大鱼，她有6个孩子，她明年要去看望在巴西打工的一个孩子，秘鲁人坐飞机比外国人便宜一半，到利马的话，要乘三天船到尤里马瓜斯再搭汽车。我们聊得挺高兴，Z也在努力说西班牙语，这一情景影响了一船农民对我们的印象。

"你们与我们一起坐这个船不害怕吗？"另一侧的妇女终于表达了心里的疑问。

"不，为什么呢？"（No, ¿por qué?）我也学着印第安人把话说得简洁。

"亚马孙河是世界上最大的河吧？"我的问话里显然有讨喜欢之意。

"啊，我说不上来。"朴实的妇女朴实地说。

"亚马孙是世界上水量最大的河流，流量占地球上倾入海洋全部淡水的五分之一，150千米以内海水的含盐量都相当低。亚马孙河流域面积约占南美洲总面积的40%。有说法认为亚马孙在长度方面也应该取代第一位的尼罗河。"这是对面那位不像农民者插话了。

聊了一会儿，得知他叫奥斯卡尔，是个农学家，受国际性教会组织委托，在此地开展援助工作，辅导农民发展桃花心木之类的优秀树种，防治传染病。他一个月跑基层，一个月写报告，提供给赞助者。我们问他当地最大的问题是不是贫穷。他说贫穷是长期存在的老问题，现在最大的问题是滥伐森林。除了农民砍树建小农庄（chacra），政府最近通过招标，允许开发商以极低的价格进行各种名目的开发！

小驳船贴岸前行，岸边丛林里露出一间红色铁皮顶的房屋，屋顶上插着木制的简陋十字架。奥斯卡尔告诉我们，那是修道院的房产，修女们为穷人的孩子开办了木匠、裁缝、法律知识、儿童权利等培训班，试图有助于解决雨林深处的社会、经济问题。

奥斯卡尔显然对遇见充满学习欲望的中国人很感兴趣，递上了名片，问我们下榻在瑙塔的哪个"饭店"（hotel），很想于晚上继续聊天。我们不胜遗憾地告诉他，由于时间关系，得当晚赶回伊基托斯。

就这样，我们沿着伟大的亚马孙河，送走了一批批同船乘客，看着他们头顶塑料盆中的百货，肩扛带杆的捞鱼网，怀抱熟睡的孩子，与河边木舟上的洗衣姑娘打过招呼，在草丛中沿小路走上泥泞的土岸，绕过岸边晾晒的五颜六色的衣物，走进高大的芭蕉林，逐个消失在密林深处。

船上的人下得差不多了，唯一剩下的Z所说的"老村长"原来是一个串村卖冰棍的老头。冰棍质量很粗糙，老头说，"都是用本地水果制的，味道很好。"（Todos con frutos nativos, de buen sabor.）我们买了三根冰棍，递给了船老大佩德罗一根。

位于米格尔-格拉乌村的两河汇合处的瞭望塔到了，船靠了岸，我们与已经成为朋友的船老大一起下船，他陪我们去爬了瞭望塔。守卫的认识他，加之不是旅游季节，没要我们花钱买票，但要求"请我喝杯汽水"（Invíteme a un gaseoso）。塔顶上有电焊工利用旅游淡季在加固栏杆，他来自利马，"这里的人不会电焊。"

从瞭望塔上望去，两条来自千里之外的大河在河心洲的尖滩处汇成举世闻名的亚马孙。"亚马孙"之名来自古代希腊神话传说中的女儿国"亚马宗"，大概是因为早期探险者把留长发的印第安男人误认为了女人。

亚马孙河地图

两河汇拢处：亚马孙河主干道由这里形成

    印第安人心中只有无数条支流的名字。也有人说，这条海一样的河流有一个克丘亚语的名字"Hatun Mayu"，意思也就是"大河"。不知前哥伦布时代的美洲本土居民是否知道亚马孙的源头和入海口？不同国籍的欧洲人在几个世纪的时间里考察了亚马孙河的各条支流和它的宽阔流域，形成了对"亚马孙"的全面印象，也最终导致了对亚马孙河的威胁。

知识的扩大和"全球化"的进程究竟是怎样的两条轨迹呢？"地球村"和"小国寡民"，其中的利弊该怎样权衡？

把目光收回，近处也是绿色汪洋一片，林海中点缀着小木屋，像绿洋中的小岛。走下瞭望台走进亚马孙人的村落，才发现那些木屋多半是用木桩架高的木板房，原木色，顶多漆一点天蓝，大斜面的草屋顶，都是为了适应雨林特点。雨林里的居民种植香蕉、芒果、柑橘、木瓜等热带水果。据说他们也种水稻，但没有稻田，每年在河水下降的时候，把稻种撒在河塘边的浅水里，待水退出地面的时候，稻种自然发芽生长。看见有人在用一种植物的长枝长叶编屋顶，我们反复见到过对于它们的利用，只是第一次近距离地看见人们操作。

黄昏时分，我们和船老大一起返程。

佩德罗一本正经地征求我们的意见，能否让几个运音乐器材的村里人搭船，他们要去瑙塔镇演出。看来30索尔是一个可观的数目，老实的佩德罗认为我们有权享有这条船的回程专用权。我们欣然应允，但小伙子们中途又把沉重的音箱等器材挪到了一艘赶来的快艇上。两条船在"嘟嘟"的马达声中毫不减速，器材从一条船飞上另一条船，压得船舷倾斜，我们像观看了一幕亚马孙河上的毒品走私游戏。

的确没有人乘佩德罗的船往回走，除了我们，唯一的乘

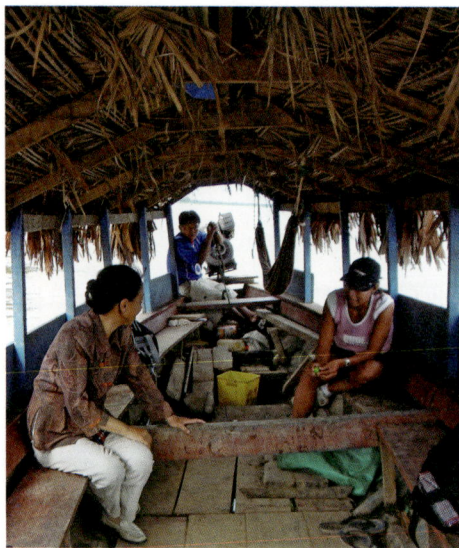

亚马孙河上的最后一位谈话者

客是一个叫做莉斯的小学老师。莉斯告诉我们，她上船的那
个村子只有15户人家；丛林对外人很神秘，但其实丛林深
处也都有居民，孩子们上学不是件容易事。莉斯说秘鲁目前
很萧条，石油也没有给国家带来多少就业机会，青年人偷东
西的很多。她的工作条件虽然很艰苦，但一个月能挣八九百
索尔。莉斯从来没有到过比利马更远的地方。我们问她有没
有e-mail，她问是不是@？莉斯临走时要了我们的地址，说
等她有了@后，会给我们写信。

　　天色晚了，茫茫的河面上仍有邻人。

　　一条没有篷的小驳船上坐满了人，压着沉重的大米口袋，
吃水很深。他们的油不够了，隔着水面，用一个塑料方桶向

早已熟悉了的平衡

我们的船老大佩德罗买了一桶油。另一条驳船更小，只能坐四个人，船上所有的空处都装满了香蕉。如此一叶扁舟，真像是大海中的一片叶子。佩德罗中途上岸，我们也跟上去看热闹。有个农民正在帮他做一条新船，原料加工钱1800索尔，外加马达2500索尔。佩德罗给干活的农民送去了大米和肉，回过头对我们说："下次你们来可以坐我的新船。"

到达目的地后，我们与船老大佩德罗愉快地分手，给了他约定的30索尔。对于天天只收3索尔一人次的他来说，今天应该是赚了一小笔。

上岸后为我们的"佩德罗号"拍了一张小照留念，回首再看一眼亚马孙，宽阔的河面仍默默不语地向东北方向远行。

## 18 | 伊基托斯的"橡胶热"

千里迢迢来到雨林，主要是为了亚马孙河，满足了与河的接触，才有心思看一看城市。其实，伊基托斯的内涵很丰富，它是拉丁美洲畸形发展史的又一个缩影。

1757年耶稣会建立了亚马孙河上第一座内河码头，它是伊基托斯的前身。那时伊基托斯是贫穷的，现在伊基托斯在全国也是贫穷的，但是伊基托斯曾有过一段繁荣辉煌的历史，那就是1880年初到1914年梦幻般的"橡胶热"。

直至1854年，一位游客在日记中描述的伊基托斯仍是一个"可怜的小村子"，他"看见了33座房子和一座作为教堂的泥草房；除了五六家白人和混血人，伊基托斯的总人口超不过250个印第安人。"但是随着雨林里的橡胶开发，基托斯膨胀成为一座两万居民的世界化商业城镇，其中来自欧洲、亚洲和拉美邻国的移民就有4000多人。

伊基托斯有一座著名的"铁房子"（Casa de Hierro），建于1887年。这座具有19世纪风格的两层楼房完全由铸铁的廊柱支撑，其所有建筑材料——包括螺母螺栓——全部从巴黎装船、再由数百印第安人穿过雨林搬运而来。而它的设计者和建设者与高耸于巴黎市内的埃菲尔铁塔的设计者是同一个古斯塔沃·埃菲尔（Gustavo Eiffel）！

在伊基托斯承继于19世纪的滨河道上，有几座与密林小城不甚协调的房屋，墙面上贴着风格独特的阿拉伯瓷砖，岁月的风蚀留下了斑驳的痕迹，但并不能掩盖昔日的美丽。它们也是"橡胶热"时代的见证。

讲究的阿拉伯瓷砖墙："橡胶热"时代遗迹

伊基托斯至今流传着橡胶冒险家的传奇故事，他们被称为"橡胶男爵"。其中最著名的是爱尔兰裔的卡洛斯·菲尔明·菲茨卡拉德（Carlos F. Fitzcarrald）。为了打通运输道路，获得更大的利润，热情与勇气惊人的菲茨卡拉德曾于1894年乘一条叫做"孔塔玛纳"（Conta-mana）的蒸汽机船从伊基托斯港启航，在一条地峡前将船拆卸，发动上千印第安人和白人冒险家拖拉船体部件，穿过10千米长、坡度近500米的地峡，再组装机船，进入另一条航道。这个地峡今天叫"菲茨卡拉德地峡"。

这则传奇般的历史不仅鼓动德国导演维尔纳·赫佐格以他特有的现场实景魄力拍了一部由德国男演员克劳斯·金斯基（娜塔莎·金斯基的父亲）和意大利女演员克劳迪娅·卡迪纳尔主演的电影《菲茨卡拉德》，甚至被墨西哥的传奇游击队副司令马科斯借用，找到了一个"希望之船"的象征。

然而，被称为"橡胶"的caucho也是美洲的原产，是美洲的印第安人最早发现了橡胶的功用，他们曾把橡胶比喻为"树的眼泪"！

1493年，哥伦布就记录了印第安人玩一种用树汁做成的有弹性的小球，并把那种白色的树汁涂在衣服上防雨，涂在脚上防湿。18世纪，法国人康达敏（Charles de la Condamine）从秘鲁带回有关橡胶树产地、当地人采集乳胶的方法和橡胶的利用等详细资料，继而引起一连串世界性工业材料革命。1876年，英国人魏克汉从亚马孙河热带丛林中秘密采集7万粒橡胶种子，偷偷送到英国伦敦邱园皇家植物园培育，然后将橡胶苗运往今天的新加坡、斯里兰卡、马来西亚、印度尼西亚一带种植并获得成功，取代了运输困难的亚马孙地区。

亚马孙河上暴富的伊基托斯和马瑙斯再次回到冷落的过去。

从1887年埃菲尔建"铁房子"到今天，一百多年过去了。那时，伊基托斯要从巴黎运来螺母螺栓；今天，为了修理两河汇合处的瞭望塔，伊基托斯依然要从遥远的利马请来电焊工。

也许会有人说，是欧洲人的科学思维提升了印第安人的生活发现。但是，从拉丁美洲的畸形发展轨迹，从火药到炸弹，从指南针到殖民主义航路的历史画卷中，我们不能换一个思路，思索一下科学的终极目的吗？造成资本主义"进步"形象的是文明的"逻辑思维""理性主义"，还是粗俗的"功利主义"、野蛮的"丛林法则"呢？

我们在让人眼花缭乱的"亚马孙药材市场"上用3个索尔买了一盒当地人啧啧称道的"猫指甲油"，他们说"什么都治"，我想它是一种用林中草木制成的清凉油。

逛到百姓的食棚下，要了一份当地人常吃的米饭团，叫"juane"（暂且叫它亚马孙粽子）。刚在长条木凳上坐下，旁边的一个农民本能地端起手中的盘子，起身让座。Z赶紧按住他，用练习过多次的几个词说："坐下吧，我喜欢和你一起吃饭。"[1] 亚马孙粽子里面有米饭、木薯、鸡肉、橄榄果，用一种叫"bijao"的叶子包上蒸熟，一个索尔一个。卖粽子的婆媳俩热心地告诉我们，这种粽子能放上三天，但不要放上洋葱，否则不易保存。

---

1 这句话原文是 "Siéntate, me gusta comer contigo"。要说明一下，"contigo"，即"和你一起"，是Z热爱的表达方式之一，大概是由于它清脆的元音连接，亲热的人情味和宽泛的使用价值。

与河滩乌鸦做伴的亚马孙贫民

　　在伊基托斯"景点"之一的贝伦（Belén）区，我们登上了大众饭馆的二层，要了两杯用本地棕榈制的饮料"aguajina"，眼前出现了当地最地道的景观：河滩地上的两层木板房群，枯水时两层都住人，涨潮时人住上层，或者撑起小船漂泊四方。

　　垃圾遍地的亚马孙河滩上，不时飞来成群的乌鸦，与雨林人成为常相伴的邻居。

我们尝过的无数百姓食品之一

## 19 | 告别利马

已经是第三次抵达利马。未及观察，就要告别了。

从大山大河归来，海滨的利马对于我们像个光怪陆离的异己。

如果说安第斯山是印第安人生存的故乡热土，亚马孙是雨林人蛰居的一隅角落，那么利马城，如马里亚特吉所言，则是殖民主义的孪生物：

利马是由一个征服者、一个外国人建成的，最初只是来自远方的一个指挥官的营帐……作为贵族时代的产儿，利马生来就带着贵族的称号。从命名时起它就叫"诸王之城"（Ciudad de los Reyes）……后来，总督辖区制把它当作南美洲西班牙政权的所在地。最后，独立革命——这场土生白人和

利马阳台之城

西班牙人、而不是土著居民的运动，宣布它为共和国的首都。[1]

几个世纪里，无数金银矿产像安第斯山脉的血液一样流到利马海边，无数次深山里的反抗声浪被大海的涛声淹没。白色的、亚白色的利马，与古铜色的安第斯，墨绿色的亚马孙，是调色板上迥异的色彩。秘鲁的印第安人运动落后于玻利维亚、厄瓜多尔这另两个安第斯山国家10年，是否与后两者的政治中心拉巴斯和基多都处于山区有关呢？

今天的利马市拥有640万人口，约占全国人口的四分之一。像放大了十倍的青岛、上海或大连，利马带着抹不去的殖民地情调，空气里飘散着隔世的尘埃。

利马被联合国宣布为"人类文化遗产"，其中有一个重

---

1 何塞·卡洛斯·马里亚特吉：《关于秘鲁国情的七篇论文》，白凤森译，商务印书馆，北京，1987年，第171页。

要的原因是它所拥有的木雕悬式阳台。利马城建立伊始，靠征战分封、巧取豪夺发财的西班牙武夫、贵族、暴发户纷纷修建豪宅。兼具实用和装饰双重作用的木雕阳台成为利马要人显富的一景。他们雇佣的细木工匠尽展才华，使彼此相邻的阳台各具千秋。殖民地时代的阳台以绿彩为主，雕工细致的窗板、扶栏上镶嵌着从塞维里亚运来的陶瓷马赛克。这种阳台的原型来自安达卢西亚地区，但它在利马的密度甚至超过了西班牙本土。

在中心广场上就能看到这种华丽的古老建筑。利马有"阳台之城"的美名，引来许多专家研究考证，诗人风雅附会。邀请我们的老校长就是在这一领域有造诣的西班牙艺术史教授。据称，殖民地时代的西班牙男性不允许家中妇女抛头露面，因此利马贵妇人阔小姐就通过带有百叶窗的阳台观赏街景，偷觑过路的美男子。有趣的是，这种西班牙南部的建筑样式，其发明者是叙利亚、大马士革、开罗等地区的阿拉伯人。

"悬崖区"巴兰科（Barranco）是一个中等阶层爱去的地方。它建在跌向海滩的小山坡上，是沿一条通向海滨的大深沟修建起来的欧洲风情街区，地势高低错落，别有韵致。刚来秘鲁时，老校长曾带我们到这里的老咖啡馆品尝秘鲁小吃。我们第一次尝到了夹馅土豆泥团（papa rellena），即往土豆泥里塞入橄榄，鸡蛋，牛肉，辣椒等馅儿。还有夹鸡肉的玉米馇粽子（tamal），嫩玉米做的"乌米塔"（humita），加桂皮粉的白色水果汁，用玉米为原料制作的发酵饮料"奇恰"（chicha）。看来，利马市中产阶级有滋有味的生活还是很有传统的。

巴兰科区的周末热闹得很，街上人头攒动，不知内情的还以为人们在游行。

一路打听有没有免费演出，找着找着，来到了一个叫做Ovalo的椭圆形小广场，这下开了眼。

——广场中心有一个凹形看台，中心场地大约有30平方米，一台功放调节着几只音箱。周围停满了小汽车，远处有几个穷人卖小吃的挑子。

仔细一观察，这里的"群众"并不是公园里常见的唱歌跳舞的年轻人，而是一些白人或准白人绅士和太太。他们在举行诗歌朗诵和交谊舞会！朗诵句子里飘出"爱情""痛苦"之类的词汇，臃肿但不失优雅的身段准确地跟随着城市情调的探戈乐曲翩翩扭动。

在舞曲的间歇中，一个满头银发、老者风范的主持者大声致辞：

"还记得1992年我们在这里反对'光辉道路'暴力活动的游行吗？今天我们要说：不要光辉道路，不要图帕克·阿马鲁，我们要诗歌！"（Sendero Luminoso, ¡no! Túpac Amaru, ¡no! Poesía, ¡sí! ）每一个"no"（不要）和"sí"（要）都得到在场者亢奋的呼应，气氛极其热烈。但环顾四周，几乎没有一张我们所熟悉的山区人面孔，少数打工者也只是站在最外圈冷漠观望的"外人"。

原来这是一场中产阶级的聚会。他们所说的诗歌就是他们的政治。

后来我才知道，诗歌政治所影射的，是"光辉道路"在20世纪90年代的"战略转移"：他们把活动范围从农村扩展到城市，在"望花区"搞了一次汽车爆炸，爆炸中死了不少人。

仇恨是深刻的。昨天在"秘鲁研究所"找人未果，却在附设书店见到了一本有关"光辉道路"的连环画，里面全是恐怖的杀人场景。想买了留作资料，都觉得恶心。这样的"妖魔化"宣传逐渐使得秘鲁的游击队问题已经没有了正面讨论的余地。

从安第斯山那些"青铜种族"，到"望花区"这些白人面孔，我们明白了很多道理，也对复杂的前景担忧。"革命"摆脱不了残酷，哪怕尼加拉瓜桑地诺解放阵线曾想借"解放神学"神父的力量来推进"仁慈"的革命。"反革命"也毫不留情；记得在哪里读到，推翻阿连德的政变发生后，美国驻智利的什么官员曾意味深长地披露："没有一个阶级愿意退出历史舞台。"

但是，在有限资源与现存发展模式–分配方式发生不可调和的矛盾时，"和谐""改良"究竟有多大的回旋余地？

告别秘鲁前的周日，正值"首都民间舞蹈节"在展览宫露天剧场开幕。

一群群稚嫩的娃娃，从小班、中班到大班的年龄，身着鲜艳的印第安民族服装，轮流上台表演、比赛。他们的小手里举着的牌子上，分别写着代表哪个地区、哪种舞蹈。也换上了民族服装的老师吹着哨子在最前边领着，在旁边连吆喝带轰赶地指导着，不时带领孩子们用印第安语喊几句话，唱几句歌。台下的父母高兴得像孩子一样，用相机照下子女幼小的身影。演出从中午持续到晚上10点。我不知孩子们是否意识到，他们所表演的"民间舞蹈"，无一不晕染着浓厚的原住民色彩。

娃娃们憨憨的面孔显示出各种肤色。看着他们认真的动作，听着从他们嘴里发出的克丘亚语、艾马拉语词句，心里不由一阵感动。在这个印第安人占40%的国家里，在这片曾遭受300年殖民奴役的土地上，在这个文化混杂了500年的大陆上，是否真的能诞生出一个巴斯孔塞洛斯所盼望的"宇宙种族"（Raza Cósmica）[1]呢？

---

1 José Vasconcelos, 1882—1959, 墨西哥哲学家，他在长散文《宇宙种族》（"La Raza Cósmica"）里提出混血的趋势是世界的潮流；白人自以为能够统治世界，他们不知道自己只是过渡的桥梁，白人殖民主义造成了意想不到的种族融合趋势；未来的种族将是融合各种族血液的"宇宙种族"，这个新种族将集世界之大成，将是一种最崇尚友爱、最具有普遍性的种族。

# México

墨西哥

## 01 | 抵达太平洋海岸的阿卡普尔科

从秘鲁又回到了墨西哥。受限于一些条件，我们只得从官僚城 La Ciudad de México 四面出击。

决定先去一趟太平洋海岸的阿卡普尔科。

对于20年前的中国留学生来说，阿卡普尔科是可望而不可即的海滨旅游胜地，而对我们，今天的兴奋点是殖民地时期的"太平洋航线"，还有声名赫赫的"马尼拉大帆船"。

朋友借给我们一个电饭锅，从此背囊被它占满。这个新鲜体验，外加几年前在西班牙身背电炉平底锅的履历，堪称两项旅行记录。对这样的经历我们很得意；在炫富的时代，我们比的是精神。

沿线经过山城塔斯科（Taxco），那是20年前印象极佳的小城。它与萨卡特卡斯（Zacatecas）、圣路易斯-波托西（San Luis Potosí）、瓜纳华托（Guanajuato）同是美洲史上的著名银城。银晃晃的店铺排满了山路，店主炫耀着自家的独件首饰，但城里没有任何与白银史有关的展览，这就是所谓的"后殖民"现象吧，它在拉丁美洲国家很普遍。

塔斯科1524年建城的原因在于西班牙人发现这里是个白银宝库；1716年，法国人波尔达（Borda）又在此找到了新的大矿脉，中心广场上至今留有波尔达的半身塑像。而历史的另一面呢？我们仅在"泪之家"（Casa de lágrimas）瞥见了一眼：原房东是个大矿主，他曾把穷苦的印第安人赶来修筑新屋以抵税款；大概是惧怕印第安人的仇恨，这座有27间屋子的豪宅，只开了两个临街的窗户。

旅游的名气不合理地哄抬了塔斯科的宿费，我们当机立断迅速跳到伊瓜拉（Iguala）。这里到处卖黄金饰品，与银城塔斯科倒是一对。伊瓜拉曾是独立战争时期的重镇，第一面墨西哥现代国旗在这里缝制而成，因而有一个"国旗博物馆"。自独立战争起，墨西哥的国旗、国徽上就出现了鹰衔蛇立于仙人掌之上的阿兹特克传说。这是一例"两个美洲"[1]佐证：美国的星条旗上是没有任何印第安标志的。

在秘鲁卡亚俄那座军事博物馆里，年轻的导游讲解秘鲁军队史时，居然没有忘记把反对西班牙殖民主义者的印第安人武装当作本民族最早的军队。这又是一个小小的佐证：美国人把谴责印第安人杀人如麻的文字一直写进了《独立宣言》，又怎能想象他们的军队史以印第安抵抗者为开篇呢？

---

1 即笔者在《丰饶的苦难》里介绍的观点："盎格鲁–撒克逊美洲"和"拉丁美洲"的差异。

阿卡普尔科（Acapulco）位于墨城之南400千米。离开墨城后，成片的山岭已经绵延了两天，随着海拔的降低，温度越来越高，植被也发生着渐变，Z说像到了越南。车上没有空调，途中还因故障换车。不知是否过了收玉米的季节，路上只见些干枯的玉米秆在风中凄凉地摆动，没有什么像样的庄稼地，墨西哥的农业荒芜得厉害。

Z说墨西哥地理布局混乱，难以像对秘鲁那样进行概括。一则历史轶事恰似证明：西班牙国王曾让墨西哥"征服者"科尔特斯描绘墨西哥地形，科尔特斯一时无言以对，急中生智，揉皱了一张纸摆在国王面前的桌上。

粗略看来，墨西哥由北美落基山脉[1]的余脉西马德雷（Sierra Madre，母亲山）、东马德雷和南马德雷三条山脉及其环绕之中的中央高原形成，墨城踞中央高原上。从墨城走向太平洋海岸的阿卡普尔科，横穿南马德雷山，这条山脉一直延伸到特万特佩克（Tehuantepec）地峡，那里是墨西哥最狭窄的地段。

晚上在阿卡普尔科海滨散步，感觉这是一个有历史的、大众化的正常海滨城市，很奇怪，怎么与我在八十年代随留学生一起来过的度假胜地判若两城？向兜售游轮船票的老头一打听，得知阿卡普尔科有"传统阿卡普尔科""黄金阿卡普尔科"和"钻石阿卡普尔科"之分。问到区别，老头的回

---

1 落基山脉（Rocky Mountains），即用西班牙语读起来更觉亲切的 Las Montañas Rocosas，"石山"。

答简明扼要：

"此间的人，钱少；黄金海岸，钱多；钻石海岸，钱更多。"

（Aquí poco dinero; Dorado, más dinero; Diamante, mucho dinero.）

我们脚下的地盘属于"传统海岸"，想必当年瞥见的一定是"黄金海岸"或"钻石海岸"。沿着老头手指的方向看过去，"钻石海岸"一片密集的灿烂灯火。

想看看海湾全景，早晨乘公共汽车上山走向富人区。车上多半是打工者和小贩，没有人能回答我们的问询：在哪里下车可以看到好风景。当我们懵懵懂懂坐过了站从车上跳下来后，才发现自己危险地站在向南延伸的泛美公路上，山道造成的节节拐弯使我们直面呼啸而来的车辆，在公路的边沿和壕沟间摇摇摆摆地逆车流而行，Z甩动手中的衣服，吓唬高速驶来的司机。

凡可登高望远的岬角，都修起了豪华的私宅，连通向观景台的小道也被"私人领地"的路牌封死。向守护路口的保安表示不满，他无奈地说："我也是穷人啊！"昨日从大众的"传统海岸"遥望的这片沿岸坡地，已经像殖民地一样被分割完毕，普通人失去了从这里远眺大海的自由。

连自然景观也私有化了！

Z从日本导游书《个人旅行》上读到美国"六十年代"民谣歌手鲍勃·迪伦在阿卡普尔科也有一处别墅，不禁觉得倒胃口，晚上产生了散文《白钢琴》的念头。

无论如何，我们到达了墨西哥的太平洋海岸，到了著名的"马尼拉大帆船"的启航地点。

1492年哥伦布一行在加勒比海岛屿登陆，误以为到达了中国、印度所在的亚洲大陆。直至1513年，殖民者德·巴尔沃亚穿中美洲巴拿马地峡看见了当时被称作"南海"的太平洋。1521年，科尔特斯从古巴出发，在墨西哥大西洋海岸的韦拉克鲁斯登陆，占领墨西哥城，毁灭了阿兹特克王国，西进抵达大陆另一端的太平洋海岸。科尔特斯随即在海边修建了一个造船基地，即阿卡普尔科城的雏形。1535年皮萨罗从巴拿马南下"征服"秘鲁，增援船只就是在阿卡普尔科建造、启航的。

临行之前找到了正在搬迁的海洋博物馆。虽然展览只有几间小屋，却非常专业，挂满了海图。热情的馆长把我们领到海图边，讲解专业的"洋流"知识：

**洋流** "从美洲去亚洲，有一道洋流，大约在北纬16度，从阿卡普尔科到关岛再到马尼拉；但从亚洲到美洲，必须爬至北纬40度，才能从日本抵达旧金山。正是借助'洋流'，曾有智利人乘木筏漂过太平洋到达马尼拉，也有日本人只身驾小船从大阪横渡太平洋抵达旧金山。"

馆长结束了纯技术性介绍，表示还有大量资料已经装箱，希望今后到新馆参观。不动声色的我们深知，正是这"洋流"的触机，造成过一个重大的贸易时代，在世界史上留下了举足轻重的一笔。

16世纪，一个羽毛还未丰满的欧洲已经拉开了瓜分世界的战幕。

"马尼拉"出现之前，西班牙美洲殖民地的水路交通，除了与宗主国设有定期航线来往于大西洋两岸，就是联系其太平洋海岸主要港口的沿岸航行。

亚洲的富饶吸引着殖民者开辟太平洋航线，继续扩张。

1521年，为西班牙王室服务的葡萄牙探险家麦哲伦，穿过后来的"麦哲伦海峡"，"发现"了今之菲律宾群岛，并死于原住民人的刀箭之下。残余的18名船员于1522年回到西班牙，完成了"环地球航行"。1565年，西班牙探险家莱加斯皮（Legazpi）从墨西哥启程，渡过太平洋，占领这片群岛使其成为西班牙属地，并以西班牙国王菲利普二世之名命其为"菲律宾"。从此，远近7千岛屿上的原住民陷入与美洲印第安人同等的地位，被称作"中国印第安人"（indios chinos）。

在多次探索之后，从美洲到菲律宾的洋流已被发现，但从亚洲返回美洲的"洋流"始终未知，直至与莱加斯皮同行的教士安德列斯·乌尔达内塔（Andrés Urdaneta）发现了利用"日本洋流"（くろしお，Kuro-Shivo，黑潮）从菲律宾返回墨西哥太平洋海岸的航线。

**马尼拉大帆船**　西班牙—墨西哥—吕宋[1]—中国的"太平洋航线"出现了，来往于洋面上的西班牙贸易船只被称作"马尼拉大帆船"（Galeón de Manila）或"中国船"（Nao China）。大帆船多是西班牙人雇佣中国的工匠在菲律宾建造

---

1　吕宋是中国古代对菲律宾的称谓，系当时海外华商聚居之地。

的。西班牙殖民者就这样借助其在菲律宾的殖民地圆了抵达中国之梦，而从15世纪末至此时的不到100年时间，正是西方殖民主义的第一个"光辉"乐章。

可以想象一下当时的天下大势。

自15世纪末，葡萄牙从本土绕非洲好望角向东，以印度果阿（Goa）为据点，经印度洋，过马六甲海峡进至中国；西班牙从本土向西，渡大西洋占有墨西哥后，再向西横渡太平洋抵菲律宾，完成了对亚洲的包围。

然后，攫取了亚洲财富的葡萄牙向西绕中南半岛（即印支半岛，也称中印半岛），过马六甲海峡，渡印度洋直抵非洲东岸、地中海国家乃至欧洲各国；而西班牙则通过"大帆船贸易"向东借由黑潮经过中国台湾东岸、琉球群岛及日本群岛附近海域，然后凭借西风抵达当年西班牙人曾设立殖民据点的美国加州海岸，最后沿海岸线返回墨西哥的阿卡普尔科港，经陆路横穿美洲大陆，再渡大西洋，同样掠财富返回欧洲。

这个跨四大洲、两大洋的全球贸易网最初竟是由"教皇子午线"划定的！[1]

在"大帆船贸易"中，中国举足轻重。如果没有与中国的贸易，西班牙难以维持它在东方的这个殖民地。

福建与菲律宾在地理上仅一水之隔，海上交通便捷，从

---

1 16世纪末，西方国家开始航海冒险，当时只有伊比利亚半岛的西班牙与葡萄牙最为强大。教皇亚历山大六世应邀划分西、葡两国势力范围，即1493年划定的"教皇子午线"。1665年，西班牙从墨西哥远征之菲律宾成功后，无视"教皇子午线"的规定，挑战了葡萄牙在亚洲的"保教权"，形成了新的格局。

马尼拉到泉州航行大约需要一周时间，双方海上贸易历史悠久。当年，菲律宾是大量亚洲（主要是福建漳州、泉州商人运来的中国）丝绸、瓷器、茶叶、香料、农产品、漆器、金属品和珠宝饰物的集散地，货物经由这条新的海上通道运抵墨西哥，转运至欧洲及其他南美殖民地。同时，大量墨西哥银元及美洲的重要农作物如玉米、烟草、马铃薯、白薯、花生、西红柿、胭脂虫红染料等也经菲律宾传入中国。

每年2、3月间，"大帆船"由阿卡普尔科出发，历时三个月，抵达马尼拉。返程的船，于每年6月间驶离马尼拉湾，行程平均六个月。

每逢1月10日至2月25日，一年一度的阿卡普尔科"大帆船"集市尽展亚洲富饶，成了彼时的"亚博会"。为了垄断贸易，西班牙王室自1582年禁止秘鲁卡亚俄港与亚洲直接通商，仅留下阿卡普尔科，其繁荣程度可想而知。

自1565年西班牙第一艘大帆船"圣巴勃罗"号由菲律宾宿务岛（Cebu）开往墨西哥，至1815年最后一艘大帆船"麦哲伦"号开出阿卡普尔科港，驶向菲律宾，大帆船贸易持续了250年。

**白银资本**　18世纪末，墨西哥进口总值中，中国丝绸等商品占63%。有人推算，从16世纪中叶（有说17世纪中叶）至19世纪20年代，从美洲运抵马尼拉的白银达4亿西班牙比索[1]之多，其中绝大部分流入中国。当时，物美价廉的中

---

1　据资料记载，当时在墨西哥流通的1西班牙比索约合4.6克的22k黄金。

中世纪美术作品：远处停泊在海上的是"马尼拉大帆船"，徒步的二人为墨西哥最早的中国商人

国纺织品等商品使西班牙产品望尘莫及。商人利用亚洲产品的优越性和商品差价大做转手贸易，盘活金融资本，赚取高额利润，以至于西班牙王室不得不下令限制商船的吨位与航行的次数。

同时，成色好、分量足、使用方便的西方机制银币大量流入中国，广布民间，促使清政府于1887年开始购置西方造币机器铸造正式银元，完成了中国从古老的银两制到银元制的转换。

贡德·弗兰克在《白银资本》里深入研究了这段历史，该书中文版前言作者总结其观点写道：

> 美洲白银18世纪的产量约为74000吨，其中有52000吨运抵欧洲，其中40%约20000吨运往亚洲。另外留在美洲本土的白银约有3000吨横渡太平洋经马尼拉运抵中国。如果再加上

日本和其他地方生产的白银，全球白银产量的一半最终抵达亚洲，尤其是中国和印度。

问题出现了：

　　为什么欧洲需要亚洲的商品，却不能用自己的商品同亚洲交换而必须剥削美洲的贵金属？为什么亚洲可以向欧洲出口商品，却要求用贵金属支付而不进口欧洲的商品？弗兰克认为这个问题很简单，贵金属和商品在欧洲和亚洲之间的反方向运抵说明了它们各自在世界体系中的位置。[1]

弗兰克的结论具有突破性：

航海大发现直到18世纪末工业革命之前，亚洲经济领先世界，欧洲长期保持商品贸易的逆差。欧洲借助无偿的美洲白银、非洲黑奴，"购买了搭乘亚洲经济列车的车票，获得了一个三等厢的座位"，不仅制造了经济崛起的表面历史，也同时制造了先进文明的神话。而肇始了中国半殖民地历史的鸦片贸易就是英国为弥补其巨额贸易逆差的举措！

弗兰克进一步发掘学术的伪相，他指出，19世纪后半期，不仅世界历史被全盘改写，而且"放之四海而皆准"的社会"科学"也诞生了。

---

1　贡德·弗兰克：《白银资本》，刘北成译，中央编译出版社出版，1996年，第8—9页。

作为对弗兰克的呼应，恩里克·杜塞尔在《论对"他人"的遮盖》中把西方精神的巨擘黑格尔拉上了审判台。黑格尔就这样把历史学升华到哲学领域：

> 世界历史从东方向西方发展。欧洲绝对是世界历史的终结……世界历史就是由无法控制的自然意志向普遍性以及主观自由发展的学问。（黑格尔：《世界历史哲学》）。[1]

20世纪末的美国人福山不过是"历史终结论"现代发言人而已。

当然，太平洋上这段不寻常的交往史也在民间留下了善意的故事，如"普埃布拉的中国姑娘"。历史上第一本西班牙语-汉语词典名为《吕宋华文合璧字典》，也折射着"马尼拉大帆船"掀起的浪花。

与这条航线有关的，还应提及墨西哥第一个天主教圣徒。

出生于阿卡普尔科的费利佩，18岁时被父亲送往马尼拉做生意，在那里加入了圣方济修会。1596年，他奉命返回阿卡普尔科在"新西班牙"教区受封神父，所乘大帆船途中因风暴搁浅于日本海滩，时逢日本幕府残酷镇压境内基督教传教活动，费利佩视搁浅为神旨，并参加了日本的顶风非法传教。1597年，费利佩与外国及日本本土基督徒共26人被处死于日本皈依天主教之风盛行的长崎，成为著名的"二十六

---

1　Enrique Dussel: *El Encubrimiento del Otro*, Ed.ABYA-YALA, Quito, 1994.p.21.

殉道者",后被罗马教廷谥为"圣徒"。如今,大洋彼岸的长崎西坂有一座圣费利佩·德赫苏斯(San Felipe de Jesús)教堂;大洋此岸,圣费利佩也被奉为阿卡普尔科的守护神。

## 02 | 走向普埃布拉

选择普埃布拉省（Puebla）有两个考虑，一来那里有玉米古老的发源地特华坎（Tehuacán），二来三个月的墨西哥长旅我们需要一个"暂停"，决定在普埃布拉租房"生活"一段时间。

**瓜达卢佩圣母** 走向普埃布拉的途中，相向而驶的司机们不断朝对方挥手致意，后来才知道12月12日瓜达卢佩圣母节即将来临。更壮观的是一路与我们反向而行的朝圣队伍，或集体包车，或骑自行车，或三五成群徒步，络绎不绝。举着的旗子上，背着的镜框里，都是墨西哥圣母瓜达卢佩的画像。兴致勃勃，互致问候，过节一般。

据说一切起源于1531年12月9日那个清晨：一个棕色皮肤的圣母，在墨西哥城北曾供奉原住民众神之母"托南琴"的一座小山上，向已经皈依天主教的印第安青年胡安·迭戈（Juan Diego）显迹，用印第安人的纳华语告诉迭

戈，她是耶稣的母亲玛利亚。为了证明迭戈没有说谎，12月12日瓜达卢佩圣母再次显迹：让迭戈在荒芜的小山上目击盛开的玫瑰，而当迭戈遵嘱将包着玫瑰的斗篷呈送给墨西哥城主教苏马拉加时，那件用墨西哥本土植物剑麻纤维编织而成的粗糙斗篷上出现了身着绿披风、一副印第安妇女面容的圣母画像。

如今这件圣迹斗篷被供奉在当地圣母大教堂里，每年12月12日前后15天里，几十万甚至上百万墨西哥人——其中有很多罄其所有、自带干粮的印第安农民——从全国各地赶到这座叫特佩亚克（Tepeyac）的小山包，祈求、还愿，一睹四五百年前那幅圣母像的风采。

留学生时代，我曾在圣母大教堂前目睹衣衫褴褛、怀抱婴儿、匍匐前行的贫苦信徒，今天又眼见了他们浩浩荡荡的朝圣队伍。

瓜达卢佩圣母出现的1531年，正是墨西哥阿兹特克人生灵涂炭、失去城池整整10年之后，那时的墨西哥大地仍然危机四伏，这位印第安模样慈悲圣母的出现无疑推动了天主教传教事业。显迹之后的7年中，8百万印第安人皈依了天主教；不要忘了一个细节，12月9日那天，瓜达卢佩圣母曾示意迭戈去拜见墨西哥城的主教大人。

当天主教殖民统治大势已定，墨西哥民族成为一个混血民族后，混血肤色的瓜达卢佩圣母又成为一个民族主义的象征：19世纪初墨西哥独立运动先驱打起了瓜达卢佩圣母的旗帜，而12月12日的圣母节正是在1813年起义军的一次会议上决定的。

近现代几任罗马教皇先后将这位墨西哥圣母封为"全拉丁美洲的保护神""美洲的皇后",几年前去世的保罗二世也在1990年为曾目睹圣迹的俗人迭戈宣福[1]。

如今,瓜达卢佩圣母的形象在墨西哥乃至整个拉丁美洲家喻户晓、随处可见,有关学术篇章汗牛充栋。当包括诺贝尔化学奖得主[2]在内的科学家们津津乐道于那件永不腐烂的印第安斗篷、那些非植物非矿物的无名颜料、那幅无笔触而画成的肖像、那对映照出奇幻景象的瞳孔时,却也有资料显示,瓜达卢佩圣母的家乡原在西班牙埃斯特拉马杜拉省——毁灭墨西哥王国的元凶科尔特斯的故乡。是科尔特斯的部下贡萨洛·德桑多瓦尔将家乡圣母像的复制品随殖民远征队一起,带到了特佩亚克山上的托南琴神庙里。

一个从血液里、精神和文化上与殖民者难解难分的民族,如何在"后殖民时代"走出阴影?棕色皮肤的瓜达卢佩圣母形象浓缩了拉丁美洲民族的悲剧性历史,浓缩了其盘根错节的文化和难以预测的前途。

普埃布拉今天是墨西哥第四大城市,殖民地时期也是新西班牙总督区的第二大城市。但它不是印第安老城,而是殖民者在攻克墨西哥10年后建立起来的新城,"东三街""西四街"之类的街名大约与这样的历史有关。

---

1 即宣布其为beato。在基督教里,beato比santo(圣徒)低一级。
2 1938年诺贝尔化学奖得主德国人Richard Kuhn。

普埃布拉的建立主要在于它的交通要冲位置：正在大西洋海岸重镇韦拉克鲁斯——科尔特斯即从那里登陆侵入墨西哥高原腹地——与墨西哥城之间。其远离印第安人聚居区的"安全"环境及温和的气候也为没有在墨西哥城分得一杯羹的三等殖民者提供了一个休养生息的居所。1565年开始的"马尼拉大帆船"贸易即借助这条通道将从太平洋海岸卸载下来的亚洲财富运送到大西洋海岸，装船转运至欧洲。

普埃布拉省北部是印第安人集中的山区。从墨城南下的路上已经领略了它美丽的山野风光，但人民是贫困的，我们曾在墨城的地铁站边收到身着白衣裤的山区农民散发的求助信，信中有一句话："我们向你们求助的钱不是为了搞任何工程，而是农民所缺少的用来播种、耕作、收获庄稼的资金"。

下午随新结识的朋友阿图罗进城逛了一圈，在圣方济教堂里看到了一具供奉在那里的真人尸体。人们在昏暗的光线下登上台子，咫尺之内细观其容颜。一张木桌上放着一本留言簿，记录着信徒对死者显迹的种种见证，包括对其尸体经久不衰、香气四溢的感受。这位今天被墨西哥人尊为"汽车保护神"（patrono de los automóviles）、当年被称作"牛车修士"（fraile de las carretas）的16世纪人士，名叫塞巴斯蒂安·德·阿帕里西奥（Sebastián de Aparicio），其事迹与普埃布拉城、与前述两洋间的贸易通道息息相关。他在没有"车轮"概念的印第安墨西哥驯化了犍牛，修筑了车道，制造了牛车，沟通了韦拉克鲁斯和墨西哥城间的交通，据说还因此减轻了印第安人的负担，因为此前崇山峻岭间的殖民地货运一直靠印第安苦力人背肩扛。普埃布拉城里能见到教士在车轮边抚摸跪拜于其膝下的印第安人雕像。1789年，教皇庇护六世为其"宣福"，今天墨西哥教会仍在搜集资料向梵蒂冈举荐为其"封圣"。

普埃布拉的牛车修士像

## 03 | 传说乔卢拉有 365 座天主教堂

小伙子奥斯卡也是朋友介绍的，住在普埃布拉附近的乔卢拉（Cholula）。早晨他来接我们去参观以拥有 365 座教堂著称的这座名镇。奥斯卡有瓜达卢佩圣母一样的黝黑面孔，但受前妻（印度尼西亚穆斯林）的影响，改宗伊斯兰。

如果说 1531 年由殖民者建起的普埃布拉是殖民地时期第二大墨西哥城市，那么乔卢拉就是前哥伦布时期墨西哥的第二大城市，并且拥有 2500 年城市史，是墨西哥境内连续有人群居住的历史最长的城市。它最早的名称在印第安语言里的意思是"人造山"（montaña hecha a mano），因为世世代代的印第安人在这块平原上建起了大量金字塔，用以与天上的神灵对话。后来者的金字塔堆积在先前文化的金字塔之上，山包越堆越高，与此同时，文化传承积累，愈加丰富。西班牙殖民者到来之前，最大的金字塔是献给羽蛇神盖察尔夸特尔（Quetzalcoatl）的，作为众神之首的羽蛇神已经成为中部美洲地区不同印第安文化共同崇拜的神灵。

奥斯卡自豪地告诉我们，乔卢拉的羽蛇神金字塔是世界上体积最大的人工建筑。我不知道是否如此，但我更感兴趣的是奥斯卡口口声声"我们的祖先"（nuestros antepasados）的表达方式。昨天，肤色看上去至少有70%白人血统的阿图罗的话也曾使我留意："在西班牙人到来之前，我们有自己的法律"。

这很重要，很难想象美国人称本国印第安人为"我们的祖先"。

拉丁美洲人注定承认自己有一位印第安母亲，他们又将怎样对待自己的西班牙父亲呢？有一天他们会像马尔科姆·X[1]那样唾弃自己的殖民者姓氏吗？

奥斯卡像是问我们，又像是自言自语地说：

"如果没有西班牙人的入侵，我们的文化是否会成为一种完全不同的丰富的文化呢？"

我想，这自然的流露是许多拉丁美洲人心里常咀嚼的一粒苦果。

我们跟随奥斯卡围绕着巨大的羽蛇神金字塔观察。这座59米高、延伸极宽的山包其实早已不是一座金字塔、而只是它的昔日底座，被考古工作者用隧道挖掘出的部分暴露出金字塔缜密的石筑结构，让人想象其巨大的内部有着怎样的文化堆积。高高在上的，是那组鹅黄色的罗马式圣母教堂，里面供奉着从西班牙请来镇邪、并坐镇再也不走的圣母雷美

---

1　美国20世纪60年代黑人穆斯林运动领导人。他给自己起了意味"空缺"的姓氏——X，因为美国黑人有一个相似的历史：因黑人母亲被白人强奸而出生。

被天主教教堂压在下面的印第安神庙

乔卢拉神庙模型

蒂奥斯（Remedios）。这个每年都要被抬出来游行的圣母像，看上去不过是一个极小的布娃娃。

如同羽蛇神庙被"镇"在圣母教堂之下，乔卢拉的每一座印第安神庙都被一座天主教堂压住。尽管教堂的实际数字远没有传说的365座之多，但包括郊区在内的100来座大小教堂对于方圆有限的乔卢拉来说相当可观。关于365的讹传，只有一种解释：乔卢拉曾是中部美洲印第安人重要的宗教中心，西班牙人对它曾充满了恐惧。

这种对异族文化的心理恐惧后来演变成了一场对异族的恐怖屠杀。以前在书里就读到过"乔卢拉大屠杀"，这次在乔卢拉的展览馆里又看到了很多文献实物：印第安人的画，西班牙人的字。

那场惊心动魄的大屠杀在1519年的10月里延续了整整6天，据各种史料，大街小巷、院落庙台被死者的鲜血染红，"仿佛被血雨淋过一般"。印第安的画史上那些残肢断臂帮助我们想象酷烈，西班牙普通士兵所撰《征服新西班牙信史》也暴露了屠杀者的凶残：

> 科尔特斯当即下令放一枪，那是我们事先定好的信号，接着我们朝他们一阵猛杀，杀得他们一辈子都不会忘记，许多人当场毙命，他们那些假神的许诺并没能帮他们的忙。[1]

五百年前那个事件至今原因不明，被屠杀者更不可能留下解释。根据逻辑推断，那是科尔特斯给墨西哥城里的阿兹特克国王蒙特苏玛送去的一个警告，因为乔卢拉正在韦拉克鲁斯通向墨西哥城的半道上。

1519年10月18日，西班牙士兵开进当时名为特诺奇蒂特兰（Tenochititlán）的墨西哥城；翌日，科尔特斯的大将迭戈·德奥尔达孜登上了巍峨的波波卡特佩特尔雪山（Popocatépetl），面对随行印第安人惊愕的目光，公然在这座印第安人的圣山上，用硫磺制作火药。

---

1 贝尔纳尔·迪亚斯·德尔·卡斯蒂略：《征服新西班牙信史》，商务印书馆，1988年，北京，第179页。

La matanza de Cholula (*Lienzo de Tlaxcala*)

古文献特拉斯卡拉画卷上的乔卢拉屠杀

## 04 ｜ 普埃布拉的日子

　　早晨去农贸市场买了南瓜花，回来吃了南瓜花炒鸡蛋卷成的"塔克"（taco）[1]，喝jamaica（中国叫玫瑰茄）泡制的玫瑰色饮料。我们把买来的食物中凡美洲原产地的集中在桌上：玉米饼，花生，南瓜花，土豆，西红柿，嫩仙人掌，油梨，辣椒，人心果[2]，剑麻蜜，照了一张《我们的餐桌》

　　这一趟旅行对美洲给予世界的农业贡献感触良深，而文明的贡献者自身并没有觉悟，那天阿图罗接我们时，听我们大侃土豆，居然说："我还以为土豆的原产地是欧洲呢！"

---

1　"塔克"是有名的墨西哥玉米面夹馅卷饼，将薄薄的小玉米饼在刷了油的饼铛上烤热，卷上剁碎的肉丁、辣椒、西红柿、洋葱，排成一溜放在一只小盘子里。顾客左手托盘，用右手的拇指和食指捏着吃。

2　人心果（zapote），口香糖的主要原料。印第安人早有传统，从人心果树的树皮中提取黏稠的汁液，使之凝结成胶状物，放在口中嚼，这就是口香糖的雏形，连口香糖在西班牙语中的名称chicle都来自印第安语言，起先是玛雅语sicte，意为"血"或"生命汁"，后来是阿兹特克人的纳华语chicle，意思是"粘"。关于美国人如何利用了印第安文化传统造出风靡世界的口香糖，有一连串的故事。

我们餐桌上的美洲原产食品（做面包的小麦除外）

　　下午正要出门，陈和他的普埃布拉籍学生阿贝尔来访。闲谈中，美国人在墨美边界修筑的防偷渡移民"墙"是一大话题。据说美国农场主认为墨西哥劳力——尤其是普埃布拉农民——体格好，摘苹果不腰疼。阿贝尔说，墨西哥农民认为跑过边境干活很自然，"本来就是我们的土地嘛"[1]。但是大多数人挣了钱均返回墨西哥，不愿意学英语，"也许哥伦比亚人愿意留在美国，但墨西哥人不愿意。"

　　正巧昨晚看了墨西哥人抗议边界墙的电视节目，游行的人们举着切·格瓦拉画像，唱着"无证移民"（indocumentados）自己编写的歌曲。被采访的农民抱怨说，"本来以为有了北美自由贸易协定，我们能向美国自由出口产品，但这道墙挡住了道路。"农民抱怨说美国人对墨西哥产品无理挑剔，电视画面上出现了一种应该是佛手瓜（chayote）的水果："20只装的一箱水果，只要有一个看上去

---

1　美国通过19世纪中叶的"墨－美战争"吞并了墨西哥一半以上的领土。

不太好，整箱都不要，水果上的凹缝深一些，影响美国人削皮，也不要。"阿贝尔说，人们把边境墙称作"耻辱墙"（muro de vergüenza），在墨-美边境蒂华纳（Tihuana）已经修成的边境墙，材料用的是海湾战争中美军机场的废料。

墨西哥蒂华纳与美国圣迭戈间的边境墙，墨西哥抗议者记录了每年因"偷渡"而死亡的人数

**玉米饼**　听我们说买来的玉米饼放上一天后易折断，阿贝尔立即开车带我们去买"真正的玉米饼"。那是一个他常去买饼的小摊，"她用的玉米面是村民自己磨的，她自己和面，手工制作。"那妇女一边与我们闲聊，一边娴熟地将柔软的小饼在两个手掌中来回翻拍。我们从灼手的饼铛上拈起一张刚熟的，美滋滋送到口中。阿贝尔说，"我们的好玉米都出口了，只有村里还能供应好玉米，市面上的玉米饼很多是用从美国进口的转基因玉米做的，吃了转基因食物，再吃抗生素不管用。"这两天，"转基因"一词越来越耳熟；那天

做胡萝卜炖鸡，发现萝卜比鸡还不好烂，我真担心买来了转基因胡萝卜。

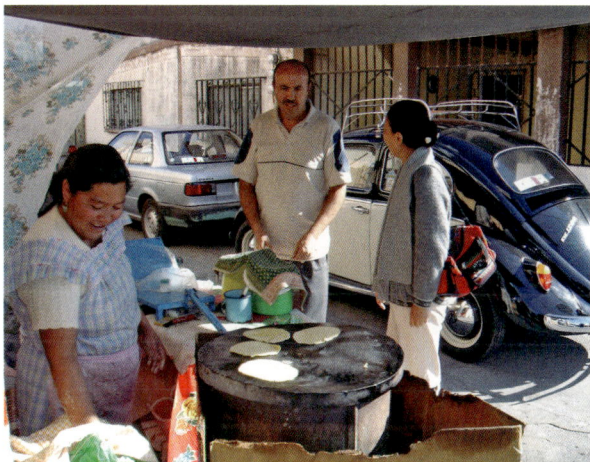

尝尝地道的 taco！

那妇女见我们对玉米饼津津有味，便告诉我们，最小的玉米面饼要数巴掌大的"牧人小饼"（tortilla de pastor），专门用来做卷饼"塔克"，最大的得算瓦哈卡州人做的"特拉尤达"（tlayuda）。她用手比划着，有我们的炒勺锅盖那么大。阿贝尔补充说："妇女们缝制漂亮的圆布袋来装这种大玉米饼。虽然超市已开始卖冷藏密封的袋装玉米面饼，人们还是最爱吃手工家制刚烙好的。一些贵族和上层资产阶级家庭，也保持着吃玉米小饼的习惯"。

自从制饼机于1884年在墨西哥发明以来，玉米饼店就像中国北方的馒头、切面店一样遍布全国乡村城市。这种从和面到制作出热烘烘小饼的流水作业机器为墨西哥人提供了成千上万个工作岗位，是墨西哥街头一大景观。据说，几经改造的机器甚至能制出口感类似手工制作的小饼。

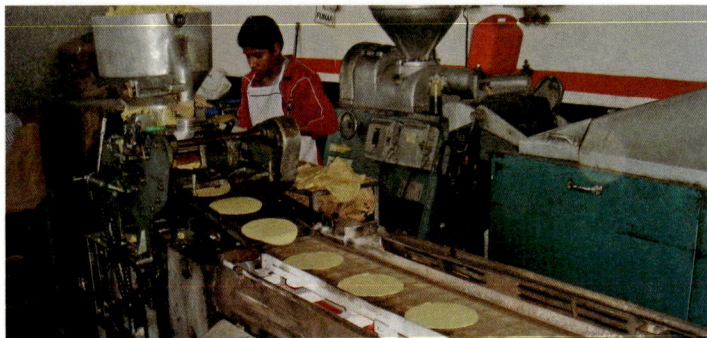

墨西哥街头副食店：做玉米小饼的流水线

玉米面饼只是墨西哥玉米食谱中最主要的一种，在墨西哥民间文化展览馆里，陈列着一本20世纪80年代出版的分9章记录600种食谱的《墨西哥玉米食用大全》。玉米的食文化当然要追溯到印第安时代，但是在殖民地时期的17世纪，也仍有人记录到170种不同配方的玉米粥、玉米糊（adole）。直到20世纪末，玉米仍然占国民食物构成的50%。

阿贝尔还提醒我们注意，古代印第安人创造了玉米的"湿磨法"（nixtamalización），即将玉米煮成半熟，掺入适当的石灰碾磨。这样磨出的玉米面既营养又易于消化。此法延续至今，连超市食品工业也吸取了这种技术。

闲聊结束，买了一包"真正的玉米饼"带回，合1个比索3张。

趁阿贝尔有车又熟悉情况，一起去逛普埃布拉城。

这座只有五百年历史的殖民地城市被联合国宣布为"世界人类遗产"，评判者摆脱不了潜在的西方眼光。这是一座天主教味道极浓的城市，市内充满了各种各样的教堂、修道院。很多遗址也与"路"的历史有关。圣佩德罗艺术博物馆在16世纪时是一所医院，专门救治从韦拉克鲁斯到墨西哥之路上的西班牙人伤病员。1862年，不甘心丢失在新大陆利益的欧洲列强干预混血人总统华雷斯执政时的墨西哥，拿破仑三世的军队在债务的口实下公然入侵，也是从韦拉克鲁斯登陆、而在通向墨西哥城路上的普埃布拉吃了败仗的。

**塔拉维拉**　当然，普埃布拉也是一座有艺术特色的城市，不仅有用彩色玉米叶装饰的门窗，更有用"塔拉维拉陶砖"修砌的整座建筑的外墙、内院地面、喷泉。塔拉维拉陶砖是源自16世纪的上釉陶器，以类似中国青花瓷的蓝白图案为主调，但图案带着美洲艺术的粗犷和随意性。在琳琅满目的塔拉维拉店里被器皿的图案色彩形状弄得目不暇接，仍没舍得解囊，不过在一家用塔拉维拉陶瓷装饰到各个细部的餐馆里，吃了一份用剑麻纤维做的纸包着的羊肉，边吃边慢慢地欣赏。

阿贝尔说塔拉维拉是西班牙一座城市的名字（Talavera de la Reina），那里的瓷砖陶器自15世纪以来就是西班牙的上品，无疑受到了阿拉伯装饰艺术的影响。普埃布拉市与西班牙塔拉维拉城结为姐妹城市，但位于"两洋之路"要冲的普埃布拉，其陶瓷美感难道没有得益于"马尼拉大帆船"载

来的中国瓷艺吗？"大帆船"贸易出现之前，普埃布拉城只有40多名陶工，到了1793年已有46家陶瓷工场。

再向前追溯，是中国的青花瓷影响了阿拉伯的艺术品位呢，还是阿拉伯艺术启迪了中国的青花瓷？据说，在阿拉伯人把中国瓷器带到古代波斯之后，那里的"钴蓝"又被带到中国，因此"钴蓝"又被称作"回回蓝"。

早在前资本主义时代，世界就在"全球化"着。最近看到几本美国人写的书以此为由反对人们对"全球化"的反对，岂不知从早期世界体系到资本主义世界体系，其中有一个本质的变异。

**中国姑娘** 跟着阿贝尔，我们走进一家餐馆，说明牌上写着，这里是著名的"普埃布拉中国姑娘"（China Poblana）最后居住的地方，中世纪加乡村风格的庭院里有她一座高大的塑像。回程的路上，阿贝尔放慢了车速，我们在街心喷泉的顶部又一次看到了"中国姑娘"手提裙裾的身影。

"普埃布拉中国姑娘"来自一则美丽的传说，她的服饰影响了那个时代的整个墨西哥，与墨西哥牛仔的大檐帽、窄腿裤并列为传统民族服装。

据考证[1]，其实那种窄腰身的宽大长裙，绣花敞领短袖上衣来自印度，而这位历史上确有其人的"中国姑娘"是一位

---

1 Agustín Grajales Porras, La China Poblana: *Princesa India, Esclava, Casada y Virgen, Beata y Condenada*, Instituto de Ciencias Sociales y Humanidades, Benemérica Universidad Autónoma de Puebla, 1998.

来自印度莫卧儿帝国的贵族之女，名叫米拉（Meera）。

她生于1605年，那年正值莫卧儿帝国的穆斯林国王"伟人"艾克拜尔（Akhbar）去世，艾克拜尔的爷爷就是那位在印度历史上第一次统一了次大陆大部分领土的巴布尔（Babur）。这个穆斯林姑娘又是怎样成了普埃布拉"中国姑娘"的呢？

这一切都与"马尼拉大帆船"有关。

米拉在动荡的印度次大陆被海盗掳走，几经转卖，于1621年被一个葡萄牙商人领上一艘大帆船。在阿卡普尔科下船后，被卖给了一个膝下无嗣的普埃布拉商人，接受了天主教洗礼，改名为卡塔里拉（Catarina）。身为奴仆的卡塔里拉以美貌和灵巧，尤其是东方神秘，征服了普埃布拉居民，遂被亲切地称作"中国姑娘"。China一词，尤其是它的缩小词chinita，在西班牙语里有"温柔姑娘"之义；所以，"中国姑娘"兼有"东方""温柔"双重含义。

至于来自马尼拉的印度姑娘为什么被叫作"中国姑娘"，那就如同来自马尼拉的大帆船也被叫作"中国船"一样：在遥远的美洲大陆，模糊的东方似乎可以用"中国"来概括，直到今天，日本裔的秘鲁前总统藤森不是还被支持者称作"中国人"（chinito）吗？

穆斯林姑娘卡塔里拉最后死于天主教修道院。在普埃布拉这座宗教气息弥漫的城市，生前已被奇迹环绕的东方姑娘死后更被渲染夸张，以至于宗教裁判所不得不下令禁止张贴她的画像。但是直到今天，普埃布拉天主教会还在矢志不移

地请求罗马教皇为她"宣福"。

普埃布拉的"中国姑娘"

晚上回来继续夜读《玉米与资本主义：一个私生子的履历》[1]。

我们已经这样读了两本书，前一本是《美洲征服背后的伊斯兰影子》。我眼读口译，Z耳听手写。这样，同时读译听记，把一些宝贵的知识不仅变成印象，而且留在了本子上。《玉米与资本主义》是一本重要的书，它把学术的严谨和对历史的正义，以及学者的热情，几样熔于一炉，使人同时获

---

1 Arturo Warman: *La Historia de un Bastardo: Maíz y Capitalismo*, FCE, Instituto de Investigaciones Sociales de UNAM, México, 1988.

得可信的知识和强烈的感染。

作者阿图罗·沃曼是几年前去世的墨西哥国立自治大学社会学家。开篇即"美洲植物宝库"。据他援引资料，现代世界摄入的三分之一食物都直接或间接与美洲有关——从曾拯救人类于饥馑的玉米、土豆、红薯，到消费社会不可或缺的可口可乐、巧克力、香烟、口香糖。

关于副标题"一个私生子的履历"，作者解释说，如果玉米的父亲——野生玉米的确切种类——至今不甚明了，其母亲则明确无疑，即生活在今日墨西哥中南部地区的美洲大陆原住民，是他们通过采集、筛选、驯化、杂交等一系列古代科学实验和原始生物遗传工程对人类文明做出了这一卓越贡献。"私生子"一词还有第二层寓意：玉米从美洲原住民的清贫生活中走向世界，它在门第显赫的欧洲最初遭受冷遇，但在同样贫困的中国、亚洲、非洲却倍受欢迎，直到最终被全世界接受。

有关世界粮食市场内幕的内容振聋发聩。我们从中获悉美国如何从本国战略利益出发，打乱世界粮食市场的结构，甚至引导和改变粮食输入国的饮食习惯。我们惊闻影子般存在的、由世界七大家族控制的五大食品跨国公司[1]，其秘密经济行为足以导致一国灾难性的政治变迁。

---

1 参看中译本《玉米与资本主义——一个实现了全球霸权的植物杂种的故事》，华东师范大学出版社，2005年，第209页。

## 05 | 到特华坎看玉米的"祖先"

就像在秘鲁抵达了的的喀喀湖岸土豆的发源地，在墨西哥，我们已经接近玉米的故乡。特华坎，普埃布拉城东南不远处的一座小城，那里的博物馆陈列着墨西哥迄今为止发现的最早的玉米。

迟迟不愿前往，反复学术务虚。从北京出发前，Z甚至去北大拜访了他的老师、考古学家严文明先生。在普埃布拉，我们更是先拜访大学社会学系，国立人类历史学研究所，查阅有关资料，甚至走访了农村发展局农业科这样的官僚机构。

林林总总，关于玉米的起源，大致结论如下：

玉米被现代社会给予的科学名称为Zea mays L.，但作为古老的作物，它在美洲大陆不同印第安文化的语言里有不同的叫法。"Maíz"之称是西班牙殖民者最早从加勒比海地区泰伊诺人（taino）那里听说并加以统一的名称。

比较起土豆清晰的起源来，围绕玉米起源的争论仍未结束。

20世纪的考古发掘，尤其是美国学者理查德·S.麦克尼什[1]在20世纪60年代进行的特华坎谷地发掘引起很大反响。目前除少数人持"亚洲起源""南美起源"观，大多数人认为，尽管难以确定具体地点，玉米很可能在距今5000至7000年前发源于墨西哥一带，现今玉米品种的谱系至少可以追溯到2000年前。在墨西哥、危地马拉一带发现了相当于玉米品种祖先或亲属的野生品种遗迹，墨西哥印第安人纳华语里存有大量丰富词汇描述与玉米关联的各个方面。这些都是"墨西哥起源"说的有力旁证。

清晨，怀着朝圣一样的心情，乘公交车向特华坎出发，行程两个多小时。路上第一次看到了比较多的农田，面积都不大，庄稼稀疏得让人辛酸。玉米已经基本收割完毕，仍可看见一些枯黄的玉米秸在成群的仙人掌旁有气无力地飘摇。街上卖的煮玉米远非秘鲁乌鲁潘帕的大白玉米能比。多次听说墨西哥农业已经荒废了二三十年，农民纷纷改行当木匠、泥瓦匠，或偷渡到美国得克萨斯州、加利福尼亚州（均为1847年后被美国剥夺的墨西哥领土）当雇农。

此刻非常想念华北平原上那平平整整的庄稼地，江南水乡一望无际的油菜花。

沮丧的心情被Z邻座的一个萨尔瓦多女人赶走。这个农

---

1 理查德·S.麦克尼什（Richard S. MacNeish），美国当代考古学家。

妇装束的中年胖女人名叫玛利亚，她去特华坎一带看女儿。她很健谈，与Z胡扯了一路，我像演双簧一样在Z身旁提示西班牙语。

玛利亚一如90%的普通拉美人，张口大骂美国"想统治世界"，"我们萨尔瓦多人像墨西哥人一样，都是印第安人的后代，小个头，大肚子（chaparitos y con panzas grandes）。他妈的西班牙人（los pendejos españoles）发现了我们，现在我们成了混血人。我移民到墨西哥来，因为我不愿意去美国，我不愿意讲他们的语言。我这个人很冲（soy brava），我不能上他们那儿，他们会杀了我！"

Z只是"是，是，哦，哦"地搭腔，基本插不上嘴。玛利亚声音洪亮，根本不顾邻座墨西哥人的反应——当然，墨西哥农民听着一定很习惯，我们也很痛快。"他们这些贼（hurtadores）耍了我们（nos ponen jodidos）"——不知是骂西班牙祖宗，还是骂美国佬——"我们的政府都是些戴绿帽子的狗屎，混蛋！"这后两个骂人词（cabrones, chingunes）也只能这么译了。

下车后邀玛利亚一起照相，她埋怨自己没带梳子，我当即掏出了我随身带的。留地址时，她让Z写。玛利亚只上过两年学，但她在车上还发表了一大通连我也没怎么理解的神学见解。玛利亚在乔卢拉摆小摊，我坚决谢绝了她的临时礼物——自己编织的、准备给女儿带去的毛线帽子。

特华坎是一座很俗气的小城，山谷博物馆只有一间展厅。黑乎乎的展厅里，在极普通的玻璃台面下，居然陈列着距今7千年的野生玉米芯！还有近十株古老的玉米穗，以及其他一些古代野生瓜果。干巴巴的、长度仅半分米上下的玉米芯，难道就是从它繁衍出养育众生的可喜作物吗？野生玉米芯好像在讲述一个动人的古代故事，其主角在人类文明史上是缺损的，是永远被边缘化了的印第安人！

距今7千年的玉米芯！

不让照相，Z在本上描画着那宝贵的玉米棒，并注明比例尺。管理员兼保安坚决否认带我们去附近发掘地点看看的可能性，他的全部工作，就是监视我们的照相机。

但是可以想象前哥伦布时代整个中部美洲满山遍野玉米摇曳的兴旺景象！

据估计，那时中部美洲不下2000万人口主要以玉米为生。由于玉米"随遇而安"的特点，它能在垂直长达1万千米的不同纬度上生长，不论是海平面还是海拔3000米的高度。就是在南美洲土豆发源地秘鲁，玉米也曾是更主要的粮食。

根据世界粮农组织统计，至20世纪末，全球仍有四分之一人口把玉米当作日常重要粮食直接食用，更要考虑到饲料玉米转化成的畜牧产品与人类生存的关联。在《大洋间交换》一书里，作为美国得克萨斯大学教授的作者这样写道：

> 美洲印第安人哪怕只将玉米这一件东西贡献给了人类，也值得全世界倾心感谢。这种禾本植物成了人类和牲畜最主要的食品。最近在墨西哥发现的古代野生玉米棒令我们感受到了印第安农人创造的伟业：一株野生玉米的整个果实不足铅笔粗，不到1英寸长。那时一整根玉米棒的食用价值很可能不及20世纪一粒玉米粒的价值。[1]

围绕玉米有过很多的争论，争论的不全是实证考据和技术细节，其中深藏文化内涵。阿图罗·沃曼尖锐地指出过：

> 从16世纪起，关乎玉米的兴趣和争论就带有意识形态色彩。争论先是围绕美洲自然与文明相对于旧大陆的低劣以及后者对前者统治的合法性，后来演变为关于热带和温带孰优孰劣的辩论。玉米起源问题被嵌入人类文明和进步之演变的讨论框架中。不少源自那时的偏见改头换面延续至今，貌似中立的科学语言便是这些偏见的遮蔽。

---

1　Alfred W.Crosby: *El IntercambioTransoceánico*, UNAM.México, 1991, p.172.

在不让照相的博物馆做笔记

1597年，英国人Gerarde在他关于植物学的书里这样总结了彼时自然学者对玉米的主流看法：

> 尽管孤陋寡闻的印第安蛮人从低下的生存环境出发，认为玉米是一种好粮食，但是至今没有确凿证据显示其优点。玉米没有什么营养，粗硬且难以消化，与其说是给人吃的，不如说是给猪吃的——这是显而易见的结论。[1]

文化成见如种族歧视一样浸入骨髓。玉米至今被看成"穷人的食品"。墨西哥今天仍有人认为吃玉米低级，吃小麦高级，仍然有白人把"印第安人是只会吃玉米的猪"挂

---

1　Alfred W.Crosby: *El IntercambioTransoceánico*, UNAM.México, 1991,p.117.

在嘴边。

阿图罗·沃曼在《玉米与资本主义》中还指出了一个可疑的现象：

欧洲历来重视农业史文献，农学著作浩瀚如海，但关于玉米在欧洲传播的记载却杂乱无章、少得可怜。经历了一个长时期的冷遇后，玉米悄无声息地进入18世纪关于植物学的系统文献和农学教科书，似乎它生来属于欧洲植物谱系。它在欧洲文献中的再现"缺少一个惊奇"。阿图罗·沃曼认为"缺少惊奇"的现象不是随意的遗忘，而是微妙的淡化，为的是迎合那个时代从布丰、德保[1]到黑格尔所代表的欧洲思潮——美洲是文化低下的大陆，是应该被欧洲教化的大陆。

《玉米》的作者真是一个让人尊敬的知识分子。

本想去大学拜访他，没想到他已经去世。

晚上与Z一起在网上查阅了中国与玉米的关系：

玉米于16世纪经陆路与水路传入中国。由于能生长在水稻无法企及的山区、坡地，玉米迅速传播，并与土豆、红薯等美洲作物的引进一起，在中国造就了两三百年的人口增长、经济发展和政治稳定。有异于欧洲，玉米的传入与发展在中国有古老、明确的记载。何炳棣等两位当代中国学者分别在中国各地搜集到关于玉米的古老名称达65、99个之多。

---

1 乔治·布丰（Georges Buffon），18世纪法国自然学家；科尔内留斯·波夫（Cornelius de Pauw），18世纪尼德兰哲学家。

## 06 | 遇上了"转基因"这个大话题

在这个天主教国家里，每年的圣诞节和新年前夕各部门都有员工聚会。今天，普埃布拉大学社会学系主任邀请我们去参加他们的年终聚会，并特意安排我们与反对"转基因"活动家胡利奥一桌。胡利奥本人是研究民间宗教学的，他积极参与保卫墨西哥生态农业的社会运动。

胡利奥很健谈，为了简化，我和Z私下谈话时称他"转基因"。

墨西哥的粮食安全问题和白热化的"转基因"论战，是此行一个始料未及的收获。比起书斋里的研究，这种从现场获得的感觉更宝贵。

一路目睹的农业萧条、农田荒废，在谈话中得到了确认。由于对中国的担心，我们格外注意"转基因"的情况介绍：

除了特华坎，瓦哈卡也是玉米的发源地，有8千年的历史。作为玉米的故乡，作为以玉米为民族认同符号的国家，墨西哥面临着威胁，承受着屈辱。

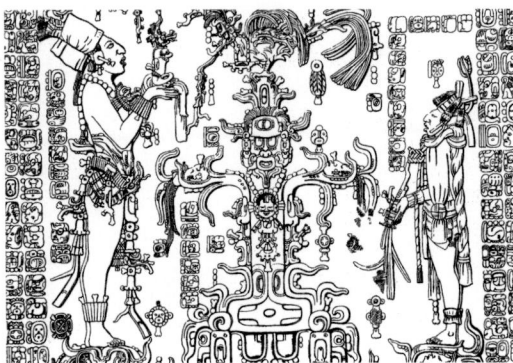

恰帕斯帕伦克神庙浮雕中的玉米世界

直到20世纪60年代，墨西哥仍然是个在基本食品玉米方面自给自足的国家，自从1982年德拉马德里总统执政以来，每年进口800万吨玉米，占总消费量2000万吨的40%。1994年与美国、加拿大签订的"北美自由贸易协定"生效后，每况愈下。1996年，进口美国玉米500万吨，是"协定"中规定墨西哥进口配额的两倍，而且墨西哥人民——玉米的母亲——竟开始食用在美国喂牲口用的粗硬的黄玉米！

不能完全归于国家落后，更不能谴责人民懒惰。墨西哥只是整个诡秘的国际棋盘上一个被逼到死角的小卒。

世界粮食市场的根本性变化始于二战后。美国利用战争的特殊形势和战后的有利地位，利用诱饵式的对外"援助"改变世界传统粮食消费的结构，对本国农产品高额补贴，逐渐使大多数贫穷国家沦为对美国的粮食和食品进口国，而美国一跃成为世界上最大的粮食出口国。

口粮是一个国家的命脉，

粮食主权的丧失威胁着国家的安全，

粮食，这是一个政治命题。

曾几何时，墨西哥因有幸与美国、加拿大签立"新自由主义"式的协定而受到拉丁美洲他国的羡嫉；而今天，它像一个危机四伏的国家案例为他国敲起了警钟。1992年，作为1910年革命成果的墨西哥宪法遭到阉割，为农民争得了土地所有权的宪法第27条被删改，一切回到了那场并不彻底的革命之前。自20世纪90年代始，外国资本纷纷购买墨西哥土地。1992年，一个日本移民集团曾到恰帕斯州买土地，建了一个"日本村"。以色列人在特华坎附近买过旱地，两年后放弃了。眼下美国佬在韦拉克鲁斯、塔巴斯科州租了肥沃的土地，用现代技术、当地雇工开发，产品运到美国。这是农业"外包"。当墨西哥政府放弃了对农村的指导，放弃了对农民的援助，美丽的"自由"换来的是农业和农村的分崩离析。

"转基因"商品种子和"转基因"食品的出现使一切倍加紧迫。

胡利奥告诉我们，"转基因"是近十几年出现的一项新技术。比如，西红柿易受冷歉收，科技人员就把鲑鱼基因输入西红柿以增强后者的抗寒能力。现在市场上出售的"漂亮"的水果蔬菜都可能是转基因产品，它们对人类的危害有无至今还未得到确认。胡利奥还提及加拿大的一场"转基因"官司：几年前，一辆运输"转基因"种子的车翻了，种子落在了道旁农民的土地上，种子公司居然把农民告上法庭索求巨额赔款，因为他们的"转基因"商品被农民免费获得。

"现在他们向我们墨西哥人出售'转基因'玉米种子，这是不公正的！"

谈到祖国，胡利奥情绪激动，"玉米是我们墨西哥人对世界的贡献，现在却要高价从拥有'产权'的跨国公司——主体是美国公司——购买它的种子，那些大公司难道不正是利用了我们祖祖辈辈培育的玉米基因吗？Monsanto公司制造出代号为Terminator的玉米品种，它具有一种生物化学能力，只能用于一次性播种，第二年即失效；使用过它的农民必须连续向他们购买。这不是科技的进步，这是邪恶的膨胀！"

胡利奥深情地说，墨西哥是玉米的故乡，这里不仅有各色的玉米，而且仍然有宝贵的野生玉米。一旦"转基因"种子大规模入侵，将危及它们的生存，使这一人类遗产万劫不复。

实力雄厚的大公司收买知识分子和"科学家"为他们宣传，但是人民也组织起来了。胡利奥为我们开了一长列反对"转基因"的组织和活动家名单，有"绿色和平运动"的墨西哥代表，有"大地大学"、"海洋大学"的跟踪研究者，还有一个熟练运用网络手段的瓦哈卡印第安农民！他们要求对"转基因"商品贴签标明，给人民知情权、选择权，他们迫使政府发布对"转基因"商品玉米种籽进入墨西哥"延缓期"的法令。

我想起了在墨西哥城查普尔特佩克地铁站里看到的一个展览。地铁过道里摆起了一长溜大橱窗，橱窗中陈列着象征墨西哥59个玉米品种的59捆玉米秸。每一捆玉米秸都被一根手工编织的红带子扎住。这些由普埃布拉北部山区印第安妇女编织和使用的带子，原来是用于保护妇女生殖能力的，用在玉米秸捆上是因为她们把玉米看成大地母亲的象征。有些玉米秸上的带子是灰色的，表明已经被某种"转基因"种子污染。

地铁站里的反对"转基因"玉米展览

我们都想到了中国。中国是水稻重要的发源地之一，至今有丰富的野生水稻。中国也是大豆的故乡，大豆野生品种达6千种之多，代表着世界野生大豆品种的90%。资本的阴影已经笼罩中国上空，就在我们甜蜜蜜与世界接轨的日子里，中国已经成了世界上最大的大豆进口国，本国生产的大豆却成了卖不出去的"愁豆"。中国需求量的50%靠进口，而进口的多为转基因大豆！互联网上已经出现了一连串红色警报，披露出跨国粮食公司的狠毒战略："用80%的资金搞垮对手，用20%的资金与他们合作！"

聚会结束时，系主任给我们——远方的客人——送了"圣诞小吃"（aguinaldo），然而今天最大的收获是植入心中的"警惕"。

## 07 | 到雪山脚下的小村去看玉米

　　一早在普埃布拉市中心广场与"玉米联合会"的玛尔塔见面，又约上了普埃布拉大学"学生之家"负责人桑切斯，一起乘公共汽车，经乔卢拉去玛尔塔在火山附近的家做客。

　　与玛尔塔的相识居然是由格瓦拉联络的！

　　那天四处打听、来到了玉米联合会，既找不到官员也找不到农民代表，随意走进旁边的一个农民产品直销店。店铺只有一间屋子，但摆设得很讲究。有染了色的玉米叶做成的娃娃和圣诞花环，有土制剑麻蜜，有用amaranto（一种类似秘鲁基努阿的美洲谷类作物）做的小点心，有天然染料染制的精美披肩等。最引人注意的，是用鸵鸟蛋壳制作的灯罩、小盒，件件玲珑剔透。忽然看见蛋壳制作的耳环和项链，上面居然雕刻着格瓦拉头像。我兴奋地告诉身边的店铺女管理者，我们很尊敬格瓦拉。这位30多岁的干练妇女立即说，我和我的姐妹们也都是切·格瓦拉的仰慕

者。她就是玛尔塔。

玛尔塔是个"社会工作者"（luchador social），帮助农村妇女推销玉米副产品发展副业是她的一项工作。我们得知，玉米每公斤只能卖1比索[1]，农民仅靠种玉米卖玉米无法生存，而一个玉米叶娃娃能卖20多个比索，一个玉米叶圣诞花环能卖100多个比索。但是地主的联产联销公司势力很大，农民很难与他们竞争，经济危机也使手工艺品难以售出。玛尔塔经常去北部山区，辅导农民养鸵鸟，帮助他们把肉、蛋出售给大饭店。玛尔塔也是非政府组织的人权活动家、支持古巴的积极分子。她说普埃布拉有一个何塞·马蒂咖啡馆，他们从那里送墨西哥青年去古巴学习，政府对此很不高兴。

切·格瓦拉像一张放行的路条，使世界各个角落的追随者彼此信任。

桑切斯在路上给我们讲了八十年代的普埃布拉大学生运动、学生领袖被杀害的事情。他现在负责的"学生之家"为贫苦农民子弟提供食宿方便，组织"卡尔·马克思"学习小组，帮助农民办村社图书馆，似乎与北部山区有很多联系。他们对中国现状很不了解，对社会主义前途感到渺茫，但不相信"一种制度会被人为地取消"。

**雪山**　整整一天的旅行，我们走了很远，却能从各种角度看到那两座沉默不语的巍峨火山，雪冠泛着银光。它们就是著名的波波卡特佩特尔和伊斯塔西瓦特尔（Iztaxíhuatl）

---

1　当时10墨西哥比索约合1美元。

火山，海拔都在5000米以上。

两座火山的名字连墨西哥本国人念起来都有些拗口，但人们念得深情，或简称它们为"波波"和"伊斯塔"，外国人也以能将山的全名念得地道为荣。"伊斯塔"紧挨"波波"身旁，其卧姿很像她的名字"睡美人"。关于两座火山，有很多想象和传说。墨西哥城所在的中央高原以南是著名的火山带，许多火山都在海拔3000米以上。最高的要数奥里萨巴峰（Pico de Orizaba），海拔5747米，是墨西哥境内制高点；而人们最崇敬的，是位于墨西哥城和普埃布拉城之间的这一对情人火山。500年前，那个科尔特斯的部下放肆登上去施威风的，就是这座圣洁的"波波"。

玛尔塔家的村子就在火山脚下，火山哪天火气大，整个村子都可能被吞没。村子有个典型的戴了天主教名称之帽的印第安名字——San Pedro Yaucuitlalpan，有600多户人口。1910年革命以后，农民至少分到了土地，但自从宪法27条被修改以来，大庄园的鬼影再现，据说以恰帕斯州地区为甚。

玛尔塔的婶婶家只有老两口，小院里什物齐全，一如中国的农家院，养两头奶牛，有一辆小卡车。此地旱地玉米一年一季，4月到11月是玉米的生长季节，收获的玉米主要自己吃。跟着婶婶上了阁楼，地上堆放着玉米，是一年的口粮。

我们新奇地看到有红色、蓝色、黑色和白色的玉米，真不愧是墨西哥！但玉米的颗粒既不齐整也不饱满，且有同株杂色。Z认为墨西哥的玉米正在退化，这不仅是因为品种过于古老，也是政府对农业放任自流的结果。婶婶挑了几个

"各色"的玉米给我们作纪念。她抱怨说，近十几年来日子越来越不好过，玉米1公斤1比索，没提价，但消费品价格成倍上涨，过去0.5比索一件的衣服，现在要花50比索。村里的年轻人都往美国跑，进餐馆打工，或在附近的美国来料加工厂做洗染工，缝制裤子。从婶婶家的阁楼上望去，村里有些人家在盖小楼，听说都是在美国打工挣到了钱的；有的楼只盖了一半，人还在美国。房基的石头则是从20千米以外的"波波"运来的火山石。

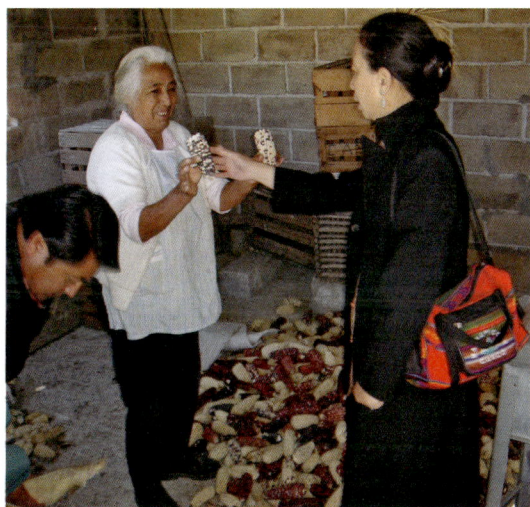

"这玉米是我们老两口的口粮。"

村里有一条从睡美人"伊斯塔"雪山流淌下来的河，河水清澈，但几近干涸。婶婶说，过去雨季时河水能淹没村子。附近以前有20个泉眼，现在消失殆尽。墨西哥农民已经是被遗忘的边缘人。为了解决缺水问题，村民自发修了水

泵站，埋了水管，目前这个泵站由村民轮流管理。玛尔塔的叔叔开着他的小卡车带我们去看泵站。路上，叔叔对我说，"波波"雪山一直照料着他的女人"伊斯塔"，而"玛林切"[1]是个自私的女人，她破坏俩人的关系

看来传说真的存在于民间，"玛林切"没有好名声。

很多国内国外的"知识分子"诧异我们坚持走出学院、走向民间，但是对于我来说，民间的感受是对学术、理论、结论的重要印证或纠正。

婶婶的玉米地里，庄稼已经收完，长着些苜蓿。残存的一些玉米也许是为了留种，个头比我所见过的中国玉米高，红、蓝、黑、白分开种，否则会长出杂色的玉米。这里的农民仍用传统方法选种，挑出长有20行、每行30粒的玉米棒子留种。人们不愿意用"转基因"玉米种子，"对人体有害，而且只能用一年，要不断向种子公司购买。即使有人动心，也不愿意真使用，怕影响了周围邻居的玉米。"

婶婶告诉我们，这里的玉米种植非常古老，附近还长着些很小的玉米，有三四百年历史了。人们保留着古老的风俗，每年2月，带上种子去教堂为玉米祈求祝福，每年3月12日，带上火鸡、"墨莱酱"[2]去"波波"火山献祭，当然，如

---

1 玛林切，会数种原住民语言的印第安女奴，科尔特斯的翻译兼情妇，被印第安人看成叛徒。
2 用多种辣椒、香辛料制作的墨西哥特产浓酱。

今"波波"被天主教称为圣格雷戈里奥[1]。

听玛尔塔和桑切斯说，墨西哥有很多与玉米有关的神，比如，玉米神叫Cintéotl，嫩玉米、干玉米、玉米收获的季节都分别有对应的神。有些虔信的印第安妇女至今做饭时，还要先往玉米粒上吹气，安慰玉米不要害怕入锅，并小心翼翼地收拢被吹散的玉米粒，以免日后受到"玉米大人"的惩罚。

玉米是中部美洲文化的核心，玛雅人的圣书《波波尔·乌》（*Popol Vuh*）中叙述神怎样在用泥、木头造人失败后，最后用玉米成功地创造了人类。关于玉米的五颜六色，关于为什么在磨玉米时要掺石灰，也都有美丽的传说。

在国内读过被翻译成西班牙文的阿兹特克人文献集《战败者的目光》[2]，其中有一段让人伤感的文字：1520年5月，阿兹特克人一年一度最大的节日"青玉米节"来临了，这是他们祭奠战神威齐洛波其特里的节日。请示了占领者西班牙人后，印第安人被获准照例庆祝节日，而西班牙人却背信弃义地制造了一场大屠杀。这个事件在西班牙人的史书里被轻描淡写一笔带过，在印第安人的文献里却占了很大篇幅。印第安人一丝不苟地描写了整个准备活动和祭祀仪式，在写到游行队伍准备出发时，有这样一句话：

---

1 古代墨西哥印第安人在玉米播种季节开始的3月11日到"波波"火山向"火山精灵"献祭。由于这个日子与天主教教皇格利高里一世San Gregorio Magno的忌日3月12日接近，西班牙殖民者将印第安节日篡改为天主教节日。

2 Miguel León-Portilla (introducción y selección), Angel María Garibay (versión de textos nahuas) *Visión de los Vencidos*, Ed.UNAM, México, 1989.2017年商务印书馆出版了中文译本：《战败者见闻录》。

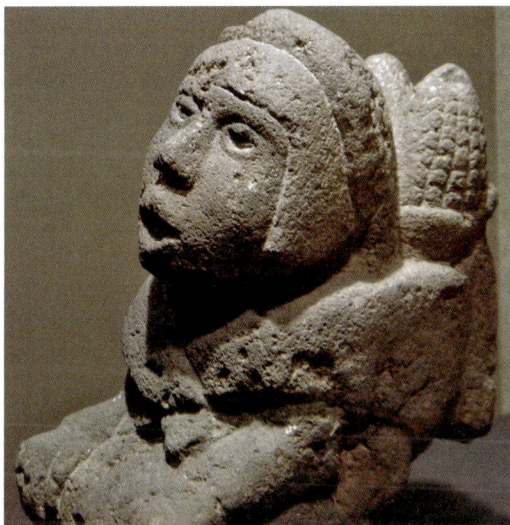

墨西哥城人类学博物馆内的石雕文物

　　　　所有人，所有年轻的武士全心全意地整装待发，准备纪念自己的节日，以此向西班牙人显示，让他们惊叹，让他们亲眼看看这一切。

　　原来在精心的准备、细腻的描写中，埋藏着印第安人淳朴的自尊心。如今，这古老的自尊心正在受到新的摧残。

　　玛尔塔和她丈夫办起的鸵鸟场有20多只从澳大利亚买来的鸵鸟。传统的牛、羊、猪饲养业不赚钱，他们希望帮助农民找到新的谋生之路。传说鸵鸟肉营养价值高，而鸵鸟皮可以制皮鞋、腰带，毛和蛋壳可以做工艺品。

　　玛尔塔的丈夫是医科大学毕业生，这里的外科医生，一个全才。他从美国买来孵化鸵鸟蛋的电箱，自己仿制后支援农民。他学过美术，许多工艺品都出自他手，蛋壳制作的灯罩上映出蓝白色图案，一时竟以为是塔拉维拉陶瓷。夫妇俩都是格瓦拉的崇拜者，鸵鸟场和家里都挂着格瓦拉的画像，收藏着许多关于格瓦拉的 CD、VCD。玛尔塔拿出一件朋友送给她丈夫的生日礼物——画在鸵鸟蛋壳上的游击队副司令马科斯。当我们认出后，玛尔塔笑着说："这是一个中国战士。"

在玛尔塔家吃了饭，她麻利地为我们做了炒鸡蛋、豌豆炒胡萝卜、玉米饼、还有用山楂、甘蔗、苹果、梅子煮成的时令果茶（puches），婶婶专门为我们买来了红玉米饼和新鲜的奶酪。

临别时，我们坐在婶婶家的沙发上照了一张全体像，沙发后面的墙上，贴着一张很大的切·格瓦拉画像，好像我们的后盾。玛尔塔送了我礼物——我们在直销店看见的那组雕刻着格瓦拉头像的鸵鸟蛋壳项链和耳环。

## 08 ｜ 巴基斯坦人如何讲解 Virgen

　　23号是个周五，我照例跟着Z去普埃布拉市中心的珠宝店，上了那个小楼。

　　第一次见到这个门脸是因为珠宝店醒目的店名"Bismilla"。进门一问，店主是个来了四年的巴基斯坦人，叫沙里夫。初来时，他没有一个朋友，如今每周五的聚礼常有一二十人。

　　Si tú buscas, Dios te ayuda，[1]沙里夫的表达已经是西班牙语的。

　　沙里夫在珠宝店的二楼租了一间空屋子，铺上了南亚图案的地毯。8个月前，他把学过经的哥哥从巴基斯坦请来当了伊玛姆。来二楼的除了墨西哥本地人，还有叙利亚人、埃及人，最近还多了一对波斯尼亚父子。他们的共通语言

---

1　如果你寻找，主就会援助你。

是——西班牙语。

沙里夫是个极容易给人带来信任的纯朴男人，用温和的、带着口音的西班牙语慢条斯理地与人谈话。其实他内心很痛苦：前两年，在一次行车事故中，他失去了儿子，妻子也因身残从此终生卧床。也许，正因为如此，他的心更诚，他的劝诫和鼓励也更有说服力。

每次当Z用简单的西班牙语句子告诉众人，每到一处，都要想办法问候天涯海角的兄弟，大家都很高兴——而我们那些寻找hermanos的经历也千奇百怪，充满了乐趣。那次在墨城找中心寺，打电话，查网络，问朋友，最后居然问到了天主教堂里的神父、路遇的犹太教徒。

9·11事件的一声轰鸣，真的是振聋发聩，很多孤陋寡闻的人知道了世界上还有个Islam。"你们为什么这"，"你们为什么那"，从好奇到了解，历史居然反强权之道而行之，世界上的musulmán竟然一天天多起来了，尤其在美国黑人中。墨西哥的普埃布拉像一面小镜子，映照着这个秘而不宣的过程。在我们逗留此地的一个月里，两次周五都有接受新人的仪式，穆斯林的后面，常有专注的观察者、羞涩的见习者。

今天讲的是第19章《马尔彦》（即天主教中的圣母玛利亚），内容其实非常重要：伊斯兰尊重和肯定基督教的信仰，承认玛利亚，承认摩西、亚伯拉罕和耶稣的先知地位。那位巴基斯坦人煞费苦心地说耶稣是上帝的仆人，但没有公开批评"三位一体"。他还语气坚决地说masulmán更有权利纪念圣诞节，我们听着很新鲜。在伊斯兰教里，亚伯拉罕是"易卜拉欣"，摩西是"穆萨"，耶稣基督被称作"尔萨"，等等。这种承认以前的先知、自认最后使者的特点为Islam赢得不少人心。

圣诞前夕讲解经典第19章，是个好选择。

24日圣诞夜，阿图罗接我们去他岳父母家过节。我们带去了礼物和自己包的饺子，主人准备了鳕鱼、虾饼、干虾汤、蔬菜饭，是很细致的待客考虑。饭前，孩子们用一块布兜着"圣婴"（niño Jesús），摇着他睡觉，然后让每个人亲吻那个被当作耶稣的卷毛洋娃娃。我们看着新奇又耐人寻味。

阿图罗告诉我他是无神论者，从小父母让他看很多书。他说圣诞树、圣诞老人都是来自美国的习惯。接我们来的路上，阿图罗像桑切斯一样提到了20世纪60年代的学生运动，八十年代的城市游击队。他说运动的领导者被捆住手脚从直升机上扔进大海，其余人的尸体装上大卡车，运到军事基地烧掉。在首都墨西哥城，我们曾两次去著名的"三文化广场"，Z曾在夕阳中久久不愿返回。我们对当时还没有平凡昭雪的1968年反独裁学生运动表示了极大敬意。学生和进步人士在广场上自发立起了一块方碑，纪念在广场上被镇压者枪杀的大批学生。Z认为那里应该被称作"四文化广场"。

从天主教占统治地位的西班牙到拉丁美洲，在宗教问题上，左翼和进步青年好像有三条出路，或选择无神论，或加入"解放神学"，或投向第三世界的Islam，当然后者数量很少。

25号圣诞节。下午两点，附近的教堂里站了一院子的人听圣诞弥撒。我们与奥斯卡去附近的名镇乌埃霍辛戈（Huejotzingo）。圣诞节前后正值水果成熟，沿途水果摊子比比皆是，都是为了煮那种在玛尔塔家喝过的果茶"普切斯"。途经一段又宽又直的路，两边长着格外高大的树木，路的起点立着一个牌子："科尔特斯关卡"（Paso Cortés），是殖民地时期修的路、种的树？反正普埃布拉一带与"路"有不解之缘。

孩子们在圣诞节庆祝"圣婴"的诞生

乌埃霍辛戈镇有一个16世纪的圣方济修道院，是殖民地时期最早的修道院之一，院子很深，林木荫蔽，当年是为了对付印第安人的火山崇拜而修建的。听说修道院室内有些美丽的古老壁画，正要迈步进去，目光贪婪的神父一抬手挡住了去路——门票30比索！

我们怏怏止步，Z想起了犹大出卖耶稣的30个银币，当场编出一个很优秀的西班牙语段子出气：

　　¡Pero San Francisco no ha dicho que si tú pagas 30 pesos, te voy a enseñar la verdad, y Jesús tampoco ha dicho que, si tú pagas 30 monedas de plata, te voy a llevar al paraíso!

　　（圣方济没有说过你交出30个比索就教你真理，耶稣也没有说过你交出30个银币就带你上天堂！）

"三文化广场"的第四文化："纪念倒下的战友们"

## 09 ｜ 附近有一个意大利移民村

前些天听来访的朋友说起乔卢拉附近有一个村子叫奇皮洛（Chipilo），村民都是意大利人的后代。小村像是墨西哥的一块意大利"飞地"，它的来历和现状很有文化意味。

19世纪初，拉丁美洲摆脱了西班牙殖民统治，却苦苦在殖民地的阴影里挣扎。它泡在白人和原住民人两种血液里，拖拽着欧洲和印第安两种巨大的传统，既不能弑父又不能弃母。整整一个世纪，大陆陷入论争的涡流、内战的硝烟，在动荡中徘徊不前。

用"文明"战胜"野蛮"！

给大陆换血！

做南美的美国！

19世纪末20世纪初的自由派"现代化"论者这样呼唤。

阿根廷总统萨米恩托[1]是那个时代主流思潮的代表。他提出了"移民就是治国"的口号——移来欧洲白人，从人种开始改造美洲"野蛮"。今天的阿根廷、乌拉圭就是在这样的国策下形成的国家。那时的文人写下了"病态的民族"一类文章，分析拉丁美洲的落后与印第安人头颅比欧洲人头颅轻之间的因果关系。

稍晚于萨米恩托，墨西哥出现了波菲里奥·迪亚斯的"文明独裁"[2]。正是在他执政时期，墨西哥从意大利输入贫穷的移民，安置在乔卢拉一带，分给他们土地，让他们从事养奶牛，企图通过白人传播欧洲文明，教化印第安人。对于欧洲来说，此举则缓和了旧大陆因工业化进程出现的人口过剩。

将近一个世纪过去了，这些当年来自意大利北部的穷白人后代不与外人通婚，凡有与墨西哥人结婚的，就搬离奇皮洛，使本村保持纯正的白种。乔卢拉一带过去是印第安文化的中心，人们的姓氏印第安色彩浓重，如：Toxqui, Cuautli, Cuecuecha, Papaqui, Coyapol, Cuamaztli 等，而奇皮洛村人却保持着典型的意大利姓氏。村民在家中讲混合了意大利语和纳华语的"奇皮洛语"。

今天，我们随奥斯卡去见识了这个墨西哥土地上的白人村。

---

1 多明戈·福斯蒂诺·萨米恩托（Domingo Faustino Sarmiento, 1811—1888），曾任阿根廷总统。
2 波菲里奥·迪亚斯（Porfirio Días, 1830—1915），曾任墨西哥总统。

果然像是来到了一个欧洲小镇，路人个个白皮肤，蓝眼睛，与墨西哥格格不入。登上教堂的台阶，正赶上有弥撒，一打听，村民们不是用西班牙语而是用意大利语唱圣诗。

　　一如20世纪初，大多数奇皮洛人仍然操当年为了"教化"印第安人的养牛业，后院里养着很壮实的奶牛。销售奶食品是村民的主要收入，很多购买者从远处慕名前来。街上有很讲究的面包坊，卖各种各样的欧式面包，质量好，价钱不贵，包装多是欧洲样式。意大利式咖啡馆当然也是这里的别致景观。村民的小院很精美，人也很热情，愿意与外人谈他们的"文化习惯"。

　　奥斯卡说，奇皮洛富裕，并不是因为白人天生勤劳能干，而是因为当初给了他们好土地，他们得到了大量贷款及优惠政策。奇皮洛人在历史上雇佣印第安人干活，轻蔑地称印第安人"乞乔"（chicho）。"可他们当年从欧洲来时一样是穷光蛋，白种穷光蛋！他们是吃我们的玉米面、玉米小饼长大的，所以我们叫他们'黄毛乞乔'（chicho güero）"。

　　听说近来网络的发展刺激了潜在的种族主义，鼓舞了一种古怪的"意大利民族主义"情结。一些奇皮洛年轻人建立了"北意大利"网络组织，积极学习意大利语，他们觉得外人"脏"，嫌弃墨西哥文化。而另一方面，普埃布拉的经济局长——一个墨西哥混血人——则两次造访奇皮洛，为子女求婚，希望增加后代血液里的白种成色。

　　我想起了青年格瓦拉在安第斯山区旅行日记中曾写到一个秘鲁混血人老师，那位老师对他说，在目前这种失败的教育体制中，一个混血人接受教育、奋斗终生的唯一目的，就是使血管里的那滴白人血液发挥作用。

奥斯卡的话是对的，在墨西哥，存在着粉饰的种族主义；美丽的"混血文化"是一种被渲染的神话。

## 10 ｜ 一个"解放教育学"的实例


晨9点与"学生之家"的桑切斯在华雷斯公园的华雷斯像前约齐，乘小公共汽车去圣伊西德罗村（San Isidro）参观一个贫民子弟课外活动站，Z按中国习惯称之为"义学"。

桑切斯显然很熟悉路线，他常来这里教授"人权"。汽车开进农村土路，随着桑切斯一声"下车"（¡Bajan!），我们跳下尘土飞扬的小公共，跳在了一条尘土飞扬的小路上。在一个用那种挺拔的仙人掌做篱笆的小院门口，女主人兼活动站创始人已在等候，一位身材粗矮、印第安血统起码在50%以上的中年混血妇女。

女主人把我们带到活动站——也就是她的家——门前，门口写着活动站很长的名称："埃米利亚诺·萨帕塔"综合教育青少年活动站。埃米利亚诺·萨帕塔（Emiliano Zapata）与潘乔·比利亚（Pancho Villa）同是1910年墨西哥土地革命中农民起义军的领袖，一个让墨西哥底层人回味无限的名字。马龙·白兰度在电影《萨帕塔万岁》里主演过萨帕塔。当今风靡世界的墨西哥恰帕斯州萨帕塔游击队沿用的就是这位"萨帕塔"的名字。

华金娜一副地道农村妇女打扮，上过些学，丈夫是高中化学老师。他们原来住在瓦哈卡，移居普埃布拉主要缘于一场官司：

华金娜的已故父亲是瓦哈卡的一位农民领袖，帮助穷人、寡妇、孤儿向地主争土地权，组织农民兴办村立中学，因此遭到陷害入狱。农民们把状子递到首都联邦区法院后被驳回，因为地主的儿子在国家移民局任职。桑切斯的人权组织帮助农民打赢了官司，华金娜的父亲得以出狱，并移居此地。

华金娜刚来不久就被一件"罪行"震惊：

村里的小商店被抢，店主被捆绑在店里，嘴里塞满了水泥，但店里唯一遭窃的仅仅是食品。原来，劫匪是一伙小孩，最大的只有6岁！

这一带是资本主义墨西哥的"大墙背后"。在当今这个"新自由主义"时代，大人"自由地"流动到美国去打工，在无人理睬的小村子里，抛下了一群群"自由自在"的留守儿童。"自由地"沦落为单身母亲的女人们外出谋生时，留下大孩子照顾小孩子，而大的为了让小的睡觉，就在小不点儿的嘴里塞上毒品……

继承了父亲禀性的华金娜萌生了拯救孩子的念头，她的热情和行动吸引了热心社会活动的非政府组织和大学里的志愿者。她请来了心理医生与孩子们聊天，医生从流浪儿的嘴里听到："我想烧掉学校里所有的东西。"

活动站向各种底层人开放，方式非常自由。华金娜在家中阳光充沛的地方摆上了一张大桌子，供妇女做手工艺品，少年画画写诗练吉他，孩子们玩游戏。桑切斯给少儿开的"人权课"，用的就是打弹球（canicas）的游戏。他告诉孩子们，弹球游戏中有规则，就像社会上有"维护青少年权益法"，而游戏中也有骗局，那就像富人们捣的鬼。

当然，贫穷仍是一切问题的核心，因为饥饿，有的孩子边画边进入了梦乡。华金娜们的努力是补救，是寄希望于未来。

今天孩子来的不多，华金娜拿出了相册。我们看到了带领小孩抢商店的6岁"首犯"的照片，照片上的面容虽然残留着"野蛮"，但我们看到了一张由衷的笑脸。"他是活动站的老站友了。"一位妇女正在缝制一个漂亮的圆布袋，那是专门用来盛瓦哈卡"特拉尤达"大玉米饼的，我买了一个表示支持。活动站下午有吉他课，教吉他的老师已经来了，这个温柔的小伙子是普埃布拉大学哲学系的学生。我把他的话翻译给Z："我们不能让这些贫穷的孩子丧失艺术敏感。"

我忽然想起了"解放教育学"。

前几年接触这个题目时，就受到很大震撼。20世纪"60年代"的拉丁美洲曾以"解放"为旗帜：解放神学，解放哲学，解放教育学。一个个领域充满了"解放"的生机。解放教育学的先驱是巴西著名民众教育家巴勃罗·弗莱雷（Pablo Freire）。他的解放思想是彻底的，他认为如果没有"觉悟"灌输其中，扫盲的结果最终也只能为体制服务。他创造的

扫盲法从识字开始就颠倒了"文化"的秩序，他倡导的扫盲过程就是人民觉悟的过程。果然，后来的右翼政变军政府以"颠覆"的罪名取缔了他指导的扫盲运动，连他使用的幻灯机也被列入颠覆工具。

一个远道而来的中国人居然了解巴勃罗·弗莱雷，华金娜感到出乎意料。她兴奋地说："弗莱雷是我们的导师，他的《被压迫者的教育学》是我的案头书。"

我们参观了活动站的户外场地，沙坑里有些自制的运动设施。两个月前华金娜他们在这院子里搞了一次标新立异的"亡灵节"[1]祭奠，由一位解放神学的神父主持，祭奠了包括切·格瓦拉、瓦哈卡州农民游击队领导人克鲁斯·桑切斯兄弟（Tiburcio y Alberto Cruz Sánchez）等人在内的烈士——底层民众的亲人。

华金娜把我们领到活动站的墙报前，有世界地图，有图画，有诗歌。Z对诗歌的内容很感兴趣，尤其是其中的一首：

在 2000 年的大选中，
另一个又上了台，
和以往许多在台上的一样。

他允诺我们会有一个变化，
他实现了允诺。

---

1  11 月 2 日是墨西哥的"亡灵节"。

今天穷人拥有的更少，

富人却拥有更多，更多……

再加上著名的"附加税"，

穷人已经吃不上饭。


你上台的时代，

是个该诅咒的时代，

该诅咒的钱，你是魔鬼！

"义学"的发起者

明天就是新年了，Z在日记中写道："这个诅咒使我很痛快！新年，如果你是个压迫穷人的年头，那么我从开头就诅咒你！"

我的日记上则增加了一张华金娜送的照片：她的父亲在家乡瓦哈卡耕作的玉米地。她并不知道，我多么喜欢这张照片。

今天，Z还应邀在活动站的纪念册上题词：

"文学、教育、信仰的原则都是：与穷人在一起。"

## 11 | 就近感受"解放神学"

在国内搞了那么多年对"解放神学"的研究和介绍，一直苦于没能近距离充分感受它。千里迢迢去了"解放神学"理论家古斯塔沃·古铁雷斯（Gustavo Gutiérrez）所在的利马，却得悉他已经被那里的Opus Dei[1]排挤去了法国巴黎。没想到在墨西哥的普埃布拉，让我几次直面这一伟大神学思潮的一批身体力行者。

一连串的机遇是由杜塞尔教授开的路条。那天在墨城，我们摸黑到了他在墨西哥城科约坎区深处的书斋。杜塞尔不

---

1 Opus Dei，这是一个值得密切注意的组织。何塞马利亚·埃斯克里瓦1902年出生于西班牙，曾是萨拉戈萨天主教神父。他在1928年按照"神启"创立了这个组织，其拉丁文名称意为"天主的事业"。1975年何塞马利亚·埃斯克里瓦死于罗马，2002年罗马教皇约翰·保罗二世为何塞马利亚·埃斯克里瓦封圣。Opus Dei自称是一个天主教徒的世俗组织，致力于在日常生活中体现"主"的意志。但其政治上的保守性、组织的严密性、主体成员的阶级性，甚至某种准军事色彩，使人联想翩翩。在畅销全球的《达·芬奇密码》里，Opus Dei人物是主要角色一方，小说渲染了它遍布全球的网络组织，点明了它在各处总部的真实地点。

是神学家，他从哲学的角度研究神学。他深谙马克思主义，却被看作"解放神学"的重要代表。他是书卷气很浓的学者，但正是他，在拉丁美洲民众反对"纪念哥伦布发现新大陆500周年"之际，义正词严地向世界提议：

当着印第安人代表的面，而不是通过中间人，向现存的美洲印第安人进行——历史性的赔罪！

我单刀直入地向杜塞尔提了第一个问题：

"外界认为，解放神学已经死亡，您的意见是——"

而他引用了秘鲁神学家古斯塔沃·古铁雷斯几年前的一句幽默回答：

"听说解放神学死了，那为什么没让我去参加葬礼？"

夜晚的一席谈话涉及许多重大问题，我印象较深的观点有两点。

其一，杜塞尔坚持认为，从被压迫者的立场上来理解宗教，哪个宗教中都有"解放神学"的思想。耶稣和早期基督徒的行为是反抗压迫，基督教直到三世纪被罗马当局定为国教后才产生了维护体制的色彩。伊斯兰教中的"解放神学"思想认为早年穆罕默德被迫迁出麦加，是捍卫穷人的利益所致，而伊斯兰教中的哈里发体系也是后来才发展起来的政治制度。

其二，杜塞尔对解放神学的关注起源于对美洲早期殖民史的研究，而现在他的批判眼光已经扩展到世界范围内的欧洲中心论，他的知识触角正在向着非洲、大洋洲和我们的亚

洲延伸。

杜塞尔在宗教界和神学界的朋友中，耶稣会成员居多；出于这一偶然，我们这次接触了一连串的耶稣会人物，而不是我们以往较关注的方济各会。这真是与宗教界接触的特点。

"安东尼奥·蒙特西诺斯中心"的主任海梅就是耶稣会成员。

等候期间，我看见了办公室墙上的两幅宣传画，分别是墨西哥已故主教门德斯（Sergio Méndez Arceo）和萨尔瓦多主教罗梅罗（Oscar Romero）的画像。

一见如故，都是我在书中写过的"解放神学"伟大人物。门德斯有一句名言："宁死也不当沉默的狗！"在一次劳资冲突中，这位坚决站在劳动者一边的主教表示："我是冲突的一方，而不是调解的法官。"罗梅罗也有一句劝告富人的名言："如果不想失去手，现在就把戒指从手指上摘下来。"1980年，罗梅罗因谴责政府对民众的镇压，在做弥撒时胸膛连中四弹，牺牲于布道台前。[1]

我恍然大悟：这个中心的名称原来是以"解放神学"的先驱、多明我会修士安东尼奥·蒙特西诺斯（Antonio Montesinos）命名的。1511年，从西班牙来到海地岛的安东尼奥·蒙特西诺斯，在布道辞里援引《圣经》名言"我是荒漠里的一声呼喊"，发出了谴责殖民主义残害印第安人的第

---

1 著名美国导演奥列弗·斯通（Oliver Stone）执导的第一部拉美题材电影《萨尔瓦多》里有这个场面。

一声呐喊。

就这样，在海梅的帮助下，我们得到了在普埃布拉寻找"解放神学"的线索。

新年第二天，去小镇莫莫兹潘，拜访那里的教区神父。在这个"解放"思潮的低潮时代，他属于初衷未改的少数神职人员。

莫莫兹潘的教堂不大，很简朴，外墙涂成黄白两种颜色。院子里挂着天蓝色的纸花，想必是前些天为圣诞节和新年而装饰的。不是弥撒时间，教堂的正门锁着，我们轻轻敲开了边门，走进了神父的办公室，原来他就是被华金娜请去活动站主持另类"亡灵节"弥撒的神父。

这个基层教会所在地同时也是该地区"民众交流中心"的所在地，神父是中心的领导成员之一。

入世，在尘世斗争中与穷人站在一起，这是"解放神学"最鲜明的特色之一。

中心出一份图文并茂的刊物，借以提高农民的自我意识，培养他们的组织能力。神父直言不讳地提及当地农民对恰帕斯萨帕塔游击队的同情和支持，并公开表示他们正在准备迎接将要来访[1]的游击队副司令马科斯。

神父不避讳我们做记录，他的直率使我些许感受到那个烽火如荼年代残余的勇气。

---

1 2006年初，马科斯副司令开始了"另一种竞选运动"，在全国范围内巡回宣传，其中包括普埃布拉。

中心为近年来日益增多的外出打工者提供各种咨询和帮助，包括帮助家属寻找失散者。神父长期在山区、农村旅行，帮助农民发展副业、发展"正义旅游"（Turismo Equitativo）事业，以面对新自由主义式的全球化对农村的冲击。

一路的旅行使我们对旅游业百般警惕，而"正义旅游"使我们耳目一新。

"正义旅游"反对破坏生态环境、破坏印第安文化的商业性旅游，要求把开发旅游文化资源、解释历史文化的权利以及旅游带来的经济收益交还给文明的主人，组织旅游者到不加伪饰的印第安农民家里居住，让旅游者真正了解当地人民的传统和生活。

神父热情地把我们带进了教区图书馆，满满的几个书架上，不仅有宗教典籍，还有大量各个时期的解放神学书籍，以及各类非宗教的世界文化书籍。Z对那本"民间圣经"（Biblia Popolar）极感兴趣，想索取一本；神父遗憾地表示，只有一册，是从尼加拉瓜带回来的。他送了我们一本《从妇女的角度读福音》。

神父忽然说要领我们去参加一个弥撒，我们既兴奋又紧张。坐着神父那辆破旧的小汽车，进了一个很大的院落，院子里全是妇女，围坐在一起讨论什么。妇女们见了神父非常高兴。原来，是一些"加尔默罗托钵修会"的修女在培训山区妇女宗教积极分子。

奇特的弥撒开始了，人们搬来许多塑料圈椅，围成一个

大圈，我们谨慎地坐在被优待的前排。两个妇女怀抱吉他，担任领唱，音色优美的赞圣歌缓缓升起。

神父开始布道，他用"你是谁"开头，讲了施洗约翰的故事：

"你们每天早晨都应对着镜子自问'你是谁'，

施洗约翰的回答是'我是荒漠里的一声呼喊。'"

神父让人们用右手捂住心脏静静地感受。

弥撒结束后，大家互相拥抱，互致"和平"问候，神父也与顺序走上前来的人一一拥抱，很像伊斯兰教的苏菲派习惯。

1月4日，请联络图上的另一位人物比利亚雷亚尔来我们的小屋做客。比利亚雷亚尔是一位神学家和社会活动家，人很真诚，他把"解放神学"当年的真诚传递给了我们。

当比利亚雷亚尔听说，1992年"穷人主教"门德斯逝世时，我也参加了在奎纳瓦卡（Cuernavaca）为他举行的特殊葬礼时，兴奋地说："那天我也在场啊！"我们回忆着十几年前的细节和激动，彼此拉近了距离。[1]

比利亚雷亚尔告诉我们，今天解放神学被镇压得很厉害，除了恰帕斯地区，没有持解放神学观点的主教，解放神学思想在教会上层中已经不存在，这和二十世纪六七十年代的状况很不相同。在整个教会组织中，坚持解放神学和反对它的两种力量目前处于互相容忍的状态，但是在基层教会、在各

---

1 参考《丰饶的苦难》（广西师范大学 2003 年版），第 246 页。

种修会、特别是妇女修会中，这一思潮仍有不小的影响。

比利亚雷亚尔从六十年代开始先后与各类基层天主教组织一起参与援助穷人的社会活动，甚至当了五年木匠亲身体验下层人的生活，把"为穷人"这一解放神学的宗旨看作是基督教的基本教义。他相信"天堂的建设应该始于足下，始于当今这个最荒谬的社会"。为了解答基层群众提出的各种改造社会的现实问题，他潜心研究经济，写了一本《经济学与神学道德》，试图把社会正义感融于严谨的科学分析。

虽然比利亚雷亚尔的实践已经反映了"解放神学"从民众运动到文化研究的退潮，但仍然保留着解放神学的方法论，即古斯塔沃·古铁雷斯所说的"神学应当是从实践出发的、关于实践的思考"。当年支持解放神学的"梵蒂冈第二次大公会议"提出神学应与各种社会科学相结合的"开放"思想，也被比利亚雷亚尔继承下来。

比利亚雷亚尔很认真地向我们讲解了他的思想。他的意图是将宗教伦理思想运用于经济学领域，认识人的经济行为，指导人的经济行为。

他想说服政府也来"为穷人"！

20世纪60年代，解放神学曾试图以"有效仁慈"取代以往的虚伪仁慈，今天，我们的作者似乎试图让个人和社会的仁慈上升为政府的仁慈。这种用心良苦的努力包含着作者的责任感，也反映出政治上的"改良"思想，有别于二十世纪六七十年代基于"依附论"之上的、彻底改造社会经济结构的"解放"思潮。

1月5日，再访莫莫兹潘。神父昨天去了"玉米博物馆"所在的特华坎，要求法院释放被抓走的几个"社会工作者"。据说前往者甚多，拉丁美洲的左翼和民众信仰"团结就是力量"，这个"团结"不是作为行为和结果的unión，而是具有强烈感情色彩的solidaridad[1]。留学生时代我曾与一位墨西哥女友过往较深，她持左翼观点，个性丰富。我们一起讨论政治，一起去阿拉伯老妇人密室用咖啡杯底看相。记得我们曾探讨个人最崇尚的品格，我说"勇敢"，她说"团结"（solidaridad）。后来我渐渐明白了，他们所说的"团结"是在个人至上的资本主义社会里获得的感悟，是对天主教伦理中"爱邻人"的提升。

告别神父后，见教堂的门开着，我们走了进去，一眼看见了祭坛旁边骑在小白马身上的"圣地亚哥"：那位传说在西班牙"收复失地"战争中一天杀了6万摩尔人的天主教勇士。

杀摩尔的天主教勇士举着十字架来到拉丁美洲，马蹄下的摩尔变成了印第安，印第安被逼着皈依了天主教，解放神学神父主持的教堂里也不能取缔这个"征服"的偶像……

无数在地狱里哭喊的印第安冤魂的后代，他们能够在天主教"解放神学"的旗帜下走向——解放吗？

普埃布拉一个月的"住学"结束了，我们基本完成了学业。

Z认为，就像吐鲁番是西域研究的基础地域一样，想对

---

1 参考《丰饶的苦难》第317页秘鲁诗人巴列霍的诗歌。

西域的历史文化深入浅尝都必须先走遍吐鲁番的每一条山沟。比喻也许有些唐突，普埃布拉就像是墨西哥的基础。走遍至少熟悉普埃布拉，是深入墨西哥这块在地理上和文化上都有些缺乏条理的大陆的一个入口。

现在，我们就要越过这个入口，继续跋涉了。

骑小白马的圣地亚哥从西班牙来到了墨西哥

## 12 | 跟随嬷嬷走访乌托邦故地

此刻，我们的眼光对准了下一个地区。

这是墨城西北方向300千米处的米却肯州（Michoacán）首府莫雷利亚城（Morelia）。莫雷利亚过去叫巴利亚多利德（Valladollid），是殖民者建造的城市，取了西班牙同名城市之名，现在的名称来自此地出生的墨西哥独立运动领袖莫雷洛斯。

莫雷利亚城建在群山环抱的一座山包上，站在内城的许多街口，能看见街道尽头远山变幻的剪影。这种如看拉洋片似的感觉，在墨西哥的圣米格尔-德-阿连德等山城也体会过。墨西哥的经历培养了我喜爱山城的审美观。

**帕斯夸罗** 比莫雷利亚更古老的城市，是附近的帕斯夸罗（Pátzcuaro），一个响亮的印第安地名，昔日普雷佩恰（purépecha）部落的中心。人们直到今天在家中都讲普雷佩恰语，老人们甚至只会说这种本土口语。附近有一片由五个湖连成的湖区，是墨西哥最美丽的湖泊之一，想必当年是印第安人崇拜的地点。

尚武的普雷佩恰人勇敢抵抗过西班牙人的入侵，入侵这片土地的殖民者头目以残酷著称，普雷佩恰人最后一任国王死于他的屠刀下。失城后印第安人纷纷逃向深山，帕斯夸罗成了无人空镇。帕斯夸罗的重建归功于米却肯地区第一任主教巴斯克·德·基罗加（Vasco de Quiroga），这位16世纪的西班牙人士在历史上被当地人尊称为"巴斯克老爹"（Tata Vasco）。

重建后的帕斯夸罗酷似一座中世纪西班牙安达卢西亚小镇，宽阔的中心广场被参天大树遮蔽，广场中心矗立着"巴斯克老爹"的塑像。穿行于林荫道上的，则多是印第安打扮的农民，男人头戴草帽，女人披一条蓝白条相间的长巾。时间流动似乎静止了，没有喧嚣，只有悉窣的普雷佩恰语如林间轻风，给人送去一派世外桃源的感觉。

早在墨西哥城，当我提及拉斯卡萨斯时，就曾有人问："听说过米却肯的'巴斯克老爹'吗？那是个与拉斯卡萨斯不同类型的印第安人保护者。"不知是流于自然还是出自有意，"巴斯克老爹"是帕斯夸罗、米却肯故事的中心人物。

那一天下午，手里捏着海梅写给的人名和地址，沿着莫雷利亚的街巷找寻。

墙上一块方匾映入眼帘："卡米洛·托雷斯学生之家"（Casa de Estudiante "Camilo Torres"）。我执意进去询问，迎面走来一个倒垃圾的学生。"谁是卡米洛·托雷斯？""他已经死了。""我问你他是谁？""一个哥伦比亚人，一个革命神父。"

答案是已知的。

我写过论文，介绍这位"60年代"牺牲在哥伦比亚山林的"游击队员-神父"[1]。我向那小伙子打听，不过是想听听今天的青年怎样介绍他。我不过想透过纸面，从现实中听到他的名字。

在21世纪的墨西哥莫雷利亚，居然还存在一个以他命名的大学生宿舍，这个事实使我确信，拉丁美洲经历过一个大写的、自己的"60年代"。

相隔十年后的美洲之旅，像是在印证和检验书斋里的研究。

直到黄昏，才在市中心找到了"玛里亚纳女传教士会"。

以我们奇怪的多重身份，拜访一个不知底细的修女组织，异样的心情中有一丝紧张。进了门，我们正襟危坐，出来接待的正是名单上的会长安赫利卡嬷嬷。

嬷嬷的称呼在西班牙语中使用好听的hermana，即姐妹。安赫利卡是一位温柔的中年白人妇女。我说了一堆话，自我介绍，阐明意图，她却并不回答。Z以为她是聋哑人，我也紧张得有点冒汗。

沉默良久，等来了一句简练的答复："没有任何问题，我只是在考虑时间和路线。"我们松了一口气。安赫利卡说

---

1 参考《丰饶的苦难》（广西师范大学 2003 年版）第 216 页。

话轻声细语，但内容干脆利落："明天早晨七点钟能来吗？"我们不假思索地回答也非常干脆："能！"——尽管我们住在很远的城郊南山上，还不知清晨是否有车下山。

晨曦中，乘小公共下了山，从终点站疾步走到修女的单位门外等候——离约定时间还差10分钟，待修女一开门，我们已规规矩矩伫立在门口。

另一个新出现的修女是更年轻活泼的玛利鲁，她与安赫利卡都没有戴修女帽，素色的装束与修女看似没有必然的联系，只是没有女性的修饰。

真不愧是修女，办事超凡脱俗。就这样，跟随着身兼导游和司机的修女嬷嬷，一天数百千米，途经五六个村镇，在历史中疾驰，在自然间穿行，乌托邦式的一天，就随着她们开始了。

车刚发动，俩人齐声念起了祝福道路平安的祈祷词，我们相视一笑——到底是修女！

修女驾着一辆白色小车，稳步行进在山间公路上。路过几个热闹的镇子，其中一个是以巴斯克老爹姓氏命名的"基罗加镇"，直到"湖边的圣菲"（Santa Fe de la Laguna）村，修女松开了方向盘。当年这里曾是巴斯克老爹和平传教的示范点。

在小广场的一棵大树前，我们听到了巴斯克老爹的故事。

巴斯克·德基罗加原是个律师出身的美洲"委托监护主"，由于他反对虐待印第安人，主张融合原始基督教思想、托马斯·莫尔的乌托邦理想和印第安文化传统，建立混血和平村，因而在剑拔弩张的"后征服"时代得到西班牙国王赞赏，被教会破格封为米却肯地区首任主教。

巴斯克老爹设计的村子有一个很特别的名称，叫"医院村"（Pueblos-hospitales）。[1]巴斯克·德基罗加宣传"西班牙人要像基督走向我们一样走向印第安人"，他创立的"医院村"容纳广义的病人，即包括穷人、鳏寡、老幼、流浪者在内的所有弱者。

巴斯克老爹建立了著名的"圣尼古拉斯学校"，免费收容印第安儿童识字，学习天主教教义和伦理。对于神学院的学生，他则规定必须掌握一种印第安语才有资格受封神父。小广场上有一尊巴斯克老爹的石像，身旁立着一个司事打扮的矮小印第安人，石像后面的墙壁上写着"光荣属于巴斯克老爹"。关于巴斯克主教是否主张印第安人也能当神父，学者说法不一，但他确曾在1565年的遗嘱里写明，只允许纯西班牙血统的人充当神职人员。1555年墨西哥天主教教务会议做过此项决定，巴斯克老爹并不愿意违反教规。

人们指着小广场上的教堂告诉我们，当年，在盛大宗教节日里，巴斯克老爹曾让印第安人分组，站在教堂内的每一个厅里，用原住民语言朗诵和解释圣经。在教堂内，我们看见两个古老的木雕耶稣像，雕工朴拙，垂首的叫"垂首的（或躺倒的）基督"（Cristo yacente），抬头的叫"祈求的基

---

1 "医院"的专门含义是后来产生的，它的词源来自"宾客""被收容者"，其形容词形式（hospitalario）至今有"好客"之意。

米却肯的巴斯克老爹

督"（Cristo suplicante），两个基督都被套上了印第安式的裙子。基督像的脚下放满了印第安风格的花束和彩带。1540年，巴斯克老爹让印第安人用磨碎的玉米秆芯打糊，做成"洁净的圣母玛利亚"塑像，并亲自在圣母脚下写上："给病人以健康"。

中南美洲强大的印第安人口和文化传统迫使天主教传教事业"本土化"。如同披着剑麻纤维斗篷的印第安农民迭戈遇见了棕色皮肤的瓜达卢佩圣母，用玉米秆芯制作的"健康圣母"如今是莫雷利亚的守护神。

小广场那棵参天古树上挂着一口大钟。村里的小学女老师告诉我们，自从华雷斯总统在1859年的革命中没收了教会的土地，医院村消失了，但在圣菲村还能看见那个时代的遗迹：公益劳动，集体娱乐，印第安语弥撒，周六的宗教游行。

村里还保持了一个延续三百多年的传统：村民轮班照管教堂事务，每个家庭两月一轮换，每轮值班一周。逢周五须做饭烧鱼招待所有给教堂奉送鲜花者，每当老树钟声一响，乞丐、路人均可前来享用——昔日的医院村确实都紧挨着古代道路。

与热心的嬷嬷在当年的古树前

　　走在圣菲村年深日久的石头路面上，两旁是高大的老屋，泥抹的外墙下红上白。抬头一望，拐角的两面高墙上分别有"托马斯·莫尔街""医院村街"的路牌。巴斯克老爹当年遵循托马斯·莫尔的乌托邦理想，推广一村一门手艺，或木工，或制陶，或编织，希望能给印第安人带来生存的尊严。如今这一带仍以"金漆"手艺闻名于世，妇女们则个个会织披肩（rebozo），绣腰带（faja）。我买了一条蓝白条的披肩披上，与妇女们混同起来。她们告诉我，披肩看似雷同，但尾穗处的图案显出个性和质量。哪个姑娘若是有了意中人，就将自己的织物送给对方，见面时不握手，一人拉一头。玛利鲁说，外来人出高价要求村民按要求编织，但妇女们不情愿，因为"她们的花样与上帝和心灵有关"。卖牛仔裤的摊车旁，村姑们手不停绣活，不时瞟一眼时髦衣物。正绣一条腰带的姑娘告诉我："我们把腰带扎在里面，这条是一位夫人订的货，她说要扎在外面，因为好看。"

有人说，巴斯克老爹为印第安人既提供了"圣餐"又提供了"面包"，我想核心应该是圣餐吧。医院村曾是理想化的殖民地行政细胞。

但是——

对于多年关注拉斯卡萨斯神父的我来说，正是随处可见的"光荣属于巴斯克老爹"使人生疑。

拉斯卡萨斯是更坚决、更勇敢的批判者，他对国王和教皇的权力、侵略战争的合法性提出超越时代的质疑，然而这位反对殖民主义的伟人并没有获得殊荣。不用说在祖国西班牙至今被很多人骂成叛徒，就是在美洲大陆，拉斯卡萨斯也没有摆脱"偏激""不识时务""危言耸听"的指责。

而巴斯克老爹在同情印第安人的同时，坚决维护教皇和国王的绝对权力，维护"征服"的合法性。

当年传教士间的思想交锋，不亚于今日的意识形态论战。在墨西哥还有一个同时代的方济各教士，绰号"莫托利尼亚"（Motolinía）。莫托利尼亚也反对虐待印第安人，他像托钵僧一样走遍高山原野，用原住民语言传教，给印第安人施洗，留下了热爱印第安文化的历史形象，甚至连他的绰号都得自印第安语中的"穷人"。但是，同一个他，在著述中却讴歌大殖民者、刽子手科尔特斯。

尖锐的拉斯卡萨斯，似乎成了观点和立场的试金石。"老爹"对拉斯卡萨斯有过微词，莫托利尼亚则公开诋毁拉斯卡萨斯，后者甚至给国王写信进谗言。这位与同伴在5天内给14000名印第安人施洗的方济各教士还曾以讽刺的口吻说："希望多看见拉斯卡萨斯给印第安人做忏悔。"巴斯克老爹热衷于"融合"，莫托利尼亚致力于"施洗"，他们都不是政治上的批判者。

1510年，蒙特西诺斯等多明我会修士在海地岛宣布"我是沙漠里的一声呼喊"，斥责西班牙殖民者"全体都犯下了死罪"。蒙特西诺斯们的反殖先声没有得到应有的记忆和荣誉。

1542年，拉斯卡萨斯在《西印度毁灭述略》中写道：

> 印第安人对基督徒的战争都是正义的，而基督徒对他们的战争却没有一场是正义的。恰恰相反，这种战争比世界上任何一个暴君所发动的战争更无道理。我还可以断言，他们在西印度所发动的战争其性质全都如此，无一例外。[1]

---

1 巴托洛梅·德拉斯卡萨斯：《西印度毁灭述略》，孙家堃译，商务印书馆，北京，1988年，第26页。

拉斯卡萨斯的孤勇至今受到贬抑。

也许正像黑人领袖马丁·路德·金与马尔科姆·X在美国的不同境遇，体制需要体制内的批判者；即使民众的记忆，也不免受到官方宣传的污染。

小车驶离圣菲村时，车窗外飘来一阵鱼腥味。翘首张望，农妇们在高大的回廊下叫卖新鲜活鱼，回廊依托的高大后墙上画着1910年革命的农民义军领袖埃米利亚诺·萨帕塔，色彩浓烈的壁画上还有一句当代萨帕塔游击队的著名口号："我们受够了！"（¡Basta!）两个用大披巾半蒙住脸庞的印第安老妇人坐在壁画前，沐浴着亘古不变的午后阳光。

安赫利卡说，当地农民同情萨帕塔游击队。当然，普雷佩恰人500年前就进行过英勇的抵抗。

接下来的旅行是紧凑而愉快的，修女为我们考虑得很周全。

随着车轮的前进，传统的气息愈加浓烈，棕色皮肤的人越来越多。

在美洲的纵深，"印第安"是主调。

安哥万（Angahuan）村靠近帕里库廷（Parikutín）火山，多森林，人们用木头盖成俄式斜顶木屋，当地人称之为"troje"。从美国打工回来的人欲盖砖瓦房，得不到氏族的应允，只得继续盖那种保持统一风格的小木屋。森林木屋村相当贫穷，猪狗满街乱跑。村民们会玩一种从先辈继承下来的球戏，球是用皮条缠成的，很重，用木棍打，有点像垒球。据说游戏规则写在兽皮上，不外传，当然在今天，内传也几近没有了后继之人。

在安哥万的高处，远眺被帕里库廷火山喷发淹没的两座村镇废墟。视野之内，乌蒙蒙的火山灰谷地里，耸立着一座孤零零的塔楼。帕里库廷是世界上最年轻的火山，1943年开始喷发，连续活跃了9年。方圆之内，没有被火山灰吞没的只有教堂的一座钟楼。为游客牵马当向导，瞻仰天主教奇迹，登火山，如今成了当地人的收入之一，每趟连出租马匹能挣230比索。

普雷佩恰语在此地是第一语言，大人宁愿让孩子们干活，对送他们上学不感兴趣，"没有用，那是西班牙人的语言。"孩子们干的活是钉木箱，用来装油梨出售。感谢火山灰对土地的滋养，这里不仅玉米长得好，还是全国乃至全世界的油梨之乡。

当然，修女是不会甘心让孩子们永远当文盲的，这正是她们可以发力的地方。我们参观了两所修女会资助的"巴斯克老爹学校"。学生一律棕皮肤，大眼睛——大量印第安、少量西班牙的混血之果。男孩子们主动为我们用普雷佩恰语演唱民歌"桂皮树开花"。看来像巴斯克老爹一样，不论出于主动还是被动，这一带的教育继承了文化融合的传统。

孩子们活泼大胆，追着Z问中国。我们无论在中国的穷乡僻壤，还是在外国的天涯海角，都有与孩子们厮混的本领。被孩子们一团围住的Z津津有味地翻阅着他们的西班牙语世界历史课本，向老师索要了一本留待他日学西班牙语。当被问及大了想干什么，孩子们纷纷抢答：作家、医生、兽

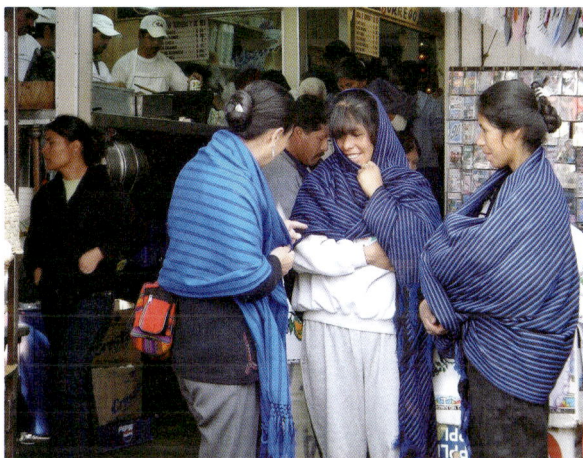

在莫雷利亚与普雷佩恰印第安妇女在一起

到哪里都是孩子王

医……在西班牙语里，表示职业的词多以or结尾，一个淘气的男孩说想当"bebedor"——酒鬼。不是个玩笑，印第安男人一旦没有了出路，前途很可能是当酒鬼。而这个传统不是印第安的：当年西班牙工头带着热闹的小乐队和成桶的酒上山，被灌醉了印第安人糊里糊涂在合同上画了押，下井当了奴隶般的矿工。

天色近黑，修女们执意带领我们继续前行。圣胡安村被火山喷发掩埋后，人们在乌鲁亚潘（Uruapan）一带建了一个"新圣胡安"村，村民们从旧村子那座显迹教堂里带来了基督像。

**油梨** 上路之后，我们才发现真是不虚此行，我们毫无思想准备地被可爱的修女嬷嬷带进了世界上最大的油梨产区！

"油梨"也被译成"鳄梨"，它外看像"梨"，里面是"油"，在一层薄薄的黑紫色外壳和一个核桃大小光滑可爱的圆核之间，是黄绿色的油质的瓤，越熟瓤越软。我们也是在不知不觉的西班牙、美洲文化之旅中日渐产生了对它的喜爱。在西班牙，我们从来只是买两个甚至一个，小心翼翼地在长达一个星期的周期里用它撒上盐抹面包。在北京我们曾不惜25元一个的进口高价买来回味。曾有一个古巴留学生，瞒着两边的海关，从遥远的岛国为我偷运到北京两个油梨。而在今天的午餐桌上，我们吃惊地看着嬷嬷们漫不经心地从成堆的油梨中挑选熟透的，横着一刀，剜去内核，大勺拌进饭菜中。

迎着视野的，是漫山遍野、无边无际的高大油梨树林，沿着起伏的坡地，像一浪接一浪的海波，滚滚袭来。以往的体验里，只有西班牙的橄榄林、青海祁连山的万亩油菜花给过我们类似的震撼。只可惜天色黑了，车在赶路，数码镜头未能收进这深山奇观。但是，朦胧的暮色更为油梨树迷宫增添了些许神秘。

油梨的家乡在墨西哥和秘鲁，已有一万两千年生长史，后被殖民者引入西班牙。它属于樟科，常与桂树、樟树、桂皮树一起生长在热带地区。在美洲各地，它有不同的古老名称。油梨在西班牙语中的名称aguagate来自阿兹特克人的纳华语，意指它的形状像睾丸；大概出于现代人的衍生，有说法认为油梨含刺激性欲的功能。

油梨的确热量很高，含有丰富的蛋白质，大量维生素E，抗衰老，易消化，不会导致胆固醇升高，被西方人看作植物黄油。它还能像橄榄一样提炼油，用于医药和化妆品工业。据说，当年拉斯卡萨斯神父拮据时，还曾就地取材，用美洲的油梨油作圣油。

这种被西方世界看重的植物果实在墨西哥是餐桌上的常客，它能入大菜、汤、饭后小吃，也能做成饮料、酱和调味品。墨西哥脍炙人口的guacamole就是一种用油梨和洋葱、大蒜、辣椒、芫荽、盐做成的凉拌菜。

墨西哥是世界上最大的油梨产地，米却肯州有9万公顷油梨树，而乌鲁亚潘享有"世界油梨之都"的美称。油梨是墨西哥贡献给人类的50种重要农产品之一。

抵达新圣胡安时，夜幕降临，安赫利卡与玛利鲁把我们带进了一个大庄院。门口屋檐下坐着一个矜持的老太婆，身后站着两个冷冰冰的年轻女人，地上堆满了简易木箱。修女们与老太婆聊了几句，就带我们走进了她家的油梨园。

比橄榄树高大的油梨树上，缀满了沉甸甸的黑紫色油梨，树冠庇荫的地面上还失落了不少成熟的油梨，我们珍惜地捡了起来。修女说，她家种有800多株油梨树，收获时雇工上门登树摘采，工钱以装满油梨的木箱数目计算。然后，有收购的卡车前来装运，而油梨树并不需要复杂的田间管理。原来这是一个继承了祖业、享清福的地主婆！不知修女握住了这地主婆什么把柄，反正她们装了一大箱油梨塞进小车后厢，我们也拼命往箱里装，仿佛只有通过宰老太婆才能报答对修女们辛苦一天的感激之情。

回程的路上，下起了滂沱大雨，塞车期间，与安赫利卡和玛利鲁谈论起"全球化"的话题。疲劳的修女一直送我们至南山。一大堆珍贵的油梨，一句简洁的"愿上帝祝福你们"成了雨夜里的告别，她们最终也没有猜到我们的信仰属类。但我们如今有些后悔，当年如果不那么神经质，倾心交谈也许会换来难得的收获。

入睡之前，我仍在琢磨，这两位肤色白皙的修女怎么也振振有词地说"我们是玉米的后代"呢？

## 13 ｜ 在恰帕斯看到了游击队方阵

　　从墨城出发的最后一次出击终于开始了。

　　这是最远的一程，也是心所系之的重点和终点。

　　Chiapas，玛雅文明的故乡，恰帕斯，墨西哥的边地。由于一支印第安农民游击队在20世纪末的辉煌登场，这个名字响遍了世界。

　　作为美洲三大古代文明之一，玛雅文明公元3世纪形成于今墨西哥南部至危地马拉一带，公元6至9世纪臻于极致，公元13世纪神秘消失。15世纪，阿兹特克人进入了恰帕斯地区，"恰帕斯"实际上是一个阿兹特克语地名。解体了的玛雅帝国曾分裂成许多部落，他们失去了昔日帝国统治下的灿烂文化，但继承了祖先的血脉、习俗和方言。除了此行难以抵达的墨西哥尤卡坦半岛、邻国危地马拉，眼前的这个恰帕斯，是另一个主要玛雅语族区。在400万人口的恰帕斯州，他们占30%，我们将在这里看到那种典型的鹰钩鼻英武脸型。但是，这个玛雅子孙云集的省份却是当今墨西哥最贫穷的三个地区之一，人均日收入5比索，近50万人到美国打工。

恰帕斯位于首都墨城东南方向1千多千米，决定乘克里斯托瓦尔·哥伦布公司的长途夜行班车，单程车票1人713比索，约70美元，墨西哥之行最贵的车票。

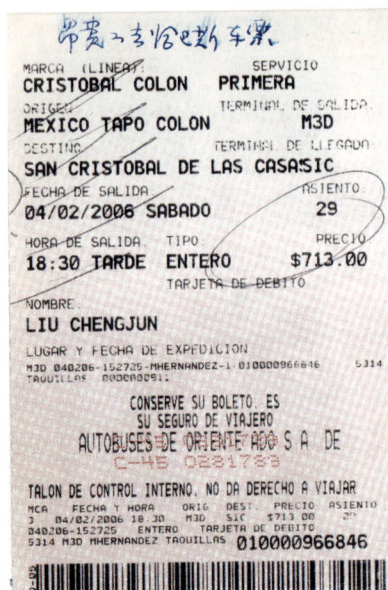

墨西哥城至恰帕斯的昂贵车票

一觉醒来，车已经在晨雾中开进恰帕斯州首府图斯特拉（Tuxtla），一个多小时之后，被看作恰帕斯文化首都的圣克里斯托瓦尔–德–拉斯卡萨斯（San Cristóbal de Las Casas）到了。

**拉斯卡萨斯** 找旅馆的路上途经一小广场，惊喜地见到了拉斯卡萨斯的塑像。

浓郁的松枝柏叶簇拥着，一座高高的白色方座托起一尊白色石质的雕像，上下白色间有一道天蓝色的花叶饰边。雕像立于僻静的小广场，简朴肃穆。

我总为这位伟大的先驱抱不平。

走过了西班牙许多地方，竟没有在一处见过他的身影。而这里是美洲大陆的恰帕斯，拉斯卡萨斯曾在腥风血雨的16世纪出任恰帕斯首任主教。在这里所能见到的，除一块小小的铜牌，仅此一处塑像，没有拉斯卡萨斯纪念馆，旅游图上也没有蛛丝马迹。在这座毗邻今日之"冲突地区"的城市里，只有一个人权中心以巴托洛梅·德·拉斯卡萨斯命名。

拉斯卡萨斯在恰帕斯的遭际与巴斯克老爹在米却肯的境遇宛如一个时代两个色彩差异的传奇故事。

1544年，已经谢绝出任年金很高的库斯科地区主教的拉斯卡萨斯，接受了赤贫的恰帕斯主教职务。然而，他在恰帕斯仅仅待了9个月，就被西班牙同胞赶走。

那是拉斯卡萨斯力挽狂澜的战斗岁月。

1542年，由于他和其他同道的鼎力抗争，西班牙王室终于下达了殖民地《新法》，限制对印第安人的奴役。同期，拉斯卡萨斯发表了揭露殖民战争罪恶的《西印度毁灭述略》，因此成为主流社会的千夫之指。抵恰帕斯后，他又编辑了《忏悔手册》，副标题是："供为印第安人服务的、听西班牙人做忏悔的神父之用"，手册要求每个神职人员做到：谁希望赎罪，谁就得在公证人面前解放奴隶，向印第安人赔罪，归还非法所得，按奴役时间赔偿损失，澄清贩卖战争性武器的责任，并赔偿由这些武器造成的损失；否则，不接受他们

拉斯卡萨斯城的拉斯卡萨斯像

的忏悔，也不接受他们的临终忏悔。拉斯卡萨斯甚至提出，不按此规定而接受殖民者忏悔的神父也要受惩罚。

拉斯卡萨斯如一个先知，但对于他的时代却是大逆不道；殖民者对这位身为同胞的主教恨之入骨。

但是沉默的恰帕斯印第安人毫无保留地信任了主教，一个当时的西班牙史家把一件轶事写进了史书：拉斯卡萨斯的威信之高，连殖民者也加以利用：为了支使印第安人办事，他们常常胡乱写一张纸条，谎称拉斯卡萨斯手笔，印第安人接过纸条，二话不说，立即去办。

1547年，已经退居墨西哥城的拉斯卡萨斯被迫别离了这块土地。

19世纪末的爱国志士何塞·马蒂为拉斯卡萨斯写了一篇散文，其中这样提到了他在恰帕斯的遭遇：

> 拉斯卡萨斯突然发现，西班牙人为阻止他进城而设的岗哨竟是印第安人！他把一生献给了印第安人，而印第安人却受鞭挞奴役他们的人指使，前来袭击他们的救星！但他没有抱怨，只是说："我的孩子们，因此我必须更加保护你们，因为你们被折磨得连感恩的勇气都没有了。"那些印第安人听了痛哭流涕，跪倒在他的脚下，请求他的原谅。他进了雷阿尔城[1]，委托监护主在城中等他。他们带着火枪和大炮，如临大敌。他们想杀害拉斯卡萨斯神父。总督几乎是偷偷地把他送上了开往西班

---

1 圣克里斯托瓦尔-德-拉斯卡萨斯旧名。

牙的船。他住进了修道院，继续斗争，继续辩护，继续哭泣，继续写作。他不停地一直工作到92岁，才离开人间。[1]

从墨西哥返回西班牙三年后，拉斯卡萨斯即与捍卫奴隶制的宫廷史学家塞普尔韦达展开了历时两年的历史性大辩论。

想起当年在西班牙塞维里亚，沿着蛛网般的街巷穿过半个城，找到了那座不起眼的玛格达莱娜教堂。拉斯卡萨斯曾在那里临危受命，接受了恰帕斯主教任职。我猜，这样的"旅游"在中国人里没有他例，在他国人中也不会很多。那一次是深秋，Z给我照了一张穿印第安"印第安篷乔"的像，他说，这也算是你拉美研究生涯的重要纪念吧！如今在美洲的土地上，我们再次寻觅到了老人的足迹。

我们来到了拉斯卡萨斯曾经担任主教的大教堂。

大教堂鹅黄底色镶红边，正面的墙像一面单独的装饰，嵌着白石膏花叶浮雕，一股浓郁的美洲味道，虽则旅游册子上说它是"巴洛克"建筑。广场上熙熙攘攘走着的，有三两成群卖披巾腰带的印第安妇女，侧耳一听，没有一句是西班牙语；有各色各样的外国人，分不清是在旅游还是在窥探政治。教堂正门的台阶上，坐着几个卖编织小帽的印第安妇女，下身着羊毛毡片似的家织粗呢黑裙，上身穿当地特有的棉土布短袖衫（huipil），袖口领口有自己缝绣的图案，脚上踏着标志印第安人的土制皮凉鞋（guarache）。

1　毛金里、徐世澄编：《何塞·马蒂文选：长笛与利剑》，云南人民出版社，1995年，第257页。

文化衫上的文化

走进教堂，人们在听弥撒，正巧看见了那位顶替萨穆埃尔·鲁伊斯（Samuel Ruiz）的新任主教。

**萨穆埃尔·鲁伊斯** 是恰帕斯40年的老主教，真正的恰帕斯通。他没有亵渎首任主教拉斯卡萨斯的英名，稳稳高擎解放神学的旗帜。他因德高望重多次为落难的民众出面调解，并以萨帕塔游击队和政府间的调停人身份名垂青史，1994年他曾绝食十多天反对政府围剿游击队，后来游击队与政府间的第一次谈判就曾在这座大教堂里进行。2000年他获得了联合国教科文组织颁予的"西蒙·玻利瓦尔奖"。2008年他被墨西哥另一支游击队"人民革命军"[1]任命为与政府谈判的主要调停人。墨西哥城的友人曾建议我们拜访这位该国

---

1  时下传说墨西哥深山老林里有17支游击队在活动，多数起源于以革命为时尚的二十世纪六七十年代，有的可以追溯到老萨帕塔时代。

政治核心人物。为了不再刺激警方的狗鼻子，也因为没有洋鬼子的硬朗后盾，我们最终放弃了尝试。

放弃了那么令人尊敬的老主教，再没有一点心思多瞟一眼新任主教大人；想必不是右派，也是中庸吧。

靠着教堂的侧墙，有人支起一个简易书摊，权当屋顶的大油布上写着："为建立一个劳动者和人民的墨西哥而斗争"，小摊的正面垂下一面醒目的黑旗，上方一颗红星，下面写着"民主、自由、公正"。一幅大宣传画成了小屋的背景，上面写着："我们反叛者将继续从蜗牛[1]中源源不断地诞生"。"蜗牛"的字样被一个以粗拙笔触画就的大蜗牛代替，蜗牛的上方还有一个大玉米棒，玉米棒斜挎着子弹带，好像一个"造反的玉米人"，垂下的玉米穗尖上倒挂着一颗五角星。

看摊的是一个大学生模样的小伙子，脑后梳一个小鬏。显然，他在替游击队卖书，他还卖左派、嬉皮都喜爱的文化衫。看过五花八门的文化衫展览，你就能感觉到真的来到了恰帕斯：有老萨帕塔，新萨帕塔，男萨帕塔，女萨帕塔，玛雅人，切·格瓦拉，以及各种抽象、变形、写意的——"山民帽"。有人将游击队的象征pasamontañas译成"滑雪帽"，但印第安人不滑雪，恰帕斯也不下雪。

有人在身后叫"先生"，回头一看，一个小女孩左手举一把圆珠笔，右手拎一把钥匙链。圆珠笔的顶部盘腿坐着用

---

1 "蜗牛"和"海螺"（海洋里的蜗牛）是玛雅文化中的古老象征，萨帕塔游击队后期取其形象作根据地的标识。

橡皮泥捏成的游击队员，山民帽外加一顶大军帽，背后捏上了一个用红背包带在前胸交叉的背囊。小女孩叫道："马科斯，马科斯！"我们买了一支笔，一个钥匙链，小链上缀着用那种粗糙的黑羊毛做成的游击队员。恰帕斯果然天地一改，连旅游品都左兮兮的。[1]

像以往一样，我们登上小城的制高点圣克里斯托瓦尔教堂察看城市概貌，然后从托雷翁（Torreón）方向下山。坐在石台阶上休息时，与一个歇脚的农民聊天。他是索西尔族人，说的西班牙语我听着像外语，他不说"maíz"，而说"maiz"，古怪的重音给人别样感觉。Z递上一支专门为聊天买的香烟（Z发现烟在拉丁美洲以支而不是以包来计算），农民的话多了起来。他望着下面的山路说，过去从乡下来圣克里斯托瓦尔，都是步行，要走七八个小时。问他光阴如何，他说："唉，我们现在是出口劳动力，进口玉米啊！"

那农民似乎懂点历史，问我们："去过苏密德罗峡谷（Cañón del Sumidero）吗？如今也是个旅游地，16世纪时，不愿意投降西班牙人的印第安人带着妻儿老小，抱着财产跳崖自尽，连现今的州徽上都有峡谷的图案。"他告诉我们，16世纪初，西班牙人给成千上万的恰帕斯人打上烙印，用船

---

1 后来在帕伦克在一个孩子的指点下才搞清，那钥匙链上的游击队员是女的，而且代表那位身患绝症的游击队天使、女司令拉莫娜。正是她领导着衣衫褴褛的玛雅战士在起义的黎明时分夺取了圣克里斯托瓦尔–德–拉斯卡萨斯；而靠着印第安人尊严的升华，她的脉管里曾接受了来自天下支持者的血液。从孩子们嘴里听说了拉莫娜不久前去世的消息："到圣克里斯托瓦尔–德–拉斯卡萨斯参加葬礼游行的人可多了！"

运到韦拉克鲁斯和尼加拉瓜的市场上卖掉。[1]

"我们的祖先，身价连一头驴子都不如！"他说，"不过，他们没有征服我们，从来也没有！"

我怀疑他是不是来自"萨帕塔游击队外围村"，或者干脆是个秘密游击队员！在恰帕斯，一切奇遇都是可能的；但最正确的态度是用眼用心观察，而不是像洋鬼子一样不懂尊重地打探。

天色不早了，农民要赶路，分别时对我们说："去看看圣多明各教堂里的历史展览吧。"

离开北京前，我曾重读《征服新西班牙信史》，那个科尔特斯手下的士兵贝尔纳尔·迪亚斯用了20页篇幅描述恰帕斯人的抵抗。1524年，侵略军头目高呼"圣地亚哥保佑"的口号，进攻恰帕斯，而恰帕斯人早在得知墨西哥城被占之际，就从危地马拉和特万特佩克地峡两个方向截断了道路，当然，用以断路的，是当地取之不竭的树桩、圆木。

那个小兵承认，"恰帕斯人确实是我在新西班牙全境见过的最了不起的武士……所有居住在其周围的人，都非常惧怕他们"。

看来，20世纪的萨帕塔游击队选中了一个民性剽悍的边地舒展手脚。

西班牙小兵很有描写本领，形容抵抗者"像激怒的狮子"。

---

1  后来到了古巴才知道，海地奴隶大起义后，古巴种植园主不敢再使用非洲黑奴，于是开始寻找替代物，其中有"契约华工"，即"苦力"，还有墨西哥南部的印第安人。

满山遍野的武士，头戴巨大的羽饰，身穿精良的盔甲，手持很长的长矛，使用箭及带鹿角镞的投枪，石弹及投石器，并大声叫喊、打唿哨……六七个敌人一起拽紧马匹，硬是要把马夺下，还把一名骑兵从马上推下去……[1]

这一处地区历史展览，是我们从西班牙到拉丁美洲走遍无数博物馆、见过的最好的展览！

我们用数码机的邮件格式拍了几乎全部资料，还遗憾没有能把百分之百的展览搬回去。

它并不拥有现代化设备，也没有显示多高深的学术水平——尽管文化味道很浓。给我们以震动的，是唯有它旗帜鲜明地批判殖民主义。展览也充分肯定了拉斯卡萨斯的先驱地位。

理所当然之事，在当今这个"后殖民"时代，竟显得弥足珍贵！

主办者利用殖民时代的档案指证奴役和压迫，比如被钦差大臣记录在案的、村民每天要向本村神父供应财物和劳役的清单，展板上还有为不识字的参观者所做的图画说明。

在展览中，1529年西班牙人第一次入侵恰帕斯如何被拉坎东[2]丛林居民打败，1531年第一次反殖大起义如何持续了三年，1712年的起义如何囊括了远近32个村庄，在1867至1870

---

1 贝尔纳尔·迪亚斯·德尔·卡斯蒂略:《征服新西班牙信史》，商务印书馆，北京，1988年，江禾、林光译，第145页。早期，印第安人以为马是和骑士长在一起的怪物，以为马自己会追杀人，所以他们往往先向马开刀。
2 Lacandón，即当今萨帕塔游击队的大本营。

年的"种族战争"[1]中，圣克里斯托瓦尔-德-拉斯卡萨斯如何被七千印第安人包围，原因一一解释，过程绘画成图。

展览中有一个圣地亚哥骑白马的塑像，说明词明确指出"杀摩尔"（matamoros）与"杀印第安"（mataindios）一脉相承，好像为我们的长期思考做证。

最后一厅陈列本地区民俗展品，出口处的墙上写着这样一段话：

> 今天，与以往有别，你可以触摸这些器皿和物件，它们和征服之前我们祖先的制品如出一辙。

没能找到主办者以示敬意，但我们读到了力透纸背的心声。

陈设展览的这座圣多明各教堂是此地最古老的建筑，如今它被一个热闹非凡的农贸集市包围着，远近农民每天赶来出售蔬菜和手工艺品。圣克里斯托瓦尔-德-拉斯卡萨斯自古以来是恰帕斯的交易中心。此地印第安妇女的绣活闻名遐迩，早就风闻这样的传说，她们食用致幻的蘑菇，根据梦中影像绣制衣物饰品，图案绝不雷同。

夹杂在美轮美奂的手工制品中，有许多不到半尺高的土布娃娃。他们是布艺游击队员，骑马拎枪，山民帽拉下来半蒙着面，露出一对黑布剪贴的大眼睛。一条染黑木片做的木枪抱在怀里，女的多一根系红头绳的长辫子，男女双骑的游

---

1 Guerra de castas，也称尤卡坦战争。

击队员更使人浮想翩翩。布艺游击娃娃有一种粗糙的、英武的、内藏的魅力，远比流行的芭比娃娃更富神韵。当这些布艺骑士被码成一片时，简直是一个威武的游击队方阵！

我们爱不释手地左右挑选，看花了眼。真没白来恰帕斯，分分秒秒耳目一新。在墨西哥城咽下的一肚子废气，到这里吐了个痛快。

走出热闹的集市，拐过一条叫作"杀摩尔"的小街，发现街对面的墙上有一条胡乱涂抹的标语："10月12日是灾难日，500年抵抗万岁！"[1]大概是1992年前后的标语；在恰帕斯，没有人愿意、也没有人敢涂掉它。

杀摩尔的街名

晚上按街头小广告找去，进了一家名字古怪的"Kiñoki"咖啡馆，嬉皮兼左翼味道，咖啡加革命歌曲。但是在这家咖

---

1 "12 de octubre, día de la desgracia, vivan los 500 años de resistencia."

骑马的男女游击队员

布艺游击队方阵

啡馆我们看了一部重要的纪录片:《最后的萨帕塔战士:被遗忘的英雄》。电影拍摄于2000年,讲的是1910年老萨帕塔队伍里至今存活的老人,但醉翁之意在今天的拉坎东丛林。

纪录片中,为"土地、水、正义和自由"打过仗的老游击队员质问国家领导人:"把土地出卖给外国人算是民族主义者吗?!"有老战士毫不含糊地说:"新自由主义就是让富人更富、穷人更穷,现在只有暴力能够解决问题。"影片结尾有一个新老萨帕塔战士会晤的场面,老战士郑重地说:"我们把任务交给新的一代人。"

虽然电影对话有些难懂,但我听到了"土地,土地"的呼声。

1910年墨西哥革命在拉丁美洲当属激烈的社会革命,但它既不彻底又被篡改,从那场"革命"中诞生的政党后来改名为"制度化革命党"即执政71年的PRI党。而对地处偏远、山高林密的恰帕斯来说,土改几乎没有到达,只有少量劣质土地被分配给农民,旧时代的奴役性咖啡园如独立王国,大土地私有制为全国之最。

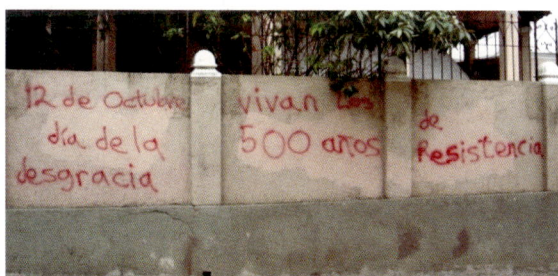

500周年的抵抗万岁

## 14 | 恰穆拉的天主教堂里没有神父

我们渴望能再"进入"，圣克里斯托瓦尔-德-拉斯卡萨斯只是城市。

10千米以外的恰穆拉（Chamula）在原住民语言中是"水稠如泥浆"的镇子，现在的全名"圣胡安-恰穆拉"与无数墨西哥地名一样，是被扣上了天主教圣徒之帽的印第安地名。在地区史展览中，恰穆拉以反抗性最强给我们留下印象；在旅游册子上，是被推荐的主要景点；在我们手中捏着的一丝线索中，又是恰帕斯地区首批印第安穆斯林的居住地。多么奇怪的组合！

专线小公共在恰穆拉中心广场停了下来，这是一个被山岭环抱、人口密集的村镇。第一眼就看见了那座已有所闻的古怪教堂。雪白的墙上点缀着天蓝和孔雀绿色的印第安风格花叶图案，在城里已见惯了的黑羊毛裙姑娘坐在门前的石台上编织腰带，偶尔抬头瞟一眼过路的游客，目光难以揣测。

参观一个村镇教堂要购买15比索一张的门票。下车伊始，我们就感觉到了恰穆拉的不同一般。但真正的惊奇还在后面。

走进昏暗的教堂，浓烈的燃烛味顷刻把我们带进另一个世界。

这哪里是惯见的天主教堂？教堂的正中垂下三道"人"字形布幔，穹顶上画有老虎和其他动物。基督穿着本地白色粗羊毛套头衣，同样裹着粗羊毛套衫的施洗约翰披着花花绿绿的彩带，脖子上挂满了村民馈赠的小镜子。教堂内没有神父做圣事的长桌，没有信徒跪坐的长凳，地上摆满了松枝（据说是为了扫除魔鬼）和一堆堆点燃的蜡烛。印第安人三三两两跪坐在地上，用索西尔语低声祈祷，不时举起身边的瓶装可口可乐，边喝边冲着镜子打嗝借以驱邪，并以古怪的方式划着十字。

我碰碰身边的Z，让他注意一个老太婆：她居然举着一只鸡放在一个妇女的头上绕圈，口中传出抑扬顿挫的索西尔咒语，偶尔叹一口气。身后的导游解释说，这个教堂很久以来已经没有弥撒，没有圣事，神父只为残存的洗礼仪式造访恰穆拉，而这类老妇则是根据助产婆报告的出生日期、时辰被村里任命的"医师"，她们收取昂贵的"医疗费"，一次200比索，约合20美元[1]。

Z指着教堂正中的十字架对我说，如果他们干脆全部恢

---

1 有资料显示，在恰帕斯地区，平均每30万人中才有一个正式医生。

复印第安传统，那倒真有意思了！但恐怕它只是大规模天主教归化中的一个小小特例，是教会面对17世纪以来反天主教色彩暴动的一种让步。

我把导游的一句话翻译给Z：连教皇保罗二世都说过，不要打扰他们，难得他们有信仰。Z边听边在笔记本上勾勒这奇怪的景象——教堂门口写着室内严禁照相，我们也早被提示要当真执行。

这时，一个身穿黑毡坎肩的男人向这边走来，他要求我们交出本子，我连忙解释：这是旅行日记，我们想画几笔留下点记忆。男人说，画画也不许！他不容分说让Z撕下那页带速写的纸，当场撕得粉碎，在收拾起全部碎片后扬长而去。若是换了别的场合，Z一定会气得暴跳如雷，但他克制了：我们似乎感到了环境中有一丝危险。

走出教堂门口，发现有显示教堂内部场景的明信片在出售，不禁暗自发笑：明信片难道就不会像他们所说"偷走本地的能量"？

利用那张15比索的门票，我们看了一个本镇办的展览。这个当地的"官方"展览明文写着，在恰穆拉"宗教具有至高无上的地位，天主教被原住民宗教吸纳"，"世界是一个由四根柱子支撑、被水包围的桶"，"月亮是太阳的母亲，可以想象她为天主教里的圣母"，"本地最受尊敬的圣徒施洗约翰是耶稣的哥哥，众圣徒是耶稣或圣母玛利亚

El Dios de Chamula

的次要兄弟"，"香和蜡是众神的日常食品，泊什酒[1]与可口可乐在恰穆拉是神圣饮料"，"重要的神在本镇有管事负责"等等。

教堂前有一个很大的常年集市贸易，附近的农民种些菜蔬，拿到这里或圣克里斯托瓦尔-德-拉斯卡萨斯做小本交易。恰帕斯地区人口压力很大，人均土地既少又破碎，恰穆拉更为严重。20世纪90年代以来的自由主义经济政策更使原有的农村经济濒于崩溃，主要作物玉米、豆类、咖啡仅够自我消费。在市场上，我们再次看到了戴草帽、穿黑毡坎肩、背枪的"民兵"，他们正押解着一个农民小贩。

到附近山上的村里转了一圈，看到有不少富裕的房舍，想必穷苦农民住在更远的山沟里。进一家小饭馆喝咖啡，感觉这里的人很难接近，似乎戴着面具。

乘天色还亮离开了恰穆拉，这个白昼下的旅游村镇，给人以黑夜的压力。

晚上进网吧查阅了资料，在小书店里买了些资料，并与当地店员聊了会儿天。

恰穆拉是一个十分特殊的村镇，它像一个五脏俱全的麻雀，提示着拉丁美洲问题的多方位复杂性，警醒我们绝不能简单化判断事物。

恰穆拉居民主要是索西尔人（原住民语言中意味"蝙蝠人"）。索西尔人（tzoltzil）和塞塔尔人（tzeltal）是恰帕斯"高

---

1 posh，一种甘蔗烧酒

地"[1]地区两个最大的玛雅语系印第安族群，各有三四十万人，他们在历史上自称"真正男子汉"。殖民时期，西班牙统治者采取"分而治之"策略强化了两者间微小的区别，把他们划分在不同的教区，安上了不同的天主教保护神。现在的萨帕塔游击队员以塞塔尔人为主，但也有不少索西尔人。

当我们语言中的"墨西哥人"具体化为"恰帕斯人"，再从"恰帕斯人"具体化为"索西尔人""塞塔尔人"时，我们感到自己有了一种微妙的进步。

恰穆拉的索西尔村民在1524年对西班牙人实行了坚决抵抗，失守之后，遭到残酷报复。科尔特斯给这个村子安置的委托监护主居然就是那个写《信史》的小兵贝尔纳尔·迪亚斯，因为他在侵略中"英勇善战"。但他只勉强维持了四年，就被酷烈的自然环境、不屈服的民众吓得卷起铺盖滚了蛋，限于远距离控制，催租逼债。

1869年，以恰穆拉为导火索，爆发了墨西哥历史上著名的"种族战争"。暴动者反对天主教会，反对外来人统治，要求恢复玛雅传统、平均地权。一个被当作玛雅"耶稣"的印第安男孩死在十字架上，血被相当于圣母玛利亚的"众神之母"及12名印第安女"圣徒"饮用。暴动者认为，"钱"是西班牙人带来的妖邪，从16世纪起就被原住民叫作"太阳的粪便"。他们建立了以物易物的交易市场，

---

1 "高地"（Los Altos），恰帕斯州9大地区之一，是萨帕塔游击队在大本营拉坎东（Lacandón）丛林之外的另一主要活动地区。

以产品所需必要社会劳动时间作为交换的标准，试图从这种"简朴市场"过渡到平均土地的古老王国。这场战争被墨西哥历史学家称为"野蛮向文明的挑战"，称之受"无政府主义者"的唆使。但它的背后掩藏着深刻的历史性冲突和社会矛盾。

恰帕斯这种像数省边境的井冈山一样的地理位置[1]，这种地理环境养育的民性，造成早年的殖民统治和教会势力难以深入腹地，后来的土地革命也无法顺利前行，致使怪诞的多元宗教在夹缝里生长，大庄院制在密林里暗存，还滋生出一种独特的宗法酋长制度。

酋长是印第安人之中的地主乡绅，主要头领被百姓称为"父亲""母亲"。在恰穆拉，他们与官府、与"制度化革命党"勾结，营造独立王国。镇长就是大酋长，他决定村内各种行政和宗教大小头目、民团头领、包括巫医的任命，他以供奉教堂、宗教节日的名义强迫村民大量购买由这个小集团经营的土酒"泊什"、可口可乐和无以计数的香火蜡烛，牟取暴利。

长期以来，许多人类学家在恰帕斯地区研究玛雅文化的活化石，1994年石破天惊的萨帕塔游击队运动，挑明了恰帕斯地区斗争的阶级性质。

由于这种地区特殊性，大到恰帕斯、小到恰穆拉又成了

---

1 作为恰帕斯的边地性质的一个例子，它在1543年曾被划归危地马拉，1824年经公民投票后才归属墨西哥。恰帕斯人一直以此为民主和自决权的范例而自豪。

各种势力竞相扩充影响的空间。基督新教、人权组织，甚至陌生的伊斯兰教都出现在恰帕斯。

来自美国的"福音派""安息日会""长老派"等基督新教派别从20世纪60年代起，通过"夏季语言研究所"用原住民语言加速传教，成效可观。带有帝国主义背景的新教在很大程度上是为了抵消自60年代起也在恰帕斯迅速传播的天主教"解放神学"思潮，而深受酋长制度压迫的恰帕斯农民则在新教里看到了一线改变命运的希望。改宗新教者称："新教反对喝酒，没有偶像，不要求我们买可乐、买酒、买蜡烛，看病也不要花那么多钱。"目前，在恰帕斯人口中，已经有36%的新教教徒，到处可以看见新教教堂。

自20世纪70年代起，天主教镇长迫害敢于改宗的村民，双方动了刀枪，造成人员伤亡，事态愈演愈烈，以恰穆拉为主的几个村镇强行驱逐改信新教的居民，造成3万人（一些与酋长派持不同观点的天主教信徒也受到驱逐）无家可归的事件，受害者被迫贱卖了房屋和土地，在圣克里斯托瓦尔-德-拉斯卡萨斯北郊一带搭起了贫民窟。恰帕斯土地紧缺或许也是驱赶潮的一个背景。

种族，阶级，天主教文化，原住民传统，外来人，本地人，酋长，民众，文明，野蛮，暴动，革命，反叛性，刁顽……这种种概念在恰穆拉都必须重新审视。谁能透彻理解恰穆拉，谁就会找到一把进入所谓"玛雅人世界"的钥匙。

Z说，在中国找到的那把钥匙曾给了他这种启发。

## 15 ｜ 在那个叫作"新希望"的山沟里

寻找"新希望村"可真是费了我们一番周折，事先就有人提醒我们："出租车司机听说那个地名都不敢去"。

凭着与底层打交道的多年经验和对"民众"的判断，我们成功地二访"新希望村"。第二次已经胸有成竹，在北郊乘上百姓的小公共，一直坐到了那条山沟的入口处。

在北环路上那条山沟里，住着100多户二十世纪七八十年代以来陆续遭受驱赶的无地农民。大多数是新教教徒，而我们要寻访的，却是改宗伊斯兰教的一个家族。

恰帕斯地区机密深藏，外部人难以接近，在恰穆拉镇我们已经嗅出一点味道。听说有个西班牙语娴熟的日本人类学家，开头曾用纸折的小飞机吸引孩子们，寻觅进入的道路。据看过的材料，马科斯他们在这儿的入门也并非易事，当然，现在他早已被恰帕斯印第安人接纳。

接待异乡人，尤其朵斯提，这是文明的传统。木板栅栏门口的恰穆拉流民听Z说我们是来自中国的兄弟，惊喜之后便是拥抱，最初的隔膜消除了，我们就通过这样的蹊径，被原恰穆拉人接待。接下来，Z拿出了看家本事，很快取得了对方的信任。

这是一片周围有草坪、松林、小河、旧磨坊的山谷，如今一眼望去，那道主要山沟里搭满了大大小小的铁皮顶简易木板房，有些房子有木板栅栏，当然木材都是就地砍伐。这是拉丁美洲典型的"无地农民"占地现象。从这些小木屋门外悬挂着的一些小招牌上，似乎可以辨别主人的宗教、政治类属。

取名阿里的前恰穆拉农民告诉我们："整个山谷都属于一个美国人，他有一个墨西哥籍妻子作招牌。我们想买他一部分土地，但美国人想一次性出售；大家派别不一，很难齐心，这事就搁下了。"

阿里一家20多口人，老父老母住在不远的山上。阿里先摆脱被酋长把持的天主教，改信了新教，又由于一次机遇改信了伊斯兰教，最后又从势力强大的伊斯兰教派中分离出来，独立门户。恰穆拉人的不驯服、恰帕斯地区的信仰真空、教派林立，从阿里身上可见一斑。阿里看来很有能力，是山谷流民的小头目，二三十年前是恰穆拉造反的首领亦未可知。

我与家里的妇女聊得热闹，她们说从未有女人来访。Z把数码相机塞到一个大男孩手里，"随便照，照什么都行，待会儿我教你看照片。"以前我们也多次以这样的信任赢得对方好感。妇女把我们请到木板墙透着风和阳光的小屋里吃饭，屋里只有一张小木桌，几把木椅子和用旧砖垒砌的炉子。我们端起盛有不加奶黑咖啡的搪瓷缸子，用手捏着粗糙的小玉米饼，夹起小碗里的煮黑豆，美滋滋地送到嘴里。玉米、咖啡、豆子，这是真正的印第安人的简陋午饭。我们吃得喷香，因为我们懂得每一种食物的来历。就这样，在一个印第安无地农民的棚户里，我们把恰帕斯最主要的食品——尝遍！[1]

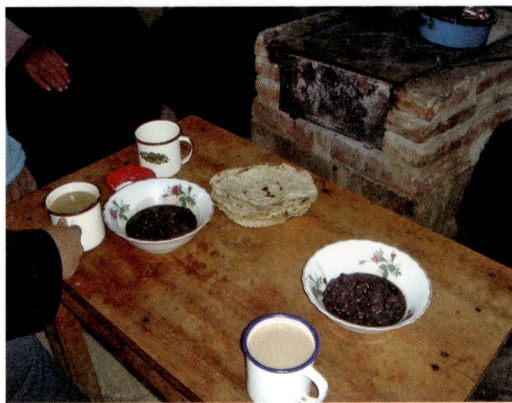

在无地农民家做客所吃之食物

阿里要去城里购货，他们除了种了一小块地，还开了一个小杂货铺。儿子、女儿、媳妇留下与我们闲聊。阿里的妻子听不太懂西班牙语，但年轻的女人们很有锐气。比起安第

---

1 有研究者说，西班牙人到来时，美洲人的三大作物是：豆类，玉米和佛手瓜。豆类被称作"穷人吃的肉类"。

斯大山里讲克丘亚语的老实农民，这里的山民，男人女人都显得更强悍。

几句话就聊到了土地问题，看来土地是恰帕斯症结所在。

在20世纪初的土地革命中，分给农民的"公地"（ejido）远不足以维持生活，很多人早已将土地租给别人，自己到地主家当短工，或外出打工。

"92年以前卖土地还不合法，现在完全公开了。"

20世纪70年代，政府把拉坎东地区大量森林分配给少数富人。1992年，国家修改宪法，萨利纳斯政府一边停止向无地农民继续分配土地，一边向集中了大量土地的地主发放土地证，同时允许土地买卖。最近当地政府又向持有土地的少数人颁发了达25万公顷土地的土地证，富人办大牧场，开发木材，穷人种口粮的土地越来越少。

"农民没有说话的地方，新希望村的命运如何，谁也不知道。"

阿里的儿媳法蒂玛带我们上山看爷爷奶奶，一路上我们看见有些山坡上竖着"此地不卖土地"的牌子，看来土地买卖已经火热。

到了阿里老父母小木屋的山坡下，正赶上老人往山坡上背木柴，Z连忙上前搭手，并问法蒂玛，"老人家多大岁数了？"

"可能有90多岁了，也可能100多岁了，说不清，没人关心。"

恰帕斯连印第安人总数都统计不清，很多人还没等到登

记，统计，就死掉了。

老人门前一小块玉米地，身后一间简陋的小木屋，一年的口粮全指望眼前的玉米，终日的生活就在身后的木屋。两个老人都不会说西班牙语，由孙媳妇翻译。老太太一边听我们说话，一边搓着玉米粒，一粒粒的玉米落在膝盖上的筐箩里，旁边放着自古以来就有的石臼。法蒂玛告诉我们，爷爷每天下山到两千米以外的公路上等小公共，把山坡上种的蔬菜拿到城里的集市上卖掉。约九点时分，老伴儿再去给他送玉米小饼和煮豆子当午饭。

与法蒂玛分手时，她送给我一件领口和袖口绣了图案的恰帕斯人白布衫。"这是我自己缝的，才穿了几次，还很干净。"这件布衫是我最喜爱和珍视的服装之一，后来我穿着它去了同样炎热的古巴。我也把身上穿着的绣花外套送给她作纪念。

法蒂玛和她的丈夫曾去过墨西哥城卖衣服，在城边上租房住，每天除去路费，剩不下几个钱。我想起了墨城大街上、公园里、地铁站边那些兜售美丽"民族服装"的印第安女人们，我们居然在她们的故乡成了朋友。

## 16 | 看电影：《火与语言》

恰帕斯不愧为求学之路的终点，高潮迭起。除了白天的"新希望村"体验，晚上的电影盛宴令我们直至此刻兴奋不已。

还是在那个古怪的"Kiňoki"文化咖啡馆，今晚的纪录影片名叫《火与语言》（*El Fuego y la Palabra*），讲述了"萨帕塔民族解放军"20年建军历程和恰帕斯武装起义10年历程。

没有很多解释性旁白，但有大量震撼性的真实镜头和实录语言。它们不需要解释，它们就是解释。

放映厅里只有我们俩和一个跷着腿的老外。除了我的低声翻译，静悄悄的。但我们如同置身一个巨大的历史舞台，目不暇接的宏伟场面，追之不及的新鲜词语，使我们如同身处一个遥远的过去，或伟大的未来。

这是在"历史已经终结"的20世纪末吗？

与"新希望"的印第安妇女在一起

老人从来就说不清自己的年龄

通过孙媳妇的翻译与索西尔族老人拉家常

然而，这一切就发生在我们脚下，就发生在我们周围的这块土地上。1994年，就在这道门外的街面上曾发生过激烈的枪战，印第安女司令拉莫娜领导的分队夺取了城市；就在不远的大教堂里，印第安人破天荒地与政府的代表平起平坐谈判……

　　然而，一切在10年前的1984年就已开始。

　　"开始我们只有6个人，3个混血人，3个印第安人……"

　　传奇的副司令马科斯平静地叙述着，膝上的印第安小男孩淘气地玩弄着从他的山地帽窟窿里伸出的大烟斗。他没有细说最早的游击队员曾饮尿止渴，他也没有说那些早期的隔阂和虚心的学习。10年的安全潜伏是最高的奖赏，他成功地得到了恰帕斯大山和玛雅人小屋的保护。在这一点上，他超越了以往的游击队。

　　"我们是面镜子，其他人可以从中学习我们的经验和教训……"

　　"人们可以指责我们的错误、失策，但绝不可以指责我们起义的原因……"[1]

　　当马科斯自信地以"我们"发言时，一个副司令的代号出现了，身后站起来的是24个清一色的印第安司令，是千千万万的索西尔人、塞塔尔人……

　　"我们代表没有发言权的人发言，在我们的发言里，没有不敬，但也没有乞讨……"

---

1　原文是"Pueden cuestionar nuestro método, pero nunca la causa"。

那是游击队女司令埃斯特尔2001年在国会演讲，电视直播还配上了哑语手势。国会大厦外，墨西哥城见证了有史以来最庞大的集会人群，"萨帕塔民族解放军，我们欢迎你"的横幅贯穿政府宫正墙的上方，25万人迎接24位游击队司令和一位"副司令"从深山老林里带来的、风雨两周的"印第安人尊严大进军"。

那是印第安人社会与墨西哥公民社会500年来的第一次认亲。前者听到了"我们都是马科斯"那始料未及的回声，后者听到了"没有我们的墨西哥将不再存在"的坚定誓言。

也许这就是饱经创伤的美洲大陆上的"新希望"？

影片中又闪过了那一片片女游击队员半蒙面的红方巾，还有一个欣喜若狂的戴着半蒙面红方巾独舞的老太太……

我难以认同那些描绘萨帕塔游击队的用词（后现代革命、符号学游击战，诸如此类）；我为之感动、坚信不疑的，是那一张张有了尊严的印第安人面孔。他们就是希望，当斗争的传统被接续之后，当尊严的意识被鼓舞之后，当人的觉悟被唤醒之后，一切就有了希望。哪怕副司令被暗杀，哪怕正司令全部牺牲，哪怕山外围而不剿的七万正规军真的扣动扳机！

曾读过一篇为游击队辩护的文章，是一些数字和轶事，但是很有力，就像《火与语言》中的那些奔走的人群、激动的面孔：

> 在石油蕴藏丰富的恰帕斯，有40万人烧木柴；恰帕斯的

水库为全墨西哥提供一半水电，但恰帕斯有三分之一的人没有电用；半数家庭的屋子仅有一个房间，43%没有自来水，50%没有下水道和厕所；75%的居民没有读完小学，30%没有摆脱文盲；婴儿死亡率使恰帕斯位于莫桑比克和安哥拉之后，营养不良在1至4岁儿童中是第三位死亡原因，在有些部落甚至是第一、第二位死亡原因；直到20世纪70年代，有些大庄园主还拥有"初夜权"；直到不久前，印第安人还给路遇的"克莱托人"[1]让路；关于恰帕斯的司法，有一则真实的黑色幽默：一个印第安人因"弑父"之罪被囚禁，而到监狱探望他最勤的人正是他的父亲。

**文章的结尾写道：**

面对这种局面，萨帕塔游击队在"土地、房子、工作、面包、健康、教育、独立、民主、自由、正义"的口号下起义。直至今天，他们仍不拥有这些为之奋斗的东西，但是，今天没有一个萨帕塔人会因路遇"克莱托人"而退到路边。

**他们称此为尊严。**

---

1 Coleto，自认西班牙殖民者后代的恰帕斯人。

## 17 │ **浓雾里奔向潘特洛**

"Pantelhó？"我大致听清了胡安神父在杂音很大的电话里说出的陌生地名。

这个地名有点古怪，但不知为什么很亲切，一如恰帕斯的那几个"洛"，Chenalhó，Polhó；也许是那个最后的重音，还有那个在西班牙语里多余的h使人联想到印第安。

在我的坚持努力下，我们在恰帕斯又联系上了一位解放神学神父。查了一下地图，潘特洛已经在道路的尽头，进入了恰帕斯腹地。

这是一个契机，尽管有一丝不安，我们决定前往。

小雨，大雾天，冷得穿上了所有衣服。前往潘特洛的市郊出租车（colectivo）站上，等候的全是印第安人。我们与两个印第安同行，一个老头，一个小姑娘，与司机谈妥每人30比索。估量了一下，即便他们同伙打劫，也不一定能对我们得逞。

大雾低垂，前方只有十几米的能见度，一路弯道，只觉下面是很深的山谷，但什么也看不清。小姑娘在叫作Polhó的村子下车，车速慢了，眼前闪过EZLN的字样，我心里一惊，一个预感划过脑际。即刻，眼前又闪过"起义者学校"，我急忙让Z看，他不信，但很快路边出现了铁丝网，"军队"的字样稍纵即逝。

司机还是不要命地快速行驶，我们欲言又止。果然，在离终点大约10千米的地方出事了：眼见迎面开来一辆破旧敞篷货车，车上站满了清一色的农民，而我们的拼命三郎却笔直对着它撞上去，小车猛拐，只听见"咣"的一声，两车相对挤擦而过！我们的车门已被撞击得打不开，司机下去吵了一通，决定不顾被撞得粉碎的车鼻子和车灯，先把破车开到镇上，回头再做了结。全体看热闹下车的农民又一一上了车，默默无言，好像对"变故"司空见惯。Z居然用西班牙语安慰了司机一句："车不重要，关键是命，Dios与我们在一起。"最后一句不是寒暄，十几年来我们一直坚信。

车抵潘特洛，一个不小的镇子，四周山峦环抱。小广场上人群熙攘，但没有旅游者和外国人的影子，我们显得失去了包装和掩护。在教堂旁门向一个妇女说明来意，不久，50岁上下的胡安神父出来迎接——一个知识分子模样的混血人。

进了他像样的办公室，喝了那妇女端进来的一杯"小咖啡"（caficito），寒意渐渐消散。接着是我连珠炮般密集的问题，两个小时，干货很多，我翻译，Z记录。神父写过一本关于巴斯克老爹的传记，在德国神学院以此为题完成了博士论文，所以我们的问题从这个人物开始，一气问下去：

巴斯克老爹与拉斯卡萨斯主教有什么不同？30年后如何评价解放神学？关于Opus Dei?关于教皇保罗二世？关于恰穆拉的宗教和驱逐事件？

最后一个问题是——关于萨帕塔游击队？

神父的回答使我们大吃一惊：

"他们就在这儿，我做弥撒的时候，他们就在下面听。"

神父解释说，由于政府迟迟不执行早在1996年就与游击队签订的、给予印第安人自治权的"圣安德列斯协议"，2003年游击队宣布在30个"萨帕塔"派的村镇实行"自治"。

"合法也罢，不合法也罢"（con ley o sin ley），印第安人决心已定。

"自治符合协议，只不过实施没有经过'批准'（sin permiso）"，游击队的发言人如是说。

但这30个"自治村"并不像我们的解放区、根据地，它们与政府掌控的村镇相互穿插，你中有我，我中有你，目前正处于相持阶段。

这时才恍然大悟，原来我们已经不知不觉越过限界，潘特洛之行引导我们阴差阳错地闯入了游击队出没的"冲突地区"！据神父说，在我们路过的Polhó和眼下的Pantelhó范围内，都有萨帕塔游击队的自治村。

红军居然就在离圣克里斯托瓦尔-德-拉斯卡萨斯两小时的地方！

印第安人代表大会决定将30个自治村联合为5个自治地

游击队员与圣母瓜达卢佩
女游击队员与和平鸽

区，并给地区自治政府取名为"好政府"（Buen Gobierno）[1]，自治政府的所在地由早期的"热水镇"改名为"蜗牛中心"（Caracoles）。

从神父那里还听到了一些关于萨帕塔游击队的重要信息：

星星之火最初在边境地区的拉坎东密林点燃，那里地理环境恶劣，住着一些100多年前从尤卡坦半岛迁移而来的玛雅人后代。从20世纪40年代到70年代，陆续有许多穷苦的印第安人逃离各地的大庄园，到那个墨西哥的"东南大荒"开荒谋生。500年来这一地区反抗不断，七十年代受"解放神学"鼓舞，烽烟再起，八十年代切·格瓦拉的追随者马科斯到来，从斗争中学会一手高举萨帕塔，一手托起"波坦神"[2]。

恰帕斯人民虽然很穷，但恰帕斯地区资源极其丰富。这里有墨西哥水量最充沛的乌苏马辛塔河（Usumacinta）、格里哈尔瓦河（Grijalba），全国水力发电量的一半取之于此。森林覆盖面占总面积的50%，许多是珍贵树种。恰帕斯还拥有全国最重要的热带雨林保护区。游击队影响范围之内的"蓝色山区"（Montes Azules）正在这保护区里。本地印第安人长期培育的药材一直为墨西哥医药提供着75%的原料和每年450亿美元的利润。政府在"开发"的口号下将目光盯紧恰帕斯，盯紧"蓝山"，与游击队和印第安人

---

1 我猜想，Buen Gobierno 一词取自印卡贵族后代、秘鲁编年史家波马·德·阿亚拉于1615年完成的《第一本新编年史兼论好政府》。
2 Votán，教印第安人种玉米的玛雅神话人物。

的对抗箭在弦上。

游击队在1994年1月1日"北美自由贸易协定"生效日起义，起义的大旗从第一天起就染上了"全球化"色彩，他们的表演也再没有离开世界的舞台。这不是什么后现代，因为印第安人的命运从1492年起就被打上了世界的烙印。

等告别神父再次来到小镇的广场上，眼前的事物好像在另一副色镜下焕然一变，我们开始对潘特洛刮目相看。沿着市场街走了一趟，看着这个剽悍的像游击队员，望着那个盯住我们的像内务部眼线。走进路边的一家小铺吃饭，街对面停着警车，警察就待在一边。饭很香，地道的农家鸡汤外加玉米小饼，但开饭馆的老板娘是游击队的内线呢，还是警察局的卧底？为了搞好关系，我们多付了钱。

照例坐上了30比索一个人的拼车，这回前面坐着两个剽悍的印第安汉子，用索西尔语还是塞塔尔语唧唧咕咕聊天，那大大咧咧的样不像搞阴谋之辈。

回程路上的我们全神贯注，注意着每一个路标和景物。天放晴，薄雾中的恰帕斯山野起伏绵延，农民的土坯屋上支着漆成红色的铁皮顶，坡上沟里露出绿色的玉米田地（milpa）。正想象着哪里潜伏着游击队，却看见了"可口可乐"的大库房。

"能否稍微开慢一丁点，对，就这样，好——谢谢"，顾不上司机和前座农民是什么派别了，在我们的心目中，底层人都拥护游击队。但他们很配合，甚至为我们停下了车，躲开了脑袋，我们拍到了几张珍贵的游击队自治村。

道沟边雾气弥漫，浓密的林木旁，竖起了一块旗帜鲜明的木牌，右上角画有鲜艳的红巾掩嘴遮面的女游击队员，右下角一只标有EZLN的蜗牛，牌子上写着：

> 欢迎来到恰帕斯波洛萨帕塔起义自治村
>
> 本村禁止食用和种植大麻及其他毒品
>
> 禁止买卖偷盗的汽车
>
> 禁止买卖酒类
>
> 在这里，人民指挥，政府遵命。

好一个"人民指挥，政府遵命"（El pueblo manda y el gobierno obedece）！这就是印第安心目中的"好政府"。

另一个地点有一幅极其有趣的大宣传画，一边的女游击队员红巾掩面，手托和平鸽，另一边的瓜达卢佩圣母脚踏剑麻，面蒙红巾。

我们密切注意不放过来时瞥见的军队和铁丝网，照下了"墨西哥陆军-行动基地"的路牌。当路过持枪荷弹的军队时，没敢要求停车，但Z把数码相机直面对准了那个头戴钢盔、手拿号旗的士兵，关键时刻前排的两个索西尔哥们又让开了脑袋，似乎心照不宣。后来他们俩说，"开始以为您是外来的神父呢。"那天，Z穿了一件西装上衣，因为冷，把里面的衬衫系紧了领扣……

再见了，恰帕斯！在离别的最后一天，你终于让我们看见了英武的真实容貌——虽然是在大雾重重之中。

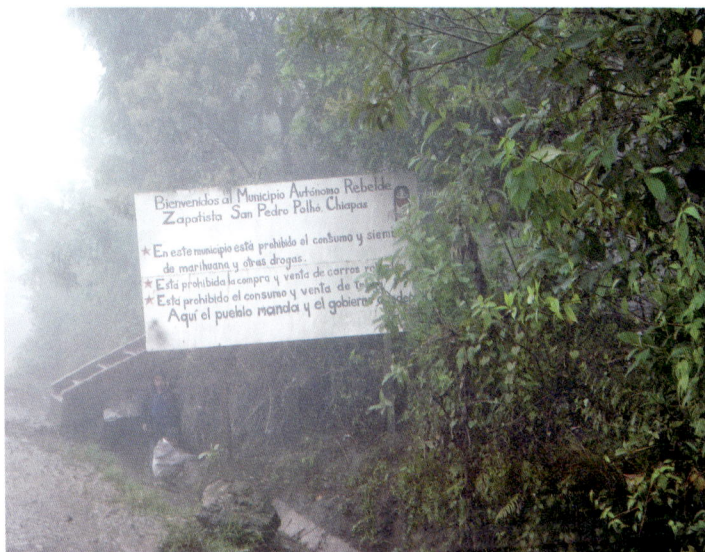

游击区波洛

# Cuba

古巴

## 01 | 哈瓦那断章

感觉里还留着西班牙的冷雨，头皮已被加勒比的骄阳烤晒。

旅行大踏步地变换空间，空间变换推动着时间闪跃。超量的场景堆积，让大脑容纳不下，追踪不及。

更严肃的挑战是旅行者的修养和悟性。若能把一根根时间地点的经纬还原为一幅清晰的世界历史地图画卷，游学的这一盘棋就活了。

我喜欢这样的挑战自我。

这次是从地中海边的西班牙飞到了加勒比的古巴。

昨晚进入哈瓦那时，已是深夜。从何塞·马蒂国际机场开往住地贝达多区（Vedado）的路上，满脑子还是修筑在悬崖峭壁上的西班牙小镇阿尔巴拉辛，还是在深山里的Tajo，Turia，Júcar欧洲三河之源，还是西班牙摩尔人的苦难历史……当那辆油乎乎的公家旧车跑了好长一阵，我才意识到眼前一排排在夜色里晃过的，是古巴岛上著名的大王棕榈（palma real）。

"美丽的哈瓦那，那里有我的家……"多少年了，少年时代听熟的旋律还是异样地亲切，棕色的古巴砂糖仍能唤起舌尖的感觉，更不用说英雄格瓦拉、大胡子卡斯特罗的魅力。

终于到了，这长旅的天涯海角，变态全球化的端口！

**设防港** 哈瓦那湾（Bahía de La Habana）是世界上优秀的"口袋形海湾"（bahía de bolsa）。从地图上看，哈瓦那海湾像一片从海里长进陆地的三瓣叶子，叶柄是一条直直的海水通道，连着如母体的大海。

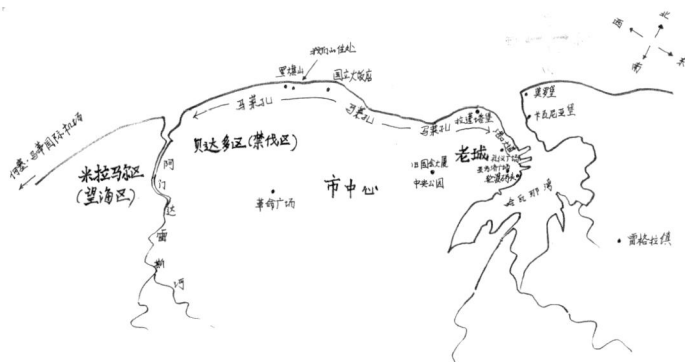

哈瓦那示意图

我们决定先去东岸入海口的莫罗城堡，从那里观察港湾大势。

乘出租车经过一条海底隧道，登上了东岸高坡，莫罗城堡修筑在陆地最前沿的风口浪尖上。这座几经战火破坏的十六七世纪建筑，虽已面目全非，但坚实古朴的堡体和锈迹斑斑的火炮，仍给人以中世纪的提示。走过吊桥，踏着甬道里被踩得发亮的石板地面，借射击口的光亮走出幽暗，眼前豁然开朗。

夹着热浪气息的海风中，大王棕榈的宽阔叶片羽扇般摇曳，在浓烈的紫外线下泛着油绿。浓絮状的白云下，一道140米宽的宁静海面就在眼前，时而有小艇和驳船驶进驶出。自从20世纪60年代美国对古巴实行封锁和禁运，自从20世纪90年代"苏东解体"造成古巴外贸体系危机，猜想航道上应该很难见到巨轮。

海对岸是楼厦的海洋，一波一波沿着海堤向远处漫散，楼海里的人与大海仅一条"马莱孔"（malecón，防波堤）之隔。哈瓦那湾不是流经上海的黄浦江，也不是从塞维利亚穿城而过的瓜达尔基维尔河，哈瓦那是直接立于深海之滨的城市。在我们的经验中，西班牙北部濒临大西洋的圣塞巴斯蒂安（San Sabastián）也毗邻着海，但规模要小多了。

远眺的哈瓦那一派国际大都市气魄，它何以有如此大的规模？哈瓦那使人联想上海，联想香港。不，它比鸦片战争后呱呱落地的上海和香港要早，远在18世纪末的蔗糖热、黑奴潮，远在16世纪的黄金血、白银泪的时代，哈瓦那就开始"腾飞"，它是那条历史铰链的第一环！

随身带着的望远镜吸引了几个古巴少年，Z像以往一样，毫无顾忌地将它塞到少年手里。他们好奇地轮番使用，不听我们如何解释调整焦距。

从莫罗堡眺望哈瓦那

　　"看，Capitolio，前面有马克西姆·戈麦斯的骑马像。"少年们透过镜片看到的那座高耸于群厦之间的白色圆形建筑，是过去的国会大厦，现在的国家科技部和展览馆。这座准美国国会大厦式建筑无奈地成为哈瓦那的市标之一，一如古巴与这个咫尺近邻脱不掉的干系。

　　"拉蓬塔堡（La Punta）边的海滩有很多人游泳呢！"少年们七嘴八舌地喊叫。拉蓬塔是海对岸与莫罗城堡遥遥相对的另一座军事要塞，建于同一时代。其实，我们仅在莫罗城堡的这一处，借用望远镜就看到了好几座城堡。

　　哈瓦那是一座海防城，在它的古老建筑背后，藏匿着殖民主义列强靠掠夺发家、从战争起步的幽灵。

　　西方殖民主义大军的先头部队西班牙是从加勒比海进入美洲的，他们在今天海地岛上的圣多明各（Santo Domingo）建立了第一个居民点，古巴是他们登上的第二个大岛，并成为殖民进军的桥头堡。16世纪早期的"征服"、殖民活动就是以古巴为基地出发的。

随着墨西哥、秘鲁等地区的被占领，大批金银矿藏被源源不断开采出来，以印第安人为燃料[1]铸成的金条银块，堆积在大洋此岸。如何把它们运往大洋彼岸的欧洲？由于得天独厚的地理位置，古巴岛被选中了。它挟墨西哥湾之咽喉，成了"新世界的钥匙"。从墨西哥方向运来的金银等候在大西洋海岸的韦拉克鲁斯，从秘鲁方向运来的财宝越巴拿马地峡等候在地峡东岸的"美丽港"以及今哥伦比亚的卡塔赫纳（Cartagena）。

与此同时，殖民主义列强的争夺战——像"原始资本主义"的称谓一样，我们可以称之为"原始世界大战"——也开始了。

在这片海域上，西班牙、法国、英国、荷兰，还有丹麦，曾有过你死我活的厮杀。那个时代，加勒比海盗横行，除了匹夫之勇的私家海盗（pirata），还有一种为国王服务的官家海盗（corsario）。没有占到地盘，干脆入城杀掠，或在海上抢夺船只，岂不是更便宜的原始财富积累？英国女王不就奖励过为之效劳的海盗吗？[2]

当然，列强真正垂涎的是占领殖民地。有一种分析，从经济的角度来看，英国人认为加勒比海上的一个小岛远比美国最初的13个殖民地重要：由于气候和土质的原因，北美

---

1 达西·里贝罗说："印第安人是殖民生产制度的燃料。"见《拉丁美洲被切开的血管》2001年第1版，第36页。
2 如16世纪英国著名海盗德雷克（Francis Drak）被英国女王伊丽莎白一世授予爵位，他于1588年与海盗表哥约翰·霍金斯一起打败了西班牙费利佩二世的"无敌舰队"。

殖民地没有向宗主国提供补充性产品；而加勒比海域的安的列斯群岛及美洲大陆西班牙殖民地的情况则完全不同，糖、咖啡、烟草、棉花、蓝靛从那些热带的土地上破土而出。

有人知道前法属殖民地海地在18世纪后期是世界上最富裕的地方、为欧洲提供所需热带产品的一半吗？有人知道为什么在南美大陆的北端、在巴西和委内瑞拉之间并排着三个圭亚那吗？在这块被原住民称作"有水之地"（Guayana）的土地上，今天叫作圭亚那的，是前英属殖民地，在废除奴隶制的1807年，那里有10万黑奴；今天叫作苏里南的，是前荷属殖民地；这两家曾是当时世界上最成功的奴隶制种植园经营者。还剩下一个，至今叫——法属圭亚那。

在刚刚过去的北京奥运会上，牙买加三金得主博尔特（Usain Bolt）引来了中国人第一次对这个小国的关注。人们纷纷上网寻找牙买加在哪儿？熟人问我：

"牙买加是个什么样的国家？"

"牙买加经营旅游、毒品，出口铝矾土和劳动力。"[1]

然而我不知怎样用当今流行的语言，来解释匪夷所思的历史真实。

牙买加在16世纪就被西班牙占领，后于1655年易手大不列颠王国，西班牙奋战5年未能夺回。英国得到这块肥沃的阳光宝地时，正值世界市场上蔗糖价格飙升，牙买加遂成

---

1 当然，很晚才知道牙买加出了一位第三世界流行巨星，1980年去世的歌手、鲍勃·马利（Bob Marley），这也是我的孤陋寡闻。

为英王国最富裕的海外殖民地；奴隶制废除后，英王国向这里引进包括中国苦力在内的新劳力；殖民地历史结束后，被敲骨吸髓的土地沦为输出劳力[1]、输出单一矿产、接受来料加工、依赖旅游业的典型"后殖民"国家。

想起了那张19世纪帝国主义列强瓜分中国的老虎秃鹰示意图。

那图能帮助我们理解那个时代加勒比海域的战事，而昔日的加勒比海战局也能帮助我们解析今天的中东疑团——原本就是一场没有演完的戏，哪怕中间隔着五个世纪！这出戏不是古代的掠夺战争；资本主义经济模式带来的疯狂的利润欲，资本主义发展模式造成的资源异样紧缺，使这场源自1492年的争夺早已是离弦的箭。

为了确保从美洲掠夺的财富能平安运抵西班牙本土，宗主国建立了两支武装运输舰队，各拥有20多艘船只：一支称之为"舰队"（Flota），春季驶出本土接应北美墨西哥的新西班牙总督区；一支称之为"大帆船"（Galeón），秋季从西班牙出发，在卡塔赫纳与"美丽港"接应南美的秘鲁总督区。

大约正在此时，"哈瓦那洋流"也被发现了。[2]1556年，西班牙国王宣布两支舰队回程时在哈瓦那聚集，于夏季回航西班牙。以后的两个世纪里，哈瓦那成了美洲最大的港口，

---

1　先是向巴拿马运河工地，再是向美国联合果品公司所在的哥斯达黎加和洪都拉斯，今天是直接流向美国英国。

2　据古巴历史学家贝内加斯解释，那是一条重要的洋流：墨西哥湾–哈瓦那–佛罗里达海峡–亚速尔群岛–欧洲，是美洲连接欧洲的海洋通道。

人口从17世纪初的4千激增到18世纪中叶的7万，其繁荣场面多次出现在中世纪画卷上。哈瓦那也由此成为一个有交叉火力掩护、有城堡防卫体系的设防港城。

这是哈瓦那繁荣的第一次历史契机，繁荣与殖民主义的起步捆绑在一起。

夕阳西下，在被落日映得金红的莫罗城堡坡地上，跑来了三个黑白分明的古巴小孩，两男一女，十一二岁光景。男孩光着上身，露着小肚脐，女孩不过多了件小背心。他们快乐地在草地上撒野，不一会就被我们的望远镜、照相机吸引了过来，欢欣雀跃地看到了数码相机里的自己，并认真地要求为他们每人照一张标准像。那个gallego[1]的后代精瘦，早已不懂什么是criollo[2]的傲气；黑男孩不知从哪儿弄来一顶橘红色的安全帽，憨憨神情里早已没有了对遥远故土的记忆；而那个黑白混血的疯丫头，手插着腰，摆出一副古巴女孩咄咄逼人的姿势。三个人凑了半天才想出了收件人地址，再三补充嘱咐，"要写上X街区医院！"看来他们从未寄过信接过信，而家旁的医院是地址的重大参照。当我们左摸右掏找出了两小一大盒清凉油时，孩子们居然惊呼起来："大的给我，大的给我，我奶奶需要！""信为什么能寄到这里？能从信里再寄来一盒清凉油吗？""能寄来一个中国娃娃吗？"

---

1 早期西班牙殖民者多来自西班牙贫穷的西北部加利西亚（Galicia）地区，因此人们习惯把西班牙人称为加利西亚人，即gallego。
2 指美洲本土出生的白人后代。

Z与孩子在莫罗城堡

　　告别了快乐的小孩，我们下坡走向哈瓦那海湾的另一座古堡——卡瓦尼亚（La Cabaña），那里有一个著名的旅游节目，来自一个古老的传统仪式：哈瓦那防卫体系包括建于17世纪的城墙，今天城墙虽已不见踪影，却保留着从那时延续至今的、每晚九点在卡瓦尼亚堡放炮关城门仪式。似乎除了二次大战，礼炮声从未中止。革命成功后的切·格瓦拉骑着高头白马率领第八纵队开进哈瓦那，曾一度以卡瓦尼亚堡为起义军司令部，那紧张的日日夜夜里，耳边该有每晚九点的礼炮声相伴。

　　卡瓦尼亚堡也是殖民主义列强撕咬的见证人。

　　对于西班牙来说，法国曾是最大的敌手。1538年法国人占领哈瓦那烧杀抢掠，甚至扛走了教堂里的钟。英国人也绝没有放过机会。1762年英国人用50艘战舰攻克莫罗城堡，占领哈瓦那11个月，莫罗城墙上至今可以看见英国炮舰打开的缺口。后来哈瓦那被归还给古巴，而作为交换条件，古巴向英国让出了北美大陆佛罗里达的一部分。

卡瓦尼亚堡始建于英军撤离后的1763年，历经10年建成的城堡，面对海湾竖起两堵高大结实的城墙，朝内的一侧有深12米的壕沟，沟上有吊桥通向古堡的主要入口，成为美洲最大的军事要塞。

夕阳已经落尽，古堡上亮起中世纪的街灯，余晖里凤凰木（flamboyán）的红花火一样燃烧。紫蓝色的天空下，一艘载有重型机械的轮船在华灯初上的两岸间缓缓驶出海湾。我们护航般目送它黯淡于远方的海面，像送走一个古老的故事。这时，身着中世纪军服的礼仪队伍在风笛声中步入平台，伴着舞蹈般的踢腿动作为大炮填充火药。四周的照明熄灭，城墙上点燃了油灯。"关城门啰，安静——"（¡Silencio!）随即，一声震耳的炮鸣响彻哈瓦那夜空。

轮船驶出哈瓦那湾

**老城** 所谓老城，即享誉世界的 La Habana Vieja，指的就是 17 世纪城墙之内一片密集城区，大致从今天哈瓦那湾西岸入口处的港口大道向西到国会大厦所在的中央公园。

老城仿佛有一种磁力，聪明的我们也像无数傻帽游客一样，禁不住三番五次鬼使神差般被吸引而来，而每次都要重新问路。5 路公共汽车沿着"马莱孔"行驶。下车后，走过哈瓦那最老的古堡"力量堡"（La Fuerza），找到几乎是唯一的参照点"礼仪广场"（Plaza de Armas）后，就一头栽进了梦幻般的 colonial（殖民地时期）世界。

老城像一副棋盘，横竖笔直的石子路面街巷，方方正正的欧式矮层洋楼；名目繁多的大小"广场"如棋子点缀其间。走进一条条雷同的狭长街道，人就分不清东西南北。对着地图分析，细密如织的网格让我们这样的地图专家也失去了信心。向当地人拿起地图请教："我们现在哪里？"一般都说不清：地图是专门为旅游设计的，到处标着旅店、餐馆、旅行社，与百姓无关。幸亏有一张会说话的嘴——问！Z 也正想拿号称最难懂的古巴西语开练。

从专门研究城市沿革的历史学家[1]贝内加斯那里，得知一条理解哈瓦那的要领：哈瓦那的城市发展采取了波浪式的"西进"方针，中心不断西移，没有重大的拆迁、改建和战争破坏，400 年里，哈瓦那基本保持了原有的建筑格局，如

---

1 古巴每个城市都有"历史学家办公室"，历史学家有义务向人们讲解城市历史。哈瓦那的"历史学家办公室"还全权负责老城的维修。

一本立体的书，一部活的城市沿革史。

所以，老城很少有20世纪以后的建筑，这里最明显的特点是街道的狭窄，狭窄的原因来自宗主国给殖民地各总督区下达的一道命令：

> 寒冷处街道当修得宽阔，酷热处街道当修得狭窄；后者若有骑兵防卫之需要，可容酌情加宽。

1982年，老城和哈瓦那殖民时期的防卫体系被联合国确定为世界人类遗产。

老城的建筑还有一个特点——异常坚固。出于对外敌和海盗的畏惧，房屋外墙多以花岗岩巨石为材料，用粗壮的木材做房梁屋顶，厚墙厚门，门上缀有大铁钉，给人以微型城堡之感。但毕竟是多雨的热带，一些老楼底层有沿街的回廊，二层有雕花铁艺的悬空阳台。出于防卫意识，窗户开得小，高高在上，百叶窗外还加了结实的铁护栏。

这样一座坚固完整的内城，外加浑然一体的要塞、古堡、城墙，在十六七世纪是如何完成的？历史学家的回答印证了我们的猜想：奴隶，大批的奴隶，前仆后继的奴隶！先是印第安人，后是非洲黑奴，他们不仅为殖民者入井采矿藏、下海捞珍珠，也用血肉之躯垫起了今天令西方游客啧啧称道的殖民风格美景。

随第一批西班牙"远征军"来到古巴岛的西班牙神父拉斯卡萨斯含着泪书写了古巴岛的《毁灭述略》，其中一则悲

惨的例子提到国王派来的某一官员，他所分得的300名印第安人在3个月后所剩仅30人。拉斯卡萨斯对全古巴、全拉丁美洲印第安人死亡数字的估算是以亲历为依据的，而当今古巴岛上印第安人的绝迹更是铁证！

奴隶是苦力，工匠则大半来自西班牙，其中包括懂得穆德哈尔（西班牙天主教统治地区的穆斯林）建筑艺术的师傅，因为西班牙刚刚告别了延续八个世纪的伊斯兰文明。为了完成哈瓦那的宏伟建筑，殖民地开办了建筑学校，教授下一代混血人技术。

17世纪时，作为城市，哈瓦那已初具规模。

走在迷宫幽径的条条街道上，货真价实的花岗岩（不是当今时髦的石材贴面）、目不暇接的华丽大理石、各种几何图形的精美浮雕、流线型的古典立柱、古老的街灯、结构复杂的铁艺框架，从两旁鳞次栉比的楼层，向路人炫耀般倾泻，其震撼感远远超过我们见过的拉美名城。

我们反复向历史学家表达自己的感觉："哈瓦那应当是西班牙殖民时代最大的城市。"历史学家则反复否定着我们："哈瓦那城在17世纪从未超过墨西哥城和利马，甚至排在墨西哥的普埃布拉之后。哈瓦那的巨大发展与19世纪上半叶的蔗糖时代息息相关。"

——甘蔗几乎与殖民者同步进入美洲，直到1791年海地独立革命前，那个法属殖民地一直是世界上最大的蔗糖产地。推翻殖民统治的海地奴隶起义给古巴种植园主带来了机会，古巴取代海地成为世界糖罐。1818年西班牙国王给予

古巴殖民地更大的贸易自由，19世纪初的古巴有产阶级成为美洲首富。与此同时，古巴开始在种植园大规模使用非洲黑奴。

"全世界的运糖船并非空船而来，它们载来了西班牙、意大利、德国等欧洲国家名贵的板材、大理石、马赛克、吊灯、玻璃窗、家具、钢琴、餐具……"

蔗糖热是哈瓦那第二次繁荣的契机，然而这第二次繁荣与黑奴的厄运捆绑在一起！

生长了400年的哈瓦那老城像一个光怪陆离的精灵，今天它为困境中的国家换来喘息的机会。豪华饭店、餐馆外摆着舒适的桌椅，遮阳伞下，啜饮mojito[1]的游客在吉他、沙球伴奏的"Guatanamera, guajira guantanamera……"乐声里漫不经心地交谈，他们知道歌词是反帝诗人马蒂的诗句吗？当衣冠楚楚的侍者和小乐队领班从餐桌上取走小费时，我常误以为身在利马或墨西哥城。地图上标出了Hotel Ambos Mundos（"两个世界"旅馆），因为那里展览海明威夫妇当年的一间包房。知情者会寻到"深巷小酒家"，酒馆里至今散发着精英聚汇的情调。革命前夕的古巴，登记的妓女多于登记的矿工；面对那个每天坐在轮椅上穿粉色长裙、头顶着缀满了红色纸花帽子、手持20厘米长雪茄的黑人老妇，我读不懂她满脸褶皱里的年轮。还有那个席地而坐长发长须的老者，昨天是军裤红星贝雷帽，今天又是

---

1 古巴大众鸡尾酒，用朗姆酒、糖或糖浆、酸橙、薄荷叶、苏打水调成。

星条旗缠头花衬衫。不过那些白包头、白衣裙、白鞋白袜白手包的妇女不在变相乞讨者之列，她们是神秘的"桑特拉"（santera）——古巴非洲裔黑人宗教重要分支Santería的女术士。

奇妙的组合：古巴人给中国人讲解殖民地早期的伊斯兰式地铺，旁边站着一个标准的非洲术士桑特拉（此图摄于圣地亚哥）

开足马力的旅游业并没有抵消老城的文化气息。"礼仪广场"的旧书集市永远人群熙攘，抽象的现代派雕塑四处可见。博物馆的名目从革命到雪茄烟、朗姆酒难以尽数。亚洲之家、阿拉伯之家、何塞·马蒂之家、西蒙·玻利瓦尔之家、维克托·雨果之家、贝尼托·华雷斯之家、瓜亚萨明基金会之家，国家虽小，心怀远大。凡有典故的地点，都有说明牌，相关的名人诗句、语录被镌刻成金字铜牌挂在墙上。

不像我们这里，国人宋代文天祥庙无人知晓，夷人明代利马窦墓少有光顾，抗日英雄张自忠塑像的出现，要感谢在2008年奥运前诞生的地铁5号线。

"没有文化的人民没有自由"，这是马蒂的一句名言，也是古巴政府宣传的思想。菲德尔反复向自己的人民说，暂时的穷困不要紧，背负单一经济历史、面对帝国封锁的我们，要努力拥有世界一流的人力资源。在20世纪90年代的经济危机之前，古巴的确是拉美左翼文化的巴黎，"美洲之家"、国际书展、文化盛会吸引过无数进步青年。

老城的饭馆五花八门，不亚于任何一个拉美都市。我们很意外地找到了在阿拉伯之家前厅卖土耳其肉夹馍的。来往了几次，与做馍的米格尔成了朋友。先是他对汶川地震的关心感动了我们，后是Z关于"真主、上帝"的表达拉近了关系。当然，最主要的在于，米格尔是Z自己用西班牙语赢得的朋友。米格尔给Z递了一支烟，Z就买了一整包塞给他。Z告诉我，这是与相对贫穷的人打交道的规矩。

米格尔老家是西班牙卢戈省人——卡斯特罗的老乡。米格尔的祖父，一位近代gallego，20世纪初从贫穷多雨的加利西亚地区来古巴做生意，由于祖国内战再也没有回去。米格尔的父亲干到了拥有一支运输车队，革命后超额部分归了人民。如今，老米一家都是真正的劳动者，但他们向往着能与卢戈的亲戚沟通。长期在基本生存线上坚持的人，都会存有改善处境的向往，哪怕希望渺茫。我们主动说可以帮老米往西班牙带一封信，老米认真地表示回去写信，说好周日弥撒结束后在大教堂门口约齐。周日见面后，老米请我们到海堤边一家有熟人当招待的外汇券[1]茶点铺"坐一坐"，我们毫不迟疑地用CUC买了三瓶饮料。老米将朋友送的一张哈瓦那街景油画转送给我们，随即掏出那封认真写好的信。我们这才发现他既不知道祖父的全名，也不记得村子的名称："你们可以把信投给教区神父啊。"

对于我们来说，这一切并不陌生。

当再次去吃土耳其馍时，老米轮休，我们下决心进阿拉伯之家破费一次。刀叉、餐巾、上厕所的小费，一如西方，最要命的是来了一支小乐队。虽然埋头吃饭，最后我们还是根据"身份"放下了基本得体的小费。

老米又上班了，我们又去吃馍，但已经与里里外外的人有了心照不宣的交情。进去上厕所可以不要小费了，小乐队的领班热情地与我们打招呼，最后大家愉快地合影留念，互留地址。

---

1 针对当时的经济状况，古巴实行双币制；一种叫CUC（peso cubano convertible），即"可兑换古巴比索"，基本与美元等值，所以人们也称它dólar，用CUC只能在大饭店、专门指定的商店（供应进口商品）、餐馆消费，有点像我们过去的外汇券。一般古巴民众使用古巴比索CUP（peso cubano），我们俩私下称之为"国币"。国币也只能在指定的"国币"商店里买一些国产基本生活用品，但价格低廉。1CUC等于24古巴比索。基本上三四个国币比索合1元中国人民币。当然，简单比较缺乏对比性，还要考虑收入、基本消费品物价、社会福利等等因素。在古巴，只流通这两种货币。外国人一律要把外汇兑换成CUC使用，当然，只要愿意，也没有人不让你兑换成古巴国币。（2021年1月1日，古巴正式取消这种货币双轨制，仅仅保留CUP）

与"阿拉伯之家"的老米在一起

 

    Z高兴地说出了他那句在古巴如看家宝似的话:"嘿,我们是同志!"当然,在古巴不说太政治化的camaradas,而说更亲切、略带意识形态色彩的compañeros。刚到哈瓦那的第一天我们不听劝告,奋勇登上拥挤的5路公共汽车,Z遭到一个黑哥们儿掏包,急得就这样脱口而出:"Ay, somos compañeros!"(但愿那小偷能理解为"嘿,我们都是社会主义国家的穷朋友",而不要误解为"嘿,我们是一伙的!")

    告别时,我把老米的小徒弟拉到一边:"你们这里还是公有制吗?"小伙子幽默地笑着说:"是的,是的,一切都运转着哪(Todo funciona)!瞧,那个把门的黑人是党的核心成员，我是团支书，小乐队领班也在党。老米是虔诚的天主教徒，不参与政治。"

美丽的哈瓦那，你还没有为我揭开面纱。

与米格尔约会的主教堂是美洲保存最好的教堂，建于17世纪，也是哈瓦那老城最重要的两座古老建筑之一，另一座是紧靠海边的圣方济教堂。

圣方济教堂坐落在同名广场上，原是一座修道院，始建于16世纪。18世纪修缮后，其雄伟的钟楼是当时全哈瓦那最高的建筑。圣方济广场曾是早期哈瓦那的心脏，浓缩着殖民时期的历史。

哥伦布是领了西班牙国王的令箭、同时得到了梵蒂冈教皇的批准来征服美洲的。传教是美丽的号旗，经济利益是挺进的实质。就像那高耸于全城的圣方济钟楼，并没有能盖过广场上浓烈的商业气氛。

历史学家贝内加斯领我们看一幅古老油画：那时的广场比现在更贴近大海，海边的广场曾是一个贸易中心，集海关，货运码头，民间集市于一地。在礼仪广场建成前，这里也有殖民地政府的办事机构和档案馆。广场上曾有一个粮食交易所，后发展成全城贸易中心。1909年伪共和国时期[1]，美国纽约的一家大商号出资建起了美式新古典主义风格的贸易大厦，大厦各层装饰各异，顶层立有罗马神话中掌管贸易的

---

1 古巴虽于1898年摆脱了西班牙殖民统治，但被交付美军托管直至1902年，其后政治、经济、军事也全面被美国控制。

墨丘利神雕像，系20世纪初哈瓦那最壮观的建筑。贸易大厦长期以来一直是哈瓦那的股票交易所和商品贸易所。今天的广场周围矗立着贸易大楼、海关。

我们到圣方济广场是应何塞·马蒂研究所的邀请来听何塞·玛丽亚·比蒂尔的钢琴演奏，他是古巴著名诗人、马蒂研究所（该研究所由古巴共产党中央直接领导）名誉主席辛蒂奥·比蒂尔的儿子。演奏在教堂正厅进行，穹顶上高悬着木质的耶稣受难像，便装的音乐家坐在耶稣像下方的一架钢琴边，四周高大的大理石墙面上挂着年久褪色的宗教题材油画。在哈瓦那大学也见过这样的架势，那是在大学的报告厅庆祝一份杂志创刊。古典华美的报告厅给人欧洲老牌帝国议会大厅的感觉，主宾坐在那样的主席台上很像法官和陪审团，他们的头顶上是一排直通天花板的西方神话内容的巨幅古典油画。

圣方济教堂大厅里响起了海浪般急促、起伏的钢琴旋律，曲名不熟悉，但钢琴家手法娴熟，音乐有感染力。清一色知识分子、艺术家装束的听众沉思聆听，报以知音的掌声，与音乐家和他的诗人父母亲切握手问候。

这是古巴岛上的知识精英，与脱胎于半殖民地、半封建社会的中国知识分子相比，他们有一种成熟的西方文化背景。后来我听说音乐家就是古巴九十年代争议性影片《草莓与巧克力》（*Fresa y Chocolate*）的作曲，不禁大吃一惊。那是一部描写古巴同性恋问题和批评意识形态不宽容的影片，影片中成功扮演同性恋的男演员在喊出"我也是革命者"时，局外人的诧异是可想而知的。该片导演托马斯·古铁雷斯·阿莱亚还拍过一部《关于不发达的备忘录》，展现了一个革命后没有随妻子去美国的、资产阶级子弟对革命的旁观者视角。导演曾在访谈录中这样回答记者关于"你是否与塞尔西奥（《备忘录》的主角）持同样态度"的问题：

> 塞尔西奥是一个被动的旁观者，而我不是。我从革命前就一直参与革命斗争，这些年来我一直是积极的参与者。这是一个本质的区别。能够在国内体验整个这一段历史，对我来说是个了不起的特权。历史过程是艰难的，但很有益，有了这种体验，才能更好地在国内争取人的尊严。想到这点，我非常愉快。我一直在想，革命证明我们能够在不受他国控制的前提下繁荣和发展，我们能够获得相对的经济独立。

知识分子与任何一个革命国度的关系均微妙敏感。美丽的哈瓦那，我依然看不透面纱之后的你。

哈瓦那老城像摩洛哥的非斯，不是打造的旅游区，而是有人生活的居民区，这里生活着7万居民。稍离开修缮一新的旅游中心地，学校、医院、小商店，包括类似居委会的政治地点陆续出现了。

居住在老城的哈瓦那人习惯于大门洞开，好像随时准备与人交谈。路过一个这样开着门的小学校，就迈步走了进去。我们曾谢绝了官方安排的参观，因为不习惯按钟点的日程表和事先等候的接待。问一个看门的女孩，可以进去看看吗？请示后，正在接电话的女校长一歪脑袋——我们就开始参观了。

没想到在困难重重的古巴，有这么漂亮的小学校。阳光充足的走廊上，花瓷砖铺地，天蓝色的横梁，雪白的墙壁，宽敞洁净的玻璃窗，走廊中心居然还有一个微型植物园，种着些热带植物。门口当然照例摆着何塞·马蒂的石膏头像，贴着玻利瓦尔、切·格瓦拉、卡米洛·西恩富戈斯（Camilo Cienfuegos）的画像，还有"欢迎您，查韦斯"的宣传画，但没有菲德尔·卡斯特罗的画像。上方的一条横标写着不知哪位古巴先哲的话："儿童是一切的希望"。

我们就这样又走进了老城区的一所小学，正赶上孩子们午餐。大开眼界：窗明几净的餐厅里，一排排小方桌铺着白桌布，每张桌旁四把小方椅，穿白色工作服的胖阿姨招呼着戴蓝领巾的满头卷毛的黑、白娃娃们。关键是看见了他们的饭！一个与中国产品类似的不锈钢托盘里，有白米饭、红豆羹，菜肴和西瓜四样！不知这种水平在全古巴的代表性如何。古巴的全国教育从小学到大学至今是免费的。有人说，为什么普通古巴人吃牛肉是奢侈，因为牛肉给了为换取外汇的大饭店；为什么私自宰牛要判刑，因为保证儿童的牛奶供应是铁定的法律。

哈瓦那老城里的小学校餐厅

　　古巴人对保卫"社会成果"的革命宣传有独特的感受。

　　革命成功后的第一年即被命名为"教育年"[1]，10万城市青年参加了扫盲运动，70多万成年人接受了扫盲，文盲率从革命前的23%降至3.1%。1961年，国家颁布了"教育国有化法"，将私立学校，包括属于天主教会的324所中小学全部收归国有，实现了坚持至今的全国义务教育。如今古巴创造的"我能做到"（Yo sí puedo）扫盲法已经使玻利维亚成为继古巴和委内瑞拉之后的拉丁美洲第三个脱盲国家。这种一般被看成是政治宣传的语言，得到了联合国的承认、世界的首肯和西方主流媒体的封杀，而我们正在用眼睛左右观察，用心灵反复体会。

　　城市向西漫延，我们像来自农村的乡巴佬，走不出这街区的海洋。修葺一新的老城旅游区域已经结束，外国游

---

1　1959年古巴革命成功以后，新政府根据当年的主要任务、重大事件或特点，给每年起一个名称，有"解放年""土改年""农业年"等。

客销声匿迹。在这原生态的老城地段，人体会着更大的震撼。锈烂的铁艺门框，斑驳的墙皮，凋败的百叶窗，破损的窗玻璃，掩饰不住昔日雕琢、华贵的楼体。一座挨着一座，鬼魂般上演着一个资产阶级哈瓦那旧世界的电影。

哈瓦那老城街区一瞥

革命后的当年，政府即将房租降至原来的50%；次年，通过了城市改革法，规定缴满5年房租的房客就将成为租房的主人；后来又规定，所缴房租最高不得超过租房者家庭收入的10%。于是今天，我们看见了这样的景象：

一个黑人坐在路边的门槛上，头顶的二层楼外墙上，装饰着中世纪纹徽一样的精美浮雕，从脱落的黄色墙皮间，隐约露出正门上的花体"1902"字样。紧挨着昔日洋行的古典立柱，一座摇摇欲坠的楼厦只剩下了骨架，活像一个濒死的老太婆，仅余的矮墙上涂抹着"菲德尔万岁"的标语。一座三层的洋楼上，一个光着上身的青年黑人伏在栏杆上观望，阳台的上部长出了树枝，底部露出了青苔，大楼没有了门，用大块的空心砖挡着门洞，墙上挂着一个牌子，写着"历史学家办公室"负责修复的项目名称。

Z感叹道："也许只有破坏性的革命才能给这坚如磐石的资本主义狠狠踹上一脚！只要有钱修缮粉刷，哈瓦那将是美洲最美丽的城市。不过，够卡斯特罗刷一阵子的。"

午后的街区里已经没有了明媚的阳光，在鬼影般的楼厦中走着，忽然发现窄巷里只有黑人。西班牙曾经的险情让我们心里一阵发紧。就在这时，看见了道边的政治墙报栏，五个在美国被当作间谍判刑的古巴英雄正在朝我们微笑。没有关系，这里有无数保卫革命委员会（CDR）。路遇一个街区诊所，还没有下班，Z从西班牙带来的咳嗽尚未痊愈，我们决定进行一次看病兼考察。的确不要钱，医生给Z量了血压，用听诊器听了前胸后背，结论为气管炎，开了两张加盖cuño（章）的药方，一张服法说明。整个过程中，医生一直问讯汶川地震。走出医院，问那个坐在门槛上的黑人，"药店在哪？"他用手指指街角。

在街角的药店里，只花了1比索（中国的二三毛钱）"国币"就买下了医生处方上三天计量的一盒抗过敏药，真是不可思议。药店的柜台上没有多少种药品，墙上有一个传统天然药物墙报，里面贴着一张张手工制作的植物药用说明，比如："番石榴制成酊剂，止痢、抗菌，在四分之一杯水中滴入3滴，每天3次"；"牛至制成糖浆，祛痰，每天3次，每次1勺"；"香蕉制成洗涤液，杀虱子，外涂1小时后洗去"；

等等。政治壁报栏里贴着那张菲德尔·卡斯特罗的神奇照片：宣告革命成功的群众大会上，一支和平鸽飞来栖息在他肩上，伫立良久。一个等候买药的老太太真诚地说起汶川地震，我们说"菲德尔向中国派出了医疗队，赠送了药品。"老太太说："只要我们有，就会给人们送去医生和药品，向来如此"，并指着墙上的卡斯特罗像说："老爷子身体不好，但还经常给人民写信。"（Este viejo mal de salud, pero manda mensajes para el pueblo.）[1]离开街角的医院，又看见了那个坐在门槛上的黑人，他问我们："贵不贵？""不贵。""如果是在医院里拿药，不要钱。"他说。

　　古巴的医疗保健水平很高，医药出口国外。除了"为人民"的初衷，还包含着一种盼望：找到新的出路，走出前殖民地国家出口原料和单一农产品的死胡同。

　　为了纪念令人感叹的考察结果，当晚，Z将小药方贴在日记本上。

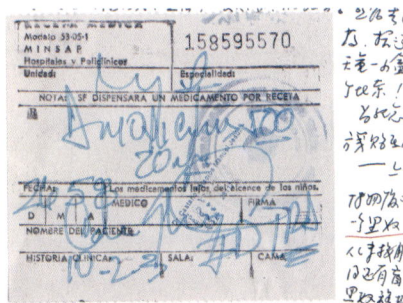

留作纪念的药方

---

1　指卡斯特罗"退居二线"后经常就国内外问题写短平快的文章，并向人民发表。

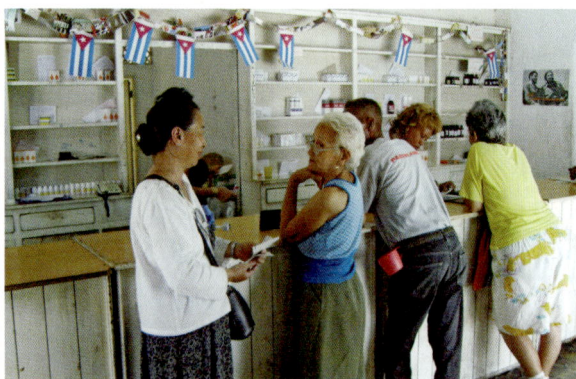
在哈瓦那的街区药房里买到了咳嗽药

**市中心**　直到旧国会大厦所在的中央公园，我们才走出老城八卦阵，重见天日般舒了一口气。但是越过公园的开阔地、向西边望去，依然是密集的楼群。哈瓦那的街区没有严格界线，只有过渡，像深海到浅海的浩瀚洋面。老城的西界止于中央公园，只因为过去这里有一道城墙，划分过内城和外城，中央公园就是在拆了城墙的空地上慢慢发展起来的。

从这里开始向西到革命广场的哈瓦那被称作"市中心"（Centro Habana），市中心的主要特点是从"老"到"新"的过渡。这过渡不仅见于建筑，也见于政治和历史。

我们像古巴人一样称面前的这座前古巴"国会大厦"为Capitolio[1]，今天这里是古巴科技环保部，也是一个对外开放的展览宫。

这座由古巴建筑师设计图纸、法国著名园艺大师福雷斯

---

1　这个词原指（古罗马）"神殿"、（古希腊）"卫城"，在建筑上意指宏伟的大厦。

捷（Forestier）设计花园、美国建筑公司承建的雄浑大厦是美国国会大厦的小妹妹：

美国的那座立于一块高地上（所以那里也被称为"国会山"），而哈瓦那的建于海平面。美国的那座下部为三层平顶建筑，古巴的是两层。美国的上部圆形建筑高94米，有自由女神像，古巴的高92米，没有那位女神。美国的外墙清一色雪白大理石，古巴的用的是piedra de capellanía。

但是，Capitolio 是古巴人的骄傲。它是革命广场上的何塞·马蒂纪念碑之下的哈瓦那第二制高点，所以那天在莫罗城堡上第一眼就看见它鹤立鸡群的英姿。它那比1800年落成的美国大姐只低2米的三层塔楼，其高度在当时的世界同类建筑中也占第5位，穹顶有16根弧形"交叉侧肋"，其间的镶板有22克拉的金箔覆盖，最上层的顶塔由10根古希腊爱奥尼亚式立柱支撑，革命前顶塔内设有5个旋转探照灯。大厦耗资可观，使用了58种古巴和世界各地的大理石铺砌地面，做浮雕镶板；使用青铜做艺术门窗框架，桃花心木等名贵木材做门窗实体。尤其是周围的花园煞费了法国大师的苦心。更不用细说大厦的内部装修。据说，从整体来看，古巴的这座国会大厦排得上世界第三。同期建设的、穿越全岛的中央公路以国会大厦为零千米处，作为起点的象征，一颗25克拉的钻石[1]被存放于国会大厦的穹顶。

---

1 据说，这颗放在水晶玻璃内的钻石属于俄国最后的沙皇尼古拉二世，它在穹顶神秘地失窃后又被找回，革命后的1973年被存放于古巴中央银行，现存穹顶内的是一个复制品。

古巴国会大厦建成于1929年，是独裁者马查多任内启动的一系列市政建设项目之一，其仿造美国母本的立意非常具有时代特征。

那是一个美国打喷嚏、古巴流眼泪的"伪共和国"时代。

1898年，在加勒比海域爆发了著名的"美西战争"，这场海战不是昔日的老殖民主义争夺，而是新老殖民主义的第一次交手。战争的结果，美国攫取了西班牙手中残存的所有殖民地：波多黎各、太平洋上的关岛和菲律宾群岛被割让给美国；古巴则沦为美国"托管地"，直至1902年，古巴"共和国"时期宣告开始，但仍保留了丧权辱国的"普拉特修正案"和关塔那摩海军基地的"飞地"。

像这市中心是老新地段的过渡一样，20世纪初，在古巴实现了新老殖民主义的过渡、帝国主义掠夺的大换班。今天我们所见到的哈瓦那城市规模起始于1902年的美军占领，成型于20世纪40年代。

美国的渗透始于1898年之前。

当欧洲由于出现了甜菜糖而不再依赖美洲蔗糖后，与古巴地理上十分接近的美国随即成为古巴蔗糖的主要买主，并使从事单一种植的古巴成为美国各种商品的市场。1850年，美国已掌控了古巴贸易的三分之一，当时抵达古巴的货船一半以上挂着美国国旗，连哈瓦那主要街道的路面都用美国波士顿的花岗石铺砌。美国早就把吞并古巴列入计划，他们考虑的只是时间和形式问题，从来没有把古巴的主权放在眼里。

迫于古巴人民强烈的民族意识和为争取独立做出的巨大牺牲，美国在"美西战争"之后没有敢直接吞并古巴。但是从"托管"到"伪共和国"，20世纪上半叶，美国是古巴的主宰。到1927年，75家美资糖厂的产量占古巴糖产总量的68.5%，在古巴的美资甘蔗种植园占据了古巴40%最好的土地，美国控制了古巴的经济命脉，美国扶持下的傀儡政府独裁更加腐败，代表了政治上最黑暗的时代。

然而，古巴的"现代化"就此开始了，高楼大厦与市郊贫民窟同步建设，资产阶级与妓女队伍一起壮大，一种新殖民主义的畸形发展大踏步拉开了序幕。从1900年到1924年，哈瓦那人口增加了一倍多，外来移民大部分系西班牙白人，在阿拉伯之家做馍的老米，其来自加利西亚地区的祖父，应该也是来赶美风新潮的吧。

虽然市中心的历史与老城同期，但建筑多为20世纪初的产物。由此向西，城市风貌展现着一个美国时代，时代坐标一反西班牙的落后迂腐，崇尚咄咄逼人的美国模式。

这是一场建筑业的马拉松赛跑。1919年，哈瓦那平均每天有10个项目竣工。几乎没有使用国家资本，掏腰包下赌注的，是美国的私人企业和背景浑浊的哈瓦那黑社会巨头。建筑带着意识形态的色彩，1893年随美国芝加哥哥伦比亚世界博览会的成功而在美国遍地开花的Beaux Arts领先建筑风格，1912年建成的哈瓦那火车站、1914年的海关、1930年的国立大饭店都带有它的色彩。1921年的塞维利亚·巴尔的摩饭店（Hotel Sevilla Baltimore）、1925年的纽约国立花旗银行，均出自美国设计师和建筑家之手。1928年的国立赌场、美国赛马俱乐部则由Schutte And Wearver公司根据迈阿密和洛杉矶的同类场所设计。豪华饭店、高级餐馆门前的卡迪拉克、雪佛莱轿车排成三行等候进场，大厅内的领班跑堂穿上了美式服务生的时髦制装。哈瓦那变成了赌博（卡斯特罗革命成功后曾将赌具与警察局的刑具一齐烧掉）和腐败的首都。

古巴作家阿莱霍·卡彭铁尔（Alejo Carpentier）这样描写那个腾飞的哈瓦那：

> 它曾经是一个童话般的安静城市，带着些许西班牙味道，懒洋洋地躺在蓝色的海边；一瞬间，它变成了一个先进的城市，充满了惊人的活力，呈现出早期国际化都市特点。

这是哈瓦那的第三次繁荣，繁荣与新生的帝国主义捆绑在一起。

从我们居住的贝达多区高层大楼，可以眺望市标性美式建筑——国立大饭店（Hotel Nacional）。为了寻找旅行社打听一个地点，我们曾走进饭店的花园、大厅。国立饭店离马莱孔不远，是一座建在石灰岩小岗上的城堡式饭店，从饭店的大玻璃窗里可以远眺大海的波涛。庭院的遮阳伞下，白皮粉肉的西方游客轻声细语地闲聊。我们坐在大厅名贵木材的椅凳上，看侍者和房客有条不紊地来来往往。大饭店几乎还是老样子，甚至酒吧的墙上还挂着旧时代

哈瓦那旧国会大厦和哈瓦那大剧院

哈瓦那国立大饭店

"人物"的黑白照片，如美国大众歌星兼演员 Frank Sinatra、好莱坞女影星 Ava Gardner、斗牛士 Dominguín、德国影星兼歌唱家 Marlene Dietrich、美国影星 Gary Cooper，及其他著名艺人、黑帮领袖。

国立大饭店是旧时代的代表，很多涉及古巴革命，尤其是革命前夜的电影里，都出现过这座饭店的画面：纸醉金迷的生活，顷刻间被革命枪声打断。

卡斯特罗领导的革命前夕，正是帝国主义卵翼下傀儡经济的大发展时期。1952 至 1958 年，防波堤一直修到了阿门达雷斯[1]河口；1953 年、1958 年，阿门达雷斯河口河底隧道两期工程竣工；1957 年体育城建成；1958 年，海湾入口处的海底隧道通车；同年，阿罗约·门德斯国立剧院剪彩，共和国公民广场，即今天的革命广场落成。眼看着，北方富邻绝妙的后楼即将封顶——一场革命搅了资产阶级的美梦。

**马莱孔** 从"市中心"北沿东端的拉蓬塔要塞开始，向西延伸至阿门达雷斯河口，蜿蜒着一条防波堤兼海滨大道，它在西班牙语中念 malecón。古巴朋友对于要去哈瓦那旅行的人经常提醒，可不要把"malecón"念成"malicón"（后者的意思是"男同性恋"），可见"malecón"是一个生活在哈瓦那无法避免的常用词。

---

1 阿门达雷斯是哈瓦那的主要河流，贯穿南北，将市区劈成两半。

马莱孔上的男女青年

马莱孔始建于美军占领的1902年，从东边开始，不断向西延长，主体完成于20世纪20年代，全长7千米，贯穿哈瓦那主要居民区的北沿。向内，它是一道半人高、约1米宽的石堤，人可以在堤上坐，也可以在堤上走，堤外陡峭的涯岸下就是波浪翻滚的海洋。堤内是石板人行道，再向内是一条车辆疾驶的海滨大道。据美军占领时代的原始设计，石堤上还应该有绿化和高大的烛台。

近一个世纪以来，马莱孔已经融入哈瓦那人的生活，有人比喻它是为哈瓦那人在海边摆设的永久性大沙发。当然也有人质疑这条马莱孔是否增加了飓风时的破坏性。

哈瓦那人与大海的关系在很大程度上要归功于这条马莱孔。有了它，人可以与大海亲近，人可以对大海倾诉。在漫长的7千米上，哈瓦那人倚靠着马莱孔眺望东边的莫罗城堡日出，坐在马莱孔上谈情说爱，躺在马莱孔上排忧解愁，伏在马莱孔上甩动鱼竿，在飓风期隔着马莱孔看惊天动地的海浪扑面而来。逗留在哈瓦那时，晚上一有空，我们就会到马莱孔散步；那时，与堤上坐着的哈瓦那人离得很近。

马莱孔也是历史的判官和证人。革命后的每年10月28日，哈瓦那人沿马莱孔，将无数朵鲜花投向大海，祭奠卡米洛·西恩富戈斯（Camilo Cienfuegos）。他是与菲德尔·卡斯特罗、切·格瓦拉齐名的老游击战士，1960年因飞机失事葬身大海，遗体未还。由于种种原因，他深受百姓爱戴。

哈瓦那海岸不同于墨西哥湾，不同于中美洲东岸城市的沿海水域，甚至不同于佛罗里达海峡对岸的美国海岸。它是真正的大西洋海岸，由于大陆架很窄，哈瓦那海岸波涛汹涌，海水呈高贵的深蓝。

旅居哈瓦那期间，我们租住在马莱孔边一座高楼的13层上。清晨听着节奏性轰鸣的海浪苏醒，午间看着烈日下过往的船舶，暮色中判断涌起的浪头是涨潮还是退潮……

**贝达多**　我们租用的住所得益于一个朋友的关系，那座大楼紧邻马莱孔，离国立饭店不远，俯瞰美国"照管利益办事处"，真是个绝妙的地点。它所在的市区是赫赫有名的贝达多区，即西班牙语里的Vedado，意思是"被禁止的"，据说此名来源于殖民时期不许在这一地区砍伐树木的禁令。"贝达多"与"米拉马尔"（Miramar），亦即"禁伐区"（Vedado）与"望海区"，同为哈瓦那西边的两个富人区。贝达多区的特点是拥有现代化高楼大厦与绿茵葱葱的别墅群。

在这里，老城和市中心那些富有文化韵味的棋盘小巷荡然无存，以美国式数字和字母命名法起名的大街割出了400多个宽敞的现代街区。

像西方大都市一样，哈瓦那的富裕阶层借助交通的改善，渐渐搬出老城的狭窄天地，老城渐渐蜕化成黑人、无业游民、底层的地盘。在旧哈瓦那，不仅黑白分明，而且街区分明。

贝达多区从19世纪中叶的蔗糖热开始发展，20世纪20年代成为全城最美丽的别墅区。五十年代，在这一街区陆续出现了FOCSA（工程建筑开发有限公司）、哈瓦那希尔顿饭店等高层建筑。FOCSA开启了古巴高层建筑的时代，在当时世界同类建筑中排名第二。革命前夕，与巴蒂斯塔勾结的哈瓦那黑社会正在筹划将贝达多区沿马莱孔的整个海岸变成豪华的饭店-赌场不夜城。让这个梦幻破灭的，也是被他们诅咒的那场革命。

革命后，富人大多数跑到了美国的迈阿密。留下的豪宅洋楼有的被政府机构征用，有的被开辟成劳动者娱乐场所，有的成了居民大杂院，少数住宅由留下的家庭成员居住（革命后规定每家允许留一处住宅）。在我们租用房间的那座高楼旁边，有一座凋敝的杂居楼，过去应当很洋气，气派的石质正门门洞中间雕着一朵典雅的石花，与台阶下百姓晾晒的五颜六色的床单内衣格格不入——门楣上刻着"缅因号公寓楼"

昔日缅因号公寓楼

　　我们所住的那幢大楼条件非常优越，每层一个单元，一户一梯，房间宽绰，家具舒适，大概过去是某个富人出租的公寓楼。今天它已属于"缴满5年房租"的房主。出租司机都知道这幢楼，听说由于它的战略位置，居民都是"可信赖者"。我们留意没有多问，让哈瓦那保留着面纱的一角。

　　受哈瓦那朋友之邀夜晚登上FOCSA顶层的观景餐厅，用一人一盘沙拉、一人一杯水、一分分数出的小费对付一副西方做派的侍者。对于朋友的节省，我们完全会意，因为我们见过他们在家中用《格拉玛报》当手纸。

　　政府从20世纪90年代开始决定振兴旅游业，哈瓦那的许多老饭店都新貌换旧颜。当然，对于哈瓦那这样的城市来说，不过是重操旧业，绝不像中国开始搞旅游时屡屡出笑话：服务员拿起外宾留下的小香皂当巧克力啃，又把四方大巧克力当肥皂用。哈瓦那游荡着一个殖民地的幽灵，随时准备欢迎主人返乡，随时企图腐蚀革命培养的一代新人。

我们在住宅附近的兑换所第一次兑换了古巴"国币"。一心想与古巴人民同甘共苦的Z开始要买100欧元"国币"（在欧洲，100欧元只够我们用两三天），兑换所职员露出了惊诧的神情，我马上改口："先换50。"没想到，这50欧元换来的1200比索"国币"让我们煞费了苦心。当我们在贝达多的公共汽车站用1比索买了一小杯咖啡后，才发现这笔钱多么难用完。后来，当我们挖空心思使用完手中的国币后，留下了一张印有西恩富戈斯头像的纸币作纪念。

我们在住所周围的国币菜铺里买过蔬菜。3比索能买六七个小西红柿或五六个大土豆，古巴人的清苦生活还是可以维持的。人们非常诚实，卖西红柿的男人告诉要买芒果的Z它还没有成熟，卖土豆的女人少收了我1个比索，一个排队的妇女给了我们一个旧塑料袋装土豆。

我们在这个街区发现了收取国币的家庭餐馆，两个人一顿全套饭100多古巴比索。要不是担心不纯粹，我们会常去享用。即使没有去吃，也与开饭馆的古巴女人成了熟人，路遇时打招呼的方式真像是老邻居。

我们花不到半个比索一张票的车钱乘5路公交去老城。后来为了节省体力，也乘出租车。出租车分公家和私人两种，私人的车没有里程表，公家的车里程表经常坏。按规定，私人出租不能搭载外国游客。但在古巴，一切又都不按规定。[1] 私人、公家的出租都应该收国币，但他们不愿意收国币，因为国币买不到东西。有一次差点为司机不收国币吵了起来。司机的表情是："没有CUC就别打车啊！"

在今天的哈瓦那，富人光顾的"汽车俱乐部"已不复存在，满街跑着20世纪上半叶的"老爷车"，大部分是美国车，也有不少苏联的拉达……打着油漆补丁的各色旧车，或没有完整的窗玻璃，或缺少零部件，或要人推一把起动。自1960年美国对古巴实行禁运和封锁以来，再也没有美国的新汽车和旧型车零部件进入古巴。古巴人则大显神通，用螺丝刀、锉刀和智慧制服俄国的活塞、中国的汽化器、捷克的继电器，填进美国的发动机。

古巴人居然把窘困也改造成文化。在政府印制、免费发放的《古巴休闲与文化指南》英西文对照月刊里，有一期专门介绍《关于车轮子的都市传说》。苏联东欧社会主义阵营的解体给古巴带来了雪上加霜的"困难时期"。1991年五一节，游行队伍中出现了一支由1.6万辆自行车组成的方阵，其中有不少是中国的凤凰、飞鸽和永久。许多自行车上骑着两个人，有的多达4个人，叮当作响的自行车铃声几乎盖过了广场上的音乐。在古巴，如今旅游册子上介绍的"骆驼车"[2] 不多见了，使专门来猎奇的旅游者不免扫兴。

---

1 回国半年后，听说古巴决定让所有私人出租合法化。

2 最困难时期，哈瓦那的公共汽车都是由大型货车改装的，有20多米长，由于它两头高中间低，因此当地人形象地称之为"骆驼"。

马坦萨斯（Matanzas）残存的骆驼车

 

　　像在中国一样，与出租车司机聊天是了解民心民情的一个安全方式。曾经有一个私家出租司机怀着羡慕的口吻说："听说你们那儿一切都很美好，中国真是一个奇迹。"还有一次与一个公家出租司机闲扯。他的两个孩子与他的已离婚的妻子住在古巴岛东边的奥尔金市，他本人在哈瓦那租房。据他说，古巴最低工资为250古巴比索。"够花吗？""我每天要上缴60个CUC，自己能挣上五六个CUC小费，里程表是控制的，长期缴不上份钱，就要被停开15天。我每天工作都超过8小时，但并不能因此领到更多的工资，只是多挣几个小费零头。我要给孩子们寄钱买鞋，买糖……怎么够花呢？""有希望改变吗？"他犹豫了一下："有吧，只要美国……不过，我热爱我的国家，生在这里，死在这里（Vivo aquí hasta que me mate）。在这里，我的孩子们有接受教育的保证，医疗条件尽管简陋，但是免费的，药品非常便宜。"

Z曾认真地说了好几次：就让古巴学中国，放开、搞活，但牢牢守住他们的"社会成果"！

**缅因号**　刚到哈瓦那的第二天，我们就曾兴致勃勃地来到马莱孔附近这座特殊的雕像前：一块坚实的大理石方底座，一对高耸的大理石圆柱体，一尊青铜铸成的女神向身后伸开双臂，护卫着什么。旁边的石基上平放着一根生了锈的炮管，炮管上垂着一条生了锈的铁链，旁边的石座上还有一个青铜雕塑的花环。还没等弄明白，Z就开始照相，前后左右、全景细部；为了留资料，他总是先照下来再说。

"快来看，这是为纪念缅因号上被炸死的士兵而立的纪念碑！"

Z疑惑着，在我的指点下看到了女神下方青铜碑上刻着的美国人名字——一共应该是268个。我们大感不解："革命的古巴怎么能纪念帝国主义阴谋的耻辱？""快来看，新发现！"我又指着女神背后的碑文与Z商榷："纪念那些被凶狠的帝国主义为霸占古巴岛而沦为牺牲品的人"，落款为1961年。"好像是覆盖了原有文字的新碑文？"

当晚从朋友那里问清了始末。碑是1923年伪共和国时代最腐败的总统萨亚斯修建的。为了给修纪念碑腾地方，他命令把正在施工延长的马莱孔向海面推进30米，填海造地10万平方米。在他任期内，美国资本控制了古巴的经济命脉。1961年，古巴人在吉隆滩打退了美国雇佣军后的那个五一节，用老吊车吊起了原来立在圆柱体上的青铜老鹰，扔进了大海，然后就有了那段后镶嵌上的碑文。据说几年前有人又从海底偷偷打捞起那只生了锈的铜鹰，扬言早晚要修复缅因号纪念碑。

不知怎么还有这么猥琐的还乡团！

缅因号是帝国主义无耻的象征，缅因号是一个公开的秘密——

19世纪末，英国为新的市场吸引，把目光转向中东，而法国则转向非洲，欧洲列强向美国让出了拉美，尤其是加勒比。西班牙已是日暮西山，美国只等一个机会。这个100年前就宣读了《独立宣言》的美洲大哥，拒绝支持曾经支持过他们打败英国人的古巴独立运动战士，它一直想从西班牙手里购买古巴。当时局急转直下使得向西班牙宣战成为上策时，美国只缺少一个借口——缅因号事件应运而生。

1898年2月15日，停泊在哈瓦那湾的美国装甲舰缅因号发生爆炸，炸死266名水手和2名军官；而奇怪的是，那天船上几乎所有的白人军官都幸免于难，他们在爆炸之前先后离船，登岸吃饭。

只差一个借口！就像"保护侨民"这样的、随时可以拣起的借口，就像一个日本兵的失踪造成对中国八年残酷占领的借口，就像两个以色列士兵的失踪导致1万黎巴嫩人丧生的战争借口。

当帝国需要实施战略时，永远不缺借口。它们的辞典里已经没有羞耻和人道，只有利益。而人民起义永远不会利用借口，因为他们从不需要借口，人民只在忍无可忍时才不惜生命揭竿而起。

美国以缅因号为契机向西班牙宣战，从西班牙手中获取了加勒比海要冲重镇、太平洋战略岛屿，以及日后搁置其最大的海外军事基地的亚洲地盘——如果那268个孤魂在天有灵，他们应该为自己的身价自豪呢，还是为自己的命运叫屈？

向西班牙宣战的美国只在海上与衰微的西班牙作战，为的是甩开奋斗了近半个世纪的古巴独立运动战士。打赢了海战的美国海军陆战队从关塔那摩登陆，为的是从此霸占那个世界良港。这样老谋深算的国家早就是权衡利益的高手！

"独立"后的古巴背负着"普拉特修正案"8条重磅级永久性条款，这些条款禁止了古巴的军事外交权、经济外交权、规定了美国的干涉权和对关塔那摩基地的拥有权。

在老城，我们曾参观城市博物馆，里面有一个缅因号展室，陈列着种种历史资料。Z照下了一段文字，那是放弃侯爵称号、参加古巴独立战争、捍卫社会正义，并担任过起义军共和国总统的西斯内罗斯·贝当古反对"普拉特修正案"的个人誓词，誓词最后写道：

> 请你们记住，没有弱小的敌手，20世纪将以你们的衰亡而告终，那时，世界一流民族的行列中，将不会再有你们的位置。

这段谶语发自1901年；而早在1829年，美洲"解放者"玻利瓦尔就说出了预言的前半段：

> 美国看来注定要以自由的名义在美洲传播苦难。

**黑旗山** 革命并没有像强盗般简单抢夺。有法律法令制定前的左右权衡、激烈争论，有针对不同对象的宽严尺度，当然，也一定有失误甚至污浊。对被国有化的私人财产，政府做了估价，允诺以6%年率的30年期债券偿还。然而，革命的确不是请客吃饭，被革了命的，也绝不接受利益损失。受到侵犯的主要是美国资产，这些有侵犯他人私有财产前科的有产者不相信：《独立宣言》上所规定的神圣的"私有财产"，难道就这样被一伙平头百姓充了公？！于是有了50年的封锁禁运，哪怕联合国年年谴责呼吁。

顺着缅因号碑向西走，就走到了我们所住的高楼下，走到了"黑旗山"。

每当乘车返回又无法向司机说清地点时，我们总要说："到黑旗山。"Monte de las banderas，是"何塞·马蒂反帝舞台"的另一个名称。它正对着昔日的美国大使馆、今日的美国利益代表处。

黑旗山的设计思想来源于一个政治事件。1999年，从古巴向美国偷渡的一艘船失事，古巴男孩艾廉的母亲和继父死于事故，男孩却抵达美国。艾廉在迈阿密的亲戚执意让男孩留在美国，而孩子在古巴的生父却坚持孩子归国。由此引发了两国间的政治冲突，卡斯特罗亲自参加了要回艾廉的抗议游行。

黑旗山就在那时诞生。它是一组建筑，由怀抱孩子、手指美国照管利益办事处的何塞·马蒂像、五彩缤纷的大道、138面镶有白星的黑色旗帜、一个设备现代化的高大舞台组成。那一百多面旗杆约二三十米高的黑色旗帜在海风中呼呼作响，遮挡住西面的美国"照管利益办事处"，近看远看都很壮观。特别是夕阳西下时，落日余晖从凛凛飘扬的旗帜后面照射过来，把黑旗映得金红。由于紧贴海边，人从东边沿着马莱孔走来时，远远就能辨认出那一座黑色的旗山。

我们到近前照过相。黑旗前的说明牌引用了马蒂一句名诗："敢于拥抱星星的人，像创造万物一样地成长壮大"，诗句引自题为"枷锁与星辰"的一首诗。说明牌立于2006年，138面黑旗象征自1868年第一次独立战争以来的138年斗争历史。

从我们所居住的第13层楼上，可以俯瞰黑旗山的五彩大道。据说，当美国方面用高音喇叭宣传古巴没有自由时，古巴方面就每晚载歌载舞压过他们的声浪。

我们从13层楼的阳台上观看过一次黑人文化舞蹈节，听过一场震耳欲聋的摇滚音乐会。台上扭，台下扭得更欢。与其说是看演出，不如说让演出为观众助兴。马莱孔堤外，夜空下的海浪正拍打着岸礁，堤内广场上是色彩和音乐的海洋。这些白天大汗淋漓、米饭加红豆混的古巴人，扭摆得正有滋有味，真是名符其实的穷欢乐。人太多了，这样的聚众连当局都不免担心。摇滚乐演出那晚，有著名的乐队出场，警察封了主要路口，在周边巡逻。几千米外，东边的莫罗城堡灯塔熠熠闪烁，近前，美国利益代表处的灯光黯然无色。13层楼下的这些狂欢，是体现了人们战胜困难的觉悟呢，还是来自人们享受生活的天性？

美丽的哈瓦那，你何时为我揭开神秘的面纱？

撇开政治，有一点很明确，就像那位古巴学者所言：在古巴，非洲人的欢乐喧闹代替了印第安人的亚洲式沉默。

**米拉马尔区**　若不是 Z 在哈瓦那寺里碰见的那个印度尼西亚年轻人，我们对哈瓦那的认识会留下一个重要缺陷；或者说，哈瓦那规模之大给我们的震撼将会欠火候。那个小伙子工作的使馆和住宅在米拉马尔，望海区。在哈瓦那期间，我们是普通旅行者，对于太远的地方，并不奢望了解，本来打算放弃望海区。

从黑旗山再往西，马莱孔的终点在阿门达雷斯河口，河口东岸是"禁伐区"，西岸是"望海区"，过去河上有桥，现在车从河底隧道过河。

河口其实是哈瓦那最早的发源地。西班牙早先建立的哈瓦那在古巴岛南岸，因为从南岸，哈瓦那便于与位于海岛东部的古巴第一任首都圣地亚哥以及当时已经"发现"的美洲"陆地"[1]交往。后因潮湿多蚊虫，搬迁到北岸的阿门达雷斯河口，河口至今还保留着古堡"拉乔雷拉"（La Chorrera）。哈瓦那最早的 5 座榨糖厂就建在河口，河水是压榨机齿轮的动力。如果哈瓦那没有在 1519 迁移到今天的海湾入口处，哈瓦那可能会成为一个像上海一样的、并不在海边的江岸城市。

早就听说望海区的第五大道（Quinta Avenida）是全哈瓦

---

1 Tierra Firme，今委内瑞拉、哥伦比亚、巴拿马一带。

那最美的街道。它是一条与海岸平行、但离海岸有一段距离的宽阔马路。当小车驶出隧道，开上了第五大道后，我们仿佛置身另一个国度。这里没有老城让人窒息的拥挤，没有市中心令人心酸的凋败，也没有贝达多区的穷富混杂、新旧并肩感觉。

整齐干净的两条马路夹着并行伸展的街心花园，精心修剪过的热带花卉和低矮灌木蹲踞在绿茵中，挺拔的大王棕榈高耸在两旁的马路边。安达卢斯式红瓦斜顶小楼，德国式的灰色尖顶两层别墅，一幢幢不断变换……街景可以和任何一个欧洲城市媲美。大街上人影稀少，熟睡般的街道和房屋在热带阳光下享受着棕榈树的羽扇。革命好像没有惊动河西岸这块天地，我们凭着它想象革命前安宁的富人乐园。

许多年前，一个古巴朋友私下对我说起他的家庭矛盾：他的母亲是一个纺织女工，但革命后长大的他，娶了一个资产阶级家庭的女儿，岳母总是看不起他，他经常烦恼得到马莱孔与钓鱼的老人们聊天。朋友告诉我，他的岳母住在——Miramar区。直到今天，我才懂得了他言语中Miramar的分量。

革命后允许一家保持一处住宅，很多富裕家庭留住了在望海区的住处，艰难地（也许靠着来自迈阿密亲戚的汇款）维持。听说这里有一处美丽的"绿楼"，房主已没有足够资金维修。政府几次出资动员她迁居其他街区，她坚决不同意，是望海区的钉子户。

如今云集在望海区的，除了一些旧户，主要是使馆、外贸公司，国际会议场所和一些涉外的研究机构。至于有没有我们在国内常说的特权阶层，就不得而知了。

从望海区再往西，就将回到我们着陆的何塞·马蒂国际机场。

**革命广场**　周日去革命广场，革命广场就像北京的天安门，必去不可。广场中央白色大理石的何塞·马蒂塑像，广场边大楼上现代派风格的切·格瓦拉像，都是今日古巴的象征。

马蒂像后面的高塔是哈瓦那制高点，登上去可以观看全城风景。没想到周日休息。什么"我们是中国人，来自远方"等等，在库斯科玩的那套一律失效。社会主义国家有铁打的纪律，何况高塔的后面就是党中央国务院所在地这样的要害部门。

广场、连带广场上的马蒂像，都是革命前夕修成的。马蒂是哈瓦那和迈阿密两边都举的旗，古巴政府的反对派在佛罗里达设有"马蒂电台"和"马蒂电视台"。当然，迈阿密打的是"自由"牌，马蒂有许多关乎自由的名句，比如羊驼在负担过重时就倒地宁死不起等等。

可见自由是个太含混的东西，玻利瓦尔早就看穿了这一点。自由不能脱离政治背景，马蒂呼吁的自由有很强的民族主义色彩，这是前殖民地国家的历史使然。所以，当古巴共产党试图淡化马列主义意识形态、强化民族主义彩色时，马蒂就被更多地提及了。

已近中午时分，广场上行人很少。踟蹰在空旷的广场上，看见Paseo大街方向不断走来三三两两的人群，有的手拎大布袋，有的推着婴儿车，里面装的都是瓜果蔬菜，主要是菜蕉，还有鲜鱼。踢踏踢踏的马蹄声在空旷的广场上响起，只见载满人的马车从同一个方向姗姗而来。向守卫广场的哨兵一打听，原来赶上了每月最后一个周日的农贸集市。瞬间转忧为喜：我们最喜欢的就是观察人，与人交流。

慢慢地，看见了越来越多的人，到了近前，人群密集，我已难以撑起遮阳伞。虽然正午的骄阳正烤着肌肤，我裸露着胳膊，在黑人大妈、白人农民间兴奋地挤着。有卖菜蕉、菠萝、胡萝卜、辣椒、南瓜、香瓜的……在地上摆着一堆堆卖的是小贩，从卡车上整袋整袋往下倒的是大户。有卖鸡肉、猪肉和熟食的，但没有牛羊肉。有卖自制干白葡萄酒、自制点心的——一律国币。一般都以10比索、20比索为单位叫卖，比如扛着一辫辫大蒜的："Dos por diez pesos——"，即"大蒜，10比索两串儿！"最后的音节要向上挑着喊才有味道。一个小摊上摆着许多五颜六色的小塑料袋，原来是各种各样的古巴佐料！我花10个比索买了一包牛至（orégano），这在北京友谊商店里要花很多钱。

月末星期日的自由市场："这种佐料怎么用？"

这里外国人连影儿都没有，而我们如鱼得水。我专心地问，他们热心地讲，"罗望子（tamarindo）剥了夹做饮料，酸酸的，对胃有好处。"我怀疑他们是不是受了当年中国苦力的熏陶，似乎对这一套很在行。Z看见有人在吃一种外看像小红薯，里面却是橘红色软瓢的水果。一问，叫mamey，曼密苹果。我们又花了10比索当场买了两个开吃，非常甜。为了不挡道，退到路边树荫下，边吃边与小贩们聊天。"政府规定每月最后一个周日开集市，当地的农民和附近马坦萨斯、皮纳尔德尔里奥（Pinar del Río）[1]的农民都到这里来销售自己的农产品。哈瓦那17个区，每个区都有集市，革命广场的这个最大。"Z启发他们："干吗每月一次，干脆每周一次，或者天天卖得了！"Z对曼密苹果产生了深厚感情，过一会，又买了两个吃，边吃边与古巴小孩笑闹。后来他告诉我，在古巴进入环境，自吃曼密苹果开始。

每月一次的农贸集市，是古巴政府艰辛的改革措施之一。革命后，古巴农业80%属国营农场。现在正在把农业所有制改造成合作社、基层生产单位和小农户三部分，希望只保留少量国营农场。在流通渠道，也经历了从统购统销到直接卖给国家销售点，再到允许农民于完成国家任务后自行销售的过程。

促成农业改革的特殊因素，是"苏东巨变"给古巴经济带来的全面危机，它造成了1992到1997年的特殊困难时期。

---

1　分别是在东、西两个方向毗邻哈瓦那省的两个省。

这是一段沉重的历史：从殖民时期的烧森林毁农业种甘蔗，到革命后的伐甘蔗发展多种经营，再由不成功转为又种甘蔗以换取工业产品。前殖民地国家都很熟悉历史留下的这种痼疾和怪圈。古巴在1959年革命成功后，终于投入了经互会的国际分工怀抱，而今天又在品尝这种新型依赖的苦果。比这种局面更严重的文化毒害在于，殖民地历史中断了这块土地上的正常农业传统，奴隶制度又给这块土地埋下了劳动是惩罚的精神疾病。

但朴实的人民仍然让人欣慰。我们在人群中挤着，珍惜地拍下值得怀念的场面。一个妇女见我们照相，自言自语地说："您照相是想了解古巴人的生活吧，告诉您，我们过得不错！"（¡Vamos bien!）一个卖饼干的小伙子开朗地说："照吧，照吧！"当确认我们是中国人后，马上关心地打听地震、西藏，奥运会。一个排队买饼干的老知识分子，听说我们是中国人，马上出列与我们握手。在国外最早听说汶川地震，是在西班牙，但那儿几乎无人问津。这就是发达国家与第三世界的区别。我的一个同事曾经抱怨，带了礼品到西班牙没有人可送，人们一下班全都回家。一个男青年的自行车碰了Z的裤脚，他连忙蹲下掸灰，诚心诚意。Z对我说："古巴人民比我想象的好多了！"

快走出自由市场一条街时，遇到了最后一幕。一个卖芦草的，比划着解释古巴人用芦草装饰房间屋角的习惯。当我问道："那么说日子好过些了？"没想到引起了他如下一段话："这个大胡子是我们历史上最好的父亲。人们都说有基督，但谁也没见过基督。他就是基督，他想着穷人。北边的邻居，比魔鬼还坏！与其（乞讨般）吃野鸡（faisán），我们宁可安心地吃1比索的面包！"

我不知这是否是真心话，又代表多少古巴人。

当我们走完了整条街登上一个小坡回首观望时，熙熙攘攘的集市像一条人流，人流的尽头矗立着马蒂像身后的那座高塔。

**雷格拉小镇（La Regla）** 哈瓦那的现代化市区都在海湾的西岸，分析研究一番，决定去东岸小镇雷格拉，稍做观察。这是一个离老城繁华区较近、供奉着"黑圣母"、与古巴华人历史有关的小镇。隔着一道海峡，恍若隔着一个时代。

一路走一路问，步行至驳船（ranchita）码头。海峡很窄，给人以河流的感觉。船票仅10分国币，不过让卖票的不动声色骗走了我们10分CUC，不是大意，而是10分的数目对我们太不可思议。没想到上船前有安检查书包、查身体。暗自想，是不是与前一时期发生的劫船偷渡事件有关，抑或是与雷格拉不仅有港口，而且有炼油厂、天然气有关。不要追问，这是我们对自己的约法三章。

船上没有一个外国人，乘船的古巴人大概都是些左岸生活右岸工作或相反的普通人，神情宁静，并不过来搭讪。我们举起数码相机，引来一个可爱的小黑女孩，是那种真正的、纯正的黑，露着小肚皮，毛茸茸的卷发梳成两个向上的小翘辫儿。我招她过来照相，她一下甜甜地偎依在我身边，用手轻轻搂着我的腰。这一下可把Z高兴坏了，上下掏兜找

与"小黑熊"在去海湾东岸雷格拉镇的船上

礼物，摸出了一盒中国清凉油。女孩高兴地给母亲看，母亲对我们友善地微笑。

从此，我们的话题中，多了一个"小黑熊"的名字。

没有老城的喧闹，也没有望海区阔气的闲适，雷格拉好似一个午后的安达卢西亚遗老，在海风吹拂的棕榈树下，恬静地午睡。这里早先是印第安人的小村，殖民地早期，成了西岸的后备仓库。

雷格拉村的名字来自古巴圣母 "Nuestra Señora de Regla"。镇上的教堂里供奉着她的神像，黑黝黝的皮肤，身披天蓝色的长纱，怀抱一个白皮肤的婴儿。整个村子都带着这种海天的色调，映衬着绛红色的筒瓦斜屋顶。雷格拉是古巴人最崇敬的圣母之一，掌管大海，很多人前来膜拜。古巴几个最重要非洲宗教派别也都崇拜她，可见天主教文化与非洲传统在古巴的融合之深。人们跪在她的塑像前祈祷，用手抚摩塑像以示尊敬。教堂外有一个戴雪白包头巾的黑人老妇，正在用石头和纸牌给路人算命。

离教堂不远的街面上，有一座普通的旧房子，白色的墙，蓝色的百叶窗紧闭，一样的红瓦斜屋顶。只有那个过大的门洞还能让人想起过去这里是关押黑人奴隶的大棚屋。门口挂着一个不显眼的铜牌："纪念第一批华人到达古巴150周年，雷格拉。"最上面有一排日期：1847年6月3日，最下面也有一排日期：1997年6月3日。

中国"苦力"最早下榻的雷格拉黑奴大棚屋

一块小小的铜牌怎能够容纳一个苦难的历史时代!

19世纪上半叶,机器工业发展迅速,资本主义经济体系已经在奴隶的血汗喂养下基本建成。英国根据自己的利益——并不是因为仁慈和良心发现——提出废奴,1817年与西班牙达成协议,后者1820年签署废奴协议,虽然迟迟未能实施。

由于黑奴的减少,也由于1791年的海地革命在古巴岛引起的巨大恐慌,西班牙殖民当局决定引进替代性劳力(甘蔗园、榨糖厂离了大量的劳力是无法运转的,更别说还有矿井、家务等等)。引进白人(主要是法国人、西班牙加利西亚人)的举措失败了,引进墨西哥尤卡坦人的过程持续了12年。

这时,从东方传来了消息。

在遥远的中国,鸦片战争刚刚结束,太平天国运动正在兴起,中国民不聊生。西班牙当局听说英国资本家已经开始运送大量华工到英属加勒比的牙买加、巴巴多斯和特立尼达作苦力。古巴奴隶主也上报请求引进"来自用棍棒管理之国的子孙"。[1]

"哈瓦那促进经济和殖民皇家委员会"在当局的支持下，1844年派人到中国东南沿海考察，随后委托"苏卢埃塔大人公司（Señores Zulueta）"和"英国伦敦公司"在厦门招募华工。1846年，英国人已在厦门修建了大量板房做准备。雇佣苦力的办事处设在葡属澳门和英属香港等地。猎头者人称"猪仔头"，他们谎称"大吕宋"招工，用诱惑、威逼、绑架的手段把一批批华工装船运走。贩卖之野蛮引起了厦门等地民众暴动，致使驻厦门的西班牙领事向国王报告了"诱拐"的情景。

那是一场国际联手的大贩卖，被买卖的是"签合同"的奴隶。

在古巴的日子里，我从一本朋友送的《古巴历史上的中国人》里看到了一份这样的合同。合同由广东籍同胞吴生1866年（同治五年）签立于澳门。合同中规定立约人在自到岸无疾病上工之日或疾病治愈8天之后开始的8年内，必须为持有此合同的任何主人做一切指定的劳动，每天12小时，周日休息，但做家务的可以超过此时间限制劳动。主人每天须给劳作者8盎司腌肉和2磅半白薯作为口粮（约合半斤腌肉、2斤半白薯）。预支给劳工的轮船舱位等费用将从前期工资中扣除。与此对应的还有一份由雇主代理人签立的西班牙

---

1 Juán Jiménez Pastrana: *Los Chinos en la Historia de Cuba* 1847—1930《古巴历史上的中国人》, Ediciones Políticas, La Habana, 1983, p.43.

文版合同。西班牙文版本中的pesetas españolas到了中文版里变成了"吕宋银"。

像西班牙王室冠冕堂皇的"西印度法"一样，即使是如此苛刻的华工合同也没有能得到执行。

1847年初，悬挂西班牙国旗的双桅帆船"奥坎多"号运载206名华工从厦门出发，于131天后抵达哈瓦那。9天之后，英国三桅船"阿吉尔"号又在123天后运来了365个华工。他们都被关进雷格拉关押黑奴的大棚屋。

虽然西班牙是雇主，但主要操作和得利的是英国——这个利用鸦片把中国逼上半殖民地道路的老牌资本主义国家。从1847年到1853年，15艘贩运"苦力"的船只中，4艘为西班牙船，11艘为英国船。为了使变相的人口贩卖合法化，英国利用第二次鸦片战争，强迫清政府在《北京条约》续约第5款中写上：

> 订约互换以后，大清皇帝允于即日降谕各省督抚大吏，以后凡有华民情甘出口，或在英国所属各处，或在外洋别地承工，具准予英民立约为凭，无论单身或愿携家一并赴通商各口下英国船只，毫无禁阻。[1]

据估计，从1853年到1873年，有13万至15万中国苦力被贩运到古巴，超过当时古巴人口十分之一，其中13%死于

---

1 张铠:《中国与西班牙关系史》，大象出版社，2003年，河南，第270页。

僱 工 合 同

掩盖奴隶制本质的华工合同

途中。这只是古巴一国，南北美洲其他地点未统计在内。[1]

华工实为奴隶。每个华工被卖给糖厂主人的价格为170比索，人贩子所花费的成本为50比索，每个华工每个月的"工资"为4比索！而这些签约"华奴未干满（8年）合约前丧生者居70%"。

直至古巴契约华工的悲惨遭遇引起世界舆论的强烈反响，清政府才于1874年委派特使陈兰彬前往古巴调查华工待遇。陈兰彬在古巴各地共录得口供1176纸，又收得1165名华工单独或联名禀帖85张，并据此向总理衙门提供了华工在古巴遭受各种非人待遇、被迫害致死的调查报告，清政府对西班牙提出抗议，并将报告分送给各国驻京使馆。

在1859年下令终止向古巴引进华工、1861年不准华人进入古巴后，西班牙于1875年正式停止华工贩卖。按照西班牙官员的语言，此举的原因是"为了避免引起国际争端"，实质是殖民主义的利益争夺所致。

华工从一开始就参与了逃亡——与残存的印第安人一起，与潜藏的摩里斯科人一起，与非洲的黑奴一起。在古巴1868年开始的第一次独立战争中，已经出现由华人组成的

---

1 2009年，古巴建筑家和泥瓦匠在西恩富戈斯市（Cienfuegos）修复主教堂时，惊异地在一面墙上发现一些中文字迹："保持清洁""结实的柱子"，还有一首关于太子和公主的汉诗（这里的引述不是中文原文，而是笔者根据西班牙文消息的转译）。根据当地历史学家分析：1869年，即第一批中国苦力抵达古巴的20多年之后，西恩富戈斯大教堂开始了修复工程，很可能有华人苦力被征用，到修复工地的厨房干活。据当地历史学家称，清政府特使陈兰彬曾于1875年4月24日查访过西恩富戈斯的华工状况。

团、营。华人"芒比"[1]个个骁勇出众，坚贞不屈，其中有前太平军的战士，英勇事迹被马蒂的战友贡萨洛·德格萨达记录在《中国人与古巴的独立》一书中，但他们都没有准确的中国名字，只有甘蔗园主强加的西班牙名字，或者含混的西班牙语注音姓名。

早在妥协的1878年《桑洪协议》中，就有了"给黑奴及华工自由"的条款。这样的特殊地位是华人战士用鲜血和生命换得的，这样的付出生命是由惨无人道的压迫造成的。古巴与中国这两个相距遥远的国度，由被压迫者的国际主义缔造了最初的友谊。

如今，华人已经成了古巴人口的三大来源之一。华工不仅留下了食文化、民间习俗，还留下了宗教文化，如我们不知如何还原汉语的San Fan Gong崇拜。华人的存在甚至进入了古巴口语，比如用"这是中国人干的活"（Es un trabajo de los chinos）来比喻一项工作所需要的非凡细致和耐心。

在哈瓦那的桑哈斯，有一个华人街区，居民的远祖是乘哪条船到来、又被卖到了哪个甘蔗园的呢？在哈瓦那著名大街利内亚（Línea）道边，有一座高耸的圆柱形黑色花岗岩纪念碑，上面铭刻着一句话：

在古巴，没有一个中国人当过逃兵；在古巴，没有一个

---

1　芒比（Mambí），古巴历史上对独立战争中起义者的专称。

中国人当过叛徒。

这句话引自马蒂战友的那本书。这不是一座普通的纪念碑，这不是一句惯常的赞辞。这是许多无名中国人为中国赢来的尊严和骄傲。

"在古巴，没有一个中国人当过逃兵；在古巴，没有一个中国人当过叛徒。"

雷格拉镇是普通古巴人的世界。小冷饮店里的菠萝汁沁人心脾，仅1比索国币一杯，是旅游区价格的72分之一。Z用1.65古巴比索一瓶的价格在药店里又为他的咳嗽买了两瓶糖浆。古巴百姓平和热情，他们在随处可见的政治标语（如"这里谁也不会投降！"）中行走着，脸上带着我们没有时间猜透的神情，缓慢的生活节奏里飘浮着一丝紧张，一丝无奈。在街角一个叫作La Diana的食品店里，我们还发现了一个大秘密：用1个CUC可以买480个小圆面包！有人在购买定做的、很粗糙的奶油蛋糕。Z说，如果不是担心里面用了猪油，他宁可每天花40分国币乘5路公共汽车，再花10分国币坐船过河，天天来买这儿的面包吃，再把蛋糕给运回去。

哈瓦那，古巴的心脏！对你的第一轮观察就这样顶着烈日、和着汗水匆匆结束。当我们顺着脊椎般的中央公路走完以下的旅程后，会以怎样的眼光再向你走来？

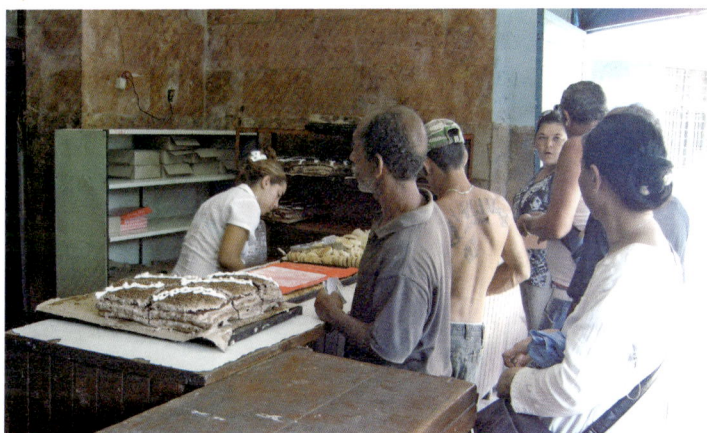

用1个CUC在这里可以买480个小面包！

## 02 | 特立尼达

不知从什么时候开始，古巴进口了中国的"宇通"牌大客车，作为城市间主要公交工具，大大改善了客运条件。当我们从哈瓦那漂亮的长途候车室登上"蓝色道路"（Viazul）公司舒适的客车时，一眼就看到了正前方两个熟悉的中国字——"宇通"。[1]

坐在各色外国游客中间，有一种特殊的感觉。

一般的古巴人会对你竖起大拇指，不准确地说"Yudong"[2]，若是司机，就会内行地与你讨论车的性能，幽默的百姓还在他们载客的马车背后写上："宇通：2008"。

"蓝色道路"专供外国游客，但古巴人也可以坐。从哈

---

1　中国郑州客车厂生产的客车。
2　西班牙语中没有汉语中的爆破音t，所以他们将Yutong念成Yudong。

瓦那到特立尼达500千米，车票25CUC，也就是25美元。另有一个"星辰"（Astro）公司，用的也是宇通车，外形不太一样，票价约少一半，专供古巴本国人，外国人无权乘坐。因为乘客多，"星辰"公司的候车室、卫生等条件就相对差一些。

在古巴外省旅行，中国"宇通"伴随了我们一路。

宇通与古巴重振旅游业有关，旅游业的兴衰又与革命的艰辛甚至辛酸有关。

1959年革命前夕，来古巴的外国游客占抵达加勒比地区游客总数的85%。那时的古巴不仅是"加勒比的明珠"，也是资产阶级的乐园。其后的三四十年中，古巴一直试图改变旧有的经济结构，旅游业处于停顿状态。20世纪90年代古巴经历"特殊困难"，不得不"重操旧业"，旅游业成了拯救国民经济于深渊的"龙头经济"。

虽然古巴政府表示警惕着旅游业的消极因素，但是，一个新殖民主义豢养的半老徐娘正花枝招展地等待着马莱孔不夜城方案的实施。

不只是一个部门行业的取舍，暗中较量的是两种历史选择。

行走在辽阔的拉丁美洲大陆上，耳闻目睹旅游业挟带的污泥浊水，我们关心着这个咬牙坚持原则、挺了半个世纪的社会主义国度。


古巴面积比英格兰稍小一点，四分之三是平原。全国分

14个省1个特区（青年岛），人口1100多万。首都哈瓦那是一个省级行政单位，人口200万。我们要去的第一个外地城市特立尼达在哈瓦那东南方向的海边。

驶出哈瓦那，一路几乎不见庄稼，大片的热带荒林夹杂着可怜的甘蔗田和少量蔬菜地，寂无人声。我们想起了被充分"开发"的墨西哥阿卡普尔科，那里几乎已没有穷人的立锥之地。

"这块被古巴革命保护了几十年的净土，美国佬、开发商正盯着，准备扑过来污染呢！"Z感叹道。

我告诉Z，曾有一个到我们研究所访问的美国拉美专家，说古巴人有懒惰基因。

"不能这样评价，他们缺少的是农业文明传统。"

然而，他们为什么缺少农业文明传统？

沿途的小镇显得很单薄，少有农舍，但村口有卖肉和蔬菜的小铺。路边扔着些生了锈的农机部件，像在述说没有配件和燃油的苦衷。一路上"蓝色道路"和"星辰"孤单单地跑着，难得见其他车辆，老百姓的公共汽车拥挤不堪，比我们六十年代插队时去内蒙古的车还差。偶见散落的牛群、羊群，几匹马，和沿途不断的革命标语："播种思想"，"革命就是团结"，"艺术是革命的武器"，切·格瓦拉的画像，菲德尔·卡斯特罗的画像，马蒂的石膏头像……穷归穷，但没有在其他拉美国家那种"被抛弃的人民"之感。到特立尼达附近进入山区，芒果树多了起来。

菲德尔：一个更好的世界是可能的

**糖厂山谷（Valle de los Ingenios）** 在哈瓦那"费尔南多·奥尔蒂斯[1]基金会"，得到了一份基金会与联合国教科文组织协调制作的小册子《古巴的奴隶之路》。在说明古巴奴隶史的地图上，看到了"糖厂山谷"这个名字。与糖厂山谷同处于特立尼达的，还有非洲黑奴在古巴的登陆港之一卡西尔达（Casilda）。

出国之前就瞄准了种植园经济和奴隶制这两个历史痛点，在古巴岛众多地点中，我们迅速决定选择特立尼达。

糖厂山谷是位于特立尼达市东北20千米的一大片谷地。

18世纪末海地奴隶大起义后，古巴取代海地成为世界上最大的蔗糖产地。特立尼达远离古巴岛西端的首都哈瓦那、

---

1 费尔南多·奥尔蒂斯（Fernando Ortiz, 1881—1969），古巴著名社会学家。《烟草与蔗糖在古巴的对奏》（ *Contrapunteo Cubano del Tabaco y el Azúcar* ）是他浩瀚的作品之一，文中他以优美的散文笔调、巧妙的对比方式描述了古巴的两种传统作物：本土的烟草和外来的蔗糖，称它们是"古巴历史上最重要的角色"。

东端的前首都圣地亚哥，有沿海良港，历来是与加勒比英法殖民地进行走私贸易、直接接受欧洲舶来品、运出本地产品（烟、腌肉、皮革）的化外之地。加之气候、土壤适宜甘蔗生长，有阿加巴马河（Agabama）作为机械动力和运输渠道，遂成为古巴岛上得天独厚的蔗糖基地。

1827年左右，特立尼达有56家榨糖厂，28700总人口中有11000人是为糖厂干活的非洲黑奴。如今糖厂山谷里散落着几十座废墟，如古巴蔗糖时代的历史见证。

谷地面积很大，没有专车很难就近观察，方圆许多废墟还没有复原。途中，我们路过了正在发掘的著名的"好视野"（Buena Vista）糖厂旧址，经过San Isidro时，看见了19世纪大糖厂主坎特罗（Cantero）的旧宅。

登上糖厂山谷观景台的高坡，人仿佛置身一幅五彩历史图卷。远处蜿蜒着埃斯坎布拉依（Escambray）[1]蓝灰色的山脉，奥深的大山里，有许多咖啡园遗址，主人多为法国人，是18世纪末海地革命后裹挟奴隶从海地岛逃来的咖啡园主。群山环抱的广阔原野上，热带树木割出了一块块深浅不一的棕色土地。高大的棕榈树招魂般摇曳，望远镜下几处庄园兼糖厂的废墟影影绰绰，帮助我们想象一个并不太遥远的时代。

一切的一切，须从甘蔗说起。

早先，是阿拉伯水手把这大自然恩赐的甘甜植物从印度

---

1　古巴岛中南部主要山脉，正式名称是瓜穆阿亚（Guamuhaya）；由于历史的原因，人们偏爱它响亮的别名"埃斯坎布拉依"。

的恒河河畔带到了非洲，又是阿拉伯人首先发现了使甘蔗汁结晶成糖的方法。在甜菜糖还没有出现的欧洲，16世纪的蔗糖如同"白色金子"般贵重，能加入皇后的嫁妆——它的价格是以克为单位在药店里称量出售的。

而那正是一个资本主义原始积累的时代。如费尔南多·奥尔蒂斯在《烟草与蔗糖在古巴的对奏》里所言，蔗糖经济从第一天起，就带有资本主义性质。奥尔蒂斯正是抓住了甘蔗的这一本质，将之与本土的、小农的、手工的古巴烟草进行文学性的对比。

蔗糖从成为资本主义经济体系中商品的第一天，甜味里就带着苦涩。

哥伦布第二次航行美洲，从西班牙加那利群岛带去了最初的甘蔗根，并首先种植在今海地岛上的圣多明各。

至17世纪中叶，葡属殖民地巴西一直是世界上最大的产糖地。

18世纪下半叶，世界上最好的甘蔗生长在法属殖民地海地沿海平原松软的土地上。1791年秋季海地奴隶起义，9月一个月里，就有200个甘蔗种植园被大火吞没。

由于圭亚那、牙买加、特立尼达与多巴哥等英属殖民地都是一些小岛，土地不足，海地危机后，加勒比最大的岛屿古巴被国际资本看中。此后，10万海地人陆续定居古巴，在不到一个世纪的时间里，古巴人口增长了8倍。古巴取代海地的位置，1827年，古巴奴隶人数占人口总数的40%，主要在甘蔗种植园。

从此，古巴的命运就被托付给了苦涩的蔗糖。

被国际资本看中的，不仅是古巴岛的面积，还有古巴"得天独厚"的条件。还是费尔南多·奥尔蒂斯描述得准确：

简单的热带气候并不能完全满足甘蔗种植的需要，60度等温线是最佳气候。一般来说，世界上适于种植甘蔗的广大地区在北纬22度即哈瓦那的纬度，到南纬22度，即里约热内卢的位置之间。整个安的列斯群岛都处于这个地理带内。但是，处在北缘的古巴利用了附近的冬季冷空气，所以它比其他岛屿具有更大的优越性。世界上没有任何地方像在古巴这样，阳光、雨水、土壤、微风共同合作，从天然小糖厂似的甘蔗节里榨出如此丰富的蔗糖。炎热多雨的季节特别适于甘蔗的迅速生长，而在古巴，雨水格外充足。……另一方面，古巴冬季温暖，没有霜冻，但有冷风；这样的冬季促使糖分结晶，保证了甘蔗生长和成熟所需要的节奏。古巴的自然条件为甘蔗种植和产量创造了一个完美的年度循环，这才是古巴得天独厚之所在。[1]

利润像号令催促着糖厂的诞生，糖厂像野兽的血口等待甘蔗源源不断到来以维持利润。

大火吞噬了古巴岛的原始森林，如今只能从西班牙埃斯

---

1 Fernando Ortiz: *Contrapunteo Cubano del Tabaco y el Azúcar* (《烟草与蔗糖在古巴的对奏》), p.14.

科里亚尔宫（Escorial）的桌子和窗户，从马德里皇宫的门扇上欣赏在古巴已经绝迹的珍贵木材。牧场和畜群消失了，出口腌肉的特立尼达开始进口腌肉。传统的烟草种植被迫减少，残存的农耕文化化为乌有。已经能制造大炮、生产商船战舰的港城哈瓦那失去了发展工业的机会。土地大面积集中，大庄园制、单一经济的痼疾由此诞生。从那时至今，甘蔗田占古巴可耕地的一半。

失去森林保护的土地很快被风化，河流干涸，地力耗尽。经过不到半个世纪的榨取，到1860年，糖厂山谷已是一块被废弃的土地，大批充当蔗田砍刀、榨糖机摇柄的黑奴，沦为没有农业文明传统的简单劳动力。

油画上的昔日糖厂山谷呈现着红色的土地和绿油油的甘蔗田，而眼前这一片裸露的棕色土地则像一个受尽凌辱、青春不再的女人。在她那未被触碰的少女时代，这里该有珍贵的桃花心木，该有火一样的凤凰木吧？

糖厂山谷的命运就是古巴岛的命运，古巴岛的命运就是加勒比的命运，加勒比的命运就是整个拉丁美洲的命运。

英属加勒比海岛巴巴多斯曾经是个种植棉花、烟草、柑橘、养牛养猪的小岛，从1641年起成为一个大甘蔗种植园，不久便无法养活岛上的居民。曾为世界最大产糖国的巴西，其森林覆盖的东北部变成了一个荒芜的大草原，如今是西半球的昔日中国"西海固"。

国际糖价是另一把刀子，古巴的蔗糖生产从第一天起就被绑上了殖民主义、资本主义的战船。1857年国际市场糖价下跌，特立尼达从此一蹶不振，"曾有的"[1]繁荣成为如烟的往事。1920年，国际糖价再次暴跌，美国把许多倒闭的糖厂以及所有的古巴银行和西班牙银行，包括国家银行在内，全数买走，在古巴只剩下美国银行的分行。革命前夕的古巴，蔗糖占对外出口的80%；古巴生产的每100公斤糖中只有6公斤供国内消费，其余75公斤运往美国。

马蒂早就警醒："如果一个国家的人民把自己的生存押在一种产品上，无异于自杀。"革命后的古巴犹如困兽般彷徨、冲撞、挣扎，尝试过经营多种农作物、酸性水果、开发镍矿以改变甘蔗单一种植的"后殖民经济结构"，几经波折，至今没有挣脱厄运。

有人指着不远的一片现代厂房告诉我们："那里曾是一个国营糖厂，不久前关闭了。你们要是去年来，还能看见山谷里有甘蔗田。"

在《访谈传记：我的一生》[2]里，菲德尔·卡斯特罗解释了减少甘蔗种植、在150家糖厂中关闭了70多家糖厂的原因：燃料价格的上涨和糖价的下跌。

在这样一种经济体系中，国际市场是权力的核心，种植园经济是围绕它运转的部件。

这不是天人和谐的自然农业，这是变态经济学制造的

---

1 参阅《拉丁美洲被切开的血管》第69页："在这里，今日依然可以看到大理石和石头的房屋框架，傲然耸立的无声的钟楼以及长满了野草的敞篷马车。现在人们管特立尼达叫'曾经有过的城'，因为此城的白人后代总爱说他们的某个祖宗曾经有过权力，曾经有过荣誉。"

2 《卡斯特罗访谈传记：我的一生》，中国社会科学出版社，2008年，北京。

怪胎。

欧洲列强一手破坏着加勒比岛国的经济结构，一手推动自己的工业发展。

这就是殖民主义的本质。所谓国际分工，不过是穷富角色的分配。

欧洲继续在加勒比争夺，这一轮主要是为了取得蔗糖的提炼和贸易权。

干练的新教资本家国度荷兰先领风骚[1]。17世纪中叶，阿姆斯特丹有60家炼糖厂，为世界炼糖中心。英、法两国利用贸易法与其争夺，在18世纪巩固了自己的经济独立，但未能将荷兰从加勒比蔗糖业中排挤出局。荷兰利用其在加勒比的殖民地库拉索、圣尤斯特歇斯岛[2]做"短线运输"（kleine vaart），向加勒比各种植园出售盐、烟草、可可、朗姆酒、皮革、木材等商品以及——黑奴，成为当时加勒比地区最大的商业中心。1744年一年中，有1240艘货船抵达圣尤斯特歇斯。荷兰人还在库拉索、圣尤斯特歇斯发展炼糖业，再运往荷兰在加勒比地区的主要堡垒圭亚那（即今日苏里南）。

美国是后起的新秀。早于19世纪，美国资本已开始渐

---

1 1580年，西班牙兼并了葡萄牙后，原在葡萄牙躲避西班牙驱逐犹太人风潮的犹太商人大批逃往荷兰。根据布罗代尔在《菲利普二世时代的地中海和地中海世界》（北京，商务印书馆，1996）第249页所述，这些犹太商人"在16世纪末，控制着糖和香料贸易，拥有巨额资金的葡萄牙犹太人的网促成了阿姆斯特丹的繁荣兴旺。也在类似的情况下，整个美洲都被纳入犹太人的贸易网中。"看来，世界资本主义的兴起比我们迄今所知的还要阴险复杂。

2 关于库拉索，见第一章：厄瓜多尔，飞越火山国度；圣尤斯特歇斯岛（San Eustaquio）是荷属安的列斯群岛中的一个21平方千米的小岛。

渐取代西班牙，控制古巴经济，并根据本国的需要和利益，提高或压低古巴的糖产量。甜菜出现后，美国发展本国糖业，开始压制古巴砂糖，而古巴人口却在不断增长，劳动者工资很低，依附于美国资本的古巴统治阶级引进海地等外国移民，付给更低的工资，致使古巴国内市场萎缩，优质土地闲置，失业率从未低于20%，在古巴造成属于外资和"康白渡"[1]阶层的虚假繁荣及病态的民族经济结构。

革命前夕，古巴卖给美国的蔗糖中，60%是原糖。美国糖业巨头把原糖炼成精糖后，每磅可获利2美分。精糖在美国被制成方糖后，运回古巴市场销售，每磅价格再提高3美分[2]。美国商人因每年用高价向古巴输出10万多吨用古巴糖制成的糖果罐头等而大发横财。

**蔗糖生产**　车停在了大甘蔗种植园主、大糖厂主伊兹纳加·波雷尔（Iznaga Borrell）的旧宅——"玛纳卡-伊兹纳加庄园"（Manaca Iznaga）旁。高大宽敞的客厅里，高悬着旧时代的欧洲吊灯，墙上挂着庄园主家女眷20世纪装束的老照片，墙皮虽已剥落，仍可以想象当年的精美彩绘，据说当年的大厅里还摆着高贵的德国钢琴。豪宅外不远就是奴隶的棚屋，监视奴隶劳动的瞭望塔，熬糖的大坩埚，压榨甘蔗的榨汁机（trapiche）。混迹于游客之中的我们也品尝了一杯当

---

1　即"买办"，葡萄牙语comprador的音译。
2　指1959年古巴革命前后那一段时期的价格标准。

场榨出的甘蔗汁（guarapo）。我看了一眼那个大铁家伙，上面有几行铸字：Búfalo，1884，EEUU。

庄园、糖厂、甘蔗园遥遥相望，奴隶主、糖厂主、种植园主三位一体，这才是真正的"特立尼达"[1]。三者密不可分的外在原因在于，蔗糖生产是一种很独特的过程：

> 甘蔗从被砍倒到发酵、腐烂只有几天的工夫。砍、运、榨、滗、熬、清渣、结晶等工作必须不间断地连续完成。这些工作在榨糖厂里是同时进行的。当一些田里的甘蔗正被砍倒的时候，另一些田里的甘蔗已经变成了成袋的蔗糖。一切都在飞快地进行。从砍刀"放倒甘蔗"到蔗糖装袋完毕，中间只有很短的几个小时。由于甘蔗来源充足，一个糖厂的"糖季"往往持续数月，但是，"原糖生产"过程却总是速战速决。[2]

这是一种同时需要大批强壮劳力、大量廉价季节短工的生产劳动。

古巴岛本土的印第安人已在杀戮、劳役、疾病的联手残害下消失殆尽。引进黑奴成为种植园经济必不可少的条件。在今天的古巴，黑人人口比例大的地区往往是过去的甘蔗种植区。

---

1 特立尼达，Trinidad，在西班牙语中是圣父、圣灵、圣子"三位一体"的意思。

2 Fernando Ortiz: *Contrapunteo Cubano del Tabaco y el Azúcar*, p.37（文中两次使用的"zafra"，既指整个收割季节，即"糖季"，也指从甘蔗到原糖的生产过程）。

于是，被高额利润驱使的资本主义化蔗糖生产，贩卖人口的奴隶制，古巴经济体制里的生产"死季"[1]及"死季"里的大量失业劳力，成为又一个环环相扣的死结。

　　在超级糖业中心里，庄园主拥有一切财产和权力，自由农村资产阶级赖以诞生的、传统的古巴小农经济消失，农民流落为四处打工的雇佣无产者。农民对大庄园制的依附性和自身的异化加深了古巴社会的殖民化特征。种植园经济和奴隶制还给古巴留下了不合理的人口密度：拉美平均人口密度为每平方千米19人，而古巴为90人。在这个需要养活相对众多人口的国度里，却没有富有传统的农业和农民。这一历史因素加剧了美国禁运封锁政策造成的效应。

　　**铁路**　在成片芭蕉树的中间，我们看到了一截似乎是废弃的铁路。觉得景致特别，照了几张相。一打听才知道，特立尼达的铁路是居美国、哈瓦那之后的美洲第三条铁路，为的是直接将甘蔗运到糖厂，再把成袋的原糖直接运到海边。在此之前，运输靠的是那条阿加巴马河，糖到了海边，进行的是小规模的以物易物走私贸易。

　　海地革命给古巴的种植园主带来的历史"机会"、机器工业的发展，迅速改变着古巴的糖业生产规模。1820年蒸汽机来到古巴，19世纪末，糖厂生产全部实现机械化。1837年，铁路的出现造就了一个新的飞跃。铁路不仅将甘蔗田与榨糖基地连接在一起，而且将甘蔗田、榨糖机与港口、仓库、出

---

1　即一年里除三四个月"糖季"之外的9个月时间。

用直接开到糖厂的火车使资本主义式的蔗糖生产加速

口地点的广阔地区连成一体：铁蜘蛛的触须牢牢抓住了蔗糖经济，真正的大型庄园出现了。1890年，西属殖民地古巴是世界上第一蔗糖生产大国。一战的爆发和巴拿马运河的开通又使美国人控制下的古巴蔗糖产量剧增。

**伊兹纳加塔（La Torre Iznaga）** 早就在古巴旅游宣传画上看到了这座塔。它与哈瓦那的莫罗城堡、旧国会大厦、马坦萨斯的巴拉德罗海滩（Varadero）、巴拉科阿（Baracoa）的铁砧山（Yunque）等同为古巴的旅游象征。修长的塔身耸立在离主人豪宅不远的地方，高45米，共7层，184级楼梯。无心劳累自己的游客或远远照个相，或近前看个新鲜，并没有攀登的意思。我们拾级而上，一直登上热风呼呼的顶层。

我们爬上去，为的是看看监工当年在怎样的视野下监视

奴隶制甘蔗种植园的遗迹伊兹纳加塔

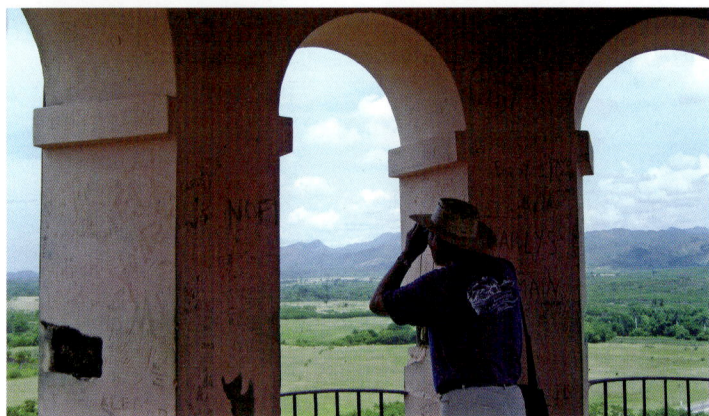

爬上塔楼为的是看看监工当年在怎样的视野下监视甘蔗田里的黑奴

甘蔗田里的黑奴！

　　这是一座十九世纪三四十年代建造的、本土风格的尖顶圆塔。内部支架和陡峭的楼梯都是木制，每一层的外圈都是一人半高的连续的拱形瞭望口，下部有铁栏杆可倚靠。在塔内走上一圈，果然方圆上万公顷的谷地尽收眼底。我们在望远镜里极力寻找寥寥可数的甘蔗田；当年，监工们每时每刻注视着奴隶是否有造反迹象。

塔顶原有一口大钟。晨曦之际，奴隶们在9下"万福玛利亚"的钟声里排着队走向甘蔗田或榨糖机，开始十几个小时的沉重劳动，直至日暮时分的再一次钟声。当塔顶响起急促的连续钟声，若不是火情，就是奴隶在造反。这时，除了庄园打手的马队，还有专门对付黑奴的恶狗，就会飞快地冲向猎物。这种打手有专门的名称，叫rancheador，意思是"庄园卫队"。

伊兹纳加和波雷尔原是两个大庄园主，结亲后成为伊兹纳加·波雷尔家族，这个家族的糖厂产量当时居世界首位。他们共使用300多个奴隶，每天给奴隶吃两分钱的饭。除了甘蔗园，庄园主还拥有猪场、白薯和玉米地，也由奴隶养猪种地——只要拥有奴隶，就能一本万利。

导游讲述着与监工塔有关的传说故事：

伊兹纳加有两个儿子，俩儿子与老子看上了同一个女黑奴。老子说，你们俩一个造塔，一个挖井，比赛吧！结果，大儿子的塔高45米，小儿子的井深45米。导游笑着问，你们猜猜，女奴最后归了谁？[1]

---

1 关于古巴历史上奴隶主对女奴的性剥削，留下了一些记载。在《从奴隶制内部观察奴隶制》（Gloria García, *La Esclavitud desde Esclavitud*, Ed. Ciencias Socilaes, La Habana, 2003）一书收录的法庭记录里，我们读到奴隶主如何将13岁的少女一直霸占为性奴隶。在1834年11月5日审理的一份文本中，我们读到，一个叫 Inés 的混血女奴，如何被她的主人在其"身体最隐秘的部分带上了3个（贞洁）环"。见该书第153页。

旅游书讲述着与塔有关的另一个版本：

伊兹纳加有两个儿子，为了解决这片山谷里的水源问题进行比赛。大儿子指天，开始造塔；二儿子指地，开始打井。塔修到45米，大儿子在塔上看到了闪亮的海面，"我找到了水！"不久，二儿子的井也挖到了45米，地下渗出了水流，"我也找到了水！"

当车驶离伊兹纳加庄园时，我久久回首，望着那高耸于甘蔗与芭蕉丛之上的塔体渐渐远去。但愿这段丑陋的历史能被深深埋进坟墓，连同那些虚伪、粉饰的传说。

**豪宅博物馆**　特立尼达是西班牙殖民者在古巴岛上建立的第三个居民点，面对着蔚蓝色的大海，背靠埃斯坎布拉依山脉，山上生长着角豆树（algarrobo）、雪松。小城保持着西班牙中世纪建筑风格，人们偏爱天蓝色的涂料。小城中心区域有石块铺砌的路面，刚到那天，雇了一辆三轮

埃斯坎布拉依山谷里的特立尼达

车，车夫熟练地将我们的箱子捆在车座后面，一路颠簸着到了下榻处。

特立尼达无疑比京城宁静得多，居民住得也宽敞些。临街的房屋开着门窗，可以"偷窥"。不知是由于热带的要求，还是西班牙殖民者从摩尔人那里受到的熏陶，古巴人是一个爱干净、爱装饰的民族。无论穷富，一个富有装饰感的客厅是必备的：花砖地，几把摇椅，餐桌上的桌布、花瓶，总要挂上几幅画。我们窥见过一个家庭旅店，以25CUC一天的标准出租。房间装饰得几乎像个小宫殿，百叶窗，落地窗帘，丝绸铺盖，雕花木床，讲究的瓷砖图案地面，大幅油画，颇有那个"曾经有过的"时代遗风，Z一直后悔没去体验一回当小院国王的感觉。

大概由于是旅游名城，有人已经沾染上向游客伸手的习惯。但"乞讨"的方式有点特别，要一包饼干，一支圆珠笔，或一根琴弦。如果你拒绝，他就会狡黠地说："噢，您不愿意帮助古巴。"街上给游客介绍饭馆、旅店、租车的人很多，都说自己是"官方的"（oficial）。

中心广场上有几棵高大的大王棕榈，四周都是当年的大户豪宅。

那天，博学的历史学家领着我们参观了设在庄园主波雷尔旧宅的地区历史展览馆。又是花砖地面，欧式吊灯，木雕摇椅，彩绘立柱。在糖价飙升的19世纪初，特立尼达出现了蔗糖贵族（sacarocracia），波雷尔、伊兹纳加、贝克尔（Béquer）是当时最显赫的三大家族。为了避免财产流失，这些蔗糖新贵常相互联姻，波雷尔·伊兹纳加的姓氏就是一个证明。为了向哈瓦那炫耀，特立尼达的蔗糖贵族修筑了石头路，用来自德国城市不来梅的石板铺人行道。

贝克尔原是一个从事海上贸易和贩卖黑奴的美国费城商人，在特立尼达海域失事后与小城结下了不解之缘，后取得西班牙国籍。他的豪宅全国有名，临街的乌檀木大门是当时著名的艺术珍品，内门上镶嵌着黄金、象牙图案。大厅里的镜子来自威尼斯，吊灯系由威尼斯的艺术水晶玻璃制成，正厅用地中海的马赛克铺砌地面，马赛克被打磨得像宝石一样熠熠闪亮。

本地财主伊兹纳加不服气："外国佬贝克尔没有足够资金使用坚固的建筑材料。"贝克尔于是掀掉正在铺砌的大理石地面，改用金银币铺地，拼成奇特的图案。市长前来干涉："金银币上有国王头像，不得踩踏亵渎！"贝克尔又改成全部用金币的背面铺地，虽然新方案仍未获准，但他终于向本地阔佬表明："外国佬比你们全体加起来的钱都多！"

蔗糖贵族的每一户发家史中，都有一笔肮脏的奴隶交易。

一个黑奴的市价当时是八九百个金币，奴隶主很快就能收回这笔投资。他们让奴隶再繁殖，奴隶的子女天生是奴隶，九岁、十岁就开始干活，繁重的劳动使黑奴的平均寿命很短。[1]黑奴没有自己的姓氏，白人主子的姓氏就是他们的姓

---

1 有人统计，海地革命前，熬过了大西洋地狱般航行、抵达海地的黑奴，其后的平均生存年限不到10年，有人统计为7年。

氏，所以这一带过去姓伊兹纳加、波雷尔的很多。据民间传说，在波雷尔家族的婚礼上，男方的惊人彩礼中有近千奴隶。

在地区展览中，我们看到了可以将奴隶的脑袋和手同时铐在一起的长条枷锁，还有那张著名的海上运奴船示意图：一个个高贵的生命像商品一样被井井有条地码放在舱底，充分利用了每一寸空间。奴隶贩子和奴隶主对每一批"商品"的价格和价值都有清醒的计算。

特立尼达豪宅展览馆里的黑奴枷锁

登上"伊兹纳加豪宅"展览馆的屋顶，红屋顶和绿棕榈的那边，就是辽阔的大海，就是被当作商品从大洋彼岸贩卖来的非洲奴隶登陆的地方。忽然，头顶上聚集起滚滚翻腾的黑云，越聚越浓，几乎遮蔽了天空，笼罩了房屋，远近的山脉呈现出日本画家东山魁夷水彩画的深浅层次。听说今年雨季来得晚，本该在5月头上开始。瓢泼的大雨倾盆泻下，让我们些许感受着这个多雨的岛国常态。

在大厅避雨时，与管理人员聊得热闹。旁边一个法国女人请我给古巴管理员翻译一句话："你喜欢古巴吗？"没有人多搭理她。管理员说他原来上的是中专防卫学校，后来上了大学社会文化系。古巴每座城市均有大学，特立尼达有医学、文科等三所大学；他的女儿在大学学牙科，除免费教育外，国家每月给大学生50古巴比索补贴。

走出展览馆，广场上有一对青铜铸成的猎狗，身体修长，呈卧姿，两条前腿平展展伸向前方。两条狗相互对望，有思想似的耸立着耳朵。当听说它们就是当年专门被训练来追踪逃奴的恶犬时，Z报复地一手握住它的嘴，一手揪住它的耳朵。

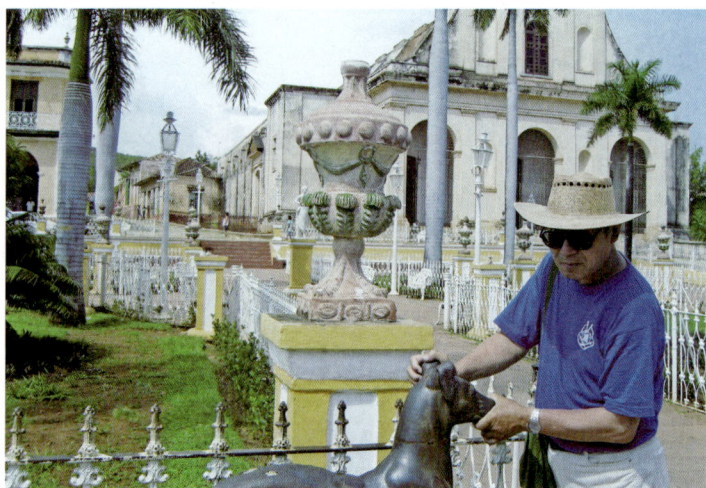

恶狗，你这当年的帮凶！

据资料记载，这些狗是经过特殊交配产生的真正的野兽，种狗是个头矮小、体格健壮、颈粗性猛的西班牙马约尔卡烈狗（dogo）与比利牛斯山区的凶猛的大猎犬（mastín）。[1]
当时有些快捕名犬还被加勒比不同殖民地区的奴隶主互相借
用以完成追捕逃奴的任务[2]。

在当天的日记中，Z这样写道：

> 一天在特立尼达的参观，发觉这个小城的历史几乎就是
> 一个对黑奴贩子开糖厂的介绍。如此凶恶的奴隶制，在人类
> 历史上悍然存在并始终未被清算，这世界的不公正，强烈地
> 打动着我们的心。

**黑奴港**　当第一天得知特立尼达有一个黑奴港时，就决
心要抵达那里。卡西尔达（Casilda）是特立尼达海边的一个
运奴港，运奴港有"合法港"和"非法港"之分，前者是殖
民当局指定的非洲黑奴登陆港，后者是在西班牙皇家明文禁
止奴隶贸易后、继续接纳黑奴运输船的秘密港口。当年殖民
者争论的是港口的"合法"与"非法"，而不是这种罪恶的
卖人发想是否——合法。

那天说好了一辆出租车到海边，看见Casilda的路牌后，
便下车步行。

---

1　1982年由塞缪尔·富勒导演的美国电影《白狗》（*White Dog*）讲述了一个被白人
　种族主义者特意训练的狗的恐怖故事，它专门扑咬黑人。看来这类故事确有其真
　实的历史素材。
2　如1795年，关塔那摩省一个著名的"庄园卫队"队长克利斯托瓦尔·罗哈斯
　（Cristóbal Rojas）曾带领该省蒂瓜波斯镇以及圣地亚哥市的8个"庄园卫士"及一
　批恶犬，应邀赴牙买加参加镇压和追捕起义奴隶。

海边有铁丝网，无法靠近，铁丝网的那边挤满了大小船只，破败不堪。贴近铁丝网照了一张相，只看见高大的棕榈树和密密麻麻的桅杆。本来就知道不会有什么惊人发现——尽管当年这里发生过惊人的历史，但靠在"Casilda"路牌旁、站在这一带海域留一个影，也觉得很有意义。当双脚扎扎实实站在这块土地上的时候，我们感性地向自己、向世界宣布奴隶制罪恶的曾经存在。

若有所思地散着步往回走，一个骑自行车的渔民家庭从身后过来，清一色黑皮肤，男的很壮实，后车座上驮着妻子，七八岁的儿子骑一辆小车。听说我们是中国人，大人不约而同地说："我们真心为中国的地震感到难过。"渔民告诉我们，他在国营渔业队工作，捕捉到的大对虾出口国外。他回身指指那堆密集的小船说，这些私营的小船要在卖够"公"鱼后，才能自行销售。健美的黑女人说："要不是你们

他们是从这里下船的黑奴后代

时间紧，一定到我们家吃鱼去！"噢，到渔民家吃鱼，那可是很大的诱惑啊。很遗憾，出租车是说好了来回价的。我们再一次确认这里就是当年的黑奴港；但我们没有问，这里的大多数渔民应该都是黑奴的后代？

**黑奴制**　是美洲历史上最黑暗的一页，美国、古巴、巴西等曾是世界上黑奴最多的国家。

1502 年从西班牙抵达加勒比海岛的船上已有少量黑奴，那是西班牙漫长复杂的历史遗留在伊比利亚半岛的奴隶。这些奴隶上岸伊始就开始与印第安人一起逃跑，致使殖民地总督向女王报告，要求不要再送"由摩里斯科人养大的黑人，或爱造反的黑人来美洲"[1]。

为了补充由于印第安人大量死亡造成的劳力不足，早在1511 年西班牙王室就允许在非洲几内亚与加勒比海地岛之间直接运输奴隶。一些古巴历史学家认为，1526 年来自佛得角的 154 名非洲奴隶是最早抵达古巴的成批黑奴。

欧洲新教国家，很早就参与了奴隶贸易。

当时流行一句威吓非洲奴隶的口头语："不听话，就把你们卖到苏里南的荷兰人种植园去！"可见，荷兰人是极其疯狂的奴隶贩子和奴隶主。第一个打西班牙殖民地主意的英国人是海盗兼奴隶贩子约翰·霍金斯。1564 年，他的船把一个葡萄牙奴隶贩子送到非洲几内亚湾，然后把得到的这批

---

1　摩里斯科（Morisco），即西班牙被迫改宗天主教的原穆斯林（引自 Colectivo de autores: *Pensar el Caribe, Edtorial Oriental*, Santiago de Cuba, 2004, p.128。）

"货物"卖到了"西班牙岛"，[1] 从而开始了英国人参与黑奴贸易的肮脏历史。

导致贩奴高潮的关键因素是甘蔗、咖啡等种植园经济的发展。1762年，英国人占领哈瓦那的11个月里，蔗糖业迅速发展，英国人运进了通常情况下要15年才能运来的大量黑奴。甘蔗种植打破了西班牙殖民地的贸易限制和进口黑奴限制，1789年西班牙宣布可以自由输入奴隶，18世纪末奴隶贸易达到顶峰，哈瓦那成为转卖奴隶的重要中转站之一。

根据联合国官员的统计，在美洲殖民史的四个世纪里，有1100万到1200万奴隶从西非被运到美洲。[2]其中，有130万黑奴进入古巴；1868年古巴第一次独立战争爆发前二三十年，古巴仍有30万黑奴。[3]1834年英国取消奴隶制时，仅在加勒比英属岛屿就有75万黑奴。

在古巴期间，有人送给了我一本书:《从奴隶制内部观察奴隶制》[4]。作者说，能提供研究奴隶制的第一手资料太少了！受到墨西哥学者米格尔·莱昂·波蒂利亚[5]的启发，她搜集了

---

1 La Española，即今天的海地岛。

2 葡萄牙人是世界范围内黑奴贸易的肇始人，西班牙人是向美洲大陆输入黑奴的领头羊，英国人从1564年投入奴隶贸易，逐渐成为这桩人肉生意的头号老板。根据几位著名非洲历史学者的不同研究，从16世纪到19世纪的400年里，运抵美洲大陆的黑奴总数分别为1100万、1500万和1900万。

3 参阅《国际社会科学杂志》（"记住奴隶制"专刊），中国社会科学院、联合国教科文组织联合主办，2007年5月号，24-2，第24页。

4 Gloria García, *La Esclavitud desde Esclavitud*, Ed. Ciencias Socilaes, La Habana, 2003.

5 米格尔·莱昂·波蒂利亚（Miguel León Portilla），墨西哥已故学者，组织翻译了印第安人的图文、实录文献，编辑成该领域的开山之作《战败者的目光》（Visión de los Vencidos），影响了不少拉美学者。

古巴奴隶制时代的法庭记录和状文，甚至有奴隶主打手追捕逃奴的日记。在书中，我读到了当时报纸上的卖奴广告：

> "她无恶习无缺陷，缺点是像胆大的母狗"
>
> "他像一头无可挑剔的健壮的骡子"
>
> "可连母亲带孩子一起买，或者只买母亲"

法国历史学家让-米歇尔·德沃认为如此大规模和长时间的大西洋黑奴贸易是人类历史上最大的悲剧。[1]也许是作为中国人，我认为还应该加上卑鄙的鸦片战争。用如此龌龊的手段来对付壮丽的大陆和文明的古国，"西方"，该怎样解释他们是文明的历史终结呢？

400年殖民史结束了，500年历史过去了，这一桩桩"反人类罪行"并没有得到清算！

联合国在"纪念反对和废除奴隶制国际年"的2004年之际，出版了一期关于黑奴贸易和奴隶制的专刊，连联合国的官员都提出了单刀直入的质疑：

> 二次世界大战以后，由于纳粹德国的大屠杀，记住历史罪行的思想主要在西方社会有所发展。但非洲奴隶贸易的历史悲剧只是到了最近才成为辩论的话题……直到2001年的世界反种族主义、种族歧视、排外主义和不宽容大会在南非的德班召开

---

1 Clectivo de autores: *Pensar el Caribe, Edtorial Oriental*, Santiago de Cuba, 2004, p.128.

之际，奴隶制和奴隶贸易才最终被视为反人类罪行……有些参与奴隶贸易的国家打算绕过这个问题：他们极力突出废奴法，强调废奴主义者的英勇斗争，而对制度的恐怖三缄其口，对奴隶为自身尊严和自由进行的激烈抵抗视而不见。在其他地方，这个话题是一个讨厌的禁忌，不可外扬的家丑……在非洲这个活人曾沦为货物的主要货源地，由于"受害者耻辱"与权力精英的联手共谋，奴隶贸易的记忆并没有纳入后殖民国家的集体记忆……奴隶后代想让苦难的过去在国家的集体记忆中占一席之地的正当要求，陷入了什么"竞争性受害情结"、什么"共同责任"的争吵。结果倒是让"永久沉默"的辩护者坚定了信心，他们一口一个"纪念强迫症""过度忏悔""记忆亢奋"。社会上的权力网络也设置了障碍。这网络决定哪些精挑细选的历史要大书特书，哪些悲惨的记忆该被遗忘，从而建立了一套在道德上站不住脚的苦难等级制。

以上文字的作者是联合国教科文组织文化政策与跨文化对话司历史文化处的官员阿里·穆萨·艾耶。

联合国教科文组织"奴隶之路"国际委员会副主席、法国尼斯大学教授让-米歇尔·德沃也尖锐地批评了欧洲的"沉默"和"健忘症"：

欧洲在这桩反人类罪中显然很不光彩。从历史中删去这一页有益于他们的集体记忆。这记忆太需要物质成功来为自己提供说法了。实际上，健忘症始于地理大发现时代……人文学科的研究和出版状况也很说明问题。法国的非洲学者不超过5个，大洋洲和前哥伦布时代的美洲也是类似状况……这种沉默封杀了当代奴隶制和奴隶贸易的史学研究，是全体史学家共同维持的一件丑闻。[1]

他还明确指出，西方取这种态度，本质在于维护自殖民时代以来西方对世界的榨取和控制。

英国的废奴之举绝不是单纯出于悔悟。出于政治和经济的考虑[2]，更是迫于奴隶群体的持续反抗，以及本国废奴主义者的政治压力，英国等老牌殖民主义国家从1807年始陆续提出废除奴隶贸易、奴隶制度。1835年英属殖民地取消了奴隶制。面对古巴等蓄奴制殖民地生产成本低因而产品价格低廉的竞争，1817年英国迫使西班牙签署取消奴隶贸易的条约，1820年条约生效，但迟迟没有执行。1860年开始的古巴第一次独立战争解放了大批黑奴，并规定从此奴隶的子女为自由人（史称"自由的肚子"），加速了古巴奴隶制的衰亡。1875年最后一艘非法运奴船从非洲开出。1886年古巴全面禁止奴隶制。

随着大西洋上恶浪的平息，随着甘蔗园里呼喊的停止，那一场惊心动魄的历史剧似乎落下了帷幕。但是，毒液溶化

---

1 《国际社会科学杂志》，中国社会科学院、联合国教科文组织联合主办，2007年5月号，24-2，第71页。

2 机器工业的发展减少了对人力的依赖，雇佣工人的劳动成本逐渐低于奴隶，欧洲经济规模需要非洲人在本地开采原料，工业发展需要有较大购买力的国际市场，而美洲的奴隶数量对此不利。

在海水里，流入了土地深处，恶——没有消失。

**黑人之手（Mano del Negro）** 当第一次听到这个打动人心的名字时，就把它牢牢记住了。挑了一个不下雨、地面干的午后，一路走一路问。不知是不是民间流传的俗称，"黑人之手"是特立尼达城外山坡上当年的行刑场。由名称猜想，无疑被处刑的多是黑人。

如今这里住着比较贫苦的古巴百姓，房屋简陋，远不如城里。对于这些使很多游客，尤其是中国游客望而生畏的地点，我们从来不过分紧张，因为我们清楚其中的渲染和偏见。

远远看见了一棵高大的凤凰木，我们被告知那里有"黑人之手"的标志。

树下一群年轻人在下棋，清一色黑皮肤，大多数赤裸着上身，其中一个的后肩上有美洲豹的刺青，还有一个活泼的小伙子戴着单只耳环。

听说我们找标志，一个年轻人指着远处说，去年的飓风把牌子刮走了。

"这里为什么叫黑人之手？"

"因为过去在这里砍黑人的手和头。"

"这个地名有多少年历史了？"

"起码300年吧。"

"这树有多少年了？"

"超过100年了吧。"

聊得融洽，Z不假思索地把数码相机塞到一个年轻人手里，请他为我们俩在凤凰木下照相。然后是我给他们全体照

相。大伙高兴极了，把Z围在中间，Z摘下了他的墨西哥草帽，一把搂住那个胸膛上有毛、露着肚皮的汉子。边上的几个担心照不上，弯腰向中间伸出脑袋，还有两个可爱的小黑孩瞪着明亮的大眼睛。

大家轮流看影像，影像里个个面容亲切朴实，而在有些人的眼睛里，他们一定是一帮要防备的"痞子"。

与快乐的小伙子们在"黑人之手"照个相

"请留下地址，我们保证寄给你们。"

"快，谁的字写得好？"那个胸膛上长毛的年纪最大，他指挥着，留下了一个没有姓名的地址。

他们忽然想起了奥运会。"翔-刘怎么样？"

"我不喜欢翔-刘，他太卖弄了。我希望你们的罗伯斯赢。"Z学着他们的外国人念法。

年轻人继续下棋，我们开始仔细观察场地。

凤凰木下有一组抽象派风格的流线型雕塑，不知被飓风刮走了的说明牌上，是否写着奴隶造反的历史。

奴隶生活的惨烈可以从奴隶造反的历史猜出。

加勒比地区的第一次黑奴起义发生在1522年，地点是哥伦布的儿子迭戈·哥伦布于"西班牙岛"上开的榨糖厂。奴隶们与西班牙人殊死搏斗，还解放了一批与他们一起劳作的本土印第安人。据资料记载，奴隶们杀死了几个西班牙人，起义失败后，迭戈·哥伦布命令绞死所有反叛者，以威吓其余黑人和印第安人。古巴历史上有过四次大规模的奴隶起义。

奴隶反抗的方式有几种。最消极的是磨洋工和自杀。种植园里的自杀率非常高，自杀的方式是吊死在树上或服毒，自杀者怀着死后可以返回故乡的美丽幻想。

17世纪的圭亚那耶稣会神父、法国人拉巴特（Jean Baptiste Labat）1730年写了一本书，题为《美洲岛屿旅行记》[1]，记录了奴隶主对付奴隶自杀的方法。他们砍下自杀者的头和双手，甚至挖掉自杀者的睾丸，分别放在不同的铁笼子里，挂在大树上，召集奴隶训话："你们愿意自杀就自杀吧，但你们回到非洲后，将是无头无手的丑鬼。你们即使能复活，也将是没有腿、没有睾丸的冤魂。"

拉巴特的书里还有一个辛酸的例子：

---

1　Labat, R.P.: *Viaje a las Islas de la América, Casa de las Américas*, La Habana, 1979.

一天，替我干活的黑人提醒我注意一个总在吃土的孩子。他对我说，我想尽了办法也无法阻止这孩子吃土，他不断地吃土，直至浮肿，他没救了，因为没法解决他吃土的原因，这原因就是导致他走上极端的"黑人的忧伤"（la melancolía negra）。[1]

加莱亚诺在《拉丁美洲被切开的血管》里也描写了孩子吃土的惨景，那是在被甘蔗种植毁灭了的巴西东北部：穷孩子们经常吃的是木薯粉和菜豆，由于这种食品缺少矿盐，小孩们出于本能的需要吃起泥土来，人们给他们套上用于牲口的口套，或是把他们放在藤条筐里高高吊起来。

不知吃土的确切原因是什么。但是，17世纪文本中的"黑人的忧伤"触目惊心。

除了怠工、自杀，还有逃亡、建立逃奴寨。逃奴在美洲历史，尤其是古巴历史上留下了"西马龙"的特定名称，西马龙中有海上西马龙，他们或沿着太阳的运动方向逃亡，以为能够回到非洲；或偷船逃到奴隶起义后的自由海地，或成为海上走私船的水手。逃奴寨也有专门名称，叫做"帕伦克"（palenque）。

往事已经淡漠，只留下一些缥缈传说。

据说有一个位刚果公主出身的女奴，被伊兹纳加家族取名为玛丽亚·多洛雷斯·伊兹纳加。她勇敢地参加了反对西

---

1  同上，第143页。

班牙殖民主义的独立运动，被判处死刑，押解到"黑人之手"。她一路呼喊着："你们杀不死我，天使会来救我！"行刑前一分钟，传来了西班牙王室的宽赦令，这位造反的刚果公主被流放到西班牙在摩洛哥的飞地休达，度过了余生。

真实的纪念也是存在的。1975年古巴革命政府在安哥拉的一次国际主义军事行动，以1843年一位起义女黑奴的名字"卡洛塔"命名[1]。

起义黑奴没有能够返回大洋彼岸的非洲故土，他们长眠在美洲的土地上，但他们至少得到了木棉树的荫庇。木棉虽然很早就扎根在美洲，却被非洲裔古巴人用他们的母语唤作"神之家"。他们相信，木棉能够治疗肉体和心灵，他们的术士"桑德拉"用木棉根制成烧酒，给患病、虚弱的肢体送去力量。

高大木棉树的旁边还长着一棵美丽的凤凰木树。凤凰木树是非洲东南海岛马达加斯加的原产，16世纪被法国人和葡萄牙人发现，带到了美洲，带到了印度，带到世界上很多地方。旱季里，绿叶哗哗落地，让养分供给火一样的巨大红色花冠，别名"火之树"（árbol de fuego）。

晚上打开电脑察看下载的照片，发现在"黑人之手"照下的这张凤凰木比以前照下的格外红艳，如同曾被起义奴隶的热血滋润。

---

1 卡洛塔曾是古巴马坦萨斯省一座糖厂的女奴，她于1843年手持砍刀，率领奴隶起义，使起义扩大到该省数个种植园，她被称为"黑色卡洛塔"，她后来被殖民政府挖取内脏，身体被肢解成四份。

在《思考加勒比》那本专业书里，古巴学者讨论了对"加勒比"各种可能的定义，相对一致的结论居然是：共同的种植园经济历史，人口中的非洲裔比例[1]，以及非洲文化因素的共同联系。也即，基于黑奴制的种植园经济史是加勒比的共性。

这一段痛苦的历史丰富了加勒比地区的文化构成，也留下了难以抚平的创伤：

奴隶制污染了"劳动"的神圣[2]，埋下厌恶劳动的种子，"这是黑人干的活"仍然会出现在今天的口语中。

奴隶制历史在加勒比地区留下了区分肤色标准的各种名称[3]，至今存在的种族歧视使很多黑奴后代不愿意承认自己的祖先。

种植园经济对男性劳力的要求造成的性别比例失调，奴隶缺少正常的家庭生活带来的过分强烈的性要求，都可以溯源到那段400年痛苦的历史。

在古巴，革命给了种族歧视一记重拳，但根深蒂固的种族隔阂仍能在通婚等问题上暴露；由于传统的边缘化地位，黑人居民在许多领域仍然处于劣势……

---

1  有人估计，20世纪末，在全美洲有1亿非洲裔美洲人。见 *Pensar el Caribe*, p.165。
2  2003年，在新疆伊犁果子沟的大山里，遇见一位70多岁的回族养蜂老人，银髯飘飘的他乐呵呵地对我们说："劳动是天命。"
3  如 mulato, trigueño, indio, moro, jabao, chino 等。

## 03 | 圣地亚哥

当满月当空之时

Cuando llegue la luna llena,

我将去古巴的圣地亚哥

iré a Santiago de Cuba.

我将去圣地亚哥

Iré a Santiago,

听轻风和醇酒在轮子上转动

Brisa y alcohol en las ruedas.

不知道加西亚·洛尔加这几句诗是什么意思，但很上口。

在足迹所至的拉美国家里，人们的口气中似乎都有一种地理偏爱，比如对秘鲁的"南部"，对墨西哥的恰帕斯、瓦哈卡。这一次，当我们坚持要去遥远的圣地亚哥时，人们都以赞同、羡慕的口吻说，噢，去吧，你们会看到那里的人多么热情！

圣地亚哥在古巴岛的东端，听说那里黑人更多，可能与毗邻牙买加、海地等以黑人为主的国家有关。

古巴是一条窄岛，12个半小时的旅途，擦8个省的地界而过。

黑夜里到汽车站来接我们的是一个小个的黑女人，一条短裤，一件小背心。不知祖先来自非洲的哪一部分，反正对我来说是黑得不能再黑了。

"原来您就是系主任！"我在哈瓦那与她通过电话。

"你想象的系主任什么样子？"她也开着玩笑。

与黑朋友们的友好活动接二连三开始了。见到了系主任的丈夫，当地主要报纸的记者，一个更黑的男人，身材高大魁梧，好像可以扳倒一只黑猩猩，他报道了两位中国知识分子在东方省的活动。在系里开座谈会，会前女主任提议全体为汶川地震默哀一分钟。会后招待吃水果：盘里有已削好的曼密苹果，菠萝，还有一大盘待削的芒果。一只纯黑的手抓住滑溜溜的芒果，娴熟地切削着。Z悄声对我说，要是国内的臭老九或当官的来，一定不愿意吃。我们边贪婪地吃，边听他们介绍圣地亚哥芒果如何有名。还有一种用刺苋、古巴白粉藤、辣椒叶子、姜、桂皮枝、"中国根"（raíz china）等草叶加粗糖自制的东部苦酸饮料，叫"东部普鲁"（prú oriental），盛在几个旧饮料瓶里。我们带来一袋中国水果糖入伙，但已经被他们当宝贝似的精心分给了每位来宾。会后照了一张相，简直就是对《思考加勒比》书中所提到的"人种色谱"的诠释。下午去非洲研究所拜访，发现接待我们的研究人员，都是清一色黑人女教授。

与圣地亚哥的学者们相聚

我松了一口气。

经过了西班牙、墨西哥——还有以前去过的美国、法国，Z对"白人女教授"已经产生了不是种族主义，而是经验主义的生理戒备。

而赫伯特教授是百分之百的白人。

听说他是革命后从美国回来的，会多种外语，知识渊博。

到他家附近时大雨滂沱，为躲雨并确认门牌号码进了对面的一个小诊所。来看病的左邻右舍都与他熟识，直呼其名，告诉我们他的妻子到西班牙还没回来。

按门铃后，一头灰发、风度翩翩的教授举着雨伞急忙下台阶迎接，进屋后换插销、接电扇，连连为妻子不在、乱成一团抱歉。

他为我们言简意赅地讲述了古巴经济发展史，讲解1959年的革命如何在反帝、反寡头的框架内爆发。言及黑奴，他提到了一个重要角度：非洲大陆因奴隶贸易损失的人口至少有1亿多，非洲今日的落后与青壮年当年被掠有关，一位圭亚那作者写了一本书，题为《欧洲如何使非洲不发达》[1]。

估计赫伯特是与菲德尔·卡斯特罗一样的富裕家庭出身。革命前他去美国读书，革命后他读完课程、返回了祖国。

"您为什么离开美国呢？"

"我从小在农村长大，深感社会的不公，父兄都参加了菲德尔的革命。当时我在美国面临两种选择，或为国家肄业返回，或坚持完成学业，最后还是选择了后者。"

"当许多富裕阶层、知识分子纷纷离开革命后的古巴，您却返回困难重重的祖国……"

教授明白了我的意思："我的行为没有一点英雄主义，相反，我感到歉疚，我曾以年轻作理由，替自己的第一次选择做了辩解。"他真诚地笑着说。

赫伯特教授用他的"老弱病残"旧车把我们送到了女系主任家里。

---

1　Walter Rodney: *De Cómo Europa Subdesarrolló a Africa*, Ed. Siglo XXI, México, 2005.

那是一个贫民街区，但脑力劳动者和体力劳动者相处融洽。革命还是在相当程度上缩小了社会差别、冲击了社会隔阂的。听说在前几年的"特殊困难时期"，碰上长时间停电，普通居民楼里的政府部长坐到街边与居民聊天，重要官员也骑车上班，有空座的公车一律有责任载客。

但愿这些"曾经有过"的表现不至于成为下一个时代的天方夜谭。

在女系主任的家里又结识了一位黑肤色的婆婆和一个小黑熊般结实的孙女。婆婆谈起如何在"特殊困难时期"头顶着暴晒的太阳骑自行车，瘦了30公斤。她边说边用手把腮帮捏起来比划。谈话中提及古巴如何在与"苏东"贸易时期养成了养尊处优的习惯——另一种形式的依赖。

在她家被招待吃自制鸡蛋牛奶糕（flan），Z把制作过程抄了下来。分手时，主人说："我们第一次这么近地接触中国人"，而我们也是第一次到一个黑人家庭里做客。

系里为我们临时租了两天的房间在"乐景区"（Vista Alegre），那是一个与哈瓦那"禁伐区"一样的前富人区。革命前的古巴社会分化又一次给了我们感性的震惊。在一家叫作Zunzún的高级饭馆吃了一点面包加沙拉，侍者的仪态再次让我们身临"前革命"之境。因"乐景区"交通不便，也为了接近人群，我们决定搬家，越过穷富过渡的中间地带，直接到市中心去找出租房。

**圣地亚哥城**　是西班牙殖民者最早建立的7个居民点之一，1522成为古巴的第一任首都，直到1607年正式让位于哈瓦那。那时西班牙已经控制古巴全岛，分为东、西两省，所以圣地亚哥所在的地区一直到1975年还被称作"东方省"。大概是为了与西班牙本土的圣地亚哥相区别，圣地亚哥市的全名是"古巴的圣地亚哥"。过去，农民进城去圣地亚哥市，都说去"古巴"。

圣地亚哥也有一个深湾良港，也有一个毫不逊色的莫罗城堡（San Pedro de la Roca），堡内有复杂的阿拉伯式蓄水系统。著名的美西战争就在这里开始爆发。与哈瓦那不同，圣地亚哥后来的市区没有沿海湾发展，于是远离了莫罗城堡，仿佛一座内港城市。

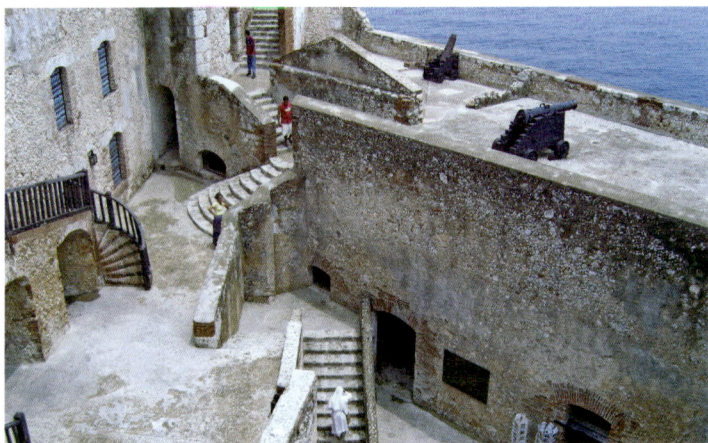

圣地亚哥莫罗堡

圣地亚哥市中心有京城气魄，广场的一面是最早的总督迭戈·德贝拉斯克斯（Diego de Velázquez）旧居展览馆。由于布置精心、讲解专业，那座两层楼的展览馆几乎微缩了旧日历史全景。楼内有金银贸易局，还有一座炼金炉，从南美来的金矿在此分离、炼成金块，再运往西班牙的塞维利亚铸成金银币——我们曾在大洋彼岸的瓜达尔基维尔河边见过以美洲金银为原料的"货币铸造局"（Casa de la Moneda）旧址。总督住宅的一楼就是当年的交易所。

一切居然就这么简单，牵动世界历史的那根神经，居然就维系在这两层楼的宅院里。使墨西哥阿兹特克王国倾覆的那场入侵，就在当年圣地亚哥市长、殖民军头目埃尔南·科尔特斯的指挥下，从这里出发，进入墨西哥湾，在墨西哥的韦拉克鲁斯烧掉乘坐的船只，做殖民侵略的"背水一战"。

总督旧居的对面是格朗达饭店（Hotel Granda）。不像外国游客云集的哈瓦那，这座大饭店一楼餐厅里坐着许多本国消费者。餐厅所在的高台下有卖唱者，居然有外国人把赏钱扔下高台。广场上公私混编的出租车排队拉客，更有各种公开和变相乞讨者。一个纠缠的黑人向我们介绍出租房，见我们不搭理，便诅咒我们遭厄运。一个乞讨口香糖的小男孩，听Z开玩笑地说："我比你还穷啊"，几乎仇恨地回答："绝不可能！"（¡Nunca!）

圣地亚哥并不像洛尔加诗里唱得那么浪漫。不知是否因为商业气息和远离中央，外省大都市常给人这种感觉，比如西班牙的塞维利亚。

虽然远比不上哈瓦那的规模，圣地亚哥仍是个藏龙卧虎之地。那座"1900年沙龙"今天没什么吃的，当年却是朗姆酒"百加得"的缔造者、西班牙巴塞罗那富商巴卡迪

（Bacardí）[1]的旧宅，圣地亚哥也因此有一个朗姆酒展览馆。洛尔加的"在轮子上转动的轻风和醇酒"，是否缘此而来、他是否也知道朗姆酒是18世纪大西洋上罪恶"三角贸易"中一桩重要的货物？[2]

当然圣地亚哥也是革命的故乡。19世纪古巴独立运动领袖安东尼奥·马塞奥——古巴排位前五六位民族英雄中唯一的纯黑人[3]——出生在这里，20世纪古巴革命的第一声枪响就诞生在圣地亚哥的蒙卡达兵营（Moncada）、西波涅（Siboney）小农庄。

圣地亚哥革命广场

---

1  Bacardí（中文习惯译成"百加得"）是西班牙巴塞罗那商人巴卡迪·马索（Facundo Bacardí Massó）于1862年在古巴圣地亚哥创建的朗姆酒厂和朗姆酒著名商标。古巴革命后，产业移至波多黎各，是世界上最大的朗姆酒酿造厂，公司的国际总部设在百慕大，迈阿密，波多黎各。2004年，盈利33亿美元。2005年，销售量占世界烧酒销售量第二，至今仍是家族式私人企业。今天在哈瓦那还能见到1925年竣工的百加得大厦。大厦使用了那时流行的Decó（建筑、美术等）艺术，并应用了巴卡迪家族引进的地中海瓷砖外装修风格，其顶部的瞭望台很长时间里一直曾是古巴最高建筑，顶部的蝙蝠是巴卡迪家族的族徽。
2  18世纪中叶，贩卖黑奴的船只从波士顿、新港（New Port，即纽波特，现为军事基地）和普罗维登斯向非洲运去许多装满西印度朗姆酒的大桶，用它们换取奴隶，把奴隶卖到加勒比，再从那里运糖蜜到马萨诸塞州，把糖蜜提炼成朗姆酒，结束全过程。
3  马塞奥的母亲马里亚纳（Mariana）是一位普通的贫穷的美洲妇女，她为古巴独立事业贡献出10个儿子，被尊称为"古巴的母亲"。

圣地亚哥昔日蒙卡塔兵营今天是一所小学

**家庭旅馆**　圣地亚哥是个小有起伏的丘陵城市，从中心广场向周围有放射性的上坡街道。我们沿街而上，问询了五六家家庭旅馆。

"家庭旅馆"起始于1998年教皇约翰·保罗二世访问古巴，大批西方记者涌入古巴，旅馆告紧，政府允许私人"家庭旅馆"营业，业主按出租间数每月缴纳税款，每间房150CUC，无论收益多少、收益有无。如今在旅游城市里很容易找到这种性价比合适的住处，门口贴有蓝色标志（cuño），红色的只提供给本国人。古巴之行，我们主要利用了这种家庭旅馆。带卫生间、电视、空调或电扇，供应早餐、卫生用品的双人房间平均价格在25CUC一天。非常方便，也很亲切。我想，当年政府的决定恐怕有表现"开放"的意图，而今天它也是我们了解社会的一个窗口。

我们一直走到高坡上，才选中了一家，母子俩和气而有教养。为了抓住淡季里的房客，那母亲咬咬牙说出了15CUC不带早餐、17CUC带早餐的慷慨价格，我们当即说，带早餐，20（CUC）吧。此后的几天里，我们成了贵宾，交出的衣服被连洗带熨地送了回来，房间里放上了热茶、凉水，早餐不限量，面包，牛奶，鸡蛋，鲜榨果汁，果酱，干净的桌布上摆着明亮的刀叉，餐巾纸是从来不缺的。主人还说："冰箱里有曼密苹果、芒果，随便吃。"当然，他们自己的生活要远比这简单。

交谈并不容易。母亲仍在医院上班，女儿已在医院工作，儿子在大学学医。看似一个小康家庭。然而，有一丝隐情，从一家人的彬彬有礼，从儿子的忧郁眼神里透出。他有一个表弟在美国，有一个姨妈在委内瑞拉。

我们仍旧坚持不打探，不追问，只怀着对古巴人民的真诚祝福；而我们临走时得到了女主人的一句奖赏："你们是我们见过的最好的房客，不像那些海地人，我不愿意接待他们。"

海地人，为什么？不知道。

**小伊莎贝拉咖啡园**　La Isabelica咖啡园旧址也被标在那张《奴隶之路》的地图上。圣地亚哥市郊海拔1200米的马埃斯特腊山上，密林之中散落着95个19世纪咖啡园旧址，主人大多是海地革命后弃家逃来的海地庄园主。西班牙殖民当局给了他们土地，让他们开发山区处女地。这些法国奴隶主熟悉获取奴隶的途径，拥有"管理"奴隶的经验，他们的到来使奴隶制种植园正式得到了西班牙殖民当局的认可。

1959年古巴革命以后，这些再次被革命驱赶的咖啡园主不知去向。

我们参观的这座咖啡园是唯一修复开放的遗址，曾有25个从海地被带来的奴隶在120公顷土地上种咖啡，加工咖啡。据说，咖啡园的名称"小伊莎贝拉"来自被庄园主霸占的一个女奴的名字。这个咖啡园不是最大的，还有一个更大的叫"萨菲娅咖啡园"，没有修复。

**咖啡**　如同甘蔗的命运，咖啡来自异乡，却成为美洲土地上的"传统作物"[1]；味美香醇的咖啡，沉淀着黑色的痛苦。

咖啡是15世纪也门伊斯兰苏菲派沙孜林耶教团发现并普及的。奥斯曼帝国时期咖啡风靡穆斯林世界，并向欧洲传播，成为当时最高的奢侈享受和流行风尚。因咖啡均输出于也门，价格异常昂贵。欧洲人一直在寻找和制造其他的咖啡产地，以谋求高额利润。在这一背景下，荷兰东印度公司在锡兰、爪哇试种咖啡，1712年种出了最初的殖民地咖啡。1723年，法属殖民地马提尼克岛的一个法国军官从欧洲运去了咖啡苗，种植成功，迅速传遍加勒比、中南美地区。从此，殖民地出产的咖啡逆转向阿拉伯世界销售，而这位法国军官则被视为英雄，最终被封为法属殖民地瓜德卢普的总督。

小伊莎贝拉咖啡园里仍然生长着茂密的咖啡树。常绿的

---

1 如马克思1848年在《哲学的贫困》附录"关于自由贸易的演说"中所言："先生们，你们也许认为生产咖啡和砂糖是西印度的自然禀赋吧。200年前，跟贸易毫无关系的自然界在那里连一棵咖啡树、一株甘蔗也没有生长出来。"引自《拉丁美洲被切开的血管》第64页。

灌木上，长着许多绿色的小果实，熟了就变成红色。看着这些小小的果实，想到了采摘的困难，无疑需要大量劳力。直到看了表现危地马拉人生活的电影《北方》（*El Norte*）里为庄园主采摘咖啡的印第安人，我才了解到咖啡与劳力的关系：咖啡园里，农民们排成横队一人一垄向前走，边走边先用手熟练地沿枝条一捋，然后再采摘没有捋干净的咖啡果，装进大麻袋。

浓密的咖啡林环绕着奴隶主优雅的住宅，石块垒成的坚固外墙上已经长出了青苔。二层楼上，房梁、内拱、内柱、古典家具用的全是名贵的本色木材，精致的铁艺大床上盖着手工编结、图案考究的床罩，一切都透着贵族式的审美趣味。奴隶主从起居室的窗户里，就能看见院子里晾晒咖啡的场院，不远处有碾压咖啡的巨大石磨盘，而楼下的工具室里同时陈列着文物人员在现场找到的种种刑具。

伊莎贝拉咖啡园石磨盘

第一次看到这种主人住宅紧挨奴隶劳动现场、把对奴隶的压榨和自己的享受置于同一空间的情景。殖民主义和奴隶使用，竟如此赤裸裸，如此浸透着美洲的土地，回味着，我们感到惊异。

法属殖民地圣多明戈（Saint-Domingue），独立后改名为海地，曾是世界上最成功的奴隶工厂。

1697年，西班牙把海地岛上今天叫作海地的那半个岛屿让给了法国，一个世纪后，海地成为世界上最富裕的地方。1791年海地革命前夕，法属圣多明戈（海地独立前的名称）有800个甘蔗园，3000个咖啡园，800个棉花园，近3000个胭脂虫[1]园，是世界上最大的甘蔗和咖啡产地，为欧洲提供所需热带产品的半数。这个超级奴隶工厂每年进口4万黑奴，到1791年海地革命前夕，海地的人口比例中，有45.2万黑奴，4万白人，2.8万黑白混血人和自由黑人[2]——黑奴的数量是白人居民的10多倍！海地人口中至今有很多法国姓氏，因为奴隶是主人的财产，只能姓主人的姓。这个现象也出现在古巴岛东部曾接受过海地奴隶主的省份，如圣地亚哥、关塔那摩。

**海地革命现代启示录** 很多年以前，在电视上看到一条消息，英国利物浦正在筹建一个与黑奴贸易史有关的博物馆。当时觉得很新鲜，以为欧洲有觉悟了。后来才知道

---

1 胭脂虫，是一种美洲原产的昆虫，从昆虫中可以提取天然大红染料。这种昆虫寄生于仙人掌类植物，可以专门种植以获取大量胭脂虫。

2 Colectivo de autores: *Pensar el Caribe, Edtorial Oriental*, Santiago de Cuba, 2004, p.24.

又上了媒体的当。伟大的倡议是由受害者海地和非洲国家发起的：在三大洲所有与这场反人类罪有关的地点（奴隶出发国、奴隶接收国、运送奴隶的中转国）建立历史碑记。

1993年，联合国教科文组织批准设立"贩奴路线研究项目"，翌年，项目在贝宁威达正式启动。2004年，海地革命200周年之际，联合国规定该年为"纪念反对和废除奴隶制国际年"。

我们在古巴据以旅行的"奴隶之路"路线图，就是这个项目的产物。

最近从网上看到，2007年8月23日"国际奴隶制度博物馆"于英国宣布废奴200周年之际在利物浦[1]开幕。在此前后，还有美国的、法国的"纪念""道歉"等等。

狼的眼泪不值得信任。因为狼不愿意放弃羊，狼的眼泪只是为了堵住向它清算债务的羊的嘴，把"高尚"贴在自己的脸颊上。

而我们的使命是——改写被篡改的历史。

为什么1688年英国"光荣革命"、1783年美国"独立战争"、1789年"法国大革命"被界定为现代三大革命、让世界各个角落的无知少年像信条一样背诵？在三者的"革命"条文里，"人"不包括"印第安人"，不包括"黑奴"，他们

---

1 18世纪的利物浦曾经是跨大西洋奴隶贸易中最重要的欧洲港口。船只从利物浦出发驶往西非，将成千上万的非洲奴隶运往美洲种植园，再将美洲的糖、烟草和朗姆酒运回英国，是"三角贸易"的又一种表现。非洲运来的奴隶被中介或通过公开拍卖会卖掉。在奴隶贸易时期，利物浦获得了巨大利润，成为一座富饶的城市。

"无情地在奴隶的脊背上签署自己自由的文书"（马蒂语）。

为什么1791年由奴隶领导的、宣布包括奴隶在内的每一个人都生而平等、建立了一个黑人国家的海地独立革命，不是比它们更超前的最伟大的现代革命？

海地革命是用黑奴的血写成的红色的自由。

海地革命证明了一条朴素的真理：哪里有压迫，哪里就有反抗——自由应该是人的天性！。

奴隶主的恐怖主义并没有奏效，18世纪的加勒比，造反的狼烟滚滚。1740年在英属加勒比蓝山地区、1793年在马提尼克、1794年在瓜德卢普、1795年在牙买加，都燃起了"不自由毋宁死"的烽火。

在加勒比奴隶大本营的海地则爆发了一场革命。

海地黑奴起义。照片引自《国际社会科学杂志》2007年5月号

1791年8月22日，来自牙买加的黑奴布克曼（Bouckman）带来了在遥远的国度取缔奴隶制的模糊讯息，"鳄鱼大森林"（Caimán）里，七八百个奴隶在古老的非洲伏都教仪式里揭竿而起。10月，杜桑·卢维杜尔（Toussaint Louverture）带领1000名奴隶加入起义。从这一刻起，伟大的、血腥的、持续了13年的海地革命拉开了大幕。

　　黑奴出身、后成为马车夫的杜桑·卢维杜尔是真正的领袖，是"黑色的斯巴达克[1]"。他志向远大，年轻时就学习了法语、拉丁语，热衷军事谋略，并深受法国大革命、美国独立革命思想的影响，决心将革命的人权思想在奴隶国家里变成现实。

　　但法国革命、美国革命并不接受他的追随。

　　西班牙、英国、美国接受了法国的请求，联合镇压海地革命。西班牙出钱，并允许战败的拿破仑舰队在圣地亚哥的史密斯礁石岛Cayo Smith休养生息（多数法国军官和士兵后来留在了古巴）。美国总统杰弗逊答应齐心协力"饿死杜桑！"英国大臣阿丁顿向法国代表保证，他们的共同利益是"消灭雅各宾主义，尤其是黑人雅各宾主义"。[2]

　　奴隶永远是它们共同的敌人。

　　美洲的第一场独立革命拒不接受美洲的第二场独立革命，直到1804年海地宣布独立后，美国政府都拒绝给予

---

1　斯巴达克，古罗马奴隶起义领袖。

2　Colectivo de autores: *Pensar el Caribe, Edtorial Oriental*, Santiago de Cuba, 2004, P.184, 185..

承认。

原因何在？尽管美国一再宣称人类有各种不可剥夺的权利，人人生而平等，但它是一个蓄奴社会。对于圣多明戈那些放肆的奴隶，不能因为他们粗野地取得了胜利就宽恕他们，也不能给予他们被承认的尊严，以免由美国的开国之父们发出错误的信息——这些开国之父中很多人是奴隶主，他们都将财产权视为神圣不可侵犯的权利。奴隶毕竟是一种"财产"。因此，一个由白人奴隶主的前"黑色财产"（黑奴）统治的民族，不符合美国和拿破仑·波拿巴治下的法国的设想。[1]

当压迫者醒悟到海地革命的阶级性质时，被压迫者意识到了这一伟大事件的深刻启示：

自由不能施舍。被施舍的自由权不能使灵魂得到解放……我们庆祝的是我们可能具有的自我解放的能力。[2]

这是一场付出了沉重代价的自我解放，这是一场面对复杂国际局势的奴隶造反，15万奴隶和7万法国士兵倒在海岛血泊中。但海地革命与奴隶主领导的美国独立革命有着本质

---

[1] 《国际社会科学杂志》，中国社会科学院、联合国教科文组织联合主办，2007年5月号，24-2，第21页，作者为 Rex Nettleford，著名加勒比学者。关于黑奴这笔"财产"，西班牙语中用的是专门术语"dotación"，该词的原始意义与"嫁妆"有关。
[2] 《国际社会科学杂志》，中国社会科学院、联合国教科文组织联合主办，2007年5月号，24-2，第24页。

的区别。奴隶要求的独立，不仅是向宗主国要求经济自主和外贸自由的独立；奴隶在血与火的洗礼中体会着做人的尊严和大写自由的代价。

一场由被彻底否定了人性的奴隶发起的革命，有可能催生出一场唤醒最彻底人性的革命。海地是拉丁美洲第一个宣布独立的国家。独立后，海地立即取缔了奴隶制，热情支持拉丁美洲其他殖民地的独立斗争，从不要求利用这种支持谋求自己的利益。这个黑人国家的国际主义行为比高耸于美国的"自由女神"高尚得多！

但是，海地的慷慨行为被主流文化封杀，没有人书写，没有人提起，没有人知道，一如20世纪被媒体剿杀的古巴国际主义行动。[1]

海地革命受到了西方联盟的惩罚和围剿，也一如今日古巴的处境。

海地独立伊始，面临着可能是现代世界史上最为悲观的前景：

美国国会1806年禁止同海地进行贸易。法国迟至1825年始承认海地独立，但以庄园主受到损失为理由，向新生的黑人国家海地索取了一大笔现款作为赔偿。奴隶制种植园的历史给海地留下了一个人口密度极大、水土流失的家园[2]。经过了13年战争、人口减少了三分之一的国土上，种植园成

---

1 参阅《卡斯特罗访谈传记：我的一生》，中国社会科学出版社，2008年，北京，第15章：古巴与非洲。
2 而同处一岛的多米尼加由于没有受到过分开发，则保持了森林、植被。

为废墟，从此再也没有恢复元气。从废墟中诞生的海地几乎完全没有建设一个现代国家所必需的技术、外交联系和手段。所以，加勒比问题专家这样提出问题：

> 美洲"第二个共和国创造的奇迹，并不是它的状况不佳，而是它居然还有所发展。"[1]

海地至今是拉丁美洲最贫穷的国家，失业率保持在80%~90%。

海地像一面硝烟和瓦砾中的破镜子，在热带的强光下，反射着20世纪美洲第二场穷棒子革命的命运。海地像一部现代启示录，帮助人们解析西方在发展道路上留下的每一个脚印。

圣地亚哥附近有一个"黄铜镇"（El Cobre），镇上的教堂里供奉着古巴保护神、黑皮肤的黄铜圣母。教堂面对着一座基本停业的露天铜矿，铜矿的工人们被安排到邻近的水泥厂和镍矿工作，每月干15天活，回镇上休息15天。

这座铜矿是16世纪殖民者疯狂找金子找出来的，是美洲最古老的矿山之一。1781年铜矿奴隶起义，历时10年，带动了方圆一大片地区的反抗斗争。1800年，铜矿的奴隶获得了自由，成为古巴岛上最先获得自由的奴隶。露天铜矿留

---

1 《国际社会科学杂志》，中国社会科学院、联合国教科文组织联合主办，2007年5月号，24-2，第23页。

下了一个美丽的天蓝色人工湖，湖边的高坡上，竖立着一个高大的"逃奴纪念碑"（Monumento al Cimarrón），那是1997年在"古巴奴隶之路"上竖立的碑记之一。

逃奴碑与圣母堂遥遥相望，像是对殖民史的阐释。

四野是苍翠、浓郁的山林，山林里埋伏着许多并不很古老的逃奴寨、逃奴村，风声里，传来"西马龙"阵阵低沉的呐喊。

**烟草和烟厂**　费尔南多·奥尔蒂斯是正直古巴知识分子的优秀代表。他从研究黑人犯罪现象的实证科学起步，发展成坚决批判黑奴制度、发掘非洲裔古巴人文化传统的民族学泰斗，知识分子道德和爱国主义传统是他"蜕变"的依托。奥尔蒂斯的旅程基本完成于古巴革命胜利之前，这使得他的道路更具说服力。

奥尔蒂斯的学术散文有华丽的文体，而这文学色彩是热烈情感的外溢。

是他说过，烟草和甘蔗是"古巴历史上最重要的角色"，然而，

> 从在土地深层发芽到被人类消费，烟草和蔗糖几乎一直遵循着相反的轨迹。

> 烟草是蛮荒之地的神奇儿子，蔗糖是文明社会的科学骄子。
> 烟草被从美洲带向外部，蔗糖被从外部引来美洲。烟草是1492年11月初随哥伦布同来的欧洲人在古巴发现的本土植

物。甘蔗是来自远方的外国禾本……烟草是在古巴被偶尔发现的，而甘蔗是被精心策划引进的。

对于古巴经济来说，两者在种植、加工和与人的关系方面也存在着深刻的差异。烟草需要精心管理，甘蔗可以听其自然。烟草种植意味着持续的劳作，甘蔗种植意味着间断的农活。一个是密植，一个是广种。一个只需较少的人手，一个需要众多的劳力。一个靠白人移民，一个靠黑奴贸易。这是自由与奴役，手工业与卖苦力的区别。一个靠双手，一个靠两臂。一个是人工细活，一个是机器压榨，呈现细致与粗糙的差异。在农业方面，烟草种植催生了农村小镇，甘蔗种植创造了大庄园经济。在工业方面，烟草加工属于城市，甘蔗加工则留在农村。在贸易方面，我们的烟草在世界各地都有市场，而我们的蔗糖在世界上只能找到一个统一的市场。一个具有向心力，一个具有离心力。它们反映着古巴民族化与外向化、主权与殖民化、高耸的皇冠[1]与卑微的麻袋间的对立。[2]

我们从哈瓦那朝东南走来，甩掉了西北的皮纳尔德尔里奥省——那里有古巴最好的烟草田，听说到了那里，远远就可以看见一望无际的白色大棚，那是烟农为娇贵的烟草支起的大阳伞。

---

1 "皇冠"是优质古巴雪茄牌子，"麻袋"指装蔗糖的粗麻袋。
2 以上三段文字依次见《烟草与蔗糖在古巴的对奏》（Fernando Ortiz: *Contrapunteo Cubano del Tabaco y el Azúcar*）第14、49、14页。

在圣地亚哥，我们参观了一个普通的雪茄烟厂。这个离海不远的厂子生产Montecristo牌雪茄，排在当下著名的Cohiba[1]、Romero之后。

久闻古巴雪茄的种种神奇，今天增加了直观感受。

不需要通过人联系，烟厂在古巴是一个开放的旅游项目。厂里的接待者很热情，详细介绍生产过程，各道工序。什么都可以问，可以摸，但是不能照相。Z使出了他的速写本事，把过程全"照"在了笔记本上。

忘记了工人总数，只记得说这个厂子一天可以生产一两万支雪茄。工人月工资330比索，每天必须完成100支雪茄的基数，超额可以领到不超过工资6%的奖金[2]，为了奖金，有些工人干到晚上8点钟。工人午餐有补助，生孩子的女工可以带薪休一年产假。

确实还保留着那个古老的传统：对于手中的雪茄，工人在厂里可以随便享用，并有权每天带两支回家。


在烟草业里，有一个有趣的现象。由于传统上的卷烟活是一种家庭手工业，为了防止卷烟者私拿烟叶，雇主就以合烟叶分量10%的烟卷成品作为报酬付给卷烟者，后者则要向雇主交付合烟叶总量90%的成烟。这种做法后来发展成卷烟作坊或卷烟厂里的付酬方式及工人有权"抽一口"（fuma）的

---

1 国内好雪茄者居然给它起了个绰号叫"狗尾巴"，注意，"尾"要念yǐ，才能与Cohiba谐音。

2 回国后看到古巴新近出台了奖金不封顶的新政策。

行业习惯。老板以这种方式付酬，防止了偷摸，减少了浪费，也节约了现金开支。工人在享受了"抽一口"之后，将烟卷卖给街头烟贩和烟店以维持生活，老板也以街头收购的烟价来计算这种"实物工资"。在采取流水作业的现代卷烟厂里，工人与老板的斗争形式之一就是谈判这种来自"抽一口"传统的实物工资比例。这是烟草业特有的现象。在蔗糖业，农工们顶多在砍甘蔗时啃上几口甘蔗；喝咖啡时的每一粒糖，他们都得去店里像买任何一种商品一样购买。[1]

**另有一种在卷烟车间读书的传统，不知今天传承得如何：**

在卷烟生产中，如果人们停止交谈，车间里便一片寂静。卷烟工坐在各自的桌边，手工卷烟，他们一个紧挨着一个，就像是学校里的学生在复习各自的功课。这样的环境促成了一种卷烟厂特有的习惯，这一习惯的前身也许有修道院和监狱饭厅的影子。我们所说的习惯，就是给在车间里干活的工人高声朗读，而给蔗糖生产伴奏的，则是嘈杂的机器组成的乐队。寂静和自由的交谈声伴随着一支支烟诞生，整齐划一的节奏伴随着蔗糖出现。烟厂工人在个性化的旋律中坐着干活，并能享受说话和听人说话的快意；榨糖工人来回奔波，干着震耳欲聋、枯燥无味的粗活。

---

1 见《烟草与蔗糖在古巴的对奏》（Fernando Ortiz: *Contrapunteo Cubano del Tabaco y el Azúcar*）第 82 页。

圣地亚哥烟厂

　　在古巴，烟草工人是最早按阶级意识组织起来的劳动者，
这一点与"朗读"有密切联系。

　　古巴烟草工人是一支支持何塞·马蒂领导的独立革命运
动的最勇敢的力量，他们的斗争也最持久。1895年，启动全
国独立革命的命令正是被藏在一支雪茄烟里从Cayo Hueso[1]被
带到哈瓦那的，这支雪茄出自Fernando Figueredo之手，他是
伟大的古巴公民、革命将军、烟草工人。古巴诗人把烟草花
比作古巴国旗上那颗"孤独的星"；烟草花呈五瓣星状，白色
的花冠镶着发红的边。[2]

---

1　美国离古巴最近的地方。

2　见《烟草与蔗糖在古巴的对奏》（Fernando Ortiz: *Contrapunteo Cubano del Tabaco y el Azúcar*）第85、86页。

烟厂工人给人一种亲切的感觉，看来热爱自己的工作。不管今日收入、待遇如何，这里起码没有甘蔗园和糖厂的奴隶制历史阴影。

来时不认路，我们花了4个CUC乘出租车。回去时已熟悉了环境，工人们说，可以乘24路公共汽车回城，很方便，10分钟一趟，一直到夜里12点，只要40分国币。可是我们身上没有40分，于是用CUC与厂里的工人换，他们干脆掏出几个碎钱塞给了我们（我们已经不是第一次被古巴人倒给了小额的国币）。

我们此刻消费的40分抵了来时同一路程所花费的10000分。还是与工人老大哥在一起好啊！

车上比较挤，有不少人站着。一对与我们年纪相仿的夫妇坐在对面，主动与我们交谈。开始以为是厂里的老工人，结果他们是这一带工人夜校的英语老师。附近的纺织厂等企业在"特殊时期"下马以后，国家让工人带薪学习，补习到高中毕业的水平，等待重新分配工作。丈夫告诉我们，他原是苏联毕业的技术员，后来自己在夜校学习英语，获得夜大文凭，现在又开始给夜校的工人教英语。

"在古巴没有失业。"男的说。

"您问古巴的经济是否有希望好起来吗，当然有！我们会一步步好起来。"女的说。

## 04 | 关塔那摩

此刻，我们离那座罪恶的监狱不远。

在这座印第安人所剩无几、黑奴后代逾越半数的海岛上，在这间革命古巴招待所的房间里，我们找到心中的方向，郑重铺下随身携带的波斯织毯，举起摊开的手掌，为着人的尊严和坚忍，为着信仰遭受的屈辱，默默祈祷。

长旅启程之前，心中就涌起了这个地点。

它像一把邪恶的剑，插在海岛的东南角，插在人的心口上，任凭心一滴滴沥血。

明知道很难靠近那个有治外法权的"飞地"，只是想获得临近的体验。

关塔那摩省的省会也叫关塔那摩。早晨抵达车站时，一个拉活的小伙子把我们领到他的车前：一辆打着补丁的花花绿绿的老爷车。

"有里程计吗？"我们老练地问。

"这不是出租车，这是一辆雪弗莱。"

司机叫来朋友帮忙推车发动，Z在一旁照下了典型的古巴场景。

"照吧照吧，我还没凑够钱刷油漆。"司机大度地说。

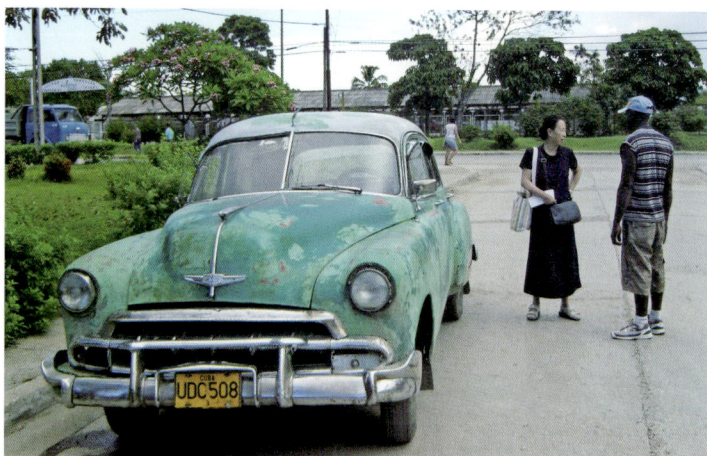

"这不是出租车，这是一辆雪弗莱。"

到底是外省，友协的工作人员很热情，顶着催人流油的东部烈日，带我们参观了所有能去的地方。不几天，他们惯性的官方拘谨就被我们的兄弟热情和不拘一格打破。那天午饭后，Z悄悄把年逾四十的卡洛斯拉到一边，用他力所能及的方式表达了我们的意图：想把一双漂亮的中国绣花布鞋，送给他那位交际花般的未婚妻。

"我想知道，你的女人的脚，是多少号？"

Z不会说"鞋"，只会说"脚"，而且用的是不太正确的单数。

显然，风流的卡洛斯对这个问题非常高兴，马上说他去问。

但是，对那个敏感的观察美军基地项目，只能等候上级的批准。我们不巧地赶上了古巴一年一度的全国军事演练。这是一种全民防务，连友协胖胖的女主任也戎装参加操练。

**榨糖厂**　等待期间，参观了一个榨糖厂。近年来，古巴关闭了150家糖厂中70多家效益不好的糖厂，主要是糖价大跌。美国现在能用玉米浆制糖，印尼、菲律宾、巴西现在都是产糖大国，古巴的蔗糖业已经变成了需要补贴的工业。眼下参观的是剩下的57个糖厂之一，也是关塔那摩省两座榨糖厂之一。

厂里有250个工人，一周工作5天，一周工作6天。今年的糖季（1至4月份的"zafra"）刚刚结束，工人们正在清洗、检修机器，到十一二月份再准备迎接新的一轮糖季。

厂领导照例很热情，把甘蔗秆、蔗糖、糖蜜、甘蔗渣、糖汁渣一一摆在我们面前。虽然在中国的南方甘蔗很常见，但还是增长了一些知识，比如，种甘蔗就是把带芽（yema）的节埋入土下20厘米。拉美人说话总是很生动，厂长告诉我们，甘蔗是一种很"高贵"（noble）的作物，它的根可以存活15年（但一般长到七八年就不要了），并不需要灌溉施肥。收割不久，新苗从根上长出，一年后，又长成一望无际的甘蔗林。厂长用手抚摸着老朋友似的甘蔗，如数家珍般解释着，我思想开了小差，想到了这个域外来客落地生根的坎坷历史。

在这一带，1公顷土地可以收获40至60吨甘蔗，这意味着5至6吨糖，1吨糖合300到320美元。古巴糖厂的甘蔗由三部分农业单位（国营农场、合作社、小农户）供给，由汽车或火车直接运来厂里，我们看到了几乎直接进入厂区第一道工序的火车轨道。糖季，这个厂每天要加工2700吨甘蔗。

厂领导——这次好像是党的书记——提到了一个国际性争论话题：生物燃料。"巴西种甘蔗，从糖蜜中提取酒精作燃料。我们不同意卢拉的做法，在人类面临饥荒的威胁下，用大面积宝贵的可耕地种植玉米、甘蔗，以获取主要供富裕阶层消费的燃料，这是不对的。古巴仍然坚持'人性化'蔗糖生产，但我们利用甘蔗渣当燃料发电，水也被回收再利用。"

像厂长一样，书记也用了一个哲学式的表达。

这是一个中型厂，基础是二十世纪四五十年代的美资厂，设备多为陈旧的美国设备，生产规模看似很小。

我们被领进厂房：可怕的、震撼人的视野！巨大的铁架密密簇拥，半露天的厂房里，充斥着机器的油腻、蔗末的粉尘、糖稀的泥泞。由于糖稀的霉坏和发酵，铁轨、卡车、传送轨道、大小罐子都肮脏地拥挤一处，每年糖季后必须大规模清洗。工人赤着膊，用水猛烈地冲刷，仍然不能洗净粘腻和污浊——这就是蔗糖业，它不像工业，而像一种贪婪的、掠夺的、欲望的工具。

这里同样不许照相，破败的景象烧灼在眼膜上。

这里没有声音，脑海里响起奥尔蒂斯的描述：

在那个锅炉世界里，听不见人的声音。昔日榨糖机和炉膛边、甘蔗堆和晾晒场旁奴隶们为给自己提神、让劳动带一点节奏而唱的歌谣也已绝耳。如今的榨糖厂是一个巨大的机器魔鬼，每当它舞动，便响起一首震耳欲聋的交响乐：轮子、压榨机、连动杆、齿轮、栓子、活塞、阀门、分离器、运送带轰轰作响，排气阀发出野兽般的吼叫，尖锐的汽笛好像发疯的美人鱼在嘶鸣。

对于蔗糖业"传统"，古巴人也许怀着百感交集的心情。

按照约定到了市标性建筑萨尔西内斯宫（Palacio Salcines），一个身材结实的青年黑人老远就向我们打招呼。走近一看，这位负责接待我们的关塔那摩文化官员原来是路上的旅伴，他叫迭戈——当然在车上时还不知他的姓名。

"他们说来了两个中国学者，对关塔那摩历史充满了学习愿望，我一猜就是你们俩。"

我们当然也很兴奋，因为路上的小插曲很有意思：

当时Z的邻座是一个黑白混血的胖女人，话很多。Z正打算像上次在普埃布拉那样练练"双簧式"外语。胖女人得意洋洋地说：

"我从美国拉斯维加斯来，到关塔那摩看望父亲。听说过拉斯维加斯吗？那是座灯光长明不夜城（ciudad de las luces），也有很多中国人开的赌场。"

这个套近乎的女人与在墨西哥同路的萨尔瓦多女人简直

是对立的两极。

Las Vegas已经够让人恶心，开赌场的中国人更是倒胃口。

Z开始琢磨着用西班牙语段子向她挑战：灯光是上帝审判你的眼睛，灯光是死去的印第安人审问你的眼睛……（las luces son los ojos de Dios, son los ojos de los indios muertos……）编得不错，但让我压制了下去："别惹事。"于是，Z开始小声唱歌以示回击："¡Cuba sí, Cuba sí, Cuba sí, yanqui no!"

那是我们那一代人都很熟悉的歌词和旋律，当时好像全体中国人民一时都懂了西班牙语。

胖女人蔫了，前排一个青年黑人却心有灵犀。

路过一个镇子，Z自言自语地用西班牙语问"这是什么地方？"前排的黑人青年转过头来，用好听的男声说给了地名："La Maya"，微笑的脸上露出洁白的牙齿。快到关塔那摩时，友好的旅伴还从前排传过来一个小册子，是关于关塔那摩文化遗产的介绍。他就是迭戈。他有一个荷兰人姓氏，兴许祖先曾在荷兰人的种植园里当奴隶。

有了路上的交往，亲切多了。迭戈打开电脑，让我们看正在制作的省文化遗产网页，有影像有音乐有说明，相当先进。"将来你们在北京就可以访问我们。"迭戈自信地说。

**逃奴寨**　19世纪中叶，关塔那摩省人口中有44%黑奴。奴隶超负荷劳动，吃不饱饭，晚上睡觉戴枷锁，经常受到残酷处罚，忍无可忍。在迭戈编写的《反叛与逃奴寨运动》[1]一书里，有对反叛奴隶的庭审记录。犯人的口述今天成了审判奴隶制的宝贵资料。如一个奴隶陈述其造反原因之一：主人不让他与一女奴来往，而自己非法霸占了女奴，女奴不就范，主人把女奴剥光了衣服，在全体奴隶面前示众。

"关塔那摩一带的崇山峻岭中有很多'帕伦克'，即逃奴寨（palenque），因而有'古巴逃奴寨之都'（Capital del palenque cubano）的名声。这里离自由海地较近，一些'逃奴寨'名声很大，加之山区的地理地形，全古巴岛的奴隶都向这里逃亡。"

"palenque究竟是什么意思？"

迭戈梳理了一遍问题：

除了怠工、自杀的反抗手段外，奴隶还采取个别或集体逃亡，逃奴被称作"西马龙"[2]。逃奴常常回去营救其他奴隶，人多了以后，就在深山老林里建立村寨，用密集的木桩插满村寨的周围。这种具有防御性的逃奴村寨被称作palenque[3]，该词来自palo，即木桩。

---

1　Diego Bosch Ferrer, José Sánchez Guerra: *Rebeldía y Apalencamiento, Centro Provincial de Patrimonio Cultural*, Guantánamo, 2003.

2　Cimarrón的词源是一个学术性问题。它的原意指从主人家中逃出而染上野性的家畜，因而该词可能是一个贬义词。最早，委托监护主这样称呼从庄园逃出的印第安人，1531年的皇家谕旨中已经出现了这个词。后来在古巴历史上主要指逃跑的黑奴。参阅 Diego Bosch Ferer, José Sánchez Guerra: *Rebeidía y Apalencamiento*, p.24。

3　Palenque的称呼主要用于海地岛上的前西班牙殖民地今多米尼加、古巴岛、墨西哥、哥伦比亚一带，同样的逃奴寨在委内瑞拉被称作cumbe, rochela, patuco，在巴西被称作quilombo, mocambo，等等。

怠工、自杀、逃跑、建立逃奴寨，可能是黑奴反抗的几个发展阶段。

逃奴寨运动在19世纪上半叶形成高潮，它是非洲黑奴在美洲殖民地所拥有的两种组织形式之一，另一种是cabildo，即"同乡会"[1]。

**黑穆斯林**　迭戈也肯定了圣地亚哥非洲研究所女教授们的分析：来自非洲的黑奴中有穆斯林。[2]

非洲的很多地方在十三四世纪已经伊斯兰化，有史诗可以证明。但这些地区的伊斯兰信仰与当地的土著宗教共生，主要是泛灵论思想，而不是严格的一神论，这种特点也使他们以后可能在美洲将自己信仰与天主教混合。

这些地区与北非有许多交往，但与北非不同，北非已经是伊斯兰文化发达地区。以葡萄牙人为主的奴隶贩子绕过了北非，他们在非洲大拐弯处，即古代的刚果共和国一带，利用已建立的贸易点向南、向非洲纵深寻找奴隶"货源"。

但是有真正的穆斯林到达美洲，他们主要被运到了美国。到达古巴的主要是沿海、农村的非洲人，而被贩到美国的黑奴有许多来自城市，他们带着清醒的穆斯林意识。

我们恍然大悟：这可能是美国出现规模巨大的伊斯兰运

---

1 "同乡会"的复杂构成是奴隶贸易史的一面镜子。被动物一样捕获而来、在不同海岸装船运走、又在不同地点被再次拍卖的非洲奴隶，怎样确定自己的族群来源呢？对他们的"界定"在很大程度上来自主人的话语圈：奴隶贩子或奴隶主随意根据一种标准划分奴隶群体，比如他们造出了一个"森林族"（bosquimano）的名称，将安哥拉、博茨瓦纳、纳米比亚和南非一些操不同语言的族群圈入其中。

2 在斯皮尔伯格导演的电影《友谊号》（*Amistad*）中，有戴穆斯林头巾的群体在运奴船上做礼拜的镜头。

动、出现大批黑穆斯林的原因！我们互相提醒回去后要再找来小说和电视连续剧《根》仔细看，而Z已产生了为《真正的人是X》续写下篇的念头。

穆斯林问题从一个重要侧面说明黑奴不是非洲野兽，而是有思想的人，他们带着"思想"加入了逃奴大军，按照自己的信仰建立起"此世天国"[1]——逃奴寨。

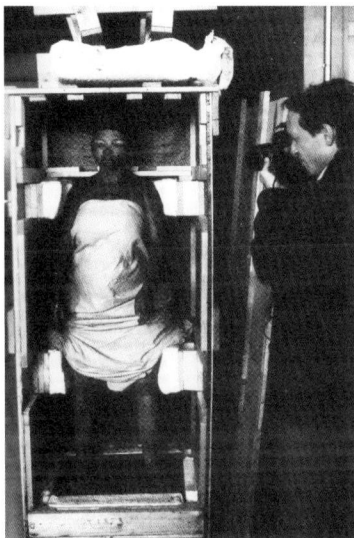

巴黎博物馆里展览的萨提耶·巴尔特曼（Saartije Baartman）遗体。照片引自《国际社会科学杂志》2007年5月号

这里可以插入一则故事般的悲惨史实，以暴露殖民主义和种族主义是怎样联手为奴隶制制造意识形态的：

---

1 著名古巴作家阿莱霍·卡彭铁尔1949年发表的小说题为《此世天国》(*El Reino de Este Mundo*)，小说以海地革命为背景，揭示建立"此世天国"的艰难和意义。

萨提耶·巴尔特曼是18世纪末南非Khoisa族普通妇女。因臀部及生殖器特别肥大、嘴唇特别长，21岁时被来访的英国海军军医Doctor William Dunlop带到伦敦展览，被称作"霍屯督维纳斯"（Hottentot Venus）。当时荷兰人根据Khoisa族人发音"劈啪作响"的特点，编造了象声词Hottentot以称呼南部非洲人。萨提耶·巴尔特曼被当作野兽、赤身裸体在舞台上做各种动作，显示生殖器官，并到贵族沙龙做私人演出，任凭他们肆意玩弄。4年后，由于民间的抗议，萨提耶·巴尔特曼被卖给一个法国人的马戏团，在铁笼里像野兽般接受展览。萨提耶·巴尔特曼最后因酗酒、肺炎1815年死于巴黎，并没有得到英国军医许诺的一半"演出费"。死后，萨提耶·巴尔特曼的大脑被挖出、生殖器官被割下送往巴黎"人类博物馆"，同时展出的还有被做成蜡模的萨提耶·巴尔特曼的身体。

　　萨提耶·巴尔特曼被当成衬托欧洲白种人美丽高贵、非洲人不啻野兽的种族主义标本肆意糟蹋。无耻的欧洲贵妇还发明了一种模仿萨提耶·巴尔特曼体型的臀部翘起的时尚裙服，认为可以增加"吸引力"。

　　直到1994年南非种族隔离政权垮台后，曼德拉才得以要求法国归还非洲女儿的遗体。2002年，法国自然博物馆投票决定将巴尔特曼的遗骸送还给南非。当萨提耶·巴尔特曼返回南非时，6个Khoisa族儿童抬着覆盖南非国旗的棺柩庄重地走过人群……

当年欧洲殖民者侮辱受害人的商业宣传画

　　逃奴起义的规模很可观。1819年，圣地亚哥总督报告发现了一个已经存在了60年的400多人的逃奴寨。1841年，巴拉科阿长官向总督报告说古巴岛东部所有的大山里都布满了逃奴寨。

　　逃奴寨甚至有余地开展生产和进行贸易。他们种植赖以生存的木薯（yuca）和白薯，也能搞到猪肉、菜豆和牛肉——主要通过袭击附近的庄园。逃奴还用自己生产的蜡和蜂蜜与庄园里的工头交换糖、衣物、炊具甚至武器弹药。工头以低于市价买下逃奴的产品，并要求对方不要袭击自己的庄园。逃奴进行贸易的另一个目的是威吓偏远地区的庄园主，以便再与后者进行物品交换。有些逃奴寨甚至与海地、牙买加有贸易往来。

取缔奴隶制后，一些逃奴寨慢慢形成自然村落或庄园，并留下了一些发人深省的地名。迭戈摊开地图，指给我们看一些经过考证的特殊地名，如"角落"（Rincón）、"无人知晓"（No Se Sabe）、"我们都有"（To Tenemos）、"守住女人"（Guardamujeres）、"风"（El Viento）、"古老的小逃奴寨"（Palenquito Viejo），等等。

值得一提的是"我们都有"寨和"守住女人"寨。

"我们都有"位于陀阿（Tóa）山脉。据历史资料，当1848年这个寨子遭到殖民军队突袭时，四周种满了庄稼和果树，1985年的一次考察发现了这个寨子里有17间房屋（还发现过有59间房屋的更大的逃奴寨）。这说明逃奴们曾充满自信地长期经营自由家园。"守住女人"是"我们都有"的后方，平时由妇女、儿童、老人居住经营，一旦男人屯兵的"我们都有"告急，就撤向"守住女人"。"守住女人"周围有用壕沟、陷阱、尖桩布置的坚固防御。殖民当局和奴隶主武装在这一带的进剿只有两次被打败，一次就在"守住女人"寨面前，从此未敢再来进犯。

尽管远离自己的女人，但看到她们安然无恙，枕戈待旦的男人们骄傲地说："我们都有自己的女人！"，即"Todos tenemos mujeres"。[1]那个眼看着自己心爱的女人受辱的被俘逃奴，一定曾受到了"我们都有"逃奴寨的强烈吸引。

迭戈的书里比较完整地记载了"索曼达"（La Somanda）

---

1　从todos到to的演变，来自古巴人西班牙口语中的"吞音"习惯。

咖啡园的一次起义。

1825年5月，一个叫费利克斯·德尔罗萨里奥（Félix del Rosario）的桑波人（黑人-印第安人混血儿）领导渴望自由的奴隶起义，裹挟周围数个咖啡园。起义奴隶将工头正法，鞭挞了两个法国咖啡园主，一把火烧毁了咖啡园。费利克斯带领100个奴隶爬上600米高的大山坚持抵抗，在凶恶的"庄园卫队"和鬣狗的追踪下，被残酷镇压。追踪持续了10年，直至最后3名反叛者在10年后的1835年被抓住，"绞扎"（garrote vil）[1]致死，砍下头颅，碎尸万段。起义领导者费利克斯在三人之一。

镇压十分残酷。在古巴的殖民地历史上，"追踪逃奴"可以单独成篇。出现了声名赫赫的追捕老手，因抓获逃奴成为富翁，直至垂暮之年还出于"开心"加入追捕反叛黑奴的行列。他们不愧为殖民时期的"反恐专家"，甚至留下了"反恐"日记。迭戈本人在国家档案馆里找出了当年职业快捕米格尔·佩雷斯的日记。

年复一年的反叛导致年复一年的追踪，长年累月的追踪积累了追捕经验。迭戈一行还发现了一本"追兵须知"小册子，其中写道：

---

1 这是一种西班牙在1820年规定合法使用的死刑，也被用于其在美洲和亚洲的殖民地，直至1978年西班牙新法律取消死刑才被正式废除。犯人坐在一个木椅上，脖子上被戴上一个铁箍，行刑者转动铁箍上的螺丝，直至拧断犯人的脖子。如果刽子手的力量不大，或犯人的颈椎骨很硬，受刑者将承受残忍的痛苦。

接近逃奴寨地区时，严格禁止触摸、食用未经证实没有掺入剧毒草叶或树皮的水源、食物，因为那些乡村老黑人非常精通此道。[1]

剿之不绝，殖民当局使用过"招安"之法，曾有过与"匪首"的对等会谈，起义首领不接受只接纳首领的招安，在被逼上绝路后宁愿跳崖也绝不投降。

西班牙多明我修士巴托洛梅·拉斯卡萨斯在《西印度史》[2]里就描写过一个真实的历史人物——海地岛上的逃奴首领小恩里克。在这位西班牙修士的笔下，小恩里克简直是一个正义的领袖，仁慈的君子，意大利船长般机智的军事家。

久违了，被湮没的历史！

似曾相识，500年前后的义军！

Cimarrón, palenque，多么响亮的名字，时间擦去了污锈，史实闪耀着光芒。

殖民史不是对文明的提升，奴隶也不是羸弱的懦夫。

历史将会被改写——当正义的沉船被打捞，真相再现人世；当谎言的沙漠被发掘，露出埋没的绿洲！

"独立战争时期，很多西马龙参加了反对殖民主义的起

1 Diego Bosch Ferer, José Sánchez Guerra: *Rebeidía y Apalencamiento, Centro Provincial de Patrimonio Cultural*, Guatánamo, 2003, p.56.

2 *Bartolomé de las Casas: Historia de la Indias*, Ed. Fundación Biblioteca Ayacucho, Caracas, Venezuela, 1986, III, Capítulo 25, 26.

义，成为勇敢的芒比[1]。"迭戈说。

"噢，"Z似乎想起了什么，"年轻时，唱过一个古巴歌曲，好像叫《芒比之歌》"。说着，Z哼了起来：

> 在那1895年的时候
> 芒比他离开了家园
> 穿过了马亚里大森林
> 走向那无边的荒原

> Allá en el año noventa y cinco
> y por las selvas del Mayarí
> una mañana dejé el bohío
> y a la manigua salió un mambí…

迭戈居然跟着用西班牙语唱起来。多么美的双语种合唱。

"我过去以为只是一个爱情歌曲，今天才知道它的历史！"

Z兴奋地要求迭戈帮忙找到这首歌的西班牙语歌词，迭戈欣然答应。[2]

唱完了芒比，迭戈把我们领上萨尔西内斯宫顶层平台，

---

1 根据古巴著名历史学家卡洛斯·马尔克斯·斯特林（Carlos Márques Sterling）考证，Mambí是一个有非洲影响的安的列斯群岛词汇，指19世纪古巴和圣多明各（今日多米尼加）的独立战士。美国小说家埃尔莫尔·伦纳德（Elmore Leonard）认为该词与圣多明各反殖领袖欧蒂米奥·芒比（Eutimio Mambí）有关，其真实姓名是Juan Ethnnius Mamby，他曾是西班牙军队里一名黑人军官，后离弃殖民军队，领导反殖斗争。Mambí曾被西班牙殖民者用来指所有反抗他们的独立战士。

2 回到北京后不久，接到了迭戈从电子邮件中传来的《芒比之歌》的歌词、五线谱扫描文件。现在，Z已经能完整地用西班牙语唱它。

从那里用我们的望远镜可以看到关塔那摩海军基地。真的，越过关塔那摩市的大片房屋，我们看见了远处的亮点，那是美国人军事设施的金属屋顶。我们甚至看到了山坡上美军的四座风力发电机。模模糊糊的高架和风翼，就像黑奴船上的桅杆和风幡。

**法国风冬巴舞**　刚开始听他们说要带我们去看Tumba Francesa，有点奇怪，为什么要去看"法国坟墓"呢？很快知道，完全搞错了，并且大开眼界。

这词与西班牙语里表示"坟墓"的tumba风马牛不相及。它是与黑奴一起登陆美洲的刚果语系词汇，在班图语支里意味"节日"（维基百科有另一种解释，认为它来源于法语中的"鼓"）。而在古巴，它特指来自海地的黑奴所创造的有法国沙龙舞之风、却使用非洲鼓伴奏、连歌带舞的艺术形式。

2003年，冬巴舞被联合国教科文组织评选为非物质文化遗产的"杰出代表"，如今在古巴的舞者已是第七代传人。

一切又与那场伟大的海地革命有关。

法国奴隶主携奴隶逃到了古巴岛东部，奴隶携冬巴舞在圣地亚哥、关塔那摩落地生根。关塔那摩曾经有12个黑人冬巴舞社团，主要活跃在偏远的农业地区。如今全岛只剩下3个，分别在圣地亚哥、奥尔金和关塔那摩。

我们被领到冬巴舞社团的演练场，门口贴着的文化壁报栏里有智利人民歌手维克托·哈拉的照片和事迹。接待我们的黑人老妇身穿玫瑰红色长裙，她指指台上的"皇后宝座"，告诉我们她是社团的冬巴舞"皇后"，当年最好的舞者——

如今她已满脸皱纹，接替她的领舞是她的孙女。

歌声响起来了，歌声来自一个中年男人，他是composé，即兴说唱者。他歌唱英雄史诗，政治事件，日常生活，或悲伤或幽默的感情。但我除了"咖啡"一词听不懂别的，因为他用的是海地化了的法语"克雷奥莱"（creole）。

两队舞者出现了，一队是女的，手提天蓝色长裙的裙裾，头上包着雪白的头巾，轻摆腰肢，在一种慢两拍[1]的节奏中缓缓入场。一队是男的，肩披折成三角形的方丝巾，左手手背稳稳贴着后腰，右手轻轻按住方巾。长裙和方巾决定了姿态的轻柔、步伐的稳健。两队不断变换队形，当男女轻轻牵手，互相颔首致意，在哨声里列队徐徐前行时，我们顿时看出了名堂——欧洲沙龙舞！还有男女两队在即兴说唱者之后的大声回应，人人都知道那是法语的"是"（oui）。

但更本质的是非洲木鼓，一共四个：三个立着的有皮面，用双手拍击；一个横着的是空桶，用两根木棍敲打。

用非洲鼓点伴奏欧洲沙龙舞，这就是法国风冬巴舞的本质！

开头与结束是地道的沙龙舞仪式，中间的两段为非洲风格。

鼓点的节奏快起来了。男女面对面、双手对抚，轻轻摩挲，略有非洲式性感，如揶揄地模仿欧洲式的文雅。第二段

---

1 冬巴舞的舞步取自多种欧洲沙龙舞，如三步的小步舞（minué），二步的 rigodón，还有 carabiné y yubá 等。

则惊心动魄：一个男舞者与一个击鼓者在鼓与舞之间怒喊宣泄般对话，你进我退，鼓点激烈，像是人与猛兽在旷野上的对抗。

鼓点是非洲莽原的精灵，500年前，它躲藏在运奴船的底舱，跟随披枷戴锁的黑奴踏上加勒比的土地。如今在加勒比天主教狂欢节的队列里，鼓声压倒一切，传诵着非洲神灵的挑战和抗议。

领唱者又亮起了歌喉，这时，那老妇人加入对唱。我问了问意思："伙伴们，收咖啡去！oui，要是老天爷愿意，我们收咖啡去""请你们去参加节日，在那个不远的村子"……

19世纪瑞典作家费德里卡·布雷默（Fedrika Bremer）在古巴旅行期间，不断给姐姐写信，其中有一段写到了黑奴热爱跳舞的天性：

> 那是一个炎热的日子，颤抖着、跳跃着的男人们汗水淋淋，衬衫像是从水里捞出一样。然而他们在心在意地跳着，好像能这样无休无止地永远唱下去、跳下去。忽然，不远的地方响起一声皮鞭，舞蹈骤然停止，舞蹈者们顺从地疾步走向劳动场。榨甘蔗、熬糖蜜的活计又该开始了……[1]

奴隶制也不可能在每一刻都杀人。劳动中的娱乐永远存

---

1 Fedrika Bremer: *Cartas desde Cuba*, pp.93—94，转引自 Clectivo de autores: *Pensar el Caribe, Edtorial Oriental*, Santiago de Cuba, 2004, p.135。

在，奴役中的娱乐如同麻醉，法国风冬巴舞，是奴隶们悲惨生存中的唯一享受。他们从门缝里瞟一眼主人悠闲的舞步，将其纳入野地里的欢乐。贵妇们甚至给女奴赠送旧衣裙和饰物，给男奴赠送丝巾或破靴子，让他们模仿主人的生活，自己则咀嚼着优越的滋味。

我们第一次看见了一种苦难生活中的欢愉片刻。

它用疯狂的欢乐，悲哀地告诉人们奴隶制的强大、反抗的渺茫、生命的残剩追求——它的真实，更加使人战栗！法国风的冬巴舞，是一段已经逝去、正在被人遗忘的血腥历史的活化石。出门时天已黑透。柔和的路灯下，一群欢欣雀跃的孩子正在往一辆旧吉普上爬，已经爬上了十几个小黑孩。司机向每个小孩收1比索国币，然后就开始兜圈子。仔细看了看，没什么别的名堂，吉普车只是一路开一路重复放音乐。Z在路口等他们转回来好照相。当相机对准他们的时候，所有的孩子高兴得大叫大嚷，炸开了锅。他们伸过脑袋，手舞

冬巴舞列队前进

足蹈，摆出的舞姿和满头的卷毛里，好像藏着舞蹈的精灵。如今，每当我们在国内的各种"猫"（mall）看见拉着无精打采的都市儿童的小火车，就像想起了那帮精灵般的小穷孩。

他们有无数种穷欢乐的法子！

**关塔那摩美军基地**[1]　在通往巴拉科阿的公路上，车停在了一个高坡前，前方竖着一个牌子，上写"防卫高度敏感

---

[1] 1899美军占领古巴，1901年美国参议院外委会主席普拉特提出的美古关系修正案获得通过，作为附录载入古巴宪法。修正案8个条款中有：古巴不得与第三国签订任何有关将本国领土让与该国作陆海军基地的条约，美国对古巴内政有行使干涉的权利，古巴政府应向美国提供建立储煤站和海军基地所需之领土，修正案中所有条款均包括在美古签订的永久条约内，等等。1903年美国利用此修正案租借了古巴的关塔那摩湾和翁达湾为海军基地。几年后，美国放弃了它所占的翁达湾基地，代之以扩大关塔那摩基地的面积。

1969年的《维也纳条约法公约》第52条规定，如果一款条约是在一方威胁或强行施加的情况下签署的，则此条约无效。古巴政府据此强烈谴责修正案和关塔那摩美军基地的存在。1959年古巴革命之前，美国将关塔那摩的租金（年租金2000美元，基地扩大后略有增加）以支票形式交给古巴"总财长"，这一职位在古巴1959年革命后被废除。数十年来，古巴唯一一次兑现美国租金支票是在1959年革命初期"混乱"情况下发生的。在数年前的一次电视采访中，卡斯特罗曾经展示了塞在他办公室抽屉中的租金支票。1964年，古巴对美国惩罚进入美国水域的古巴渔民做出反应，切断了关塔那摩基地的淡水供应，迫使美国首先从牙买加运海水，后来又建立了海水淡化设备。

2009年1月22日古巴外长在出访尼加拉瓜时说，美国应该将关塔那摩归还给古巴，并立即关闭设在该基地的监狱。

地区"。

友协的朋友陪着我们,沿一条紧挨铁丝网的小路爬上了高坡。她用手指着前方说:"看,那就是美军基地。"

不用望远镜,肉眼就可以看到:

远方茫茫的水域,插入水域的一道灰色山梁,山脚下那一大片白亮的区域。用望远镜看得更清楚:不消说,那片银白色的建筑就是美军基地,船坞、仓库、教堂、指挥所……整个关塔那摩市也不可能有那么大的房屋。大屋顶上有一个白圆球,像是雷达,山顶上的几个军事设施,也历历在目。

关塔那摩美军基地远眺

臭名昭著的美军关塔那摩监狱,应该就在那一片白色房子之中。

过去允许从博克龙镇(Boquerón)的观察塔眺望基地监狱,听说可以看到荷枪实弹的美军士兵,偶尔也可以看到被他们押解放风的穿红色号服的囚犯。古巴的军事演练终于使我们失去了抵达凯马内拉的可能性,本来从那里也可以近距离观察——都不重要了,自从面对心中的方向、在关塔那摩举起双手的那一刻,我们已经在情感上抵达了零距离。

凯马内拉(Caimanera)镇陷入一片海边低洼地,三分之一的领土被美军基地占据，镇上的人出海须经过美方控制区，真像是一洼鳄鱼[1]出没的地方。凯马内拉产盐，古巴盐产量的75%来自那里。二战后美军在基地大兴土木，凯马内拉镇人口膨胀很快，有三千多人为基地服务（不乏妓女）。因这一地区有大量华裔古巴人，所以替美军基地干活的人中竟有三分之一是华裔。我曾在菲律宾路过旧美军基地，听人说过类似的历史和同样的命运，1992年美军从占领了近一个世纪、海外最大的苏比克海军基地撤走时，成千上万的菲律宾妓女瞬间失去了生计。日本的美军基地也如出一辙。这些强插的楔子，真像是美军在全世界污染环境的粪便。

关塔那摩基地如今已失去了储煤作用和军事意义，它却先后关押海地"非法"移民和未经审讯的所谓伊斯兰"恐怖分子"。富裕的"文明"国家不仅把废弃的核原料、有毒的垃圾运往他国处理，还在别人的领土上关押囚犯、强暴施虐、践踏人权！

9·11事件之后，施虐在先的关塔那摩美军监狱随伊拉克阿布格莱布监狱暴行被曝光之后，也随即成为世界目光的焦点。在关塔那摩监狱的虐囚行为中，不仅包括致伤致残致死的殴打，还有摧残人身心的性虐待，向痔疮病人使用的卫生纸上喷胡椒粉，将绝食者绑在椅子上强制喂食，包括喂入泻药，由此引发在押者慢性腹泻等令人发指的行为。以虐囚

---

1 "凯马内拉"的意思是"鳄鱼潭"，这里曾有很多鳄鱼，以前有商人收购鳄鱼蛋往宗主国销售。

为乐的看守人员在执行任务时，将制服上的身份编码撕掉，以使自己难以被辨认出来，他们使人回想起殖民时期以追踪逃奴为乐的rancheadores。

后者因迫害逃奴而得到奖赏和荣誉并成为殖民地富翁，前者也得到了美军官方的准许和默认！[1]如不是因"丑闻"被自家曝光随之受到世界舆论谴责，这些"文明"国度的当代rancheadores将会继续逍遥法外，为这一国度唱赞歌的知识精英，将会把从受害者口中艰难传出的点滴消息说成是恶意中伤、天下奇闻。

国际红十字会的官员也发出了谴责，称这种像笼子似的囚室是"养狗的地方"。连房顶都没有的简易监狱剥夺了囚犯所有的隐私权，囚犯连上厕所也暴露在光天化日之下。

英国记者史蒂芬[2]曾亲身体验了在关塔那摩的"待遇"：

> 整个囚室被阴森恐怖的漆黑笼罩着，死一般的寂静几乎令人窒息，沉重的手铐和脚镣把我的四肢弄得僵死……忍受着这样非人的折磨，却不能呻吟哪怕半点声音。我的头上被戴上面罩和黑色风镜，身上这橘红色的连体制服勒得我几乎

---

1 最近中央电视台报道，奥巴马刚刚宣布取消布什曾"批准"的水刑！这种刑罚是向犯人脸上蒙着的纸喷水，使其产生窒息感觉。

2 关押在古巴关塔那摩美国海军基地的"基地"囚犯的照片被披露后，英国众传媒纷纷炮轰美军侵犯人权的行径。为了探明俘房囚禁地到底有"多黑"，英国记者史蒂芬亲身体验了俘房的"待遇"。1个小时后，史蒂芬走出了囚禁地，但是那60分钟梦魇般的俘房经历好像一直纠缠着他，怎么也不能将所感受到的一切从脑子里抹去……

停止了呼吸；口鼻被面罩捂住，手上还戴着手套；听说嗅触这些感官全被剥夺了。

2003年《纽约时报》对曾被关押的关塔那摩囚犯进行采访，听他们讲述基地监狱里的绝望故事。坎大哈人苏勒曼·沙阿获释前曾被关押了整整14个月。当他谈起感受时心有余悸地说："那是一种对命运捉摸不定的恐惧，因为有人说，这是美国人为服150年监禁而修的监狱！"20岁的巴基斯坦人萨阿·穆罕默德在获释后说："我一直想自杀，我自杀过四次，因为我实在无法忍受那里的生活。尽管我们的宗教反对自杀，可那里的生活实在太难了，所以许多人都试图自杀。"

2004年无罪释放的三名英国年轻人[1]将美军对囚犯实施持续不断的拷问、性虐待、强行注射药品和宗教迫害等暴行公布于天下，发布了115页的卷宗详细描绘这些指控。由英国导演迈克尔·温特博特姆和马特·怀特克罗斯执导的《关塔那摩之路》（*The Road to Guatanamo*）以纪实为主讲述了他们的故事，这三名英国穆斯林既是故事的讲述者又作为演员出现在影片中。

2006年，联合国调查人员公布一份报告，指出关塔那摩监狱中存在虐囚行为，呼吁美国政府关闭监狱，并公平审判

---

1 鲁赫尔·艾哈迈德、沙菲克·拉苏尔和阿西夫·伊克巴尔，均来自英国小镇蒂普敦，是曾到阿富汗提供人道援助的英国穆斯林。他们被无故关押，受到非人虐待，被囚禁在关塔那摩监狱达两年之久。

或者释放在押人员。监狱虐囚丑闻之恶劣使得对美国唯命是从的前联合国秘书长安南和包括英国在内的美国盟友也敦促美国政府尽快关闭该监狱。[1]

"如果是晚上，你们能看得更清楚，一片白炽的灯光就是美军基地，昏黄的灯光则是古巴领土。不管怎么说，你们感觉到了美国如何在我们的体内打入了楔子。"友协的朋友略带歉意地解释着。

直到今天，我才搞清楚，所谓美军基地，就是扼住关塔那摩湾两岸入海口的两块领土和与之相连的海域[2]，凯马内拉在西岸，博克龙在东岸。

关塔那摩港是古巴的重要港口，也是世界上最大、屏障最佳的海湾之一。一百多年前，当西班牙军队溃败后，美军放弃了波多黎各难守的圣胡安，却选择了从关塔那摩登陆。帝国主义从来都有谋划百年大计的战略眼光。

关塔那摩美军基地像一个符号般的针脚，将新老殖民主义的上下篇历史连接得天衣无缝。也正是在那个历史时刻，古巴反帝史上承上启下的关键人物何塞·马蒂发出了战斗的号令：

---

1　奥巴马上台后被释放的第一名关塔那摩基地监狱囚犯是自2004年起被囚禁的英国公民本亚姆·穆罕默德，他曾在不同地点遭到殴打，被剥夺睡眠，其生殖器被手术刀割伤——连中国的电视上也出现了他的画面和声音。

2　美军基地面积117.6平方千米，其中49.4平方千米为陆地，其余为水域和泥沼，有海岸线17.5千米。

对西班牙美洲来说，已经到了宣布第二次独立的时候了。


虽然眼前的景象模糊不清，我们久久不愿离去。

"我越过了两个海洋来到这里，只是为了喊一声——美国佬，你们将被历史唾弃！"[1]

经过古巴巡礼，yanqui（洋基，美国佬）对于我们，已经不只是当今世界的顶级帝国；它是残害印第安人的殖民主义者，它是贩卖人口的奴隶贩子，它是压榨奴隶的种植园主，它是仰人鼻息的本国"康白渡"，它是控制世界的阴谋集团，它是一种把邻人当作敌人的思想体系和政治经济制度。

**巴拉科阿**　有人说，关塔那摩的意思是"被河围绕的地方"[2]，不过真正体会到这一点，还是到了巴拉科阿。

已经到了古巴岛东边的尽头，巴拉科阿与东部其他地区之间有一座大山相隔。在拉法罗拉（La Farola，意为"路灯"）盘山公路修通之前，巴拉科阿像一个与古巴隔绝的孤立地点，与加勒比其他国家甚至美国的联系比与本国还多。

高山带来了大河，古巴最大的陀阿河就在巴拉科阿，此外还有 Duaba, Yumurí, Macaguanigua, Moa 等众多河流，这一带还有古巴岛其他地方少见的淡水养鱼池。

---

1　这是 Z 在关塔那摩革命广场纪念馆里的留言。

2　关塔那摩在西班牙中是 Guantánamo，而 Guadal 是西班牙语地名中常见的变形阿拉伯语成分，与"河"有关，如 Guadalquivir, Guadarrama, Guadalajara 等。Guadalquivir 可能来自阿拉伯语 al-Wādi al-Kabīr 意为"大河"，Guadalajara 可能来自 al-Wādi-al-Hidjara，意为"在石头中穿行的河流"，古巴人说，年久失传，人们已说不清 Guantánamo 的来历。西班牙人登上这块河流众多的山地，给它起了一个带"河"的名字亦未可知，而这与"河"有关的前缀却来自阿拉伯。

"蜜河"（Río de Miel）流入巴拉科阿海湾，那里就是当年哥伦布进入古巴岛的地点，岸边插着一根木十字架，是所谓哥伦布在美洲插下的第一个十字架的复制品，原物在巴拉科阿教堂。远处有那座巴拉科阿的象征"铁砧山"（Yunque，念"永盖"，意为"铁砧"），因为它奇特的平顶很像打铁的砧。

铁砧山很高，在巴拉科阿的任何地方几乎都可以看见它的古怪身影。Z在当晚的日记中写道："铁砧山是巴拉科阿的'山王'，它一定象征着某种不屈的民族在麓野、在亘古的秩序中的生存。殖民者灭绝了人民，但不能铲平它，于是保存历史秘密的，唯有山语，刻在岩山断崖上的语言，它们沉默地否定着什么十字架的流言。"

哥伦布1492年就在巴拉科阿登陆，巴拉科阿是西班牙人在古巴建立的第一个居民点。这么说，我们在行程即将结束的时候，回到了殖民主义的起点。

反抗从一开始就出现了。巴拉科阿有两则十分具有历史真实性的传说。

一则关于阿图埃伊（Hatuey）。他曾是海地岛上的塔伊诺族酋长，因不堪殖民者压迫，乘小船从海地（在占领古巴岛之前，西班牙人先占领了海地岛）逃到古巴。在拉斯卡萨斯那本有人感激有人痛恨的《西印度毁灭述略》[1]里，关于"古巴岛的毁灭"一节，开始便是阿图埃伊的故事：

---

[1] 巴托洛梅·德拉斯卡萨斯：《西印度毁灭述略》，商务印书馆，北京，1988年。

阿图埃伊率众从西班牙岛（即今天的海地岛）乘小船渡海逃到古巴岛，向古巴岛上的印第安人传达了白人渴望金子不惜杀人的恶行，鼓动印第安人把金首饰全扔进大河。酋长带领众人边躲藏边抵抗，最终未能逃脱。他临死前被绑在柱子上，一个方济各传教士向他讲了天堂与地狱的区别，问他懂不懂这个道理。

阿图埃伊想了想问道："基督徒是否也进天堂？"传教士答道："进，但只有好基督徒才能进。"于是这位酋长断然表示，他宁愿下地狱也不进天堂，因为地狱没有基督徒。

这是一则殖民史上著名的反抗传说。

我们在巴拉科阿大教堂的门口，看见了一座阿图埃伊的雕像，雕像由巴拉科阿共济会捐助而立。石雕的阿图埃伊凝眉怒视眼前的天主教堂，像一个永恒的质问和诅咒。我们很喜欢共济会选择的这个地点。

多亏了拉斯卡萨斯的记录，否则阿图埃伊的故事不知能否流传至今。但是在古巴，拉斯卡萨斯似乎并不是路人皆知的伟人。记得在特立尼达市的制高点上，有一组拉斯卡萨斯抚摸印第安孩子的塑像。远远望去，不知是谁。问过路的行人，竟然说不准姓名和事迹。

相应的疑问也出现在这里。1992年，哥伦布"发现"美洲500周年之际，许多拉美国家，尤其是印第安人居多的国家，爆发了大规模反对纪念的民众游行。而在革命的古巴，

巴拉科阿教堂前的阿图埃伊塑像

在哥伦布登陆地点，却修起了一座纪念哥伦布的大饭店。在海边的博物馆旁，还立起一座哥伦布的半身塑像。但可笑的是，许多旅游照片都从一个特别的角度，照下了被博物馆里的一尊大炮瞄准着的哥伦布。

难道马克思理论里潜在的西方中心论和直线发展观影响了古巴革命者的认知和思维？

另一则传说是关于尤穆里河（Yumurí）的。有人说，这个词是"Yo morir."（我去死）的变形，因为印第安人最早说不准西班牙语。一个印第安人被西班牙人追杀到悬崖，他说："你们不要再追，我自己去死。"于是跳下了悬崖。民间无空穴来风的历史故事。这个地名和传说，倒是反映着某种屠杀的记忆。

巴拉科阿尤穆里峡谷

为了实地体会"我去死"，我们寻到了尤穆里峡谷。那是一个十分美丽和雄伟的地点，离尤穆里河入海口不远。狭窄的河道两边是壁立的高崖，河流的上游在那里拐弯，纵深是密不可探的热带森林。想象着站在悬崖上的印第安人，觉得为着这样壮丽的山河去死，是可能的。

　　河与海之间有一座公路桥，桥面上有男孩子们在踢球，桥边的栏杆上坐着几个上了岁数的老人。我问他们"尤穆里"的来历，其中一个答道："从小听说，有比我们老的人当年被西班牙人追赶至此，为了不被活捉，跳下了悬崖。"

　　告别了多水多雨[1]的山河之城巴拉科阿，顺拉法罗拉盘山公路原路返回关塔那摩。沿着绿荫浓密的大山，"我去死"大河一路相伴。司机则一路下车买东西，有的好像事先有约。他们买芒果，买人心果，买家制巧克力，也买一种叫"菇菇簏乔"（cucurucho）的用椰子叶包的尖底古巴粽子，粽子的内容是椰丝、杏仁、蜂蜜和糖。Z的手里正举着一个这样的粽子吃得过瘾，那是在访问一家印第安人后代时没吃完的。她的家门口种了许多椰子树，门边的椰子壳堆成了一座小山。我还向她讨了一把用椰树叶子做的扇子，想送给总爱摇扇子的母亲。

---

1　我们在巴拉科阿体验了古巴的暴雨，抵达当天就听说雷鸣击中了两家房屋。如果说在西班牙的阿维拉（Avila）见识了寒冷，那么在古巴的巴拉科阿我们见识了热带的暴雨。

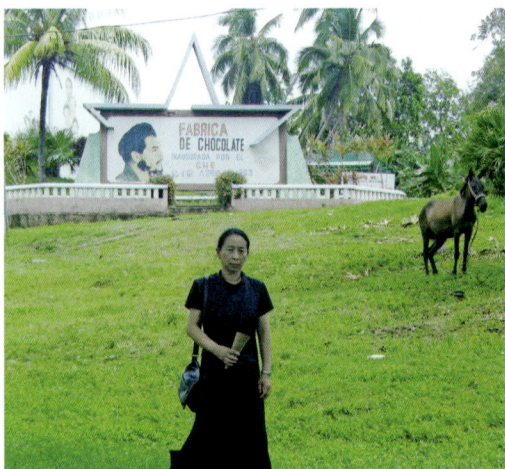

格瓦拉曾为巴拉科阿的这座巧克力厂剪彩

是那位神秘的历史学家带我们去的她家。历史学家文质彬彬，好像过去当过党的书记，一路上与人们熟识地打招呼，路遇的百姓对他一律直呼其名，搭他的便车。他开的是辆旧吉普。刚开始商量价钱时，他迟疑了一下，为两天在巴拉科阿的参观要了比我们预想要高的汽油费："这辆旧车比较耗油。"我想，他是怕要少了万一不够再难开口。

两天里，我们成了朋友，知道他正全力扶持两个儿女的学业。他尽其所能带我们跑东跑西，罄尽肚里的知识，还请我们吃了些经济实惠的地方特产。

分手时，历史学家略为羞涩地说："还有一个细节，并不是所有的钱都用在了汽油费上……"我们赶紧打断他的话，心里有点不是滋味。

越到旅行的尾声，Z的西班牙语越加进入环境，一路边吃边唱，用西班牙语给那首脍炙人口的《关塔那摩姑娘》（Guatanamera）填词。把马蒂的"el arroyo de la sierra me complace más que el mar"（山间的小溪比大海还使我欢畅）改成了"un peso de la（moneda）cubana me complace más que cien dólares"（古巴币的1比索比100美元还使我欢畅）。不过，由于发音不精确，我听成了"un beso de la cubana me complace más que cien dólares"（古巴姑娘的一个吻比100美元还使我欢畅）。Z还说，上初中时不管老师怎么教，总唱不好那首"七·二六颂歌"，"原来秘诀在于得像黑人那样抖动着身体扭着唱！"说着说着，就在车座上扭起来。

拉法罗拉盘山道30千米长，是20世纪60年代完成的一项大工程。古巴人对它很自豪，来回的路上都有人问，"你们见过吗？你们也有吗？"Z善意地说他们没见过世面，在中国，这样的山间公路多极了。

回到关塔那摩汽车站时，一下又被那个"雪弗莱"司机抓住了。"不认识我了吗？看，我的车已经重新油漆了！"他真诚而又热情地说。果然，"雪弗莱"已经穿上了一件淡淡的绿衣。但发动时，仍然动员了朋友来帮忙。路上，他感激地说起上次我们多给了车费，牢牢记得我们为去招待所的那段路多付了1个CUC。

## 05 | 告别古巴，告别美洲

从哈瓦那到关塔那摩，当一千千米的旅程结束之后，从转身向着哈瓦那返回的那一刻——告别的思绪，就开始弥漫。

我们乘坐的"蓝色之路"，沿着巨大海岛的北缘，徐徐西行。

20年的拉美研究，多少次地书写古巴，今日才踏上这块土地。但我并不感到姗姗来迟；相反，人生的阅历给了我更广博的知识，更深沉的感悟。我们像海绵一样，从这个岛国红色的土壤里，从它沐浴的深蓝色的海水里，贪婪地吸吮一切丰富的养分，抵御正在漫延的中年软骨、老年痴呆。

我们顺着最要紧的脉络切入，走完了这一路：殖民主义的世界性掠夺，唯利是图的种植园经济，非人道的奴隶制度，被压迫者不绝的反抗，帝国主义与依附，单一经济的恶果与后殖民的怪圈——我们正从最深刻的层次捍卫革命的合理性。

但我们并不做肤浅的辩护。我们已做好准备，持续地观察。

我们早有预感，假如有一天，革命像弃儿被抛在路中央任人唾骂，站在最里圈摇旗呐喊的，很可能是今天用最左的嗓子聒噪的、伪装和表演"革命"的一群。

来自一个曾经经历了伟大革命的国度，我们深知革命果实的苦涩。

一切都是那么熟悉，正像Z的口头禅"Somos compañeros"。

面对每一个忧郁的眼神，面对每一次欲言又止，我们都心有灵犀。

我们倾听，但不追问。尤其对当代政治，我们从不挑起话题。但我们敏锐地感受。共同拥有的激动、设身处地地担忧，所有的目击和耳闻，一切的探讨和结论，都一分自豪一分隐痛地，融作了我们自己的血肉。我们不必多问，我们心里的一切，都是他们的注脚。就这样，我们在长旅中，一点点地把握着古巴的脉搏，如同探索着中国和我们自己的未来。连古巴朋友也不可能看透我们，由于我们只图聚会，从不刺探。他们不知道我们牢记着：猎奇和逼问——那是白人、西方人、和一切只知榨取的"知识分子"的下流手段。我们的目的，远非是为了获得一星半点的古巴消息；我们万里波涛来此追求的，是我们自身的、作为人的命题。

归途中，我们的蓝色航船曾在圣克拉拉（Santa Clara）[1]

_____

1 格瓦拉和部分游击战士的遗骸在1997年被找到后安葬在圣克拉拉。

停靠。

在那空旷、肃穆的烈士广场之下，我们与游击战士的遗骨面对面，挨得那么近。一切都真真切切，他们曾以血肉之躯为"牺牲"添加了20世纪的注解，如今在这地下墓穴里回荡的，是不朽的"灵魂"。

"切·格瓦拉"的名字，曾多次出现在我的指尖下。而今天我们捧起双手，为那副被割去了双手的遗骸招魂——

当真理的援助到来之时，人们将成群结队地加入我们的队伍……

和平与你同在……

如今，你的事业正经受着两面夹击。行走在古巴的大地上，我们时时刻刻感受着你在地下的焦虑和不安。

巴拉德罗[1]的细沙白滩是美丽的，但在那衬托着洁白的灯红酒绿里，复仇的岩浆没有停止蠕动。

那个百年构建的新殖民体系的细胞，还没有在古巴人的血液里褪尽。那个近在咫尺的庞大帝国正在频频招手，老谋

---

1 革命之前，巴拉德罗一半海滩被美国豪门杜邦（Dupont）家族占有。18世纪英国诗人柯尔律治在他的名诗《忽必烈汗》里描写了忽必烈原来的夏都开平或上都，从此，被西方人称为Xanadú的上都成了豪华的象征。传说，杜邦家族的伊雷内受到此诗启发，从1929年开始在这片古巴的白色细沙滩修建自己的Xanadú，美国其他富翁步其后尘，也在巴拉德罗圈地，以至于出现了美国人私有的巡警。1963年，80岁的伊雷内·杜邦离开古巴，他的"上都"被国有化。杜邦家族靠制造火药在法国起家，在美国发迹，至今是世界最显赫的财团之一，并以鼓励发明创造在西方世界著称。

深算地等待他人就范。

低一下头，也许就能分一杯羹？

老一代的坚持已快逼近极限，新一代正为电视里的花花世界搔首摩拳。

曾做过外交部部长的那位墨西哥前左派不是预言吗：不需要军事干预，也不需要反对派阵线，只要放开搞活——只要用钱，美国和迈阿密就能买下一切。

勒紧裤带的古巴人民急需喘一口气，就像旱天里盼雨的中国人民曾憧憬富裕。但是，就像我们需要你们的苦难历史敲警钟，你们也需要咀嚼我们的得失作借鉴。

日子亟待改善，人民需要喘息。但是，在我们都做出了巨大的牺牲之后，如果俯首向资本主义的价值观皈依，结局将更加悲惨。

圣克拉拉医院门前的格瓦拉抱孩子像

官僚主义是另一把悬在头顶的"达摩克利斯"剑，它离革命的变质仅一步之遥。

50年执政的时间，不算长也不算短，50年足以让后革命的一切负面滋生。

我们对发生的蜕变痛心疾首，我们对海岛的病相——从蛛丝马迹到险象环生——同样感到惴惴不安。

当年你戏谑地牵着狗、穿着长靴走入办公大楼时，捉弄的是墨守成规的体制。当年你穿上游击服、走入山林时，开启的是一场抵制异化的斗争。

墨西哥的PRI给自己起了一个极具黑色幽默的名字——制度化革命党。

革命一旦制度化还有什么革命可言呢？

这则黑色幽默是一盏红色警灯。

官僚主义也许并不完全是革命本身滋生的弊病，官僚主义也是资本主义对革命的侵蚀和传染。资本主义是一种用民主粉饰的官僚体制，它的核心在于将一切变成非人性的、异化的体制。美国人深知这一点。早在菲德尔于古巴革命成功伊始访问美国时，《时代》周刊就蛊惑利诱地说："卡斯特罗已经不是一个起义者了，他应该感到自己是一个国家领导人。"

生长在20世纪的我们，耳闻目睹了革命的大起大落、制度的花样翻新；在走向凶吉叵测的21世纪之时，我们自信头脑已足够复杂，思想已足够成熟。

人们可以质疑革命带来的污泥浊水，但绝无理由质疑革命的起因——

萨帕塔游击副司令那句话的意思不仅适用于造反过程中，也适用于革命告成后。

　　如果有一天，海岛传来似曾相识的历史变异，那棵扎入地心的大王棕榈并不会在我们心中砰然倒地。

　　也许，一切并不那么悲观，因为这里的山岭里处处埋伏着palenque。沉默的cimarrón一旦听见急促的鼓声，将箭步奔跑攀缘，挣脱一起形式的桎梏，寻找自由的出路，那一棵棵火红的凤凰木都是他们不屈的灵魂。

　　也许，可以绕过险滩，迎来美丽的前景。就像眼前的马坦萨斯，她不仅有奴隶码头，逃奴寨，她还有逶迤的海湾，有三条大河，15座桥上行人络绎不绝。我们在这平民的"美洲威尼斯"看到了一个未来的可能。

　　坐在马坦萨斯尤穆里（同名）谷地旁的小山上，看着脚

马坦萨斯：平民的威尼斯

下色彩斑斓的海岛水乡，我们想象着，像一个古巴少年在勾勒——一个人民的、人道的、富裕而又不奢侈的、自由美丽的古巴。

当我们再次回到哈瓦那的时候，似乎走过了好几个世纪。

在一千千米长的海岛——兴许在整个美洲，唯她有气魄，唯她魅力无限。

Z像回到了老家一样高兴，歪戴着墨西哥草帽，哼着他新作的西班牙语歌曲，墨镜掩饰着犀利的眼神。街上的哈瓦那兄弟说："您先生真像个地道的黑老大！"（El señor parece un puro mafia）而他更放肆地唱着："……Yo siempre estoy a tu lado con mi vida !……La Habana vieja ……"（我的生命，永远在你的身旁！老城哈瓦那……）

前几天在查维斯的"南方电视台"（Telesur）里看到了阿根廷人捐铜钥匙，铸成4米高的切·格瓦拉铜像，正往他的故乡阿根廷罗萨里奥运送的消息。明天是切·格瓦拉80周年诞辰纪念日。能在古巴，能在哈瓦那赶上这样的盛事，我们暗暗激动。没有过多打听，想象着在大大小小的集会地点一定会有隆重纪念。

然而我们失望了。今天街上没有激动，公园广场没有动静。

只是在遥远的"望海区"的卡尔·马克思剧院，有一场"政治活动"（acto político）。晚上8点开始，我们没有接到邀请，有了邀请我们也没有交通工具。

晚上打开电视，从闪动不清的画面上看到了一场西洋式交响诗音乐会，幸亏作为主题歌的那首诗我熟悉，给Z做了解释。

演出结束后，政要和全体观众起立长时间鼓掌，但我不知道，是鼓给切·格瓦拉呢，还是鼓给演出的艺术家？电视也没有转播圣克拉拉的纪念活动，不知切·格瓦拉的纪念碑前是否鲜花簇拥？

当然，我们绝没有任何权利评论一个将格瓦拉视作儿子的人民。我坚信，他们中存在着一种对"切"近乎私人化的感情。但是，来自一个后革命国度的我，有责任以警惕的眼光审视一场21世纪最后的社会主义革命，因为她不仅属于古巴，不仅属于美洲，也属于每个对革命怀着美好祝愿的人。

在哈瓦那的最后一个夜晚，我们又来到了马莱孔。

照例依着石堤，听海浪拍打岸礁，望着远处莫罗城堡的航标灯一灭一明。

对于古巴人来说，这座美军启动的、美国时代修建的防波堤，在民族意识中占有什么样的地位呢？历史上没有了印第安，历史被贯穿着黑奴制，也许革命是古巴唯一的宝贵传统——Z的犹豫结论是对的吗？

每个民族都有自己的底线。

如果有朝一日革命搁浅，古巴的底线在哪里呢？

我们是兄弟，我们无意猜测和断言。

历史是人民创造的，伟人给民族留下了气质，决定民族命运的依然是人民。

走过了四大洲、十来国，Z说他最留恋古巴，最留恋哈瓦那。

有机会再来，我们还要去看看切·格瓦拉当年参加义务劳动、亲手把钥匙交给人民的那片居民区；看看1963年建起的、L与23街之间的"科佩莉娅冰激凌店"（Coppelia），那里不仅有美味的巧克力、草莓冰激凌，还有梦幻般的建筑；看看1970年在市郊建起的人民休闲区，那里有国家植物园、国家动物园；还有1979年在前富人区"古巴那坎"修建的、周围种满奇花异草的现代派风格的会议宫。

当然，我们希望再来的时候，那些濒临坍塌、墙皮剥落的古典大厦、新潮高楼能够焕然一新，因为垒造起它们的，毕竟是从奴隶到苦力的劳动者和人民。

革命是艰难的，但革命并不是一定都像海地独立，留下满目疮痍……

该是告别古巴的时候了。

我们没有来得及再到老城的礼仪广场，去看一眼那座小花园里的孤独桑乔。

一直没顾上问清，他永恒的主人堂吉诃德在哪里？[1]

也许，堂吉诃德与他的化身塞万提斯一样，没能够来到美洲。

当年，在勒班陀战役中失去左臂的塞万提斯，曾两次恃功大胆给国王费利佩二世写信，要求美洲殖民地空缺的三四个职位之一，均未获准。不知是否因为血统"不纯"者不得

---

1　后来听说哈瓦那大学附近有堂吉诃德雕像，古巴的各种艺术雕像不胜枚举。

担当美洲殖民地的职务、改宗者五代之后方可任公职之故。

塞万提斯为什么两次要求赴美洲？

除了躲避宗教迫害[1]的可能，塞万提斯是否厌恶了费利佩二世令人窒息的西班牙政治，是否在美洲的血雨腥风中预感到一种从未出现过的全新生命？塞万提斯如果携堂吉诃德到来，是否能成为一个文学的拉斯卡萨斯，将他的正义、仁慈、理想主义在美洲付诸实现？

一切均成揣摩。

但是，塞万提斯在《堂吉诃德》里对美洲的是非，留下了明眼人可以读懂的表述；毫无疑问，他站在遭受屈辱的弱者一方。塞万提斯在冥冥中与拉丁美洲的优秀男儿交流沟通，所以后者也下意识地反复引述这位先哲。名句有切·格瓦拉给父母留下的告别信：

> 我的脚跟再一次挨到了罗西南特的肋骨；我挽着盾牌，重上征途。

新近的有查维斯的乌托邦狂言：

> 确实，我们拉美人在世界上有幻想家的名声，而我们的确是幻想家；我们以吉诃德分子著称，是——又怎么样了！

---

1 根据新近的研究成果，塞万提斯很可能出身于一个改宗（天主教）的"新基督徒"家庭。参阅索飒文章"挑战风车的巨人是谁：塞万提斯再研究"。

该是告别古巴的时候了。

我们的故土毕竟在大洋彼岸，尽管我们的同胞曾以"苦力"的身份和历史，成为这块土地上的三个人种之一。

该是告别美洲的时候了。

从厄瓜多尔、秘鲁、墨西哥到古巴，我们沿着与白人殖民者轨迹相反的路线潜入了美洲。行走在黑皮肤的非洲裔人、古铜色的印第安人、有色的混血人之中，体味着他们的感情。不知不觉间，我把自己的心染成了棕色。

与这块大陆结缘的30年，占了有效人生时间的大半。

我庆幸命运的安排。

在这个崇尚英语，尤其是美式英语的时代，我与西班牙语相遇。她来自一个欧洲的另类，一个没落的文化贵族。奇妙的是，随着她清脆的声浪语波，我如探宝的发现者，走进了一块反传统意义的"新大陆"。

这块大陆作为全球第一个受害者，首先被纳入殖民主义的现代版图，却迟迟无法进入"现代化"营造的受益者领地。她的500年近现代历史，为我们指证西方文明的皇帝新衣。她的历历在目的苦难和近在身边的人民，时时让我警惕自恃高明的伪学术道路。

拉丁美洲的存在，帮助我完成了从草原学员到践约学者的人生上下篇。

世界范围内的外国问题研究，从来有帝国主义帮凶、民族利己主义之嫌。学术的藩篱之内，对象国依贫富被分成三六九等；而我把我的"拉丁美洲研究"看成一个标新立异的"替代"，努力使它成为"人"学研究的分支。

怀抱这样的初衷，此行我们选择了古老的土豆、玉米、甘蔗为入口。这些曾牵动全球的朴素作物引我们领略历史的真相，世界的奥秘。

年轻的朋友们，这条路上还有数不清的论文命题：

除了土豆、玉米，还有红薯、古柯；那些穿梭于时光里的故事将领着你走上深具意义、新鲜活泼的研究道路。

除了亲爱的农作物，还有游吟历史的民歌和生涯如歌的歌手。

政治、经济、历史，每一个领域都可以做得见微知著且生机盎然——只要我们用脚踩住大地，只要我们将目光转向人民，只要我们心胸坦荡，善于学习。

30年来密友般的大陆，对你我该如何总结？

你强大丰满的文化和知识，使人不易滑向异化。

也许你象征着原初，从北到南，你的初民不仅活着，还成了现代的生力军。对大地和生命的热爱，使你本能抵制那种扭曲人性的"全球化"进程。

也许你象征着力量，你熔浆般的潜力把一种殖民者的文化改造成了被殖民者间的桥梁，昔日主子的语言今日成了奴隶反戈一击的武器。

也许你象征着未来；你的肤色，暗示着一种新的生命类型。

拉丁美洲人是艺术人，他们常爱用诗歌吐露真情。

古巴诗人何塞·马蒂曾写下《朴素的诗》：

我是一个诚恳的人，

来自棕榈树生长的地方，

我想在临死之前，

把心灵的诗句歌唱。


我愿和世上的穷人一起，

迎着命运闯荡，

山间的涓涓小溪，

比大海的波涛更使我欢畅。


智利歌手比奥莱塔·帕拉曾留下遗嘱式的歌曲《感谢生活》：


感谢生活，生活对我意重情深，

她给了我一对明眸，当我睁开双眼，

世间的一切黑白分明，

我看见了高空星光点缀的天幕，

在茫茫的人海中我认出了所钟爱的人。


感谢生活，生活对我意重情深，

她给了我泪水和欢笑，

使我能分辨苦难和幸福，

我的歌和你们的歌本由这两部分组成，

而你们的歌声就是我自己的歌声。

马蒂的诗和帕拉的歌在拉丁美洲不胫而走，万人吟唱。

他们是战胜了孤独的人，他们从无数普通的生命里感悟了生命本身。

我愿意跟随着他们的脚步走下去，在我们自己的辽阔土地上，在与我们息息相关的人民中间——

因为在这条道路上不仅有真理，有学问，而且有温暖和慰藉。

完稿于2009·清明

修订于2009·盛夏

2022年春再修订

**图书在版编目 (CIP) 数据**

把我的心染棕/索飒著. — 上海：文汇出版社，
2022.8

ISBN 978-7-5496-3830-7

Ⅰ.①把… Ⅱ.①索… Ⅲ.①游记—作品集—中国—
当代 Ⅳ.①I267.4

中国版本图书馆CIP数据核字（2022）第123185号

---

## 把我的心染棕

作　　者/索　飒

责任编辑/戴　铮

封面设计/裴雷思

版式设计/汤惟惟

出版发行/文匯出版社

　　　　上海市威海路755号

　　　　（邮政编码：200041）

印刷装订/上海四维数字图文有限公司

版　　次/2022年8月第1版

印　　次/2022年8月第1次印刷

开　　本/787毫米×1092毫米　1/16

字　　数/310千字

印　　张/31.5

书　　号/ISBN 978-7-5496-3830-7

定　　价/128.00元